Avec 60 best-sellers publiés en France, plus d'un demi-milliard d'exemplaires vendus dans 40 pays et traduits en 38 langues, Danielle Steel est l'auteur contemporain le plus lu et le plus populaire au monde. Depuis 1981, ses romans figurent systématiquement en tête des meilleures ventes du *New York Times*. Elle est restée sur les listes des best-sellers pendant 390 semaines consécutives, ce qui lui a valu d'être citée dans le *Livre Guinness des Records*. Mais Danielle Steel ne se contente pas d'être écrivain. Très active sur le plan social, elle a créé deux fondations s'occupant des victimes de maladies mentales, d'enfants abusés, et de sans-abri. Danielle Steel a longtemps vécu en Europe et a séjourné en France durant plusieurs années (elle parle parfaitement le français) avant de retourner à New York achever ses études. Elle a débuté dans la publicité et les relations publiques, puis s'est mise à écrire et a immédiatement conquis un immense public de tous âges et de tous milieux, très fidèle et en constante augmentation. Lorsqu'elle écrit (sur sa vieille Olympia de 1946), Danielle Steel peut travailler jusqu'à vingt heures par jour. Son exceptionnelle puissance de travail lui permet de mener trois romans de front, construisant la trame du premier, rédigeant le deuxième, en peaufinant le troisième, et de s'occuper des adaptations télévisées de ses romans. Toutes ces activités ne l'empêchent pas de donner la priorité absolue à sa vie personnelle. Avec ses huit enfants, elle forme une famille heureuse et unie, sa plus belle réussite et sa plus grande fierté. En 2002, Danielle Steel a été faite chevalier de l'ordre des Arts et des Lettres. En France, elle est le seul auteur à avoir un fan-club.

LES ÉCHOS DU PASSÉ

DU MÊME AUTEUR
CHEZ POCKET

COUPS DE CŒUR
UN SI GRAND AMOUR
JOYAUX
NAISSANCES
DISPARU
LE CADEAU
ACCIDENT
PLEIN CIEL
CINQ JOURS À PARIS
LA FOUDRE
MALVEILLANCE
LA MAISON DES JOURS HEUREUX
AU NOM DU CŒUR
HONNEUR ET COURAGE
LE RANCH
RENAISSANCE
LE FANTÔME
UN RAYON DE LUMIÈRE
LE KLONE ET MOI
UN SI LONG CHEMIN
DOUBLE REFLET
DOUCE AMÈRE
FORCES IRRÉSISTIBLES
LE MARIAGE
MAMIE DAN
VOYAGE
LE BAISER
RUE DE L'ESPOIR
L'AIGLE SOLITAIRE
LE COTTAGE
COURAGE
VŒUX SECRETS
COUCHER DE SOLEIL À SAINT-TROPEZ
RENDEZ-VOUS
À BON PORT
L'ANGE GARDIEN
RANÇON
LES ÉCHOS DU PASSÉ

DANIELLE STEEL

LES ÉCHOS DU PASSÉ

Traduit de l'anglais (Etats-Unis)
par Emilie Rofas

PRESSES DE LA CITÉ

Titre original :
ECHOES

ISBN 978-2-266-16937-0

À mes enfants bien-aimés,
Tous si chers à mon cœur,
Et chacun si exceptionnel :
Beatrix, Trevor, Todd, Nick, Sam,
Victoria, Vanessa, Maxx et Zara.
Puissent les échos de vos passé, présent et futur
Être toujours pleins d'amour et de tendresse.

Avec tout mon amour,
Maman / d.s.

« Il est très étonnant que je n'aie pas encore abandonné tous mes espoirs, car ils me paraissent absurdes et irréalisables. Pourtant, je m'y accroche, malgré tout, car je continue à croire en la bonté innée de l'homme. »

Anne Frank

« Celui qui sauve une vie sauve l'humanité entière. »

Le Talmud

1

Dans la langueur d'un lourd après-midi d'été, Beata Wittgenstein se promenait sur les rives du lac de Genève avec ses parents. Le soleil brûlait, tout était immobile, et tandis que, songeuse, elle suivait ses parents, on n'entendait que le chant strident des oiseaux mêlé au bourdonnement des insectes. Beata et sa sœur Brigitte étaient venues avec leur mère passer l'été à Genève. La jeune fille venait d'avoir vingt ans, et sa sœur avait trois ans de moins. La Grande Guerre avait éclaté l'été précédent, treize mois plus tôt, et cette année leur père n'avait pas voulu qu'ils passent leurs vacances en Allemagne. On était à la fin du mois d'août 1915 et cela faisait un mois qu'il les avait rejointes. Les deux frères de Beata étaient soldats, mais avaient obtenu une semaine de permission. Horst avait vingt-trois ans et était lieutenant au quartier général de Munich ; Ulm était capitaine dans le 105e régiment d'infanterie de la treizième division rattachée à la IVe armée. Il avait fêté ses vingt-sept ans pendant sa permission à Genève.

Avoir réuni toute la famille relevait presque du miracle. Avec cette guerre qui décimait tous les jeunes Allemands, Beata, tout comme sa mère, s'inquiétait désormais constamment pour ses frères. Son père ne cessait de lui répéter que tout serait bientôt fini, mais ce qu'elle entendait des conversations de ses frères lui laissait penser le contraire. Les hommes avaient bien plus conscience que les femmes des heures sombres qui s'annonçaient. Sa mère ne lui parlait jamais de la guerre. Quant à Brigitte, elle était surtout contrariée par le manque de jeunes gens séduisants avec qui flirter. Depuis toute petite, elle ne rêvait que de se marier. Elle s'était récemment éprise d'un ami d'université de Horst, et Beata soupçonnait que sa ravissante sœur se fiancerait cet hiver.

Beata, pour sa part, ne partageait nullement ces désirs. Elle avait toujours été la plus sage, la plus studieuse et surtout la plus sérieuse. Pour elle, étudier était bien plus important que rechercher un fiancé. Pour son père, elle était la fille idéale. Le seul moment où ils n'avaient pas été d'accord avait été quand elle avait insisté pour aller à l'université, comme ses frères. Son père avait trouvé l'idée ridicule. Bien qu'il fût ouvert et instruit, il ne pensait pas que ce serait utile à une femme. Il lui avait répondu qu'elle se marierait sûrement bientôt et s'occuperait alors de son mari et de ses enfants. Elle n'avait donc nul besoin d'aller à l'université.

Les frères de Beata et leurs amis étaient pleins d'entrain, et sa sœur jolie et légère. En raison de son caractère calme et de sa passion pour les études, Beata s'était toujours sentie différente d'eux. Elle aurait adoré enseigner, mais chaque fois qu'elle en parlait, ses frères et sa sœur se moquaient d'elle. Pour Brigitte, seules les filles pauvres devenaient institutrices ou gouvernantes, et ses frères ajoutaient que seules les plus laides l'envisageaient. Ils adoraient la taquiner, surtout que Beata était loin d'être laide ou pauvre. Leur père possédait et dirigeait l'une des banques les plus importantes de Cologne. Ils vivaient dans une grande et magnifique maison du quartier de Fitzengraben, et Monika leur mère était admirée non seulement pour sa beauté mais aussi pour l'élégance de ses bijoux et de ses tenues. À l'instar de Beata, c'était une femme douce. Elle avait épousé Jacob Wittgenstein à l'âge de dix-sept ans et menait une vie heureuse à ses côtés, depuis vingt-huit ans.

Leur mariage, arrangé par leurs familles respectives, était réussi. À l'époque, leur union avait été celle de deux grandes fortunes que Jacob avait fait considérablement fructifier. Il était particulièrement doué pour la finance, et dirigeait la banque d'une main de fer. Non seulement leur avenir était assuré, mais celui de leurs héritiers également. Chez les Wittgenstein, rien n'était laissé au hasard. Leur unique source d'incertitude et d'inquiétude était celle de tous à l'époque. Avec deux fils dans l'armée, la guerre les touchait particulièrement, surtout Monika. Le séjour en Suisse leur apportait à tous un peu de répit et de réconfort.

Les Wittgenstein passaient traditionnellement l'été en Allemagne, au bord de la mer. Mais cette année-là Jacob en avait décidé autrement. Il s'était même entretenu avec un général de sa connaissance pour solliciter la grande faveur d'une permission pour ses deux fils, et ce dernier avait tout arrangé. Les Wittgenstein avaient cette particularité exceptionnelle d'être une famille juive jouissant, non seulement d'une grande fortune, mais aussi d'une immense influence. Bien qu'elle en eût conscience, Beata ne prêtait guère attention à cet aspect des choses, trop absorbée qu'elle était par ses études. De plus, contrairement à Brigitte qui s'irritait parfois des contraintes imposées par leur religion, elle était profondément pieuse, pour le plus grand plaisir de son père. Jeune homme, celui-ci avait fait scandale dans la famille en annonçant son désir de devenir rabbin. Son père lui avait fait la leçon, et il avait fini par intégrer l'affaire familiale, tout comme son père, ses frères, ses oncles et son grand-père avant lui. Leur famille baignait dans la tradition et, tout en ayant un profond respect pour la vie rabbinique, le père de Jacob n'avait aucune intention de lui sacrifier un enfant. En fils obéissant, Jacob avait donc rejoint la banque et s'était marié peu de temps après. Âgé maintenant de cinquante ans, il avait cinq ans de plus que sa femme.

Toute la famille avait approuvé la décision de passer l'été en Suisse. Les Wittgenstein y avaient beaucoup d'amis, notamment dans le milieu de la banque. Jacob, Monika et leurs enfants avaient ainsi été conviés à de nombreuses soirées, et avaient également rendu visite à des amis de Jacob à Lausanne et Zurich. Chaque fois que cela était possible, les filles les accompagnaient, et durant la permission de Horst et Ulm, ils profitèrent autant que possible de leur présence. Ulm partirait pour le front dès la fin de sa permission, tandis que Horst retournerait dans sa garnison à Munich, ce qui semblait lui plaire. Malgré une éducation stricte, Horst était un vrai play-boy. Brigitte et lui avaient beaucoup de points communs.

Tandis que Beata marchait lentement derrière les autres au bord du lac, Ulm ralentit pour se trouver à sa hauteur. Il se montrait toujours protecteur envers elle, sans doute parce qu'il était son aîné de sept ans ; mais elle savait aussi qu'il aimait sa nature douce et affectueuse.

— À quoi penses-tu, Bea ? Tu as l'air bien sérieuse, à marcher ainsi toute seule. Pourquoi ne te joins-tu pas à nous ?

Sa mère et sa sœur étaient déjà bien loin devant, discutant de mode et des garçons que Brigitte avait remarqués lors des précédentes soirées. Les hommes, eux, parlaient de leurs deux sujets favoris du moment : la guerre et les affaires. À la fin du conflit, Ulm reprendrait le poste qu'il occupait depuis quatre ans à la banque. Horst, lui, devrait cesser de s'amuser et devenir plus responsable en vue de les y rejoindre – Jacob en avait décidé ainsi. Horst n'avait que vingt-deux ans quand la guerre avait éclaté, mais il avait promis à son père que, dès la fin des hostilités, il s'amenderait et rentrerait dans le rang. Quant à Ulm, Jacob estimait qu'il était temps qu'il se marie, et le lui répétait souvent. La seule chose que Jacob attendait de ses enfants – et de tout son entourage, d'ailleurs – était l'obéissance. Sa femme ne l'avait jamais déçu, et ses enfants non plus, à l'exception de Horst qui, avant son départ pour l'armée, s'était montré peu empressé à travailler ; quant au mariage, c'était le cadet de ses soucis. En fait, seule Brigitte y attachait de l'importance. Beata n'avait jamais eu de coup de foudre pour personne, bien qu'elle trouvât séduisants la plupart des garçons de son entourage, tous des fils d'amis de ses parents. Mais les plus jeunes lui semblaient immatures, et les plus âgés avaient souvent l'air maussade, sans compter qu'ils l'impressionnaient. En fait, Beata n'était nullement pressée de se marier. Elle répétait souvent que, si elle devait épouser quelqu'un, elle espérait que ce serait un professeur plutôt qu'un banquier. Bien entendu, jamais elle n'aurait pu dire cela à son père ; en revanche, elle s'était souvent confiée à sa mère et à sa sœur. Pour Brigitte, tout cela était d'un ennui mortel. L'ami de Horst qui lui plaisait était aussi insouciant qu'elle et issu d'une famille de banquiers tout aussi importante que la sienne. Jacob avait prévu de rencontrer le père du garçon en septembre, mais Brigitte n'en savait rien. Jusque-là, aucun prétendant ne s'était présenté pour Beata – qui ne le souhaitait pas vraiment, de toute façon. Au cours des soirées, la jeune fille participait rarement aux conversations, se contentant d'accompagner sagement ses parents et de porter les robes choisies pour elle par sa mère. Elle était toujours polie envers leurs hôtes, et toujours soulagée quand arrivait l'heure de rentrer. Ce n'était pas le cas de Brigitte, qu'il fallait immanquablement arracher à la soirée au moment du départ. Celle-ci protestait toujours d'avoir à quitter la fête aussi tôt et se plaignait constamment de cette famille qu'elle trouvait triste et assommante. Et, comme toujours, Horst l'approuvait entièrement.

— T'es-tu amusée à Genève ? demanda doucement Ulm.

Il était le seul à vraiment faire un effort pour discuter avec Beata et connaître ses pensées. Horst et Brigitte étaient bien trop occupés à se distraire pour perdre leur temps à discuter de sujets sérieux avec leur sœur.

— Oui, répondit-elle avec un sourire timide.

Bien qu'il fût son frère, Ulm l'éblouissait par sa beauté et sa gentillesse. C'était un homme doux, qui ressemblait trait pour trait à leur père. Il était grand, blond, athlétique, comme Jacob dans sa jeunesse. Et avec ses yeux bleus, il ne semblait pas juif. Bien sûr, tout Cologne savait que les Wittgenstein l'étaient, et on les acceptait même dans les plus hautes sphères de l'aristocratie. Plusieurs membres des familles Hohenlohe et Thurn et Thaxis étaient d'ailleurs des amis d'enfance de Jacob. La famille Wittgenstein était si bien établie et respectée qu'aucune porte ne lui était fermée. Néanmoins, Jacob avait bien fait comprendre à ses enfants que, lorsque l'heure viendrait, ils devraient choisir des conjoints de confession juive. Ce n'était pas un sujet ouvert à discussion ; d'ailleurs, aucun d'eux n'aurait eu l'idée de protester. Les bons partis ne manquaient pas parmi les hommes et les femmes de leurs cercles. Le moment venu, les enfants Wittgenstein devraient choisir parmi eux.

À voir Ulm et Beata se promener côte à côte, il était difficile de discerner un quelconque lien de parenté entre eux. Tandis que ses frères et sa sœur ressemblaient en tout point à leur père, Beata tenait surtout de sa mère et son physique tranchait avec celui des autres. La fille aînée des Wittgenstein avait un air fragile et délicat, avec des cheveux couleur de jais et une peau aussi fine et blanche que de la porcelaine. Ses grands yeux bleus constituaient son seul trait commun avec ses frères et sa sœur, même si les siens étaient d'un bleu plus soutenu. Les yeux de Monika étaient marron foncé mais, hormis cette petite différence, Beata était le portrait de sa mère, ce qui enchantait secrètement son père. Après vingt-huit ans de mariage, Jacob était encore tellement épris de sa femme qu'un simple sourire de Beata le ramenait aux premières années de son mariage, et la ressemblance ne manquait jamais de l'émouvoir. Beata était la préférée de Jacob, ce dont Brigitte se plaignait régulièrement. Il la laissait faire tout ce qu'elle voulait, mais les désirs de Beata étaient inoffensifs, à l'inverse de ceux de Brigitte, bien plus osés. Beata, elle, ne demandait pas mieux que de rester lire ou étudier à la maison. La seule fois où son père s'était fâché contre elle, c'était quand il l'avait surprise avec une bible.

— Qu'est-ce que cela ? lui avait-il demandé avec sévérité en voyant ce qu'elle lisait.

Elle avait seize ans à l'époque, et la Bible la fascinait.

— C'est intéressant, papa. Il y a des histoires magnifiques, et beaucoup de ce qui y est dit ressemble à nos croyances.

Elle préférait le Nouveau Testament à l'Ancien. Mais son père, loin de trouver la chose amusante, lui avait confisqué l'ouvrage.

Jacob refusait que Beata lise la Bible et il s'en était plaint auprès de sa femme, conseillant à Monika d'être plus attentive aux lectures de leur fille. De fait, Beata lisait tout ce qui lui tombait sous la main, Aristote et Platon inclus ; elle était passionnée par les philosophes grecs. Son père lui-même reconnaissait que si elle avait été un homme, elle serait devenue un professeur extraordinaire. Pour l'heure, ce qu'il attendait d'elle, comme d'Ulm et des deux autres, c'était qu'elle se marie, car il commençait à craindre qu'elle ne devînt trop sérieuse ou trop vieille fille si elle attendait plus longtemps. Il avait quelques pistes qu'il avait prévu d'explorer pendant l'hiver, mais la guerre avait perturbé ses projets. Beaucoup des jeunes gens qu'ils connaissaient avaient été tués l'année écoulée. L'avenir était incertain et profondément inquiétant.

Jacob pensait que Beata se sentirait bien avec quelqu'un de plus âgé qu'elle. Il voulait lui trouver un homme mûr qui saurait apprécier son intelligence à sa juste valeur et qui partagerait ses centres d'intérêt. Il pensait la même chose pour Brigitte, convaincu qu'un peu de poigne ne nuirait pas à sa cadette. Mais, s'il aimait tous ses enfants, Jacob était particulièrement fier de sa fille aînée. Beata éprouvait du respect et un amour profond pour son père, ainsi que pour sa mère, mais reconnaissait secrètement devant ses frères et sa sœur que celle-ci était plus accessible et l'intimidait moins que leur père. Ce dernier était aussi sérieux que

Beata et désapprouvait le comportement frivole de sa fille cadette.

— J'aimerais tant que tu n'aies pas à repartir pour la guerre, dit Beata avec tristesse tandis qu'ils poursuivaient leur promenade.

— Cela me déplaît à moi aussi, mais je suis sûr que tout sera bientôt terminé, répondit-il en adressant à sa sœur un sourire rassurant. Je devrais pouvoir obtenir une autre permission à Noël.

Il n'en croyait pas un mot, mais c'était le genre de chose qu'il fallait dire aux femmes. Du moins, c'était ce que lui leur disait.

Beata hocha la tête. Noël lui semblait bien loin, et l'idée que quelque chose pût lui arriver entre-temps lui était intolérable. Elle adorait Ulm, plus qu'elle ne le lui avouerait jamais. Elle aimait aussi Horst, mais il se comportait davantage en petit frère insouciant qu'en aîné ; ce qu'elle partageait avec Ulm était différent. Ils continuèrent à discuter agréablement jusqu'au retour à l'hôtel. Ce soir-là, ils dînèrent tous ensemble pour la dernière fois avant le départ des hommes le lendemain. Comme à son habitude, Horst ne cessa de les divertir en imitant des personnes qu'ils avaient rencontrées et en leur racontant des histoires incroyables sur leurs amis.

Les trois hommes partirent le jour suivant, laissant les femmes à Genève, pour leurs trois dernières semaines de vacances. Jacob voulait qu'elles restent en Suisse aussi longtemps que possible, malgré les premiers signes d'ennui de Brigitte ; Beata et sa mère, elles, étaient parfaitement heureuses d'être là. Un après-midi que Brigitte et Monika se préparaient à sortir, Beata déclara souffrir d'une migraine et préférer rester à l'hôtel. Mais c'était un prétexte, car courir les magasins l'ennuyait prodigieusement. Brigitte faisait des essayages dans chaque boutique, passait commande de robes, de chapeaux et de chaussures, et leur mère, impressionnée par son bon goût et son sens aigu de la mode, lui cédait toujours. Ensuite, après avoir épuisé les couturiers, les chausseurs, les modistes et les gantiers, elles entamaient la tournée des bijoutiers. Beata savait qu'elles ne rentreraient pas avant l'heure du dîner et était ravie de se retrouver seule dans le jardin, à lire au soleil.

Après le déjeuner, elle descendit vers le lac en suivant le sentier qu'ils empruntaient tous les jours. Le temps s'était légèrement rafraîchi depuis la veille ; elle portait une robe de soie blanche, un chapeau pour se protéger du soleil et, sur les épaules, un châle bleu pâle de la couleur de ses yeux. La plupart des clients de l'hôtel déjeunaient ou étaient en ville, elle avait donc le sentier pour elle seule. Fredonnant, elle avançait la tête baissée, en songeant à ses frères, quand soudain un bruit derrière elle la fit sursauter. Relevant la tête, elle vit un jeune homme la dépasser à vive allure tout en lui souriant. Elle fut si surprise qu'elle fit un bref écart sur le côté, trébucha et se tordit la cheville. Elle ressentit une brûlure – rien de grave, lui sembla-t-il –, juste le temps pour le jeune homme de la rattraper avant qu'elle ne tombe.

— Je suis confus, je n'avais nulle intention de vous faire peur, et encore moins de vous renverser.

Il avait l'air réellement navré, et Beata remarqua qu'il était extrêmement beau. Comme son chapeau avait glissé, elle en profita, en le redressant, pour l'observer discrètement du coin de l'œil. Grand, blond, les yeux de la même couleur que les siens, il avait des bras puissants et une carrure d'athlète. Tout en lui parlant, il la maintenait fermement. Il semblait un peu plus âgé que son frère aîné et portait un pantalon blanc, un blazer bleu foncé et une cravate bleu marine, ainsi qu'un chapeau de paille très seyant qui lui donnait un air désinvolte.

— Je vais bien, merci. C'était idiot de ma part. Je ne vous ai pas entendu à temps pour m'écarter du chemin.

— J'ai bien peur d'être le seul responsable. Vous ne vous êtes pas blessée ? Et votre cheville ? s'enquit-il, compatissant et aimable.

— Elle n'a rien. Vous m'avez rattrapée avant que je ne me fasse vraiment mal.

Il s'était adressé à elle en français et elle lui avait répondu dans la même langue. Elle l'avait apprise à l'école et avait continué à se perfectionner depuis. Jacob avait insisté pour que ses enfants apprennent aussi l'anglais, et il avait également voulu qu'ils parlent italien et espagnol. Beata avait donc étudié les deux, mais sans jamais vraiment les maîtriser ; quant à son anglais, il était d'un niveau acceptable. En revanche, elle parlait couramment le français.

— Peut-être aimeriez-vous vous asseoir un moment ? proposa le jeune homme en lui indiquant un banc à proximité, qui offrait une vue paisible sur le lac.

Il semblait cependant hésiter à lui lâcher le bras. On aurait dit qu'il craignait qu'elle ne tombe s'il desserrait son étreinte. Beata lui sourit.

— Je vais bien, je vous assure.

Néanmoins, la perspective d'être assise près de lui un moment ne la laissait pas indifférente. Accepter une telle proposition n'était pas dans ses habitudes – elle n'avait jamais rien fait de tel – mais il était si correct, si plaisant et semblait éprouver tant de remords qu'elle eut de la peine pour lui. En outre, elle ne voyait rien de mal à s'asseoir et discuter un instant avant de reprendre sa promenade. Rien ne la pressait, car elle savait que sa mère et sa sœur seraient encore absentes plusieurs heures. Elle se laissa donc conduire jusqu'au banc, où il s'assit près d'elle en laissant une distance respectueuse entre eux.

— Êtes-vous sûre d'aller bien ?

Il baissa les yeux vers sa cheville et fut soulagé de constater qu'elle ne paraissait pas enflée.

— J'en suis certaine, lui assura-t-elle en souriant.

— Je voulais simplement vous dépasser mais je n'imaginais pas vous surprendre. J'aurais dû signaler ma présence. J'avais la tête ailleurs, je pensais à cette maudite guerre… expliqua-t-il, une expression inquiète sur le visage.

Tandis qu'il était adossé au banc, Beata l'observa. Elle n'avait jamais rencontré quelqu'un comme lui. On aurait dit un prince de conte de fées. Extrêmement sympathique, il ne montrait aucune suffisance ni prétention. Il ressemblait à l'un des amis d'Ulm, en beaucoup plus beau.

— Ainsi, vous n'êtes pas suisse ? s'enquit-elle avec intérêt.

— Je suis français.

À ces mots, Beata fronça les sourcils.

— Est-ce donc si terrible ? demanda-t-il. En fait, mon grand-père maternel est suisse. C'est la raison de ma présence ici. Il est mort il y a deux semaines, et j'ai dû m'occuper de la succession avec mon frère et mes parents. On m'a accordé une permission.

Il parlait avec un grand naturel et beaucoup de franchise, sans présomption ni familiarité déplacée. Il semblait issu de l'aristocratie et fort bien élevé.

— Non, ce n'est pas terrible du tout, répondit-elle sincèrement en le fixant droit dans les yeux. Je suis allemande.

Elle s'attendait presque à le voir bondir en clamant qu'il haïssait les Allemands. Après tout, leurs pays étaient ennemis, et elle ignorait totalement quelle serait sa réaction devant cet aveu.

— Vous attendez-vous à ce que je vous reproche cette guerre ? lui demanda-t-il en souriant avec douceur.

Elle était jeune et incroyablement jolie. Et, tandis qu'elle l'écoutait, son air contrit le toucha. Elle semblait différente des autres jeunes filles, et il se réjouit tout à coup d'avoir manqué la renverser.

— Êtes-vous responsable de cette guerre atroce, mademoiselle ? Devrais-je vous en vouloir ?

— J'espère que non, dit-elle en souriant. Êtes-vous dans l'armée ?

— Dans la cavalerie. J'ai fait l'école de Saumur.

Beata savait qu'il s'agissait d'un établissement prestigieux.

— Cela doit être intéressant.

Elle aimait les chevaux et avait beaucoup monté dans son enfance. Elle adorait accompagner ses frères en promenade, surtout Ulm, car Horst, lui, affolait toujours son cheval – et celui de Beata par la même occasion.

— Mes frères aussi sont dans l'armée.

Il l'observa pendant un long moment, l'air pensif, perdu dans le bleu de ses yeux, plus foncés que les siens. Jamais il n'avait vu une chevelure aussi sombre contraster avec une peau aussi blanche. Assise sur ce banc, on aurait dit un tableau.

— Ne serait-ce pas magnifique si les conflits entre nations pouvaient se résoudre aussi simplement que cela, deux personnes assises sur un banc, un après-midi d'été, au bord d'un lac ? On discuterait et on se mettrait d'accord, plutôt que de laisser de jeunes hommes mourir sur le champ de bataille.

Ses paroles lui firent à nouveau froncer les sourcils. Elles lui rappelaient combien ses frères étaient vulnérables.

— Oui, ce serait magnifique. Mon frère aîné pense que la guerre s'achèvera bientôt.

— J'aimerais être de son avis, dit-il poliment. Mais une fois que l'on a mis une arme dans la main d'un homme, j'ai bien peur qu'il ne s'en sépare pas aussi facilement. Je crois que cette guerre peut durer des années.

— Je souhaite que vous ayez tort, répondit-elle calmement.

— Moi aussi. Mais quelle impolitesse de ma part ! Je me présente, Antoine de Vallerand, fit-il en se levant pour la saluer, avant de se rasseoir.

— Beata Wittgenstein, répondit-elle en souriant.

— Comment se fait-il que vous parliez aussi bien le français ? s'enquit-il. Vous vous exprimez parfaitement et sans aucun accent. On pourrait presque vous prendre pour une Parisienne.

Jamais il n'aurait pensé qu'elle pût être allemande. Quant à la consonance juive de son nom, elle ne lui effleura même pas l'esprit, tant il était fasciné par la jeune fille. Contrairement à la plupart des gens de son milieu, il n'y attachait aucune importance. Tout ce qu'il voyait, c'était une jeune femme belle et intelligente.

— Je l'ai appris à l'école.

— Si c'est la vérité, alors vous êtes bien plus douée que moi. J'ai étudié l'anglais à l'école et je suis incapable de dire un mot. Quant à mon allemand, il est absolument pitoyable. J'ai bien peur de ne pas avoir votre facilité. C'est d'ailleurs le cas de beaucoup de Français. Nous n'apprenons pas d'autre langue, car nous sommes persuadés que le monde entier va apprendre le français pour pouvoir communiquer avec nous. Heureusement que vous êtes de ceux-là. Parlez-vous anglais également ?

Il en était presque certain. Même s'il la connaissait à peine et qu'elle semblait réservée, elle paraissait extrêmement intelligente et à l'aise. Beata elle-même était surprise de se sentir aussi détendue et en confiance avec un inconnu.

— Oui, je parle aussi l'anglais, mais pas aussi bien que le français, reconnut-elle.

— Vous allez toujours au lycée ? demanda-t-il, car elle lui semblait jeune.

Antoine avait trente-deux ans. Beata en avait douze de moins.

— Non, j'ai fini, répondit-elle d'un air timide. Mais je continue de lire beaucoup. Je voulais entrer à l'université, mais mon père a refusé.

— Pourquoi ? demanda-t-il avant d'esquisser un sourire. Je vois. Votre père pense que vous devriez vous marier et fonder une famille. Il estime que vous n'avez pas besoin d'aller à l'université. Je me trompe ?

— Non, en effet, confirma-t-elle, l'air ravi.

— Ne souhaitez-vous pas vous marier un jour ?

Il lui rappelait de plus en plus Ulm. Elle avait le sentiment qu'Antoine et elle se parlaient comme de vieux amis, et lui aussi semblait très à l'aise en sa compagnie. Elle avait l'impression de pouvoir tout lui confier, ce qui était inhabituel pour elle qui était toujours d'une timidité extrême avec les hommes.

— Je ne veux pas me marier, sauf si je tombe amoureuse, déclara-t-elle simplement.

— Cela me paraît sensé, fit Antoine en hochant la tête. Mais vos parents approuvent-ils cette idée ?

— Je n'en suis pas sûre. Leur mariage a été arrangé par leurs familles, et ils pensent que c'est une bonne chose. Ils veulent que mes frères aussi se marient.

— Quel âge ont-ils ?

— Vingt-trois et vingt-sept ans. L'un est sérieux, l'autre est un peu fou et ne pense qu'à s'amuser, répondit-elle avec un sourire prudent.

— On dirait mon frère et moi.

— Quel âge a votre frère ?

— Il a cinq ans de moins que moi. Vingt-sept ans, comme votre frère aîné. Et moi je suis un vieillard de trente-deux ans. Mes parents ont abandonné tout espoir pour moi, précisa-t-il.

Et, jusqu'à cet instant, c'était également ce qu'il pensait.

— Lequel des deux êtes-vous ?

— Comment ça, lequel ? demanda-t-il, surpris, avant de comprendre. Ah oui ! C'est mon frère le joyeux, et moi l'ennuyeux de service.

Mais immédiatement il se rendit compte de sa maladresse.

— Pardonnez-moi, je n'ai pas voulu dire que votre frère aîné était ennuyeux. J'imagine qu'il est sérieux, tout simplement. J'ai toujours été le plus responsable, à l'inverse de mon frère, trop occupé à se divertir. Cela dit, c'est peut-être lui qui a raison. De toute façon, je suis d'un naturel plus calme.

— Et vous n'êtes pas marié ? s'enquit Beata avec intérêt.

Leur rencontre était véritablement des plus singulières. Si elle avait eu lieu lors d'un bal, d'un thé ou d'un dîner, jamais ils n'auraient osé se poser de telles questions. Mais sur ce banc au bord du lac, cela semblait tout à fait naturel. Antoine l'intriguait. En plus d'être très séduisant, il était également respectueux des convenances.

— Non, je ne suis pas marié, répondit-il, une lueur d'amusement dans les yeux. J'y ai songé une ou deux fois, mais j'ai vite compris que je me trompais. Pourtant, ma famille exerce sur moi une lourde pression, parce que je suis l'aîné. Mais je préfère être seul plutôt que de commettre l'erreur d'épouser la mauvaise personne.

— Je suis d'accord avec vous, acquiesça-t-elle d'un signe de tête.

Elle lui semblait étonnamment déterminée. Bien qu'il lui trouvât à certains moments des airs d'enfant, il se rendait compte qu'elle avait des idées bien arrêtées, autant sur le mariage que sur l'université.

— Qu'auriez-vous choisi d'étudier si vous étiez allée à l'université ? demanda-t-il avec curiosité.

— La philosophie, les Grecs, je pense, répondit-elle d'un air rêveur. Peut-être la religion, ou la philosophie des religions. J'ai lu la Bible en entier.

Antoine était impressionné. En plus d'être belle, elle était brillante. Et il était si agréable de parler avec elle.

— Et qu'en avez-vous pensé ? Je ne peux pas vraiment dire que je l'ai lue, sinon par bribes et à l'occasion de mariages ou d'enterrements. Je passe la plupart de mon temps à m'occuper des chevaux et j'aide mon père à gérer la propriété familiale. La terre est mon grand amour.

Il aurait voulu lui faire comprendre à quel point il était attaché à sa terre. Elle faisait partie de lui.

— Je crois que c'est le cas pour beaucoup d'hommes, répondit-elle d'un ton posé. Où se trouve la propriété de votre famille ?

Elle appréciait leur conversation et ne voulait pas qu'elle s'arrête.

— En Dordogne. C'est une région où l'on trou beaucoup de chevaux. Près du Périgord, pas loin Bordeaux, si cela vous dit quelque chose.

Ses yeux brillèrent rien qu'en en parlant, et compris ce que cela représentait pour lui.

— Je n'y suis jamais allée, mais la région doit être magnifique pour que vous l'aimiez autant.

— C'est vrai, confirma-t-il. Et vous, où habitez-vous ?

— À Cologne.

— Je connais Cologne, dit-il. J'aime aussi beaucoup la Bavière. Et j'ai passé de bons moments à Berlin.

— C'est précisément à Berlin que mon frère Horst souhaiterait vivre. Bien sûr, c'est impossible, car il devra repartir à Cologne pour travailler avec mon père, dès que la guerre sera finie. Mon grand-père, mon père, mes oncles et Ulm travaillent tous à la banque. J'imagine que cela ne doit pas être très drôle. Pourtant, ils ont l'air de s'en satisfaire. C'est sans doute intéressant.

Antoine lui sourit. Elle débordait d'idées et d'intérêt pour les choses du monde. En la regardant et en l'écoutant, il était certain que si elle était allée à l'université ou avait travaillé à la banque, elle aurait réussi. En outre, il était impressionné qu'aussi jeune elle ait lu la Bible.

— Qu'aimez-vous faire ? demanda-t-il, curieux.

— J'aime lire et apprendre, répondit-elle simplement. J'aurais aimé devenir écrivain, mais bien sûr je n'en ai pas le droit non plus.

L'homme qu'elle épouserait ne tolérerait certainement pas ce genre d'activité. Son devoir serait de s'occuper de lui et de leurs enfants.

— Un jour, peut-être. Cela dépendra de l'homme
…us épouserez, si jamais vous vous mariez. Avez-
… des sœurs, ou seulement des frères ?
… sœur. Elle est plus jeune que moi et
…te. Elle a dix-sept ans. Elle adore sortir,
…ller. Elle a hâte de se marier. Elle me
…e, ajouta Beata avec un sourire mali-

Il ressentit soudain l'envie de la prendre dans ses bras, en dehors de toute règle de bienséance, et se réjouit à nouveau d'avoir failli la renverser. Leur rencontre lui paraissait le fait de la Providence, et il avait l'impression que Beata pensait la même chose.

— Mon frère dit que je suis extrêmement ennuyeux. Mais vous, Beata, je vous trouve tout sauf ennuyeuse. J'aime discuter avec vous.

— Moi aussi, répondit la jeune fille en souriant timidement.

Elle se demandait si elle ne devait pas rentrer à l'hôtel. Ils étaient sur le banc depuis longtemps déjà, trop longtemps peut-être. Ils restèrent assis encore un long moment, admirant le lac en silence, puis Antoine se tourna vers elle.

— Souhaitez-vous que je vous raccompagne à votre hôtel ? Votre famille s'inquiète peut-être.

— Ma mère a emmené ma sœur en ville. Je ne crois pas qu'elles rentreront avant l'heure du dîner, mais je devrais peut-être rentrer en effet, déclara Beata avec sérieux bien que l'idée lui déplût.

Tous les deux se levèrent à contrecœur, et Antoine s'enquit de l'état de sa cheville. Il fut soulagé d'entendre qu'elle ne souffrait pas, et lui offrit son bras pour retourner à l'hôtel. Beata l'accepta, et ils se mirent en route tranquillement, discutant de sujets variés. Ils constatèrent qu'ils détestaient se rendre à des soirées, mais qu'ils aimaient danser. Antoine fut ravi d'apprendre que Beata aimait les chevaux et pratiquait la chasse à courre. Ils aimaient aussi les bateaux et partageaient une passion commune pour la mer. Elle affirma ne pas être sujette au mal de mer, ce qu'il trouva difficile à croire ; en revanche, elle avoua avoir peur des chiens depuis qu'elle s'était fait mordre, petite fille. Ils aimaient tous les deux l'Italie, même si Antoine avouait adorer l'Allemagne, ce dont il ne pouvait trop se flatter dans les circonstances actuelles. Plus ils faisaient connaissance, moins la guerre et le fait que leurs pays respectifs soient ennemis semblaient avoir d'importance. À leur arrivée à l'hôtel, Antoine afficha une mine désappointée. L'idée de quitter Beata ne l'enchantait guère. Il aurait voulu prolonger leur entrevue et s'attardait devant l'hôtel.

— Souhaiteriez-vous prendre un thé ? suggéra-t-il.

Les yeux de Beata s'illuminèrent.

— Avec plaisir, merci.

Il la conduisit jusqu'à la terrasse. Autour des tables, des femmes élégantes discutaient entre elles et des couples fortunés prenaient une collation en parlant à voix basse en français, en allemand, en italien ou en anglais. Antoine et Beata prirent un thé, jusqu'à ce qu'il leur soit impossible de rester plus longtemps. Alors, il la raccompagna dans le hall de l'hôtel. En dépit de sa petite taille et de son air fragile, il savait maintenant que c'était une jeune fille pleine d'esprit et tout à fait capable de défendre ses idées. Elle avait des opinions sur beaucoup de choses, et il en partageait la plupart ; quant à celles qu'il n'approuvait pas, elles l'amusaient. Il n'y avait rien d'ennuyeux chez elle. Au contraire, il la trouvait incroyablement stimulante, et d'une beauté à couper le souffle. Il fallait absolument qu'il la revoie.

— Pensez-vous que votre mère vous autoriserait à déjeuner en ma compagnie, demain ? demanda-t-il, plein d'espoir et brûlant de lui toucher la main – mais plus encore, c'était son visage délicieux qu'il aurait voulu caresser.

— Je n'en suis pas certaine, répondit-elle avec franchise.

Il serait déjà délicat, pensait-elle, d'expliquer les circonstances de leur rencontre et le fait qu'ils aient passé autant de temps ensemble, sans surveillance. Pourtant, rien de fâcheux ne s'était produit. Antoine était d'une éducation parfaite et manifestement issu de bonne famille. Ses parents ne pourraient soulever aucune objection, si ce n'est qu'il était français, ce qui, il fallait bien le reconnaître, jouait en sa défaveur, étant donné les circonstances. Mais ils étaient en Suisse, après tout ! Tout était différent ici. Et puis, le fait que leurs pays soient ennemis ne signifiait en aucun cas qu'il fût un homme mauvais. Malgré tout, elle craignait que sa mère ne voie pas les choses de cette façon ; c'était même presque une certitude, dans la mesure où ses fils se battaient contre les Français et pouvaient être tués par eux à tout instant. D'autre part, ses parents étaient de fervents patriotes. Enfin, elle avait conscience que, si Antoine se présentait comme un soupirant potentiel, sa famille le rejetterait immédiatement, car il n'était pas juif. Mais ces inquiétudes étaient prématurées.

— Peut-être, dans ce cas, votre mère et votre sœur pourraient-elles se joindre à nous pour le déjeuner ? demanda Antoine.

Il n'avait aucunement l'intention de baisser les bras. La guerre lui semblait un bien mince obstacle pour qu'il laisse s'échapper une jeune femme aussi merveilleuse et envoûtante.

— Je le leur demanderai, répondit Beata d'un ton calme.

Mais elle savait qu'elle ferait bien plus que cela, elle était prête à se battre comme une tigresse pour le revoir. D'ailleurs, c'était probablement ce qu'elle allait devoir faire, car aux yeux de sa mère, Antoine aurait deux défauts majeurs, sa foi et sa nationalité.

— Devrais-je appeler votre mère et le lui proposer moi-même ? reprit-il, l'air soucieux.

— Non, je m'en chargerai.

Tous les deux étaient désormais liés par un pacte secret, la poursuite de leur amitié, ou quoi que ce fût d'autre. Mais il ne semblait pas à Beata qu'Antoine la courtisait. Son seul espoir était qu'ils puissent être amis – elle n'osait imaginer davantage.

— Puis-je vous appeler ce soir ? demanda Antoine avec nervosité.

Elle lui donna le numéro de la chambre qu'elle partageait avec Brigitte.

— Nous dînons à l'hôtel, ce soir.

— Nous aussi ! s'exclama Antoine. Peut-être nous verrons-nous et pourrai-je alors me présenter en personne à votre mère et votre sœur ? Comment dirons-nous que nous nous sommes rencontrés ?

Soudain, il parut inquiet. Leur rencontre avait été parfaitement fortuite, mais pas vraiment convenable. En outre, leur longue conversation s'était révélée inhabituelle, c'était le moins qu'on puisse dire.

— C'est simple ! répondit Beata en riant. Vous m'avez renversée, puis vous m'avez aidée à me relever.

— Je suis certain que votre mère appréciera. Lui direz-vous que je vous ai poussée dans la boue ou bien que je vous ai jetée dans le lac pour avoir le plaisir de vous aider ensuite ?

Beata éclata de rire comme une enfant. Antoine n'avait pas été aussi heureux depuis des années.

— Comme c'est injuste de votre part ! Vous pourriez au moins préciser que je vous ai rattrapée par le bras pour vous empêcher de tomber, même si j'ai effectivement fait exprès de vous bousculer en passant ! Et vous pourriez également affirmer à votre mère que je me suis présenté à vous dans les règles !

Il ne regrettait plus du tout ce qui s'était passé. Cet incident mineur avait été une chance.

— Oui, peut-être, répondit Beata en le regardant d'un air anxieux, embarrassée par ce qu'elle était sur le point de lui demander. Pensez-vous que ce serait vraiment mal de lui dire que vous êtes suisse ?

Antoine hésita, puis hocha la tête en signe de compréhension. Il voyait bien que sa nationalité lui posait un problème, ou en tout cas en poserait un à sa mère. En fait, Beata, elle, savait que le vrai problème était qu'il soit un aristocrate français et non un Juif. Mais jamais elle n'aurait pu le lui dire. Elle nourrissait l'illusion que, puisqu'ils n'étaient que de simples amis, sa mère n'y attacherait pas d'importance. Quel mal y avait-il à se lier d'amitié avec un chrétien ? Beaucoup des amis de ses parents l'étaient. C'était un argument qu'elle comptait utiliser si sa mère refusait qu'ils déjeunent ensemble.

— J'ai un quart de sang suisse, après tout, répondit Antoine. Il faudra seulement que je ne dise pas « soixante-dix » au lieu de « septante », sinon je me trahirais. Mais ça ne me dérange pas de me faire passer pour un Suisse, si c'est plus facile pour vous. Je regrette simplement que ce genre de considération ait une si grande importance de nos jours.

En réalité, sa propre famille aurait été horrifiée d'apprendre qu'il était devenu ami avec une Allemande et, pire encore, qu'il s'était épris d'elle. Les relations franco-allemandes étaient au plus mal, mais il ne voyait aucune raison pour que Beata et lui en subissent les conséquences.

— Ne vous inquiétez pas, nous trouverons une solution, dit-il avec douceur tandis qu'elle levait vers lui ses grands yeux bleus. Tout ira bien, Beata, je vous le promets. Nous nous verrons demain, d'une façon ou d'une autre.

Il ne laisserait rien se mettre entre eux. Les yeux rivés sur lui, Beata se sentait en sécurité. Bien qu'ils fussent de parfaits inconnus l'un pour l'autre, elle lui faisait déjà confiance. Elle savait que quelque chose d'extraordinaire et de magnifique s'était produit.

— Je vous appellerai ce soir, souffla Antoine au moment où elle entrait dans l'ascenseur en lui souriant alors que le liftier refermait les portes.

Il continua de la regarder jusqu'à ce qu'elle disparaisse. Beata avait conscience que sa vie venait de basculer. Quant à Antoine, il quitta l'hôtel un grand sourire aux lèvres.

2

Beata n'était pas préparée à la réaction de sa mère quand elle lui proposa de déjeuner avec Antoine. Elle lui expliqua qu'ils s'étaient rencontrés à l'hôtel à l'heure du thé, qu'ils avaient un peu discuté et qu'Antoine avait ensuite suggéré qu'ils déjeunent tous ensemble le lendemain. Elle n'eut pas le courage de lui demander de déjeuner seule avec Antoine : sa mère semblait déjà suffisamment horrifiée.

— Déjeuner avec un parfait inconnu ? Beata, aurais-tu perdu la raison ? Tu ne connais pas cet homme. Qu'as-tu fait pour qu'il t'invite à déjeuner ? demanda Monika, soupçonneuse.

Elle n'avait laissé Beata seule que quelques heures, et cela ne lui ressemblait pas d'engager la conversation avec un inconnu. Il s'agissait certainement d'un séducteur qui rôdait dans l'hôtel et qui choisissait ses proies parmi les jeunes filles de bonne famille. Mais elle n'était pas aussi innocente que sa fille et trouvait révoltant que cet homme ait osé faire des avances à Beata ; et pis encore, que celle-ci se soit laissé séduire. Cela prouvait qu'elle n'était encore qu'une enfant, très naïve. Quant à cet Antoine, elle s'imaginait le pire.

— Je ne faisais rien, j'étais simplement en train de prendre le thé sur la terrasse, répliqua Beata, bouleversée.

Rien ne se passait comme prévu, et la jeune fille se demandait ce qu'elle allait bien pouvoir dire à Antoine.

— Nous avons engagé la conversation, discuté de tout et de rien. Il était très poli.

— Quel âge a-t-il ? Et que faisait-il là, au lieu d'être à la guerre ?

— Il est suisse, répliqua Beata.

Voilà qui était dit. Elle n'avait jamais menti à sa mère, contrairement à Brigitte qui en avait fait une habitude ; c'était la première fois pour elle. Mais revoir Antoine valait la peine de prendre des risques et de rompre avec ses habitudes. En un seul après-midi, il avait non seulement gagné sa confiance, mais conquis son cœur.

— Pourquoi n'était-il pas à son travail ? Que fait-il à rôder près de l'hôtel ?

D'après ce qu'elle en savait, les hommes respectables travaillaient. Ils n'avaient pas le temps de traîner dans les hôtels à l'heure du thé pour aborder les jeunes filles.

— Il est de passage, comme nous. Il est venu voir sa famille, car son grand-père vient de mourir.

— Je suis navrée de l'apprendre, rétorqua brutalement Monika. C'est peut-être un homme très bien, mais c'est un étranger. Il ne nous a pas été officiellement présenté, que ce soit par une personne de notre entourage ou du sien. Nous ne déjeunerons pas avec lui.

Puis elle ajouta :

— Comment s'appelle-t-il ?

— Antoine de Vallerand.

Leurs regards se croisèrent et Monika scruta longuement sa fille. Elle se demanda si elle avait déjà rencontré cet homme auparavant, mais Beata n'était pas perfide ; elle était seulement jeune, inconsciente et naïve.

— C'est un noble, déclara Monika d'un ton posé mais plein de reproche.

En tant que tel, il n'était pas un prétendant acceptable pour ses filles. Il y avait des limites à ne pas franchir, et sa noblesse en était une. Beata devina ce que sa mère pensait sans que Monika dise quoi que ce soit. Ils étaient juifs, Antoine ne l'était pas.

— Est-ce donc un crime d'être noble ? demanda Beata d'un ton acerbe.

Mais son regard, lui, était triste, ce qui inquiéta d'autant plus Monika.

— As-tu déjà rencontré cet homme auparavant ?

Beata secoua la tête. C'est alors que Brigitte entra en trombe dans la pièce, les bras chargés de paquets. Elle avait adoré faire les boutiques, même si elle préférait celles de Cologne. Mais l'avantage avec les magasins suisses, disait-elle, c'était qu'ils ne manquaient de rien. Cela faisait du bien d'oublier un peu la guerre.

— Comment est-il ? demanda Brigitte, qui arborait un nouveau sac noir en suédine et une magnifique paire de gants blancs. Il est beau ?

— Peu importe, interrompit Beata d'un ton cassant. Il m'a paru être un gentleman, et il nous a invitées toutes les trois à déjeuner, ce qui m'a semblé très aimable et poli de sa part.

— Et pourquoi crois-tu qu'il ait fait ça ? demanda sa mère d'un air désapprobateur. Parce qu'il meurt d'envie de nous rencontrer, Brigitte et moi ? Bien sûr que non. Il est évident qu'il veut passer du temps avec toi. Quel âge a-t-il ?

Sa méfiance était à son comble.

— Je l'ignore. L'âge d'Ulm, à peu près.

Beata savait bien qu'il avait en réalité cinq ans de plus que son frère. C'était le troisième mensonge qu'elle faisait pour le protéger, lui et leur amitié naissante. Mais la perspective d'être avec lui valait bien tous les mensonges, pensait-elle. Elle voulait à tout prix le revoir, même si c'était avec sa mère et sa sœur. Qui pouvait savoir s'ils se reverraient un jour ?

— Il est trop âgé pour toi, rétorqua brutalement Monika, qui savait pertinemment que la raison de ses objections était autre mais ne voulait pas le dire à Beata.

La jeune fille savait très bien pourquoi sa mère ne souhaitait pas donner suite à cette invitation : bien plus que d'être un inconnu, Antoine n'était pas juif. Elle refusait que ses filles rencontrent de beaux jeunes gens de confession catholique. Jacob ne le lui pardonnerait pas, et elle lui donnait entièrement raison. Il était parfaitement inutile de permettre à cette relation d'aller plus loin. Monika comptait bien ne rien faire qui puisse encourager un noble suisse et chrétien à courtiser une de ses filles, cette seule idée était absurde. Certes, Jacob et elle avaient quelques amis chrétiens, mais jamais elle n'aurait eu l'idée de présenter leurs fils à ses filles ! Quel intérêt de les exposer à la tentation, de leur faire miroiter quelque chose qu'elles n'auraient jamais ? D'ailleurs, malgré la beauté de Brigitte et de Beata, aucun de leurs amis chrétiens n'avait jamais proposé de leur présenter leurs fils. Dans ce domaine, comme dans tous les autres, les adultes étaient plus raisonnables que les jeunes. Monika resta donc ferme et intransigeante – Jacob l'aurait fustigée, à juste titre, s'il en avait été autrement.

— Je ne vois pas ce que vous craignez qu'il arrive à ce déjeuner. Ce n'est pas un assassin, tout de même ! objecta Beata d'une voix plaintive.

— Qu'en sais-tu ? répliqua Monika d'un ton sévère, loin de trouver la situation amusante.

Tout cela ne ressemblait pas à Beata, même s'il lui arrivait de se battre pour ses convictions et ses désirs. Son comportement présent n'était que de l'entêtement, d'autant plus qu'elle ne connaissait même pas cet homme. Monika comptait mettre un terme à cette histoire avant même qu'elle ne commence. Elle savait très bien ce que Jacob attendait d'elle en tant que mère. Toutefois, la situation venait de mettre en lumière qu'il fallait trouver un mari à Beata. Si de jeunes nobles se mettaient soudain à lui tourner autour comme des vautours, cela signifiait qu'il était temps pour elle de se ranger, avant que quelque chose de fâcheux ne se produise.

Même si Beata était obéissante et bien élevée, ce qui faisait honneur à ses parents, ses idées étaient bien trop libérales au goût de sa mère, qui décida d'en parler à son mari dès leur retour en Allemagne. Elle savait que Jacob avait déjà en tête plusieurs partis respectables et fortunés, dont l'un possédait une banque rivale. Il était assez âgé pour être le père de Beata, mais Monika était d'accord avec Jacob – comme en toutes choses – pour dire qu'un homme plus mûr, en âge et en pensée, conviendrait parfaitement à leur fille ; c'était une jeune fille sérieuse qu'un homme de son âge ne saurait satisfaire. Cependant, quels que soient les atouts du prétendant, celui-ci devait par-dessus tout partager leur foi. Toute autre possibilité était exclue. À l'évidence, le jeune noble qui les avait invitées à déjeuner faisait partie de la catégorie interdite. Il était évident qu'avec un nom comme le sien, il était chrétien, et plus probablement encore catholique. Mais au moins était-il suisse, et non français – depuis le début de la guerre, Monika vouait une haine féroce aux Français qui essayaient de tuer ses fils, là-bas dans les tranchées.

Beata cessa d'argumenter et ne dit plus un mot, tandis que Brigitte et elle s'habillaient pour le dîner.

— Alors, que s'est-il vraiment passé avec cet homme ? s'enquit Brigitte, l'air espiègle.

Elle portait les dessous en satin couleur pêche garnis de dentelle crème que sa mère lui avait achetés dans l'après-midi. Monika avait trouvé la tenue un peu osée, mais n'avait pas vu de mal à céder, puisque personne ne la verrait, à part sa sœur et elle-même.

— T'a-t-il embrassée ?

— Tu es folle ou quoi ? Pour qui me prends-tu ? rétorqua Beata, à la fois énervée et troublée. Et puis, c'est un gentleman. Pour tout te dire, il m'a retenue par le bras pour m'empêcher de tomber, quand il m'a bousculée.

— C'est donc comme ça que vous vous êtes rencontrés ? demanda Brigitte, émerveillée à cette idée. C'est d'un romantisme ! Pourquoi ne l'as-tu pas dit à maman ? Elle lui aurait été reconnaissante de t'avoir empêchée de te blesser.

— Non, je ne crois pas, répondit Beata, qui savait mieux juger les réactions de sa mère que Brigitte.

Cette dernière faisait encore des scènes et des crises de colère puériles, ce qui n'était pas le genre de Beata, loin s'en fallut.

— Cela m'a semblé plus respectable de dire que nous nous étions rencontrés en prenant le thé.

— Tu as peut-être raison. T'es-tu salie en tombant ? Ça peut-être très embarrassant, fit Brigitte en même temps qu'elle passait une robe en lin blanche et brossait ses longues boucles dorées.

Beata regardait sa sœur avec envie : Brigitte était si belle qu'on eût dit un ange. À côté d'elle, Beata, qui détestait ses cheveux noirs, se sentait comme le vilain petit canard. Elle n'était pas jalouse de Brigitte : elle aurait simplement voulu lui ressembler un peu. Sa silhouette, par exemple, était bien plus voluptueuse que la sienne ; comparée à sa jeune sœur, elle ressemblait à une petite fille. Brigitte semblait également plus mûre avec les hommes ; elle engageait la conversation avec eux beaucoup plus facilement qu'elle et adorait les taquiner et les tourmenter. Beata, pour sa part, se sentait plus à l'aise en compagnie des femmes, contrairement à sa sœur qui flirtait sans vergogne et prenait un malin plaisir à torturer les hommes.

— Je ne me suis pas salie, expliqua Beata. Je t'ai dit qu'il m'avait empêchée de tomber.

— C'était aimable de sa part. Qu'a-t-il fait d'autre ?

— Rien. Nous avons juste discuté, répondit Beata tandis qu'elle enfilait une robe en soie rouge qui mettait en valeur ses cheveux et son teint.

Elle était d'humeur maussade. Quand Antoine l'appellerait, elle devrait lui annoncer qu'ils ne pourraient pas se voir le lendemain. Elle avait la certitude qu'il n'y avait plus aucun moyen de convaincre sa mère de déjeuner tous les quatre, et encore moins juste tous les deux.

— De quoi avez-vous parlé ?

— De philosophie, de la Bible, de ses terres, de l'université. Rien de bien important. Il est très gentil.

— Beata, je rêve ! fit Brigitte avec toute l'exaltation de ses dix-sept ans. Serais-tu amoureuse ?

— Pas du tout. Je ne le connais même pas. C'était juste agréable de discuter avec lui.

— Tu ne devrais pas aborder ce genre de sujets avec les hommes. Ils n'aiment pas ça et ils vont te trouver bizarre, prévint Brigitte avec gentillesse, ce qui ne fit qu'accabler davantage Beata.

— Je suppose que je suis bizarre, oui. Je ne m'intéresse pas aux… Les sujets « légers » ne m'intéressent pas. Je préfère les questions sérieuses, comme les anciens Grecs.

Elle cherchait les mots justes pour ne pas offenser sa sœur.

— Parfois, j'aimerais que tu parles d'autre chose. Comme des soirées, de la mode, des bijoux ! C'est ce que les hommes veulent entendre, sinon ils pensent que tu es plus intelligente qu'eux et ça les fait fuir.

Brigitte était très avisée pour son âge ; l'instinct la guidait, plus que l'expérience.

— C'est probablement ce qui se passera avec moi.

Mais Beata ne s'en souciait pas vraiment. La plupart des jeunes hommes qu'elle rencontrait lors des soirées lui semblaient sans intérêt.

Elle avait beau, par exemple, adorer son frère Horst, elle aurait préféré mourir plutôt que d'épouser un homme comme lui. Elle aurait pu tolérer un homme comme Ulm, mais la perspective d'épouser quelqu'un de son milieu ne l'enchantait guère. Tous semblaient blasés et ennuyeux, et la plupart immatures et superficiels. Antoine était différent. Il était plus sérieux que la majorité des hommes qu'elle avait rencontrés, rassurant et sincère. Elle n'avait jamais éprouvé pour personne ce qu'elle avait ressenti pour lui, en l'espace de quelques heures, même si elle savait que cela ne les mènerait nulle part. Elle n'avait aucune idée de ce que lui ressentait pour elle – en matière d'hommes, elle n'avait ni l'intuition ni le savoir-faire de sa sœur. Si Brigitte les avait vus ensemble, elle lui aurait aussitôt dit qu'Antoine était fou amoureux d'elle. L'affaire semblait bien engagée aux yeux de la jeune fille, l'invitation à déjeuner étant la preuve de l'intérêt du jeune homme. Cependant, elle n'en dit rien à Beata qui, visiblement, n'était pas d'humeur à poursuivre la discussion.

Beata garda le silence en descendant dans l'ascenseur pour dîner. Comme il faisait doux, sa mère demanda une table en terrasse. Monika portait une élégante robe en soie bleu marine, avec un collier de saphir, des boucles d'oreilles en saphir et diamant et des chaussures et un sac bleu marine assortis. Ce furent trois très belles femmes que le garçon installa. Elles choisirent le menu, puis Beata garda le silence, tandis que sa mère et sa sœur parlaient de leur après-midi de courses. Sa mère lui raconta qu'elle avait vu plusieurs robes qui lui iraient très bien, mais cela ne sembla pas l'intéresser.

— Quel dommage que tu ne puisses te vêtir de livres ! la taquina Brigitte. Tu prendrais plus de plaisir à faire les boutiques !

— Je préfère confectionner mes vêtements moi-même, répondit Beata d'un ton posé tandis que sa sœur levait les yeux au ciel.

— Pourquoi t'embêter, alors que tu peux les acheter ?

— Parce que, de cette façon, j'ai exactement ce que je veux.

La jolie robe en soie rouge qu'elle portait était justement une de ses créations ; elle lui allait d'ailleurs à merveille et dessinait son corps mince en lignes simples et nettes.

Beata avait toujours aimé coudre, et elle était très douée. Sa gouvernante lui avait appris, bien que Monika lui eût toujours répété que rien ne l'obligeait à faire ses robes elle-même. Mais Beata adorait cela. La jeune fille avait même réalisé des robes de soirée qu'elle avait copiées d'après des revues ou des dessins de collections parisiennes qu'on ne trouvait plus nulle part, désormais. Elle aimait surtout les simplifier, pour les adapter à ses goûts. Une fois, pour l'anniversaire de sa mère, elle avait créé une somptueuse robe de soirée en satin vert, dont le chic avait stupéfié Monika. Beata en aurait volontiers fait autant pour Brigitte, si cette dernière n'avait pas détesté les vêtements faits maison. À la place, Beata lui confectionnait des dessous de toutes les couleurs, en satin et dentelle, dont Brigitte raffolait.

Les trois femmes venaient de terminer leur potage quand Beata vit sa mère lever les yeux vers elle et regarder par-dessus son épaule, l'air déconcerté. N'ayant pas la moindre idée de ce qui se passait, Beata se retourna et trouva Antoine debout derrière elle, leur adressant à toutes les trois un sourire chaleureux.

— Madame Wittgenstein ? fit-il poliment en ignorant ses deux filles, y compris celle qui l'avait subjugué l'après-midi même. Je vous prie de m'excuser de vous déranger, mais je souhaitais me présenter et me faire pardonner d'avoir invité votre fille à prendre le thé cet après-midi sans la présence d'un chaperon. Elle avait trébuché en se promenant près du lac, et j'ai cru que sa cheville la faisait souffrir. J'ai pensé qu'un thé lui ferait du bien. Veuillez me pardonner.

— Mais non, je… Pas du tout… Bien sûr… Comme c'est aimable à vous… bredouilla Monika tout en jetant un rapide coup d'œil à Beata.

Antoine s'inclina et lui baisa la main. Parfaitement bien élevé, il se garda de faire de même avec Beata, puisque cette marque de politesse était une courtoisie réservée aux femmes mariées. Conformément aux usages, Beata n'avait reçu qu'un signe de tête. En Allemagne, les jeunes hommes comme ses frères faisaient suivre leur salut d'un claquement de talons ; mais Antoine s'en était abstenu, car ce n'était pas la règle en France ni en Suisse.

— Je ne savais pas qu'elle s'était blessée, fit remarquer Monika d'un air confus.

Antoine se tourna alors vers Beata et eut presque le souffle coupé en la voyant dans sa robe rouge. Un peu plus tôt, son visage s'était éclairé quand il l'avait aperçue à l'autre bout de la salle, et il s'était excusé auprès de sa mère.

Faire se rencontrer leurs deux mères aurait été périlleux, étant donné qu'il devait se faire passer pour un Suisse. Antoine était heureux de pouvoir faire la connaissance de Monika ainsi que de l'éblouissante Brigitte, qui le fixait, incrédule. Antoine la regarda à peine, la traitant comme l'enfant qu'elle était et non comme la femme qu'elle aspirait à être, ce qui lui valut l'approbation de Monika. Loin d'être le séducteur qu'elle avait craint, le jeune homme avait d'excellentes manières et, à l'évidence, beaucoup de savoir-vivre.

— Comment va votre cheville, mademoiselle ? s'enquit Antoine.

— Bien, je vous remercie, monsieur. Vous vous êtes montré bien aimable, fit-elle en rougissant.

— Pas du tout. C'était la moindre des choses.

Antoine reporta ensuite son attention sur Monika pour les inviter à déjeuner. Celle-ci fut troublée. Il était si poli, si prévenant, si franc et si chaleureux qu'elle n'eut pas le cœur de le repousser et accepta son offre malgré elle. Ils convinrent de se retrouver sur la terrasse, le lendemain à une heure. Dès que tout fut arrangé, Antoine fit à nouveau un salut, baisa la main de Monika et partit rejoindre sa famille sans adresser de regard particulier à Beata. Son attitude avait été irréprochable. Quand elles furent seules, Monika regarda sa fille d'un air à la fois surpris et gêné.

— Je comprends pourquoi tu l'apprécies. C'est un jeune homme tout à fait charmant. Il me rappelle Ulm, ajouta-t-elle, ce qui venant de sa part était un grand compliment.

— À moi aussi, répondit Beata.

Mais beaucoup plus beau, se dit-elle en coupant sa viande et en priant pour que personne n'entende son cœur, qui cognait dans sa poitrine. Il avait réussi, elle allait le revoir, même si leur relation, quelle qu'en fût la nature exacte, était vouée à l'échec. Ce serait un souvenir heureux qu'elle pourrait emporter avec elle à Cologne, celui du beau jeune homme de Genève. Beata était convaincue que tous les hommes qu'elle rencontrerait par la suite ne pourraient souffrir la comparaison et, déjà résignée, s'imaginait finir ses jours vieille fille. Non seulement Antoine n'était pas juif, et c'était là son plus grand défaut, mais il n'était pas suisse non plus. C'était sans espoir.

— Pourquoi ne m'as-tu pas dit que tu t'étais blessée à la cheville, cet après-midi ? demanda Monika d'un air inquiet, une fois Antoine parti.

— Ce n'était rien du tout. Il m'a heurtée, au moment où je remontais vers la terrasse, après ma promenade au bord du lac. Je m'étais un peu tordu la cheville, je crois qu'il a eu pitié de moi.

— En ce cas, c'était aimable de sa part de t'inviter à prendre le thé, et nous à déjeuner.

Beata voyait bien que sa mère était elle aussi tombée sous le charme d'Antoine. Comment en aurait-il été autrement ? Il était si beau et si gentil ! En outre, elle se réjouissait secrètement qu'il ait ignoré sa sœur. Les hommes tombaient tous aux pieds de Brigitte, sauf Antoine, qui n'avait pas semblé impressionné, ébloui qu'il était par Beata – bien qu'il n'en ait rien laissé paraître. Il s'était comporté de manière parfaitement normale et amicale, rappelant un peu Ulm, et c'est pourquoi Monika avait accepté son invitation à déjeuner. Beata n'aborda plus le sujet jusqu'à la fin du dîner et ne regarda même pas en sa direction lorsqu'elles quittèrent la terrasse. Antoine, de son côté, ne tenta pas de leur parler à nouveau. Ce n'était pas du tout ce que Monika avait craint ou suspecté, et Jacob lui-même n'aurait rien pu trouver à redire. Cette rencontre était visiblement sans conséquences.

Seule Brigitte n'était pas dupe. Après avoir souhaité bonne nuit à leur mère, les deux jeunes filles se retrouvèrent enfin seules dans leur chambre.

— Beata ! Il est très séduisant ! murmura-t-elle à sa sœur, les yeux remplis d'admiration. Et il est fou de toi ! Vous avez bien possédé maman, tous les deux.

La jeune fille trouvait tout cela formidable et imaginait déjà des rendez-vous clandestins au clair de lune.

— Ne sois pas ridicule ! répliqua Beata tout en retirant sa robe rouge qu'elle jeta sur une chaise.

En pensant à Antoine, Beata regrettait de ne pas avoir porté une tenue plus élégante que cette robe ordinaire – comme elle-même, se dit-elle.

— Il n'est pas fou de moi. D'ailleurs, il ne me connaît même pas. Et nous n'avons pas possédé maman. Il nous a invitées à déjeuner, et elle a accepté. Ce n'est qu'un déjeuner, pour l'amour du ciel ! C'est juste un ami.

— C'est toi qui es ridicule ! Un homme comme lui n'invite pas une femme à déjeuner, à moins d'être fou d'elle ! Il t'a à peine regardée, quand il est venu nous trouver à table, et ça, ça veut tout dire.

— Que diable entends-tu par là ? demanda Beata, amusée.

— Oh, Beata ! fit Brigitte en se moquant. Tu ne connais absolument rien aux hommes ! Quand ils font comme si tu ne les intéressais pas, cela signifie en réalité qu'ils sont éperdument amoureux. Par contre, quand ils en font des tonnes et te regardent d'un air transi, à coup sûr c'est qu'ils mentent.

Beata ne put s'empêcher de rire en entendant les propos de sa sœur. Mais Brigitte était bien plus exercée aux manières du monde et plus avertie en matière d'hommes qu'elle ne l'était. Et son instinct ne la trompait pas.

— C'est ridicule, conclut-elle en riant tout en étant secrètement ravie. Donc, si je te suis bien, tous les hommes qui m'ignorent, comme ce fut le cas au restaurant ce soir, sont en fait amoureux de moi ? C'est fantastique ! Sans compter qu'il va falloir que je me méfie de ceux qui semblent épris de moi, puisqu'ils mentent ! Mon Dieu, comme c'est compliqué !

— Oui, ça l'est, reconnut Brigitte, mais c'est ainsi que cela fonctionne. Ceux qui en font trop s'amusent ; ce sont les autres, comme Antoine, qui sont sincères.

— Sincères à propos de quoi ? s'enquit Beata en observant sa sœur si séduisante, gracieusement allongée sur le lit dans ses dessous en satin.

— À propos de leurs sentiments. Je suis sûre qu'Antoine est tombé amoureux de toi.

— Eh bien, cela ne lui portera pas chance, étant donné que nous rentrons à Cologne dans trois semaines, dit Beata, prosaïque, tout en enfilant sa chemise de nuit en coton.

Elle se faisait l'effet d'être encore une enfant par rapport à sa sœur. Elle se confectionnait toujours les mêmes chemises de nuit en coton blanc, identiques à celles qu'elle portait quand elle était petite. Elles étaient confortables, et elle les adorait.

— Il peut se passer beaucoup de choses en trois semaines, dit Brigitte d'un air entendu, tandis que Beata secouait la tête, le visage redevenu sérieux.

— Non, Brigitte. Il n'est pas juif. Nous ne pourrons jamais être que des amis.

Elles pensèrent toutes les deux à leur père, et Brigitte retomba sur terre.

— Tu as raison, dit-elle tristement. Mais tu peux au moins flirter avec lui. Tu as besoin de pratique.

— J'imagine que oui, répondit Beata, l'air pensif, en entrant dans la salle de bains pour se laver le visage et les dents.

Ce soir-là, elles ne parlèrent plus d'Antoine, mais, allongée dans son lit, Beata pensa à lui durant des heures, déplorant la malchance qui faisait que le seul homme qui l'ait jamais envoûtée ne fût pas juif, et que pour ajouter à son malheur, il fût français. Rien ne pourrait jamais se produire entre eux, mais au moins profiterait-elle de sa compagnie pendant les trois semaines à venir. Quand elle s'endormit enfin, il était presque quatre heures du matin.

3

Le lendemain, le déjeuner avec Antoine fut absolument parfait et conforme aux attentes de Beata. Il se montra poli, charmant et bien élevé. Il fit preuve d'une grande courtoisie envers Monika et traita Brigitte comme une petite fille, en les faisant rire quand il la taquinait. Il était spirituel, gentil et drôle, et c'était un plaisir d'être avec lui – sans oublier qu'il était très séduisant. Il leur raconta des anecdotes amusantes sur sa famille et décrivit la gestion de la propriété familiale comme un cauchemar – bien que son attachement à elle fût évident –, sans jamais commettre l'erreur de la situer en France et non en Suisse. Il ne fit aucune avance à Beata. Il semblait franc et ouvert, si bien que Monika n'eut plus aucune inquiétude à son sujet. Quand ils se retrouvèrent enfin seuls, Antoine et Beata ressentirent un immense soulagement. Ils se promenèrent longuement au bord du lac, avant de s'arrêter sur une étroite bande de sable, où ils s'assirent. Les pieds dans l'eau, ils discutèrent d'une foule de choses. Là encore, ils partageaient les mêmes goûts et les mêmes avis sur bien des sujets.

— Merci pour votre invitation à déjeuner. Vous vous êtes montré si gentil avec ma mère et Brigitte.

— Je vous en prie ! Ce sont elles qui ont été gentilles avec moi. Mais je suis certain que votre sœur va briser bien des cœurs. J'espère que vos parents vont la marier très vite.

— Oui, c'est ce qu'ils comptent faire, répondit Beata en souriant.

Elle avait particulièrement apprécié son comportement avec Brigitte. Il avait gardé ses distances et l'avait traitée comme l'enfant qu'elle était, sans lui porter le moindre intérêt d'ordre sentimental. Beata s'en voulait de penser ainsi, mais elle était ravie ; sa sœur était souvent un poids pour elle.

— Elle est amoureuse d'un ami de Horst, et mon père va bientôt s'entretenir avec le père de ce garçon. Je suis sûre que, d'ici à la fin de l'année, elle sera fiancée.

— Et vous ? s'enquit Antoine, manifestement inquiet, mais sans que Beata s'en aperçoive. Ont-ils trouvé quelqu'un pour vous ?

— J'espère que non. Je ne pense pas me marier un jour, fit-elle d'un ton posé et convaincu.

— Pour quelle raison ?

— Parce que je ne pourrai jamais vouloir de quelqu'un qu'on aura choisi pour moi. Cette seule pensée me rend malade. Je ne veux pas d'un mari que je n'aimerais pas ou que je ne connaîtrais pas. Je préfère rester seule, toute la vie s'il le faut.

Son ton était véhément, et Antoine se sentit à la fois soulagé et peiné pour elle.

— Toute la vie, c'est long, Beata. Vous voudrez des enfants, et puis vous tomberez sûrement amoureuse un jour. Vous n'avez que vingt ans, et l'avenir devant vous.

Il avait dit ces paroles sur un ton triste. Leurs yeux se rencontrèrent, et ils restèrent ainsi un long moment, avant que Beata ne réponde.

— Vous aussi.

— Je dois aller me battre. Qui sait lesquels d'entre nous survivront ? Les hommes tombent comme des mouches sur les champs de bataille.

Il pensa soudain aux frères de Beata et se reprit.

— Mais je suis sûr que nous nous en sortirons. C'est juste qu'il est difficile d'envisager l'avenir. J'ai toujours pensé, moi aussi, que je resterais célibataire. Je n'ai jamais été amoureux. Jusqu'à ce que je vous rencontre, conclut-il en la fixant au fond des yeux.

Ses paroles la surprirent autant que lui-même, et un long silence s'ensuivit. Beata ne savait que répondre, si ce n'est qu'elle l'aimait, elle aussi. C'était pure folie de sa part d'avoir dit une chose pareille, et de leur part à tous les deux d'éprouver de tels sentiments. Mais ils n'y pouvaient rien. C'était ainsi et ils le savaient tous les deux.

— Je suis juive, lâcha-t-elle brusquement tandis que ses yeux se remplissaient de larmes. Je ne pourrai jamais vous épouser.

Il lui prit la main.

— Beata, nous ne serions pas les premiers. Bien des gens se marient en dehors de leur religion.

Toute la journée, il s'était imaginé l'épouser. C'était un rêve fou, pour tous les deux, mais il ne pouvait nier ses sentiments. Il lui avait fallu trente-deux ans pour la trouver et il refusait de la perdre. Certes, il y aurait des obstacles sur leur route et ce serait loin d'être facile pour eux. Sa famille serait scandalisée, il était le comte de Vallerand. Il n'avait encore rien dit de son titre à Beata, mais il était persuadé que cela ne changerait rien à ses yeux, car ce qui les attirait l'un vers l'autre se situait bien au-delà de la religion, des titres, du statut social ou de la naissance. Il l'aimait pour ce qu'elle était, ce qu'elle pensait, pour sa façon de voir le monde, et il savait qu'il en était de même pour elle. Ils s'aimaient pour les meilleures raisons qui soient, mais leurs religions, leurs nationalités et leurs familles allaient se liguer pour les séparer. Le tout était de ne pas les laisser gagner, et c'était ce qu'ils allaient tenter de faire.

— Ma famille n'y consentira jamais. Mon père me tuera, ou je serai déshéritée, répondit Beata, qui savait que, dans sa famille, un tel mariage était impensable.

— Peut-être pas, si nous leur expliquons. Ma famille aussi sera bouleversée, et il lui faudra du temps pour s'habituer. De toute façon, il y a d'abord la guerre à terminer. Et si jamais nous décidons de nous marier, nous aurons encore un long chemin à faire. Ce n'est que le début, mais je veux que vous sachiez que je vous aime. Je ne l'avais jamais dit à personne.

Les larmes aux yeux, Beata hocha la tête en le regardant. Ils étaient toujours assis sur le sable, main dans la main.

— Je vous aime aussi, souffla-t-elle dans un murmure.

Antoine se tourna vers elle pour lui sourire et, sans dire un mot, se pencha pour l'embrasser. Puis il la tint dans ses bras un long moment, sans faire quoi que ce soit qui fût répréhensible, tout simplement heureux d'être là, avec elle.

— Je voulais que tu le saches, si jamais il m'arrive quelque chose. Je veux que tu saches que cet homme devant toi t'aime, et qu'il t'aimera jusqu'à sa mort.

C'était une importante déclaration pour quelqu'un qui ne la connaissait que depuis deux jours, mais il était sincère et Beata le savait.

— J'espère alors que tu ne comptes pas mourir tout de suite, dit-elle sérieusement.

— Non, ce n'est pas dans mes projets, affirma-t-il.

Ils restèrent une heure sur le sable, puis Antoine embrassa à nouveau Beata, avant qu'ils repartent. Il ne voulait rien faire qui pût la mettre en difficulté ou la heurter – au contraire, son seul désir était de l'aimer et de la protéger –, mais le simple fait de s'aimer les plaçait dans une position délicate. Le chemin ne serait pas aisé, mais ils savaient tous les deux que telle était leur destinée. C'était ce que chacun se disait en remontant vers l'hôtel, main dans la main.

Ils convinrent d'un plan pour se revoir plus tard dans la soirée. Beata lui apprit que Brigitte avait un sommeil de plomb et qu'elle ne l'entendrait pas sortir quand elle irait le retrouver dans les jardins, à minuit. L'entreprise était risquée si jamais sa mère venait à l'apprendre, et Beata le prévint qu'elle ne viendrait pas tant qu'elles ne seraient pas couchées. Il la supplia d'être prudente, même si ce qu'ils faisaient ne l'était pas. Par chance, elle réussit à sortir cette nuit-là, ainsi que toutes celles qui suivirent. Pendant trois semaines, ils firent de longues promenades, prirent le thé et se retrouvèrent chaque soir, ne faisant rien d'autre que discuter et s'embrasser, si bien que, lorsque Antoine quitta Genève, précédant Beata de peu, ils étaient éperdument épris l'un de l'autre et s'étaient déjà juré de passer le reste de leur vie ensemble. Quand la guerre serait terminée, ils iraient parler à leurs familles. En attendant, il lui écrirait. Il avait un cousin à Genève à qui il enverrait ses lettres, et celui-ci les réexpédierait à Beata à Cologne. Il avait pensé à tout, car il était impossible de recevoir du courrier de France en Allemagne.

Leur dernière nuit ensemble fut un calvaire. Antoine tint Beata dans ses bras pendant des heures. Le jour se levait quand elle regagna sa chambre, le visage baigné de larmes mais certaine qu'avec l'aide de la Providence, ils se retrouveraient un jour. Il était prévu qu'Antoine ait une permission à Noël, mais il irait chez lui, en Dordogne. Tant que la guerre ferait rage, il ne pourrait pas venir la voir en Allemagne. Quant à elle, sa famille ne projetait pas de revenir en Suisse. Il leur faudrait donc être patients, mais tous deux savaient qu'ils le seraient. Ce qu'ils vivaient n'arrivait qu'une fois dans la vie et valait la peine d'attendre ; aucun d'eux ne doutait des sentiments de l'autre.

— N'oublie jamais que je t'aime, murmura Antoine à Beata quand elle quitta les jardins. Je penserai à toi à chaque moment qui me verra séparé de toi.

— Je t'aime aussi, murmura Beata entre deux sanglots avant de retourner dans sa chambre.

Deux heures plus tard, alors qu'elle était encore éveillée, elle vit quelqu'un glisser une lettre sous sa porte. Elle se leva et entrouvrit délicatement la porte, mais Antoine s'était déjà éclipsé. La missive lui redisait ce qu'elle savait déjà : combien il l'aimait et qu'un jour elle serait sa femme. Elle la replia soigneusement et la rangea dans le tiroir où elle gardait ses gants. Le plus prudent aurait été de la détruire, mais elle n'en avait pas le courage ; en outre, comme Brigitte ne lui empruntait jamais de gants car elle était bien plus grande qu'elle, Beata savait le billet en sûreté. Elle ignorait ce qui allait se passer, la seule chose dont elle était sûre, c'était qu'elle aimait Antoine, et tout ce qu'elle pouvait faire, c'était prier pour qu'il reste en vie. Désormais, son cœur lui appartenait.

Beata était miraculeusement parvenue à cacher toute l'histoire à Brigitte, lui assurant qu'elle et Antoine n'étaient que des amis. Et Brigitte, refusant d'abord d'y croire, avait fini, tout en étant déçue, par l'accepter. Beata ne laissa rien paraître de l'amour et de la passion qu'elle éprouvait pour Antoine et ne fit aucune confidence à sa sœur. Il y avait beaucoup trop en jeu. Leur avenir était entre leurs mains, ils ne pouvaient s'en remettre à personne d'autre qu'à eux-mêmes. Monika, pour sa part, était contente qu'elle se soit fait un ami et espérait revoir Antoine quand ils séjourneraient à nouveau en Suisse – avec la guerre, Jacob voudrait sûrement revenir, pour avoir un peu de tranquillité.

Le retour à Cologne, en septembre, fut éprouvant. La guerre faisait rage, et les nouvelles de la mort d'époux, de fils et de frères d'amis étaient déprimantes. Beaucoup déjà s'étaient fait tuer, et Monika s'inquiétait constamment pour ses fils, tout comme Jacob d'ailleurs, même si celui-ci s'inquiétait également pour ses filles. En octobre, il tint la promesse faite à sa femme en rencontrant le père de l'ami de Horst, ce jeune Berlinois que Brigitte trouvait si merveilleux. En apprenant la nouvelle, la jeune fille fut aux anges. Le jeune homme était d'accord, et ses parents trouvaient l'idée d'un mariage entre les deux familles excellente. Jacob donna une dot importante à Brigitte et promit d'acheter aux jeunes mariés une belle maison à Berlin. Comme l'avait prédit Beata, Brigitte se trouva fiancée à la fin de l'année, pour ses dix-huit ans.

En temps de paix, leurs parents auraient organisé un grand bal pour célébrer les fiançailles, mais avec la guerre c'était impossible. À la place, Jacob et Monika donnèrent un grand dîner, où furent conviés les deux familles et plusieurs amis. Etaient également présents quelques généraux, des jeunes gens en permission vêtus de leur uniforme, et Ulm qui, à l'inverse de Horst, avait pu se libérer. C'était un événement important. L'union de deux grandes familles, et de deux très beaux jeunes gens.

Brigitte ne pensait qu'à son mariage et à sa robe. La date était fixée pour juin, ce qui lui semblait affreusement loin. Beata était heureuse pour sa sœur. Brigitte, qui rêvait depuis toute petite de donner des réceptions, d'avoir un mari, des enfants, de jolies robes et des bijoux, allait voir son rêve devenir réalité. En outre, comble du bonheur, son fiancé était en poste à Berlin, loin de tout danger. Son père était parvenu à le faire nommer aide de camp auprès d'un général et avait obtenu l'assurance que son fils ne serait pas envoyé au front. Brigitte n'avait rien à craindre. Son mariage et son avenir non plus.

Beata vivait la chose de manière paisible, ravie de voir sa sœur aussi heureuse. Elle avait promis de réaliser tous les sous-vêtements de son trousseau et passait son temps à coudre des pièces de satin clair et à traîner des bandes de dentelle derrière elle. Elle ne semblait nullement ennuyée de voir sa jeune sœur se marier avant elle, elle était bien trop préoccupée par la guerre pour cela. Une fois par semaine, elle recevait une lettre d'Antoine, via son cousin suisse, qui l'informait qu'il était en vie et en bonne santé. Il se trouvait près de Verdun. Beata pensait constamment à lui en cousant et relisait sans cesse ses lettres. Sa mère avait bien remarqué une ou deux lettres dans le courrier les premiers temps, mais Beata s'empressait désormais d'aller le chercher la première, si bien que personne n'avait conscience de la quantité de courrier qu'elle recevait ni de la régularité avec laquelle il arrivait. Les deux jeunes gens étaient plus amoureux que jamais et prêts à patienter jusqu'à la fin de la guerre pour être ensemble. Déjà, Beata s'était fait le serment que, s'il devait arriver malheur à Antoine, elle ne se marierait jamais. Elle ne pourrait aimer personne d'autre que lui.

Dans les derniers mois, Jacob avait remarqué le calme de sa fille, l'interprétant comme le signe d'une profonde tristesse face au bonheur de Brigitte. La savoir malheureuse lui brisait le cœur, aussi décida-t-il de s'entretenir avec quelques hommes de sa connaissance. Et en mars, il sut qu'il avait trouvé le mari parfait. Au départ, l'homme en question n'avait pas eu sa préférence, mais en y regardant de plus près, Jacob avait compris qu'il était le mari idéal pour Beata : veuf, sans enfant, issu d'une excellente famille et possédant une grande fortune personnelle. Il avait souhaité pour sa fille aînée quelqu'un de plus mûr et de plus stable que le jeune homme qu'il avait trouvé pour Brigitte. Bien que Jacob le trouvât gentil garçon, il le considérait comme léger, immature, badin et craignait qu'il ne soit volage. Mais Brigitte l'adorait. À l'inverse, l'époux qu'il avait choisi pour Beata était quelqu'un de pondéré et d'une extrême intelligence. Sans être beau, il n'était pas dépourvu de charme, même si la calvitie le guettait déjà. Il avait quarante-deux ans, était grand et corpulent, et Jacob savait qu'il traiterait sa fille avec respect. L'homme en question s'avoua honoré du choix de Jacob. Il avait perdu sa femme cinq ans plus tôt à la suite d'une longue maladie et n'avait pas pensé se remarier un jour. C'était un homme calme, aussi peu attiré par la vie mondaine que Beata et qui n'aspirait qu'à un foyer paisible.

Jacob et Monika le convièrent à une réception et insistèrent pour que Beata soit présente, sans lui dire pourquoi. Cette dernière ne tenait pas à y assister en l'absence de Brigitte, qui séjournait chez sa future belle-famille à Berlin, pour participer à différentes soirées ; Beata avait néanmoins conscience qu'il lui faudrait vite apprendre à sortir dans le monde sans sa sœur, puisque Brigitte partirait en juin s'installer à Berlin avec son mari. Ses parents avaient absolument insisté pour qu'elle soit présente. C'est ainsi qu'elle fit son apparition dans le salon, ravissante dans une robe en velours bleu nuit, avec un magnifique collier de perles autour du cou et de petits diamants aux oreilles. La jeune fille ne remarqua pas du tout l'homme que ses parents souhaitaient la voir épouser, inconsciente qu'elle était de sa présence. Quand ils le lui présentèrent, elle lui serra la main poliment avant de s'éloigner à nouveau, convaincue qu'il s'agissait d'une connaissance professionnelle de son père. Assise près de lui à table, elle répondit à ses questions avec courtoisie, mais son esprit tout entier était occupé par la dernière lettre d'Antoine, reçue l'après-midi même. Totalement absorbée dans ses pensées, elle ignora son voisin de table une grande partie de la soirée, incapable d'entendre la moindre de ses paroles, ce qu'il prit pour de la timidité et trouva charmant. Il était séduit par Beata, qui, elle, l'avait à peine remarqué, bien loin de s'imaginer qu'il avait été invité pour elle ; elle pensait qu'il avait été placé à ses côtés par hasard, et non à dessein.

Ce soir-là, elle se faisait beaucoup de souci pour Antoine. Après plusieurs jours sans nouvelles, la lettre qu'elle venait de recevoir l'informait d'une offensive allemande sur les troupes françaises à Verdun. Incapable de penser à autre chose pendant tout le dîner, elle prétexta une migraine et quitta la table après le dessert, sans même dire au revoir – elle préférait être discrète et s'éclipser sans bruit. Après cela, son futur fiancé demanda à Jacob quand il comptait faire part de ses intentions à Beata, et celui-ci promit que c'était l'affaire de quelques jours. Il désirait qu'elle soit aussi heureuse que sa sœur et était convaincu que cet homme était celui qu'il lui fallait. Son futur mari avait en commun avec elle la passion des philosophes grecs, et il avait d'ailleurs essayé d'en discuter avec elle à table. Mais la jeune fille s'était montrée distraite et lointaine, se contentant de hocher la tête à ses paroles. Elle n'avait rien entendu de ce qu'il avait dit durant tout le dîner. Elle semblait sur une autre planète, incapable de revenir sur terre, et son voisin de table s'était fait l'image d'une jeune fille charmante, discrète et réservée.

Quand elle croisa son père dans l'entrée le lendemain, elle était de meilleure humeur ; elle venait de recevoir une nouvelle lettre d'Antoine qui la rassurait une fois encore et lui répétait son amour. Ils avaient vécu un enfer à Verdun, mais il allait bien, malgré la faim et l'épuisement. La description qu'il faisait des tranchées était terrifiante, mais savoir qu'il était en vie suffisait à lui redonner le moral. Quand Jacob lui demanda de venir avec lui dans la bibliothèque pour discuter, il fut ravi de voir sa fille aussi heureuse. Il lui demanda si elle avait apprécié le dîner de la veille, et Beata répondit poliment qu'elle avait passé un bon moment. Puis il la questionna sur son voisin de table, et Beata sembla faire appel à sa mémoire, avant de répondre qu'il était gentil et de compagnie agréable – visiblement, elle n'avait aucune idée de ce qu'ils préparaient.

Lorsque Jacob lui expliqua la situation, le visage de Beata se décomposa : l'homme assis près d'elle la veille – qu'elle avait à peine remarqué et qui ne l'attirait en aucune façon – souhaitait l'épouser, et son père ne voyait aucune raison de refuser. À dire vrai, il préférait la marier le plus vite possible et pensait qu'un petit mariage, juste après celui de Brigitte, serait raisonnable – en juillet par exemple, ou bien alors en mai, si, en tant qu'aînée, elle souhaitait se marier la première. Pourquoi attendre ? Les gens se mariaient rapidement en temps de guerre. Beata s'assit et fixa son père avec de grands yeux. L'horreur se lisait sur son visage, et celui-ci ne comprit pas la cause de cette répulsion. Elle se leva d'un bond et se mit à arpenter la pièce, l'air angoissé et paniqué, en parlant avec une telle véhémence et une telle rage que Jacob la regarda avec stupéfaction. Ce n'était pas la réaction qu'il attendait, ni celle qu'il voulait. Il avait certifié au prétendant que le mariage était une affaire réglée et avait déjà discuté de la dot avec lui, et il serait extrêmement embarrassant que Beata refusât de l'épouser. Mais sa fille s'était toujours montrée docile et obéissante, et Jacob était certain que ce serait encore le cas cette fois-ci.

— Papa, je ne connais même pas cet homme, et il est assez vieux pour être mon père ! dit-elle d'une voix désespérée, le visage ruisselant de larmes. Je ne veux pas l'épouser. Je ne veux pas qu'on me donne à un inconnu comme une vulgaire esclave. Si vous attendez de moi que je lui fasse partager mon lit, sachez que je préférerais mourir vieille fille.

Son père eut l'air gêné par cette description imagée de ses attentes et décida de demander à Monika de lui parler. Il fit cependant une ultime tentative pour raisonner sa fille. Il avait été persuadé que sa décision lui ferait plaisir, pas qu'elle la mettrait en fureur.

— Beata, tu dois faire confiance à mon jugement. Cet homme est le mari idéal pour toi. Les jeunes filles de ton âge ont une idée romantique de l'amour, qui ne correspond pas à la réalité. Tu as besoin d'un compagnon fidèle qui partage les mêmes centres d'intérêt que toi, soit responsable et te respecte. Le reste viendra avec le temps, Beata, je te le promets. Tu es bien plus raisonnable que ta sœur, tu as besoin d'un homme qui soit aussi réfléchi que toi, et qui possède le même esprit pratique. Que ferais-tu d'un jeune écervelé ? Ce qu'il te faut, c'est un homme qui saura te protéger, pourvoir à tes besoins et à ceux de vos enfants, un homme sur qui tu pourras compter. C'est sur cela que se fonde le mariage, Beata. C'est pour cette raison que j'ai choisi cet homme pour toi, conclut-il d'un ton sévère tandis que Beata lui jetait un regard furibond, de l'autre bout de la pièce.

— Alors, c'est vous qui dormirez avec lui, je ne le laisserai pas me toucher ! Je ne suis pas amoureuse de cet homme et je refuse de l'épouser parce que vous l'avez décidé. Je ne veux pas être vendue comme esclave à un inconnu, comme du bétail. Vous n'avez pas le droit de me faire cela, papa.

— Je ne tolérerai pas que tu me parles de cette façon, tonna Jacob, tremblant de rage. Que veux-tu donc que je fasse ? Que je te laisse devenir vieille fille et finir tes jours ici ? Que se passera-t-il quand ta mère et moi disparaîtrons et qu'il n'y aura plus personne pour te protéger ? Cet homme saura prendre soin de toi, Beata. C'est ce qu'il te faut. Tu ne peux pas rester à attendre que le prince charmant te trouve et t'emmène avec lui. Un prince qui, en plus, serait aussi intellectuel, sérieux et fasciné par les livres et les études que toi ! Peut-être préférerais-tu un professeur d'université, mais comment pourrait-il t'offrir le train de vie auquel tu es habituée et que tu mérites ? L'homme dont je te parle a des moyens comparables aux nôtres. Tu le dois à tes futurs enfants, Beata. Tu n'as pas le droit d'épouser un artiste ou un écrivain miséreux, qui vous laissera mourir de faim dans une mansarde. Tu dois être réaliste et épouser l'homme que je t'ai choisi. Ta mère et moi savons ce que nous faisons. Tu es jeune, impétueuse et idéaliste. La vie n'est pas dans les ouvrages que tu lis. La vie est là, maintenant, et tu feras ce que je te dirai.

— Je mourrai avant, répliqua-t-elle avec conviction sans quitter son père des yeux.

Jacob ne l'avait jamais vue aussi farouche et déterminée et, tandis qu'il la regardait, un doute lui traversa l'esprit. La voix tremblante, il posa à Beata une question qu'il n'aurait jamais cru lui poser un jour et, pour la première fois de sa vie, redouta ce que sa fille aînée allait dire.

— Es-tu amoureuse de quelqu'un d'autre ?

C'était inimaginable, elle ne quittait jamais la maison. Mais son regard l'avait contraint à lui demander cela. Beata hésita avant de répondre, mais elle savait qu'elle devait dire la vérité. Elle n'avait pas le choix.

— Oui, répondit-elle, raide et figée.

— Pourquoi ne m'as-tu rien dit ?

Jacob était livide et avait l'air accablé, mais, surtout, il se sentait trahi. En choisissant de ne pas lui dire qu'il y avait un autre homme, elle l'avait laissé s'engager dans cette mascarade qui, à présent, remettait en question le choix qu'il avait fait pour elle – un choix parfait.

— Qui est-ce ? Je le connais ? s'enquit-il en même temps qu'il sentait un frisson lui parcourir le corps.

— Non, fit doucement Beata en secouant la tête. Je l'ai rencontré en Suisse, l'été dernier.

Elle devait se montrer honnête avec lui, elle sentait qu'il le fallait. Cette conversation était arrivée plus tôt que prévu, si bien que la seule chose qu'elle pût faire désormais, c'était prier pour que son père se montre raisonnable et juste envers elle.

— Pourquoi ne m'as-tu rien dit ? Ta mère est-elle au courant ?

— Non, personne ne le sait. Maman et Brigitte l'ont rencontré, mais il n'était qu'un ami à l'époque. Papa, je veux l'épouser quand la guerre sera finie. Il voudrait venir ici pour vous rencontrer.

— Qu'il vienne, alors.

Même s'il était furieux contre sa fille et profondément secoué par son aveu, Jacob entendait néanmoins être équitable avec elle et s'efforcer de résoudre le problème.

— Il ne peut pas venir te voir, papa. Il est au front.

— Tes frères le connaissent ?

Beata secoua la tête sans rien dire.

— Que me caches-tu, Beata ? Je sens qu'il y a là bien plus que tu ne veux l'avouer.

Son père avait raison, comme souvent, et Beata sentit tout son corps trembler de terreur, alors qu'elle s'apprêtait à lui répondre.

— Il est d'une bonne famille qui possède des terres. Il est instruit et intelligent. Il m'aime, papa, et je l'aime aussi, conclut-elle, les joues mouillées de larmes.

— Alors pourquoi en faire un secret ? Que me caches-tu, Beata ? gronda son père, si fort que Monika l'entendit du premier étage.

— Il est catholique, et français.

Beata avait prononcé ces mots dans un murmure, mais son père rugit comme un lion blessé. Effrayée, Beata recula de quelques pas, tandis que son père avançait vers elle, comme un automate. Il la saisit aux épaules et se mit à la secouer si violemment qu'elle sentit ses mâchoires s'entrechoquer, tandis qu'il lui hurlait au visage.

— Comment oses-tu ? Comment oses-tu nous faire ça ! Tu n'épouseras pas un chrétien, Beata ! Jamais ! Je préférerais te voir morte ! Si tu fais ça, nous te considérerons comme morte, et j'inscrirai ton nom dans le livre des morts de la famille. Tu ne reverras plus jamais cet homme, tu entends ? Et tu épouseras Rolf Hoffman, le jour où je te le dirai. Je vais lui dire que l'affaire est conclue. Et toi, tu vas dire à ton catholique français que tu ne le reverras ni ne lui parleras plus jamais. Est-ce bien clair ?

— Vous n'avez pas le droit de me faire ça, papa ! répliqua Beata, la respiration entrecoupée de sanglots.

Elle ne pouvait pas abandonner Antoine et épouser un homme que son père avait choisi à sa place. Peu importait ce qu'il lui ferait subir.

— J'en ai le droit et je compte bien l'exercer. Tu épouseras Hoffman dans un mois.

— Papa, non ! s'écria Beata en tombant à genoux, tandis que Jacob quittait la pièce en rage, pour monter à l'étage.

Elle resta à sangloter ainsi un long moment, jusqu'à ce que sa mère la rejoigne enfin. Monika s'agenouilla près de sa fille, le cœur brisé par ce qu'elle venait d'entendre.

— Beata, comment as-tu pu faire ça ? Tu dois l'oublier… Je sais que c'est un homme bien, mais tu ne peux pas te marier avec un Français, surtout avec cette terrible guerre qui nous oppose à eux. Et tu peux encore moins épouser un catholique. Ton père inscrira ton nom dans le livre des morts.

Monika était folle d'angoisse en regardant le visage de sa fille.

— De toute façon, maman, si je ne l'épouse pas, j'en mourrai. Je l'aime. Je ne peux pas me marier avec cet homme horrible.

Elle savait qu'il n'était pas horrible ; simplement, il était vieux, et surtout ce n'était pas Antoine.

— Je dirai à ton père de prévenir Hoffman. Mais sache que jamais tu ne pourras épouser Antoine.

— Nous nous sommes promis de nous marier après la guerre.

— Tu dois lui dire que c'est impossible. Tu ne peux pas renier tes origines.

— Il m'aime comme je suis.

— Vous n'êtes que deux enfants inconscients ! Sa famille le déshéritera, lui aussi. De quoi vivrez-vous ?

— Je sais coudre. Je pourrais devenir couturière, ou enseignante, ou n'importe quoi d'autre. Papa n'a pas le droit de me faire ça.

Mais elles savaient très bien qu'il en avait le droit. Il avait toute autorité sur elle, et il lui avait affirmé que, si elle épousait un chrétien, elle serait considérée comme morte par sa famille. Monika savait qu'il avait dit cela sérieusement et ne pouvait supporter l'idée de ne jamais plus revoir sa fille. C'était un prix bien trop élevé à payer pour une simple histoire d'amour.

— Je t'en supplie, implora-t-elle, ne fais pas ça. Obéis à ton père.

— Non, rétorqua Beata, en larmes dans les bras de sa mère.

Cet après-midi-là, Jacob annonça à Rolf Hoffman que Beata était jeune et innocente et qu'elle semblait appréhender les « obligations physiques » du mariage, si bien qu'il n'était pas sûr qu'elle fût prête à l'épouser. Jacob ne voulait pas le tromper, mais il ne souhaitait pas non plus lui avouer la vérité. Il lui assura qu'après une cour assidue, une fois qu'ils auraient appris à se connaître, sa fille se sentirait plus à l'aise à l'égard des implications du mariage. Malgré sa déception, Hoffman s'avoua prêt à attendre aussi longtemps qu'il le faudrait. Il n'était pas pressé et comprenait qu'elle était jeune et innocente. Il s'était rendu compte de sa timidité le soir de leur rencontre et reconnaissait qu'il lui fallait du temps pour se familiariser avec l'homme qui partagerait bientôt son lit. À la fin de la conversation, Jacob le remercia pour sa patience et lui affirma que Beata lui reviendrait.

Ce soir-là, Beata ne descendit pas dîner et Jacob ne la vit pas pendant plusieurs jours. D'après sa femme, leur fille n'avait pas quitté son lit. Beata avait écrit à Antoine, pour lui raconter ce qui s'était passé. Elle lui disait que son père n'approuverait jamais leur union, mais qu'elle était prête à l'épouser de toute façon, soit après la guerre, soit avant, s'il le jugeait préférable. Elle ne se sentait plus en sécurité chez ses parents, car elle savait que son père allait tout faire pour la marier de force à Rolf. Elle savait aussi qu'il s'écoulerait des semaines avant qu'elle ait des nouvelles d'Antoine, mais elle était prête à attendre.

Ce ne fut qu'au bout de deux mois, en mai, qu'elle reçut enfin une lettre. Durant toutes ces semaines d'attente, elle avait craint qu'il n'eût été blessé ou tué, ou que la nouvelle de la fureur de son père l'eût effrayé au point qu'il eût décidé de ne plus jamais lui écrire. Une de ses craintes était fondée. Antoine avait été blessé un mois plus tôt et il était à l'hôpital d'Yvetot, en Normandie ; il avait failli perdre un bras, mais il se remettait. Il précisait que, lorsqu'elle recevrait cette lettre, il serait chez lui en Dordogne et parlerait de leur mariage à sa famille. Il disait aussi qu'il ne repartirait plus au front ni même à la guerre, ce qui fit craindre à la jeune fille que sa blessure ne fût plus grave qu'il ne voulait bien l'avouer. Toutefois, il répétait à plusieurs reprises qu'il allait bien, et surtout qu'il l'aimait.

Elle lui répondit rapidement par l'intermédiaire, comme toujours, du cousin suisse d'Antoine. Ensuite, elle se mit à attendre. Antoine avait dit dans sa lettre qu'il espérait que sa famille accueillerait Beata, pour qu'ils puissent se marier et vivre dans sa propriété de Dordogne, mais il allait sans dire qu'amener une Allemande en France ne serait pas chose aisée, que ce soit pendant la guerre ou même après. Sans oublier le problème de la religion qui allait ébranler sa famille, comme celle de Beata l'avait été. Un comte épousant une Juive était tout aussi effroyable aux yeux des Français qu'une Juive épousant un catholique français aux yeux de la communauté juive de Cologne. Pour aucun d'eux il n'y avait de solution facile.

Beata passa les jours qui suivirent à aider sa mère dans la maison et à éviter son père. Celui-ci avait plusieurs fois tenté de la convaincre de revoir Rolf, mais chaque fois elle avait refusé. Elle répétait qu'elle ne l'épouserait pas et qu'elle ne voulait plus en entendre parler. Son teint était devenu blafard, ce qui brisait le cœur de Monika qui la suppliait d'obéir à son père. Aucun d'eux n'aurait de repos tant qu'elle s'obstinerait. Depuis le choc de la terrible révélation, la maison était sombre et triste.

Quand ils étaient rentrés de permission, Horst et Ulm avaient parlé à leur sœur, sans résultat. Quant à Brigitte, de plus en plus prétentieuse à l'approche de son mariage, elle était furieuse contre elle.

— Beata, comment as-tu pu être assez stupide pour tout dire à papa ?

— Je n'avais pas envie de lui mentir, répondit-elle simplement.

Depuis ce fameux jour, Jacob leur en voulait à tous, car il les tenait pour responsables de la folie et de la trahison de Beata. Il se sentait trompé, comme si sa fille avait fait exprès de tomber amoureuse d'un catholique français pour le contrarier. À ses yeux, elle n'aurait rien pu faire de pire, et même si elle renonçait à Antoine – ce qu'elle n'avait pas encore fait –, il lui faudrait des années pour s'en remettre.

— Tu ne l'aimes pas vraiment, dit Brigitte avec toute l'assurance d'une jeune fille de dix-huit ans sur le point d'épouser son prince charmant.

Elle avait le monde à ses pieds et plaignait son idiote de sœur. Tout cela lui semblait ridicule, et ce qui lui avait paru si romantique à Genève n'avait désormais plus aucun sens. On ne risquait pas son avenir pour un homme qui ne faisait pas partie de son monde. En ce qui la concernait, l'homme que lui avait choisi son père lui convenait à la perfection.

— Et puis, tu ne le connais même pas, la sermonna Brigitte.

— À l'époque non, mais aujourd'hui si.

Six mois de correspondance leur avaient permis de se découvrir, même si les trois semaines à Genève leur avaient déjà tout appris l'un sur l'autre.

— Cela n'a peut-être pas de sens à tes yeux, mais je sais que c'est là que se trouve mon bonheur.

— Même si papa inscrit ton nom dans le livre des morts ?

Cette seule pensée, qui l'obsédait depuis deux mois, rendait Beata malade.

— J'espère qu'il ne m'infligera pas ça, répondit-elle d'une voix étranglée.

L'idée de ne plus jamais revoir sa mère, ses frères, son père et Brigitte lui était inconcevable, mais celle de renoncer à l'homme qu'elle aimait l'était tout autant. Et même si son père la bannissait au début, elle voulait croire qu'il s'adoucirait avec le temps. Elle ne pensait pas qu'il était possible de perdre sa famille, alors que si elle perdait Antoine, ce serait pour toujours.

— Et que feras-tu si papa va jusqu'au bout et qu'il t'interdit de nous revoir ? insista Brigitte qui voulait obliger Beata à prendre conscience du risque qu'elle courait.

— J'attendrai qu'il change d'avis, répondit-elle d'une voix triste.

— Ça n'arrivera jamais. Pas si tu épouses un chrétien. Il finira peut-être par te pardonner de ne pas te marier avec Rolf, mais pas d'épouser un Français. Personne ne vaut ce sacrifice, Beata, pas même Antoine. Je te demande simplement de ne rien faire qui puisse bouleverser la famille avant mon mariage, conclut-elle, à court d'arguments.

Elle était heureuse de se marier avec le consentement de ses parents. Jamais elle n'aurait eu le courage ni l'audace d'agir comme sa sœur.

— C'est promis, répondit Beata en hochant la tête.

Une semaine plus tard, elle reçut des nouvelles d'Antoine. Sa famille avait eu la même réaction que la sienne ; s'il épousait une Juive allemande, il devrait partir. Son père avait déclaré qu'Antoine n'emporterait rien avec lui, même si, selon la loi française, son père ne pouvait le déposséder de son héritage ni du titre qui lui reviendrait à sa mort. Et il lui avait affirmé qu'aucun d'eux ne voudrait le revoir. Antoine avait été si indigné par leur réaction qu'il avait regagné la Suisse et lui écrivait de là-bas, où il l'attendait. Il proposait qu'ils s'y installent jusqu'à la fin de la guerre – à condition que Beata voulût encore l'épouser, sachant ce que cela impliquait. Son cousin lui avait dit qu'ils pourraient habiter chez lui et les aider à la ferme, mais Antoine ne cachait pas que cela ne leur serait pas facile, car une fois séparés de leurs familles, ils seraient sans le sou. Ses cousins étaient peu fortunés, et Beata et lui devraient vivre de leur charité et travailler pour payer leur pension. Il se sentait prêt, mais il la comprendrait et ne lui en voudrait pas si quitter sa famille s'avérait trop difficile pour elle. Quelle que soit sa décision, il continuerait à l'aimer. Il avait pleinement conscience que l'épouser signifiait sacrifier tout ce qu'elle aimait, tout ce à quoi elle tenait et qui lui était familier, et ne pouvait le lui imposer.

Ce qui toucha Beata fut qu'Antoine eût déjà fait ce sacrifice pour elle. Il avait quitté sa famille, avec interdiction d'y revenir. Il était déjà dans la ferme de son cousin en Suisse, seul et blessé ; et tout cela, il l'avait fait pour elle. Pourtant, elle prit le temps de la réflexion. Certes, la guerre était terminée pour lui, mais leurs pays étaient toujours ennemis. D'autre part, si son père l'y autorisait, elle voudrait certainement repartir un jour en Allemagne pour retrouver sa famille. Toutefois, pour l'heure, il lui sembla qu'ils n'avaient d'autre solution que d'attendre la fin de la guerre en Suisse – ils penseraient au reste plus tard. D'ici là, la famille d'Antoine se serait peut-être adoucie, bien qu'il déclarât dans sa lettre avoir peu d'espoir de réparer les dégâts ; son départ et la violente dispute qui l'avait précédé avaient pris une tournure définitive. Même son frère Nicolas, dont il était si proche, ne lui avait pas adressé la parole lorsqu'il était parti, et il en souffrait beaucoup.

La semaine précédant le mariage de sa sœur, Beata, consciente de la gravité de la décision qu'elle devait prendre, parut absente et tourmentée. Le jour des noces, elle participa à l'événement comme dans un songe. L'ironie du sort voulut que Brigitte et son mari, suivant les conseils de Jacob qui affirmait que c'était l'endroit le plus sûr en Europe, aient prévu de partir en Suisse pour leur lune de miel. Ils passeraient trois semaines dans les Alpes, au-dessus de Genève, pas très loin de là où Antoine attendait Beata. Elle aurait voulu le rejoindre, mais elle avait fait la promesse à sa sœur de ne pas provoquer de scandale avant le mariage, et elle respecta sa parole.

Le drame eut lieu deux jours après la cérémonie, quand Jacob demanda à Beata de lui assurer qu'Antoine avait quitté sa vie définitivement. Ses deux frères avaient déjà rejoint leurs compagnies respectives, et Brigitte était en lune de miel. Sachant qu'Antoine l'attendait en Suisse, Beata refusa de faire une telle promesse à son père. Monika essaya de les calmer, mais sans succès. Pour finir, Jacob déclara que si elle ne renonçait pas à « son » catholique, elle n'avait plus qu'à le rejoindre, en ayant bien conscience qu'elle ne pourrait plus jamais revenir une fois le seuil de la porte franchi. Sa mère et lui feraient Chiva – la veillée juive des morts – pour elle, car ils la considéreraient comme morte dès qu'elle aurait quitté la maison. Elle ne devrait alors plus jamais contacter aucun d'entre eux. Il se montra si intransigeant et si buté que Beata prit sa décision.

Après avoir bataillé durant des heures avec son père, l'avoir supplié d'être plus modéré et d'accepter de rencontrer Antoine, elle regagna sa chambre, vaincue. Elle prépara deux petites valises en prenant ce qu'elle estimait pouvoir être utile à la ferme, ainsi que des photographies de sa famille. Puis elle boucla ses bagages, en larmes, et les descendit dans l'entrée, où sa mère, secouée de sanglots, l'attendait.

— Beata, ne fais pas ça. Il ne te laissera plus jamais revenir. Tu le regretteras toute ta vie.

C'était la première fois qu'elle voyait son mari dans un tel état de rage. Mais, bien qu'elle ne voulût pas abandonner sa fille, elle ne pouvait rien faire pour empêcher cette tragédie.

— Je sais, mais je n'aimerai jamais personne d'autre qu'Antoine. Je ne veux pas le perdre, répondit Beata d'un ton grave en pensant qu'elle ne voulait pas les perdre eux non plus. Vous m'écrirez, maman ?

Sa mère la serra contre elle, et leurs larmes se mêlèrent tandis qu'elles s'embrassaient. Dans ses bras, Beata se sentit redevenir petite fille. Mais le silence de sa mère en disait long sur la réponse à sa question. Quand son père l'aurait bannie et déclarée morte, sa mère n'aurait pas d'autre choix que de lui obéir. Même pour sa fille, elle ne transgresserait pas les limites qu'il leur avait imposées à tous ; sa parole avait force de loi à ses yeux, comme au reste de la famille.

— Moi je t'écrirai, reprit Beata avec douceur, s'accrochant à sa mère comme l'enfant qu'elle était encore – elle avait fêté ses vingt et un ans au printemps.

— Il ne me laissera pas lire tes lettres, répondit Monika qui s'efforçait de retenir Beata aussi longtemps que possible. Oh, ma chérie !... Sois heureuse avec cet homme !... J'espère qu'il prendra bien soin de toi... J'espère aussi qu'il le mérite. Oh, mon bébé !... Je ne te verrai plus jamais !

Voir sa fille s'en aller était pire que la mort, et elle sanglotait. Agrippée à elle, Beata ferma les yeux, tandis que son père les regardait du haut de l'escalier.

— Alors, tu t'en vas, dit-il d'un ton sévère.

Pour la première fois, il lui fit l'effet d'un homme âgé. Jusque-là, elle l'avait toujours vu comme quelqu'un de jeune, mais ce n'était plus le cas. Il était sur le point de perdre son enfant chérie, celle dont il avait été le plus fier, et la dernière qui fût encore à la maison.

— Oui, répondit Beata d'une petite voix. Je vous aime, papa.

Elle voulut s'approcher pour le serrer dans ses bras, mais son regard l'en dissuada.

— Ta mère et moi ferons la veillée, ce soir. Que Dieu te pardonne ce que tu es en train de faire.

Beata aurait voulu lui dire la même chose, mais elle en était incapable.

Elle embrassa une dernière fois sa mère, prit ses valises et se dirigea vers la porte d'entrée, sous le regard de ses parents. Elle entendait les pleurs de sa mère en ouvrant la porte ; son père, lui, se taisait.

— Je vous aime ! lança-t-elle en se retournant.

Mais il n'y eut aucune réponse, hormis les sanglots de Monika, et Beata referma la porte derrière elle.

Chargée de ses deux lourdes valises, elle marcha jusqu'à ce qu'elle trouve un taxi. Après lui avoir demandé de l'emmener à la gare, elle prit place à l'arrière et s'effondra en larmes. L'homme ne posa pas de questions quand elle régla sa course. Nombre de gens connaissaient des tragédies en cette période, et il ne voulait pas l'importuner, certaines douleurs ne se partageaient pas.

Elle attendit trois heures le train pour Lausanne. Elle aurait eu largement le temps de revenir sur sa décision, mais elle était convaincue au plus profond d'elle-même que son avenir était avec Antoine. Il avait renoncé à tout pour elle, et même si elle ignorait ce que le sort leur réservait, elle savait depuis le premier jour qu'il était son destin. Elle ne l'avait pas revu depuis le mois de septembre, mais il faisait partie d'elle ; elle lui appartenait, de la même façon que ses parents s'appartenaient l'un à l'autre ou que Brigitte appartenait à l'homme qu'elle venait d'épouser. Tous devaient suivre leur destinée, et peut-être qu'un jour, avec de la chance, elle les reverrait. Pour l'heure, elle suivait son propre chemin en partant de chez elle, même s'il lui semblait inconcevable que son père reste éternellement sur sa position. Tôt ou tard, il finirait par céder.

Elle était silencieuse quand elle monta dans le train, cet après-midi-là, et elle ne cessa de pleurer une grande partie du voyage, jusqu'à ce qu'elle finisse par s'endormir. La vieille dame qui partageait son compartiment, et qui savait qu'elle descendait à Lausanne, la réveilla quand le train arriva, et Beata la remercia avant de descendre. Mais, en se retrouvant seule sur le quai, elle eut l'impression d'être orpheline. Soudain, elle aperçut Antoine qui se hâtait pour venir la rejoindre – elle lui avait envoyé un télégramme de la gare de Cologne. Il portait son bras blessé en écharpe, mais à peine l'eut-il rejointe qu'il la saisit par l'autre bras et la serra si fort qu'elle eut peine à respirer.

— Je n'étais pas sûr que tu viendrais. J'avais peur que tu ne… C'est tellement te demander…

Les larmes roulaient sur leurs joues, en même temps qu'Antoine lui disait combien il l'aimait. Elle leva vers lui un regard mêlé de crainte et de respect, il était sa famille désormais, son mari, son présent et son avenir, le père de leurs enfants à venir. Il était tout pour elle, et elle pour lui, et peu importaient les épreuves qu'ils devraient affronter, du moment qu'ils étaient ensemble.

Aussi douloureuse qu'avait été la rupture avec sa famille, elle savait qu'elle avait pris la bonne décision.

Ils restèrent un long moment sur le quai, à savourer l'instant, serrés l'un contre l'autre. Puis Antoine empoigna l'une des valises, Beata prit l'autre, et ils se dirigèrent vers la sortie pour retrouver le cousin et sa femme, qui les attendaient. Antoine était radieux en sortant de la gare et Beata lui souriait. Pendant que le cousin rangeait les valises dans le coffre de la voiture, Antoine attira Beata près de lui. Il n'avait pas voulu y croire, et pourtant elle était venue, elle avait tout abandonné pour lui. Ils s'installèrent à l'arrière du véhicule, et Antoine passa son bras valide autour de ses épaules, avant de l'embrasser à nouveau – il n'avait pas de mots pour lui dire tout ce qu'elle représentait pour lui. Durant le trajet qui les menait lentement vers la campagne au-delà de Lausanne, elle resta blottie contre lui. Désormais, elle ne pouvait plus se permettre de regarder en arrière, seulement vers l'avant. À Cologne, ce matin-là, son père avait inscrit son nom dans le livre des morts familial. Monika et lui avaient fait la veillée pendant la nuit. Pour sa famille, elle était dorénavant considérée comme morte.

4

La ferme des cousins d'Antoine était modeste, mais la campagne autour magnifique et la maison accueillante et sans prétention. Il y avait deux petites chambres, dont l'une avait été celle de leurs trois enfants, partis s'installer en ville depuis longtemps, car aucun d'entre eux n'avait voulu rester travailler à la ferme. Il y avait aussi une cuisine spacieuse et agréable ainsi qu'un salon, réservé au dimanche, que personne n'utilisait. La différence était grande avec la maison de Beata à Cologne. Maria et Walther Zuber étaient des cousins éloignés du côté maternel d'Antoine, et ils étaient ravis de pouvoir venir en aide au jeune couple. Ils appréciaient également d'avoir un peu de renfort à la ferme, même si deux jeunes garçons qui logeaient dans une maisonnette les aidaient pour les labours, les moissons et les vaches. Dans ces montagnes au-dessus de Lausanne, on avait peine à imaginer que le monde était plongé dans le chaos. La ferme était aussi éloignée de la guerre qu'il était possible.

Walther et Maria étaient des gens charmants, d'humeur avenante et chaleureux. Bien qu'instruits, ils avaient choisi de mener une vie modeste, et celle-ci les satisfaisait. Le reste de leur famille vivait à Genève et

Lausanne, hormis leurs enfants qui avaient émigré vers la France et l'Italie. Beata leur donnait à peu près l'âge de ses parents, jusqu'à ce qu'elle s'aperçoive, en discutant avec eux, qu'ils étaient en réalité plus âgés ; à l'évidence, leur vie de dur labeur, rigoureuse mais saine, leur avait profité. En ces temps difficiles, l'asile qu'ils leur offraient était une chance pour le jeune couple. Antoine était prêt à faire tout ce qu'il pourrait pour les aider, en compensation de leur hospitalité, mais son bras blessé le limitait.

L'après-midi de leur arrivée, en massant le bras d'Antoine avant de lui refaire son pansement, Beata avait compris l'ampleur des lésions. Les éclats d'obus avaient entièrement détruit les muscles et les nerfs du bras gauche, et la blessure semblait encore douloureuse. Les médecins avaient dit à Antoine qu'il finirait par récupérer de la mobilité, mais personne ne savait jusqu'à quel point. Heureusement, il était droitier.

Antoine avait proposé à Walther de s'occuper des chevaux, domaine où il excellait, et essaierait de faire tout ce qu'il pourrait avec un seul bras valide. Beata et les deux aides s'occuperaient du reste.

Au déjeuner, tandis qu'ils mangeaient tous leur soupe et leurs saucisses dans la cuisine, Beata proposa de s'occuper des repas et de tout ce qu'ils voudraient qu'elle fasse. Maria répondit qu'elle lui apprendrait à traire les vaches, et Beata ouvrit de grands yeux. Elle n'avait jamais mis les pieds dans une ferme auparavant et savait qu'elle avait beaucoup à apprendre. En rejoignant Antoine, elle n'avait pas seulement quitté sa famille et la maison où elle était née, mais aussi la seule vie qu'elle connaissait. Elle avait renoncé à tout pour lui, et il avait fait de même pour elle. C'était un nouveau départ pour eux, et sans les Zuber, ils n'auraient eu nulle part où aller et aucun moyen pour vivre. À la fin du repas, Beata les remercia vivement puis elle aida Maria à faire la vaisselle. C'était son premier repas qui ne soit pas casher, et bien que cela lui fût inconnu, elle savait qu'elle n'avait pas le choix. Son existence entière venait de changer.

— Quand allez-vous vous marier ? s'enquit Maria avec bienveillance.

Elle se faisait du souci pour Beata depuis qu'Antoine leur avait écrit pour leur demander s'ils pourraient trouver refuge chez eux. Walther et elle étaient ouverts et généreux et avaient rapidement accepté. En plus, maintenant que leurs enfants étaient partis, ils pourraient les aider.

— Je l'ignore, répondit Beata.

Antoine et elle n'avaient pas eu le temps d'en parler. Tout était si nouveau, et ils avaient tant de choses à décider. Et puis elle était encore sous le choc de ses derniers jours à Cologne.

Ce soir-là, ils discutèrent de leurs projets jusque tard dans la nuit. Pour dormir, Antoine s'était improvisé un lit sur le canapé du salon et avait laissé la petite chambre à Beata. Maria avait approuvé cette solution. Antoine lui avait assuré que Beata et lui se marieraient très vite, car elle ne voulait pas, tout comme Walther, que les deux jeunes gens vivent dans le péché sous son toit. Il n'en était pas question, et d'ailleurs Antoine s'était renseigné dès leur arrivée, et avait ainsi découvert qu'en tant qu'étrangers ils avaient besoin d'une autorisation spéciale pour pouvoir se marier en Suisse. Le lendemain, il prit la camionnette de Walther pour aller avec Beata à la ville voisine. L'employé de l'état civil leur précisa qu'en plus de l'autorisation nécessaire pour se marier devant le maire il leur faudrait présenter leurs passeports et deux témoins – des citoyens suisses – qui se porteraient garants pour eux. Le fait que le grand-père maternel d'Antoine ait été suisse ne leur fut d'aucune utilité car sa mère, tout comme lui, était de nationalité française. L'employé qui s'occupa de leur dossier les informa qu'ils auraient les papiers quinze jours plus tard.

— Allez-vous vous marier à la mairie ou à l'église ? demanda le fonctionnaire par simple routine, tandis qu'Antoine se tournait vers Beata, l'air déconcerté.

La question ne leur avait pas traversé l'esprit. Antoine avait simplement pensé faire une brève cérémonie à la mairie. Sans autre famille que les Zuber et étant donné les circonstances, leur mariage n'était qu'un acte officiel qui leur permettrait de rendre leur union légitime pour vivre dans la légalité et en paix. Il n'y aurait aucune cérémonie religieuse, ni fanfare, ni réception, ni fête. Ce n'était qu'une formalité pour qu'ils deviennent mari et femme. Où et quand cela se passerait, qui les marierait étaient des questions qu'ils ne s'étaient même pas posées. En ressortant sous le soleil d'été, Antoine étreignit sa future femme avec son bras droit et l'embrassa délicatement. Beata, le sourire aux lèvres, le regarda d'un air étonnamment serein.

— Dans quinze jours, nous serons mariés, dit-elle doucement.

Certes, ce n'était pas le mariage qu'elle avait imaginé quand elle était petite, et pourtant, de bien des façons, c'était un rêve qui s'exauçait. Antoine et elle étaient tombés amoureux dix mois plus tôt, à l'instant même de leur rencontre, et tout ce qu'elle voulait à présent, c'était passer le reste de sa vie auprès de lui. Ils ignoraient encore où ils iraient après la guerre, de quoi ils vivraient et si leurs familles les accueilleraient à nouveau en leur sein. Mais pour l'heure, tout ce dont elle était sûre, c'était qu'elle voulait être avec Antoine.

— Par qui veux-tu être mariée ? demanda-t-il.

L'employé de l'état civil avait soulevé une question légitime. Il ignorait totalement si Beata souhaitait qu'un rabbin célèbre le mariage et il devait admettre que cette idée le mettait mal à l'aise. S'ils le désiraient, ils pouvaient fort bien se contenter de la mairie, mais en y réfléchissant bien, il préférait tout de même être marié par un prêtre.

— Je n'y ai pas vraiment songé. Nous ne pouvons pas être mariés par un rabbin, car il faudrait pour cela que tu te convertisses. Tu devrais étudier les textes sacrés, et cela pourrait prendre des années, répondit Beata.

Deux semaines d'attente leur semblaient déjà une éternité, et ils souhaitaient encore moins avoir à attendre plusieurs années pour se marier, en particulier maintenant qu'ils étaient ensemble et qu'ils vivaient sous le même toit. Antoine était resté éveillé pratiquement toute la nuit, incapable de dormir en sachant qu'elle se trouvait à côté, dans le lit qu'ils allaient bientôt partager. Après tout ce qu'ils avaient traversé pour être ensemble, il brûlait de la faire sienne.

— Que penserais-tu d'être mariée par un prêtre ? demanda-t-il carrément.

Il n'avait nullement l'intention de l'y obliger, même si c'était ce qu'il préférait.

— Je n'en sais rien, je n'y ai jamais réfléchi. Être seulement mariés civilement me paraît un peu triste, mais je ne suis pas certaine que ce soit important d'être mariés par un rabbin ou par un prêtre. J'ai toujours pensé qu'il n'y avait qu'un seul Dieu, et je ne crois pas qu'il fasse beaucoup de différence entre une église et une synagogue.

Pour Antoine, c'était une idée novatrice. Contrairement à sa famille, Beata se montrait très libérale dans sa façon de penser.

Durant le trajet du retour, ils en parlèrent, ainsi que de l'éventualité d'une conversion de Beata au catholicisme. La jeune fille faisait preuve d'une ouverture d'esprit surprenante et se disait prête à le faire, si c'était ce qu'il voulait. Elle croyait en sa religion, mais par-dessus tout elle aimait Antoine. Si se convertir au catholicisme leur permettait de se marier plus rapidement, elle acceptait de franchir le pas. Alors qu'ils en discutaient, Antoine fit halte devant une petite église, derrière laquelle se trouvait un presbytère. Il descendit de voiture, gravit les vieilles marches et sonna à la porte. Une plaque indiquait que l'édifice, dont la pierre était vieillie et patinée, datait du dixième siècle. Un prêtre d'un certain âge, en soutane, vint ouvrir et lui sourit. Après avoir échangé quelques mots avec lui, Antoine fit signe à Beata, qui attendait dans la voiture. La jeune fille sortit du véhicule et s'approcha timidement ; elle n'avait jamais parlé à un prêtre et n'en avait jamais vu un de près – elle n'avait fait qu'en croiser dans la rue –, mais celui-ci avait un visage et un regard bienveillants.

— Votre fiancé m'a dit que vous souhaitiez vous marier, fit ce dernier tandis qu'ils se tenaient tous les trois dans l'air frais de la montagne, sous le soleil matinal.

Il y avait un champ de fleurs sauvages jaunes juste au-dessus d'eux, ainsi qu'un vieux cimetière où l'on continuait d'enterrer les gens. Il y avait aussi une petite chapelle à l'arrière de l'église et un puits datant du quatrième siècle.

— C'est exact, confirma-t-elle en essayant de ne pas penser à ce que ses parents auraient dit en la voyant discuter avec un prêtre.

Elle s'attendait presque à être frappée par la foudre, tout en ressentant une sérénité et un bien-être inattendus.

— Vous n'êtes pas catholique, à ce que j'ai cru comprendre ? En ce cas, il va vous falloir quelques leçons d'instruction religieuse, car je présume que vous souhaitez vous convertir ?

La gorge de Beata se serra. Entendre ce mot lui faisait un effet étrange. Elle n'avait jamais pensé qu'elle se tournerait un jour vers une autre religion que la religion juive, mais elle n'avait jamais imaginé non plus épouser un jour un homme comme Antoine. Ses études religieuses lui avaient ouvert l'esprit sur les autres dogmes existants. Avec le temps, pensait-elle, son cœur lui aussi se convertirait, par amour pour Antoine.

— Nous pourrions vous faire participer au catéchisme avec les enfants de la région, continua le prêtre, mais le dernier groupe vient de faire sa première communion et les cours ne reprendront pas avant la fin de l'été. Or, je crois savoir que vous souhaitez vous marier dans deux semaines.

Il jeta un coup d'œil sur le bras en écharpe d'Antoine et remarqua l'innocence qui se lisait sur le visage de Beata.

Antoine avait expliqué qu'il était français et Beata allemande, qu'il avait été blessé à la guerre et qu'ils étaient sans famille, exception faite des cousins chez qui ils habitaient. Il avait également insisté sur le fait que Beata était arrivée d'Allemagne la veille et qu'ils souhaitaient régulariser leur situation, pour ne pas avoir à vivre dans le péché. Il avait demandé au prêtre de les aider, et ce dernier avait accepté. Il ferait tout son possible. Ils avaient l'air honnête et visiblement leurs intentions étaient bonnes, sinon ils ne seraient pas venus le trouver.

— Pourquoi ne pas entrer et en discuter ? suggéra-t-il.

Antoine et Beata le suivirent à l'intérieur. La pièce, éclairée à la bougie, était petite et sombre, et un immense crucifix était accroché à un mur. Dans un coin, se trouvait une niche avec la statue de la Sainte

Vierge. Le prêtre s'assit à un petit bureau délabré, tandis qu'Antoine prenait deux chaises pour Beata et lui. Malgré l'atmosphère triste de la pièce, la présence du prêtre qui leur souriait les détendit.

— Beata, vous serait-il possible de venir me voir une heure, tous les après-midi ?

La jeune femme acquiesça d'un hochement de tête, bien qu'elle ignorât encore la quantité de travail qu'on lui demanderait à la ferme, ou même si Antoine aurait le temps de la conduire à l'église. Dans le cas contraire, elle aurait à parcourir un long chemin à pied, mais qu'importe, elle était prête à tout.

— Oui, répondit Beata, quelque peu intimidée, sans savoir vraiment ce qu'il attendait d'elle.

— Dans ce cas, je pense que nous pourrons étudier tout ce qui est nécessaire à votre conversion. En général, je préfère que cela dure plusieurs mois pour m'assurer que tout est bien compris avant le baptême, mais dans votre cas, je crois que nous pouvons aller plus vite. Vous étudierez de votre côté et je vous enseignerai ce que vous avez besoin de savoir. Vous allez franchir une étape importante dans votre vie, plus importante encore que le mariage. Devenir une enfant de Dieu est un cadeau magnifique.

— Oui, murmura Beata, je sais.

Ses yeux semblaient immenses dans son visage au teint laiteux. Pour Antoine, elle n'avait jamais été plus belle qu'en cet instant.

— Que se passera-t-il si je ne me sens pas prête ? Je veux dire, pour le baptême ?

Elle avait du mal à prononcer le mot.

— Il faudra alors attendre que vous le soyez, répondit le prêtre avec bienveillance. Vous ne pouvez pas épouser un catholique sans vous être convertie au préalable.

Il ne parla pas d'une conversion possible d'Antoine au judaïsme ni d'un mariage civil à la place du religieux, car, à ses yeux, seul un mariage célébré dans une église catholique était valable. Après leur conversation du matin, Beata avait deviné qu'Antoine partageait la même vision des choses. Se convertir, pensait-elle, serait une étape supplémentaire dans sa vie, un autre sacrifice qu'il lui faudrait faire pour Antoine. De toute façon – et ils en étaient convenu eux-mêmes –, il aurait été trop compliqué pour lui de se convertir au judaïsme. L'étude des textes aurait pris des années, et si tant est qu'il eût accepté, il n'y avait aucun rabbin à proximité. Pour toutes ces raisons d'ordre pratique, une telle conversion n'avait pas lieu d'être. En outre, elle estimait que c'était trop lui demander. Si elle voulait que leur union soit bénie par une religion, en l'occurrence celle d'Antoine, elle sentait qu'elle n'avait pas d'autre choix que de se convertir. Par ailleurs, le Nouveau Testament l'avait toujours intriguée ; elle aimait les histoires qui parlaient de Jésus et était fascinée par les saints. C'était peut-être un signe. En outre, bien que le judaïsme fût la seule religion qu'elle eût connue, elle n'avait jamais été certaine de son attachement véritable à sa confession. Elle se sentait prête à renoncer à sa foi pour Antoine et à embrasser la religion catholique, et pensait le lui devoir en tant qu'épouse. Leur amour avait exigé des sacrifices de leur part à tous les deux, et sa conversion en constituait un nouveau.

Au bout d'une demi-heure de discussion avec le prêtre, Beata promit de revenir le lendemain après-midi. Ce dernier lui avait assuré qu'en quinze jours elle serait prête. Il les raccompagna à la porte et leur fit au revoir de la main quand la voiture s'éloigna.

— Alors, qu'en penses-tu ? demanda Antoine, qui conduisait de la main droite avec aisance, les doigts de sa main gauche blessée posés sur le volant.

Il était inquiet et convaincu qu'il en demandait trop. Si Beata refusait de se convertir, ce qu'il comprenait, il se satisferait d'un mariage civil – il refusait qu'elle fît quoi que ce soit qui aille à l'encontre de ses croyances. Il n'avait aucune idée de l'importance qu'avait pour elle la religion, ni à quel point elle suivait les traditions juives. Il savait seulement que sa famille était juive orthodoxe, ce qui expliquait pourquoi il leur paraissait aussi impensable que leur fille pût se marier en dehors de sa foi. Toutefois, il ignorait jusqu'à quel point Beata était croyante, et quelle douleur elle pourrait ressentir en renonçant à sa religion pour lui.

— Je trouve qu'il est gentil. Ce sera très intéressant d'étudier avec lui, répondit poliment Beata.

Antoine fut soulagé de constater qu'elle ne semblait pas angoissée. Elle vivait sa décision avec un calme incroyable, comme à chaque fois qu'un changement s'était produit dans sa vie.

— Que ressens-tu à l'idée de te convertir ? Personne ne t'y oblige, Beata. Nous pourrions simplement nous marier à la mairie. Tu as déjà renoncé à tant de choses pour moi, fit Antoine, qui éprouvait un profond respect pour elle.

— Toi aussi, répondit-elle avec honnêteté.

Puis elle se tut un long moment, regardant le paysage défiler par la vitre.

— Je crois que je préfère me marier à l'église, reprit-elle en se tournant vers lui, les yeux pétillants, surtout si c'est important pour toi.

— C'est extrêmement généreux de ta part. Je t'aime, tu sais. Et nos enfants ? Voudras-tu qu'ils soient juifs ou catholiques ?

Si les choses s'étaient passées normalement, ils se seraient posé ce genre de questions au fil des mois, mais étant donné le contexte de leur rencontre et la distance qui les avait séparés, ils n'avaient jamais eu le temps ni l'occasion d'en parler. Beata réfléchit longuement, puis le regarda, le visage sérieux. Elle avait pris très à cœur la discussion de la matinée. Il s'agissait d'une décision importante, capitale même.

— Si tu es catholique et que je le deviens, il faut que nos enfants le soient aussi, tu ne crois pas ?

C'était ce qui paraissait le plus logique à Beata, elle qui n'avait jamais eu l'attachement profond de ses parents à la religion juive et qui allait à la synagogue pour leur faire plaisir et parce que c'était la tradition. Le Nouveau Testament, en revanche, l'avait toujours fascinée et intriguée, et elle était convaincue que, mariée à Antoine, elle développerait avec le temps un lien particulier avec la foi catholique.

Antoine, reconnaissant, acquiesça d'un hochement de tête. Il comprenait à présent la raison de la violente opposition des parents de Beata à leur mariage. La simple idée d'avoir des petits-enfants catholiques devait être pour eux un vrai cauchemar.

— Ce serait trop compliqué si leurs parents avaient des religions différentes, reprit Beata, qui à présent trouvait l'idée très sensée, même si, d'après ce que j'ai lu, je ne pense pas que nos croyances divergent tant.

Antoine était d'accord, et tandis qu'ils approchaient de la ferme, un sentiment de paix les envahit. En sortant de la voiture, il passa son bras autour d'elle, et ils rejoignirent Walther et Maria pour le déjeuner.

Ils parlèrent aux Zuber de la rencontre avec le prêtre, de la visite au bureau de l'état civil et des leçons de catéchisme de Beata. Cette dernière s'excusa de devoir les laisser tous les après-midi, mais Maria, qui s'inquiétait pour leur avenir depuis qu'elle savait que Beata était juive, trouva la nouvelle formidable. À ses yeux, la conversion de Beata était une magnifique preuve d'amour, ce qu'elle s'empressa de dire à la jeune fille quand elles rangèrent la cuisine ensemble, une fois que les hommes eurent quitté la table.

— Tout cela doit vous paraître étrange, dit Maria avec compassion.

C'était une femme maternelle au physique généreux. Elle était arrivée à la ferme lors de son mariage, à l'âge de dix-neuf ans. Depuis, elle avait donné naissance à leurs enfants, travaillé, aimé son époux et prié à l'église. Bien qu'elle fût intelligente et lût beaucoup, elle menait une vie très simple, à des années-lumière de la grande et élégante maison dans laquelle Beata avait grandi, et des tenues et bijoux que portaient sa mère et sa sœur. Les imaginer à la ferme était d'ailleurs impossible, et Beata ne put réprimer un sourire en pensant que sa vie et celle de sa sœur allaient être bien différentes. Antoine et elle ne comptaient pas rester en Suisse, mais retourner un jour en France ou en Allemagne. Cela dépendrait de la famille qui céderait la première et du pays qui offrirait les possibilités les plus intéressantes. Antoine ignorait ce qu'il ferait s'il ne pouvait retourner en Dordogne pour s'occuper de la propriété familiale, mais Beata savait qu'à la fin de la guerre, avec les changements inévitables qui en découleraient, beaucoup se retrouveraient dans leur situation, obligés de reconstruire une nouvelle vie ailleurs. Ils allaient prendre un nouveau départ, et elle rendait grâce au ciel d'être là.

— Non, ce n'est pas étrange, répondit Beata d'un ton posé, c'est juste différent. Je ne suis pas habituée à être si loin de ma famille.

Sa mère lui manquait terriblement, sans oublier que sa sœur et elle avaient toujours été inséparables – mais avec le mariage de Brigitte et son emménagement à Berlin, les choses auraient changé de toute façon. Ce qui l'affectait le plus, c'étaient les circonstances dramatiques dans lesquelles elle avait quitté les siens. C'était une blessure encore ouverte, et Maria pouvait facilement imaginer qu'elle le resterait longtemps. Elle espérait que leurs familles retrouveraient vite la raison et leur pardonneraient leur choix ; Antoine et Beata étaient des jeunes gens charmants, mais elle savait qu'ils souffriraient dans les années à venir si leurs familles n'acceptaient pas leur union. Pour l'heure, Walther et elle étaient ravis de faire office de parents de substitution. Les avoir était une bénédiction pour eux aussi.

— Aurez-vous bientôt des enfants ? s'enquit Maria, curieuse.

Beata rougit, ne sachant quoi répondre. Elle n'était pas sûre qu'il fût possible de contrôler ce genre de chose et pensait qu'un enfant arrivait quand Dieu le décidait. S'il existait un quelconque moyen d'empêcher ou de maîtriser les grossesses, elle l'ignorait et elle ne connaissait pas assez Maria pour le lui demander.

— Oui, sans doute, répondit-elle doucement, l'air embarrassé, tout en rangeant la dernière assiette dans le placard. Dieu en décidera.

Elle pensa à sa sœur et se demanda si elle aussi aurait bientôt des enfants, tout en ayant du mal à imaginer Brigitte avec des bébés, elle qui, en dépit de ses dix-huit ans, était encore si puérile. À vingt et un ans, elle-même se sentait à peine prête pour les responsabilités de la maternité et du mariage et savait qu'à l'âge de Brigitte, elle n'aurait jamais été capable d'affronter tout cela. Mais à présent, et malgré leurs débuts difficiles, elle se réjouissait de ce qui les attendait et se sentait à la hauteur de la tâche.

— Quel bonheur ce sera d'avoir un bébé ici ! s'exclama joyeusement Maria tout en leur servant à chacune une tasse de thé.

Elle voyait rarement ses petits-enfants, car ils vivaient loin et parce que Walther et elle ne pouvaient pas se permettre de laisser la ferme. L'idée d'un bébé dans leur maison – à condition qu'Antoine et Beata fussent toujours chez eux quand il naîtrait – lui réchauffait le cœur, et son regard s'illumina. Pour sa part, Beata avait du mal à concevoir la réalité de la chose. Pour l'instant, elle ne pensait qu'à ses leçons de catéchisme et à son mariage dans quinze jours. Au-delà, elle ne savait quoi imaginer ou attendre. Son unique certitude était son amour pour Antoine, et elle ne regrettait rien de ce qu'elle avait fait et abandonné pour lui. Maria et Walther éprouvaient un profond respect pour l'attachement de Beata envers Antoine. Sa détermination et son charme leur plaisaient. Chaque jour, Maria se sentait plus proche d'elle, sans compter que Walther et elle avaient toujours beaucoup aimé Antoine, bien qu'ils l'eussent peu vu les années précédentes. Maria regrettait simplement qu'ils ne restent pas avec eux pour de bon. Une fois la guerre terminée, le gouvernement suisse demanderait aux ressortissants étrangers de quitter le pays ; la Suisse était une terre d'asile mais, sitôt les pays en paix et les frontières rouvertes, les étrangers devraient regagner leur terre natale. Pourtant, étant donné la situation après deux ans de conflit, qui savait quand cela se produirait ? Pour l'heure, bien à l'abri dans les montagnes, le jeune couple était tranquille et en sécurité.

Beata trouva les leçons d'éducation religieuse passionnantes. Elles lui rappelaient ce qu'elle avait étudié de la Bible – si ce n'était que l'enseignement du père André était plus axé sur le catholicisme. Il lui parla du chemin de croix, de la Sainte Vierge, de la Trinité ; il lui apprit les prières et comment réciter le rosaire, et lui expliqua les sacrements et l'importance de la communion. Beata ne cessait de poser des questions, qui prouvaient au prêtre combien elle avait réfléchi. Les idées et les concepts chrétiens ne semblaient nullement l'incommoder ni la choquer ; et elle lui signalait souvent les similitudes troublantes avec la religion de son enfance. C'était une jeune femme à l'esprit vif, qui aimait la religion et la philosophie, et qui était profondément bonne et généreuse. Au cours des deux semaines qu'ils passèrent ensemble à étudier la religion, le père André tomba sous le charme de la jeune femme. Chaque jour, elle lui apportait un petit quelque chose de la ferme, en même temps que le bonjour des Zuber. Elle le fit rire aux éclats quand elle lui raconta ce que cela faisait de traire une vache. Elle en riait d'ailleurs chaque matin en imaginant Brigitte tenter l'expérience. Elle se serait trouvée mal. Seule la pensée de sa mère la faisait toujours autant souffrir. Et son père aussi lui manquait, malgré sa position inflexible par rapport à son mariage. Elle se faisait également du souci pour ses frères. Le fait qu'elle se trouvât loin de chez elle et qu'elle fût partie sous les foudres paternelles ne remettait nullement en question son amour pour eux. Elle n'éprouvait aucune colère, ils lui manquaient, tout simplement. Elle s'en était confiée au père André, et la compassion et le pardon dont elle faisait preuve l'avaient impressionné. Elle ne semblait pas leur en vouloir, alors qu'au fond, ils étaient responsables de son départ. Un après-midi, il lui fit le plus beau des compliments à ses yeux en lui confiant que, si elle n'avait pas été élevée dans une autre religion et sur le point de se marier, elle aurait fait une religieuse admirable. Antoine ne fut pas aussi touché qu'elle par ce compliment quand elle le lui répéta le soir même.

— Mon Dieu ! J'espère qu'il n'essaie pas de te faire changer d'avis ! J'ai d'autres projets en ce qui te concerne, fit-il en montrant une possessivité soudaine.

— Moi aussi, mais c'était quand même gentil de sa part, dit Beata, flattée.

C'était un réel compliment dans la bouche du vieux prêtre, et Maria était d'accord avec elle.

— Peu importe que cela soit gentil ou pas, poursuivit Antoine sur le même ton nerveux et désapprobateur, je ne veux pas de religieuse dans ma famille. J'ai toujours pensé que c'était une triste existence. Les gens sont faits pour se marier et avoir des enfants.

— Peut-être pas tout le monde. Certaines personnes ne sont pas faites pour le mariage ou pour avoir des enfants, déclara Beata avec franchise.

— Eh bien, je suis heureux que toi tu le sois, répliqua-t-il en se penchant pour l'embrasser, ce qui fit sourire Maria.

Antoine travaillait dur à la ferme avec Walther, et ce soir-là, quand elle lui avait refait son pansement avant le dîner, elle avait remarqué que son bras allait mieux. La plaie cicatrisait, même si le membre était encore raide et pas aussi habile qu'Antoine l'aurait voulu. Néanmoins, il s'en sortait très bien avec un seul bras et il lui semblait plus beau que jamais. Elle répondit à son baiser par un sourire timide, légèrement embarrassée, comme à chaque fois qu'il parlait d'avoir des enfants et qu'il lui rappelait par là les découvertes à venir.

Le matin du baptême, Maria, Antoine et Beata, en route pour l'église, s'arrêtèrent à la mairie. Un fonctionnaire à la mine maussade les maria civilement – préambule légal au mariage religieux prévu le lendemain. Ce fut une merveilleuse sensation pour Beata, au sortir de la mairie, de savoir qu'elle était déjà la femme d'Antoine aux yeux de la loi, et qu'elle le serait à ceux de l'Église le jour suivant. Seuls Antoine et Maria avaient accompagné Beata à l'église, Walther ayant trop de travail à la ferme. La cérémonie fut simple et courte. Beata professa sa foi et sa loyauté envers l'Église catholique en présence d'Antoine et Maria, son parrain et sa marraine, qui jurèrent en son nom de renoncer à Satan et de l'aider à vivre sa foi dans sa vie présente et à venir. Après le baptême, Beata, en larmes, reçut la communion pour la première fois. Tout cela représentait bien plus pour elle qu'elle ne l'aurait cru et dépassait tout ce qu'elle avait pu vivre dans le judaïsme. Elle s'était toujours ennuyée à la synagogue, où il fallait rester assis pendant des heures, et où la séparation des hommes et des femmes lui déplaisait. Le fait qu'il n'y eût pas de femmes rabbins – ce qu'elle trouvait extrêmement injuste – l'avait également toujours contrariée, et son père se mettait en colère chaque fois qu'elle évoquait le sujet, rétorquant avec autorité : « C'est ainsi. » Elle avait été déçue d'apprendre qu'il n'y avait pas non plus de femmes prêtres, mais au moins, pensait-elle, il y avait des religieuses.

Sa sœur, qui trouvait elle aussi le judaïsme orthodoxe trop sévère, avait déclaré avant son mariage qu'elle ne suivrait plus les règles alimentaires strictes, une fois à Berlin, puisque la famille de Heinrich et lui-même ne les observaient pas. Mais elle n'avait jamais osé l'avouer à ses parents. Sans aller jusqu'à trouver ces règles ridicules comme Brigitte, Beata avait toujours désapprouvé certains aspects du judaïsme. Soudain, à sa grande surprise, l'idée d'être catholique l'enchanta. Grâce à la religion, elle allait être encore plus proche d'Antoine, et plus en harmonie avec lui. Elle trouvait même facile de croire aux miracles, à la Vierge Marie et à la naissance de Jésus. En sortant de l'église, elle se sentait différente et plus légère, comme transformée, tandis qu'elle offrait à Antoine un visage radieux et un sourire rayonnant. Avec le mariage civil et le baptême, cette journée avait été extraordinaire.

— Je regrette vraiment que vous ne vouliez pas devenir religieuse, la taquina le père André. Je crois qu'avec un peu plus de travail et davantage de temps pour révéler votre vocation, vous auriez été formidable.

— Alors, je suis heureux qu'elle n'ait eu que deux semaines, fit Antoine, nerveux.

L'idée de perdre sa jeune épouse – pour laquelle il s'était tant battu – pour le couvent le mettait hors de lui, même s'il savait que le prêtre n'était pas malintentionné.

Avant de partir, ils promirent de revenir se marier le lendemain. Le mariage civil les y autorisait, tous les papiers étaient en ordre. Le soir, après avoir fêté son baptême par un bon dîner, Beata se retira rapidement dans sa chambre. C'était la dernière nuit qu'elle passerait seule dans son lit et elle devait travailler sur son projet secret. Quand elle était partie d'Allemagne, elle n'avait rien emporté qui pût lui servir de robe de mariée, seulement des tenues pratiques adaptées au travail à la ferme. Cependant, Maria lui avait fait cadeau de deux magnifiques nappes en dentelle, un peu usées en certains endroits, qui lui venaient de sa grand-mère. Beata se moquait bien qu'elles soient abîmées, et quand elle n'était pas en train d'étudier son catéchisme, de traire les vaches ou d'aider Maria à préparer les repas, elle se dépêchait de coudre dans sa chambre, si bien que la robe de mariée qu'elle avait confectionnée avec les deux nappes était presque terminée. Elle avait réussi à les couper de façon que la dentelle couvrît sa poitrine, ses épaules et ses bras, et il lui restait juste assez de matière pour se faire un petit chapeau avec un voile. De plus, comme elle était mince, elle avait même pu ajouter une traîne. La robe était plissée sur le buste et parfaitement ajustée à la taille, qu'elle avait très fine, puis elle s'élargissait joliment jusqu'en bas, et était embellie par la dentelle.

C'était un vrai chef-d'œuvre. Maria, qui ne l'avait pas vue, s'attendait à quelque chose de simple et probablement maladroit car elle pensait qu'il n'y avait pas grand-chose à tirer de deux vieilles nappes. Elle n'avait aucune idée du talent de Beata ni de la délicatesse de ses travaux d'aiguille.

Le matin du mariage, Antoine avait accepté de se rendre à l'église une heure avant la cérémonie, pour ne pas croiser Beata. La jeune fille voulait lui faire la surprise quand elle remonterait la nef de la vieille église en pierre pour venir le rejoindre à l'autel.

Il ignorait pourquoi elle se retirait si tôt dans sa chambre chaque soir et pensait qu'elle était exténuée par la rigueur des travaux de la ferme. Même Maria ne savait pas qu'elle avait passé plus d'une nuit à coudre jusqu'à l'aube et rempli néanmoins toutes ses obligations le jour suivant, sans avoir dormi, de manière à pouvoir terminer la robe à temps. Cette robe était la plus belle qu'elle eût jamais réalisée, rivalisant avec les collections parisiennes ; si elle avait été faite de soie et de satin au lieu de dentelle fine, elle aurait été extraordinaire et digne du plus grand mariage – et pour Beata, le sien l'était. Malgré la fragilité de la dentelle, c'était une robe divine, davantage adaptée à la simplicité de cette église de montagne que l'aurait été une tenue plus sophistiquée.

— Mon Dieu ! s'écria Maria, le souffle coupé, en voyant Beata sortir de la chambre. Où avez-vous trouvé cette robe ? Antoine vous a emmenée à Lausanne ?

— Mais non ! s'exclama Beata en riant, ravie de l'effet produit sur sa marraine, qui s'était mise à pleurer sous le coup de l'émotion. Je l'ai fabriquée avec les nappes que vous m'avez données. J'y ai travaillé toutes les nuits depuis deux semaines.

— Incroyable ! Même en deux ans de travail, je ne serais jamais arrivée à un tel résultat ! fit Maria, qui n'avait jamais rien vu d'aussi beau.

Beata ressemblait à une princesse de conte de fées. C'était la plus jolie mariée qu'elle eût jamais vue.

— Qui vous a appris à coudre ainsi ?

— Personne, ça m'amuse. Je cousais beaucoup pour ma mère et ma sœur, et j'ai toujours préféré faire mes robes plutôt que les acheter.

— Tout de même, une robe pareille ! dit Maria en faisant pivoter Beata sur elle-même pour admirer le voile et la traîne. Attendez qu'Antoine vous voie ! Il va s'évanouir dans l'église !

— J'espère bien que non, répondit Beata, aux anges.

Walther fut lui aussi stupéfait en la voyant. Il aida sa femme à arranger délicatement la robe et la traîne autour de Beata sur la banquette arrière de la voiture, puis ils montèrent devant. Beata se sentait un peu coupable qu'Antoine ait dû marcher jusqu'à l'église, mais elle ne voulait pas qu'il la voie avant et elle était restée dans sa chambre toute la matinée jusqu'à son départ. Elle pensait que cela leur porterait bonheur. Elle avait encore du mal à croire que le jour de son mariage était venu, et elle avait fondu en larmes quand elle s'était habillée, sa mère lui manquant énormément. Jamais elle n'aurait imaginé qu'un jour elle se marierait sans elle à ses côtés ni son père pour la conduire à l'autel.

Les Zuber avaient fourni les alliances, deux anneaux simples, qui venaient de la famille. Walther avait donné à Antoine l'alliance de son père, qu'il gardait rangée dans une boîte et qui allait parfaitement à l'annulaire de sa main gauche. Walther l'avait mise dans sa poche avec la bague de l'arrière-grand-mère de Maria, un mince anneau d'or serti de petits diamants et si petit qu'aucune femme de la famille n'avait jamais pu le porter. Mais il allait à Beata comme s'il avait été fait pour elle. À l'intérieur de la bague étaient gravés les mots *Mon cœur est à toi.*

Enfin, dans un geste de grande générosité, les deux fermiers avaient décidé de passer la nuit chez des amis, afin de laisser la maison aux jeunes mariés. Walther avait mis au frais une bouteille de champagne qu'il gardait en réserve depuis le mariage de son propre fils, et Maria leur avait préparé un véritable petit festin. Elle estimait que c'était la moindre des choses qu'elle pût faire pour eux et y avait mis toute sa tendresse. Elle voulait les gâter le plus possible, car elle savait que ce n'était pas le mariage qu'ils auraient eu s'ils étaient restés dans leurs familles et dans leurs mondes. En dépit de tout ce qu'ils avaient perdu, Antoine et Beata avaient conscience d'avoir néanmoins beaucoup gagné en échange, et de tout ce qu'ils représentaient l'un pour l'autre. À leurs yeux, cela valait toutes les richesses, même s'il était difficile – en particulier un jour comme celui-ci – de ne pas penser à ceux qu'ils avaient laissés derrière eux.

Les habitants du village sortaient de la messe quand les Zuber et Beata arrivèrent. Antoine attendait dans le presbytère, comme le lui avait demandé Beata. En la voyant, les gens s'extasièrent sur la beauté de la mariée et sur sa robe. Avec ses cheveux noirs sous le chapeau en dentelle, sa peau laiteuse et ses immenses yeux bleus, elle ressemblait à une princesse. Jamais ils n'avaient vu une aussi belle mariée. Le père André était lui aussi ébloui et reconnut qu'elle faisait une bien plus jolie mariée qu'une religieuse. Lui non plus n'avait jamais vu de mariée aussi ravissante. Quelques instants plus tard, les yeux du vieux prêtre pétillaient de malice quand il demanda à Antoine de se diriger vers l'autel, en lui annonçant qu'il lui réservait une surprise. Antoine n'avait aucune idée de ce dont le prêtre parlait, jusqu'à ce que l'organiste se mette à jouer la musique qu'il avait choisie avec Beata et qu'il la voie franchir lentement le porche au bras de Walther. Beata avançait avec la grâce d'une jeune reine, ses pieds semblant à peine toucher le sol. Elle portait la seule paire de chaussures de soirée qu'elle avait prise avec elle, en satin crème ornées de boucles en strass. Mais Antoine ne s'attendait pas à une telle robe. Il s'était demandé ce qu'elle porterait, mais à présent qu'il la voyait, il pensait qu'elle avait apporté sa robe de Cologne. Elle semblait avoir été faite à Paris, avant la guerre. Une fois l'effet de surprise passé, il ne vit plus que Beata. Quand ses yeux plongèrent dans les siens, les larmes coulèrent sur leurs joues. Puis Maria souleva le voile de fine dentelle qui révéla le visage de Beata, baigné de larmes de joie.

Beata pleura à nouveau lorsqu'ils échangèrent leurs vœux, et ses mains tremblèrent quand Antoine lui passa la bague au doigt et qu'elle-même lui mit l'alliance à l'annulaire gauche, en prenant soin de ne pas lui faire mal. Lorsque le prêtre les déclara mari et femme et qu'Antoine l'attira vers lui pour l'embrasser, elle sut que c'était le plus beau jour de sa vie, et Antoine dut se faire violence pour la relâcher afin de leur permettre de se diriger vers la sortie. Des habitants des fermes avoisinantes étaient restés pour revoir la ravissante mariée et les attendaient dehors, au soleil. Personne n'oublierait la beauté de Beata ce jour-là, Antoine moins que quiconque.

Les Zuber et le père André allèrent déjeuner avec les mariés, et l'après-midi Maria et Walther déposèrent le vieux prêtre à l'église, avant de partir chez leurs amis. Antoine et Beata se tenaient sur le pas de la porte en les regardant s'éloigner. Ils se tournèrent alors l'un vers l'autre : ils étaient enfin seuls. Vivant avec les Zuber, cela ne leur arrivait pas souvent, mais au moins partageraient-ils désormais la même chambre.

Pour l'heure, ils avaient la maison pour eux seuls, et c'était là un magnifique cadeau que leur offrait le vieux couple. Cette nuit d'intimité, dans la petite ferme au cœur des Alpes, serait leur unique lune de miel, mais c'était tout ce qu'ils souhaitaient. Ils voulaient juste être ensemble, et ils savaient que la magie de cette journée ne s'effacerait jamais de leur mémoire. Dans la lumière de cette fin d'après-midi, Antoine regardait Beata avec amour. Elle portait encore sa robe de mariée et il aurait voulu qu'elle ne l'enlève jamais. La jeune femme avait passé un temps fou à la coudre, pour ne la porter que quelques heures, mais c'était le cas de toutes les mariées. En revanche, peu d'entre elles auraient été capables de réaliser une telle robe. Tout en admirant la manière dont elle épousait la silhouette gracieuse de Beata, Antoine suivit sa femme dans la maison.

Ils s'installèrent dans le salon et discutèrent tranquillement un long moment, puis il emplit deux coupes de champagne. Cela faisait longtemps que Beata n'en avait pas bu – excepté le peu qu'elle avait pris au mariage de sa sœur, quelques semaines auparavant – et elle sentit la tête lui tourner dès la première gorgée. Elle avait encore du mal à croire que leurs vies aient autant changé en si peu de temps. Un mois plus tôt, elle n'aurait jamais imaginé qu'elle vivrait dans une ferme en Suisse et qu'elle serait mariée à Antoine. C'était un rêve devenu réalité, même s'il lui avait fallu traverser des moments terribles pour en arriver là. Pourtant, les souffrances passées semblaient déjà s'estomper pour ne laisser que le plus important : partager sa vie avec Antoine.

Ils passèrent l'après-midi à parler, main dans la main. Ils n'étaient pas pressés de consommer leur mariage. Antoine, surtout, ne voulait pas l'effrayer. Il savait que c'était un grand pas dans sa vie et souhaitait que tout se passe au mieux pour elle. Il n'y avait nul besoin de brusquer les choses. En début de soirée, Beata proposa de servir le dîner que Maria leur avait préparé, mais ils n'avaient pas faim. Ils s'embrassaient dans le salon quand soudain, le champagne aidant, il ne leur fut plus possible de résister. Ils attendaient ce moment depuis onze mois, depuis leur rencontre en août de l'année précédente. L'incident au bord du lac leur paraissait bien loin. À présent, ils étaient mariés. C'était ce qu'ils avaient attendu et rêvé depuis le premier jour.

Malgré sa blessure, Antoine parvint à soulever Beata dans ses bras et la porta doucement jusqu'à leur chambre. Il la déposa ensuite sur le lit avec délicatesse et commença lentement à la déshabiller. Il ignorait si elle appréhendait qu'il la voie nue, mais elle semblait n'éprouver ni peur ni crainte à le laisser faire. Quelques instants plus tard, Antoine posa avec soin la robe de mariée sur la chaise près du lit, la seule de la chambre, avant d'ôter avec précaution les dessous raffinés en satin et dentelle qu'elle avait confectionnés des mois auparavant. Tandis qu'il la regardait, elle retint son souffle. Elle ressemblait à une poupée de porcelaine, et il se mit à l'embrasser délicatement. Les mains tremblantes, elle commença à le déshabiller à son tour. Elle ne savait pas vraiment ce qu'elle était en train de faire ni ce qu'Antoine attendait d'elle – les vagues notions qu'elle avait apprises sur l'acte amoureux lui venaient de Brigitte, qui avait toujours été beaucoup plus intéressée qu'elle par ce qui se passait, ou était censé se passer, entre les sexes. Beata venait à lui avec simplement son innocence et son amour, et quand Antoine la prit dans ses bras et commença à lui faire l'amour, tendre et attentionné, elle découvrit une ivresse et une plénitude insoupçonnées. Après l'amour, il s'allongea près d'elle et la prit dans ses bras, traçant tendrement avec ses doigts les contours exquis de son corps. Ils parlèrent durant des heures, puis firent à nouveau l'amour, et cette fois-là ce fut encore mieux.

Aux alentours de minuit, affamés, ils dévorèrent enfin le repas préparé par Maria. Antoine déclara n'avoir jamais eu aussi faim de sa vie, et Beata, vêtue de la robe de chambre que Maria lui avait offerte en cadeau de mariage, éclata de rire. Ils étaient assis à la table de la cuisine, nus sous leurs robes de chambre, quand Antoine se mit à l'embrasser passionnément. Tout en continuant à la couvrir de baisers, il fit glisser la robe de chambre de ses épaules et admira sa beauté, n'osant croire à son bonheur. Leur nuit de noces était parfaite.

— Crois-tu que nous avons fait un bébé, ce soir ? demanda alors Beata en rongeant gaiement un os de poulet. J'imagine que c'est comme ça que l'on fait, à moins que tu ne m'aies pas tout montré.

Elle se sentait soudain adulte, après la découverte de tous ces mystères.

— C'est possible, répondit Antoine en souriant à sa question. C'est ce que tu voudrais, Beata ? Ce ne serait pas trop tôt pour toi ?

— Admettons que ce le soit ? demanda-t-elle, intriguée.

— Si tu préfères attendre, nous pouvons faire en sorte, les prochaines fois, que cela ne se produise pas trop tôt.

Pour sa part, un bébé ne le dérangerait pas, mais il ne voulait pas la bousculer. Si elle ne souhaitait pas être enceinte pour le moment, il était prêt à attendre, car la seule chose qui comptait à ses yeux était de la rendre heureuse.

— Je ne veux pas attendre, répondit doucement Beata, se penchant pour l'embrasser. Mon seul désir est d'avoir un enfant de toi.

— En ce cas, voyons ce que nous pouvons faire pour te contenter.

Ils débarrassèrent la table, firent la vaisselle et la rangèrent, puis ils prirent une dernière coupe de champagne. Quand ils l'eurent bue, Antoine ramena Beata dans leur chambre et lui fit à nouveau l'amour. Et tandis que le soleil se levait sur les Alpes, elle poussa un soupir de bien-être avant de s'endormir dans ses bras, plus amoureuse que jamais.

5

Le mariage d'Antoine et Beata resta un merveilleux souvenir non seulement pour eux, mais aussi pour tous ceux qui les avaient vus ce jour-là. Au village, on parla de la robe pendant des mois. Maria aida Beata à la ranger soigneusement dans une boîte, emballée dans du papier de soie pour la protéger, et Beata fit sécher quelques fleurs de son bouquet. Après plusieurs jours de réflexion, elle décida d'écrire à sa mère et à sa sœur. Elle savait que Brigitte devait être installée à Berlin à présent, et souhaitait lui raconter son mariage et lui dire qu'elle l'aimait toujours. Quant à sa mère, elle voulait lui dire qu'elle allait bien et qu'elle regrettait les circonstances épouvantables de son départ, et aussi combien elle lui avait manqué le jour du mariage.

Deux semaines plus tard, les lettres lui revinrent sans avoir été ouvertes. Celle de Brigitte ne portait aucune inscription particulière mais simplement le cachet « Destinataire inconnu », qui laissait entendre à Beata que sa sœur, même à Berlin, ne souhaitait pas désobéir à leur père. Quant à la lettre de sa mère, son père y avait inscrit de son écriture soignée le renvoi à l'expéditeur. Aucun d'eux ne voulait de contact avec elle. Elle cacha ses larmes à Antoine pendant deux jours avant de lui révéler ce qui s'était passé.

— C'est encore récent, dit-il d'un ton posé et confiant, laisse-leur du temps. Tu leur écriras de nouveau dans quelques mois. D'ici là, les choses se seront calmées.

Lui-même n'avait pas prévenu ses parents. Il était encore trop en colère contre la position qu'ils avaient prise et n'éprouvait aucune envie d'entrer en contact avec son frère.

— Tu ne connais pas mon père, objecta Beata d'un ton triste. Il ne me pardonnera jamais. Il a même dit que maman et lui feraient Chiva pour moi.

Elle lui expliqua ce que cela signifiait, ce qui choqua profondément Antoine, puis ajouta :

— Je voulais juste apprendre à maman et Brigitte la nouvelle de notre mariage et leur dire que je les aimais.

Elle n'avait pas écrit à son père – jamais elle n'aurait osé –, et pourtant, même écrire à sa mère et à sa sœur ne l'avait conduite nulle part. Elles avaient trop de respect pour lui et en avaient trop peur pour le défier. Elle seule avait osé et elle savait qu'il ne le lui pardonnerait jamais, mais elle gardait l'espoir que les autres le feraient.

Antoine la réconfortait de son mieux et, comme tous les jeunes mariés, ils faisaient l'amour tous les soirs. Ils s'efforçaient d'être discrets pour ne pas déranger les Zuber, mais ils vivaient à l'étroit, si bien que Maria entendit Beata vomir dans la salle de bains un matin, six semaines après leur mariage.

— Tout va bien, Beata ? s'enquit-elle d'une voix inquiète à travers la porte.

Les hommes étaient partis à l'aube et les deux femmes étaient seules. Beata s'apprêtait à aller traire les vaches quand elle avait été prise de nausées. En entrant dans la cuisine, dix minutes plus tard, elle avait le teint verdâtre.

— Je suis désolée, fit-elle en s'asseyant. C'est probablement quelque chose que j'ai mangé. Antoine a ramassé des mûres pour moi hier, et dans la nuit j'ai commencé à me sentir mal. Mais je n'ai rien dit, je ne voulais pas le vexer.

— Êtes-vous certaine que ce sont les mûres ? demanda avec douceur Maria, qui n'était pas le moins du monde surprise de voir Beata malade.

— Oui, je crois.

Maria lui posa alors plusieurs questions bien précises et rit devant l'innocence de la jeune femme.

— Si j'ai bonne mémoire, mon petit, je dirais que vous êtes enceinte.

— Vous croyez ? répondit Beata l'air étonnée, ce qui fit sourire son aînée.

— Oui, mais attendez d'en être sûre avant de l'annoncer à votre mari.

Maria ne jugeait pas utile d'inquiéter Antoine inutilement ou de lui donner une fausse joie. Elle savait que les hommes réagissaient de façon étrange à ce genre de nouvelles et qu'il valait mieux le leur dire une fois qu'il n'y avait plus de doutes.

— Et quand serai-je sûre ?

— Dans une ou deux semaines, si rien ne vient et que vous continuez de vous sentir mal.

Beata alla traire les vaches le sourire aux lèvres, mais dans l'après-midi elle était tellement épuisée après ses corvées qu'elle dormit deux heures avant le dîner.

— Est-ce que Beata se sent bien ? s'enquit Antoine d'un air inquiet quand il rentra de sa journée.

Son épouse était d'ordinaire pleine d'entrain, mais ces derniers temps elle semblait ne faire que dormir. Le jeune homme se demanda si c'était parce qu'il la faisait veiller trop tard le soir en lui faisant l'amour – mais rester allongé près d'elle sans la toucher lui était impossible.

— Elle va bien. Elle a passé toute la journée dehors au soleil, à ramasser des fruits pour moi, répondit Maria, discrète sur les nausées et les siestes de Beata mais ne la trouvant pas moins vaillante au travail et d'une aide précieuse.

Au bout de deux semaines, Beata eut la certitude d'être enceinte. Rien n'était venu la détromper, et déjà elle ne pouvait plus attacher sa ceinture ; sans compter qu'elle avait toujours des nausées. Un dimanche après-midi, alors qu'ils se promenaient, elle leva la tête vers Antoine, un sourire mystérieux sur les lèvres. Il lui rendit son sourire, se demandant à quoi elle pensait. La vie à ses côtés était pour lui un mystère permanent, mais délicieux.

— Tu as l'air d'une femme qui cache un secret, dit-il en souriant, en même temps qu'il la regardait avec fierté, heureux d'être marié avec elle et de l'avenir commun qui les attendait.

— Je m'apprête à le partager avec toi, répondit-elle d'une voix douce en glissant sa main sous le bras d'Antoine.

Le temps était magnifique, et plutôt que de prendre la voiture, ils avaient décidé de marcher. C'était la fin du mois d'août et, d'après ses estimations, elle était enceinte de deux mois – et convaincue que le bébé avait été conçu durant leur nuit de noces.

— Nous allons avoir un bébé, fit Beata en levant vers Antoine des yeux émerveillés.

Antoine, qui ne s'était douté de rien, s'arrêta net.

— C'est vrai ? Mais comment est-ce arrivé ? dit-il en la fixant, stupéfait.

Beata éclata de rire.

— Eh bien, rentrons à la maison, et je t'expliquerai. Ou mieux, je vais te montrer comment nous avons fait, pour que tu te souviennes, plaisanta-t-elle en riant.

— Ce n'est pas ce que je voulais dire, fit-il en se moquant de sa propre sottise, même si je serais ravi que vous me rafraîchissiez la mémoire, madame de Vallerand.

Il adorait prononcer son nouveau nom, et elle aussi trouvait qu'il lui allait bien.

— Quand et comment l'as-tu su ? En es-tu certaine ? Quand va-t-il naître ?

Soudain, son visage s'assombrit :

— Crois-tu que tu devrais marcher ?

— Tu veux peut-être me porter jusqu'à la maison ? demanda Beata en se moquant gentiment de lui. Je vais bien, mis à part quelques nausées, mais Maria affirme que c'est normal. Je me souviens que des filles que je connaissais ont été terriblement malades pendant plusieurs mois et même incapables de quitter leur chambre.

Mais elle était certaine qu'avec l'environnement sain dans lequel ils vivaient et la vie paisible qu'ils menaient, les nausées se calmeraient rapidement. Par rapport aux premières semaines qui avaient été réellement éprouvantes, elle se sentait déjà un peu mieux et était si excitée par ce qui lui arrivait qu'elle n'y pensait déjà plus.

— Je crois que c'est arrivé la nuit de notre mariage, ce qui veut dire que nous devrions avoir un beau bébé pour début avril. Peut-être même pour Pâques.

Dans la foi catholique, c'était le moment de la résurrection et de la renaissance, ce qui sembla parfait à Beata ; en outre, elle pourrait profiter de l'été pour promener le bébé, ce qu'elle trouvait plus agréable que de l'emmitoufler et le garder à l'intérieur s'il était né en hiver. À ses yeux, la date de la naissance convenait à merveille. Très excité par la nouvelle, Antoine lui fit ralentir le pas et marcher avec moins d'ardeur. Si cela n'avait tenu qu'à lui, il l'aurait portée jusqu'à la maison. Elle lut l'inquiétude sur son visage quand il lui demanda s'il était prudent qu'il continue à lui faire l'amour, au risque de lui faire mal, et elle lui assura qu'ils pouvaient continuer comme avant.

Les mois qui suivirent, Antoine garda un œil constant sur Beata. Il passait à la maison aussi souvent que possible pour s'assurer qu'elle allait bien et faisait la plupart des travaux à sa place, malgré les protestations de la jeune femme.

— Antoine, tu n'es pas obligé de faire ça, lui dit-elle un jour. Je vais bien, et c'est bon pour moi de faire de l'exercice et de rester active.

— Qu'en sais-tu ?

Finalement, il l'emmena chez un médecin de Lausanne, qui les rassura en leur affirmant que tout se déroulait normalement. Souvent, Beata regrettait de ne pas pouvoir partager la nouvelle avec sa mère. Elle avait envoyé une autre lettre, mais celle-ci lui était revenue encore plus vite que la première. Elle était totalement coupée des siens. Antoine et les Zuber – et le bébé qu'elle aurait dans quelques mois – étaient désormais sa seule famille.

Vers Noël, à presque six mois de grossesse, elle semblait avoir un ventre énorme ; le contraste de son ventre avec sa petite taille la faisait paraître bien plus grosse qu'elle ne l'était vraiment. À la fin du mois de janvier, on aurait dit qu'elle était sur le point d'accoucher, si bien qu'Antoine ne la laissait presque plus quitter la maison, redoutant qu'elle ne glisse sur la glace ou la neige et ne fasse une fausse couche. La nuit, il aimait s'allonger près d'elle et mettre la main sur son ventre, pour sentir le bébé lui donner des coups de pied. Même si le sexe de leur enfant lui importait peu, il pensait que c'était un garçon – ce qu'espérait Beata – à cause du ventre si volumineux de sa femme. Bien qu'elle fût en pleine santé, celle-ci se déplaçait désormais avec peine. Au fil des mois, elle avait confectionné des vêtements adaptés à sa nouvelle silhouette et, comme toujours, Maria avait été stupéfiée par son talent de couturière. La jeune femme avait fait des corsages, des jupes et des robes à partir de vieux morceaux de tissu qui traînaient dans la maison, et même un manteau très élégant fabriqué avec un plaid écossais rouge que lui avait donné Walther. La future maman était fraîche, resplendissante et en pleine santé, et chaque fois qu'elle se rendait à la messe, le dimanche, le père André était heureux de la voir.

La plus grande inquiétude d'Antoine concernait l'accouchement. Il avait pensé emmener Beata à l'hôpital, à Genève ou à Lausanne, mais il n'en avait pas les moyens. Il y avait un médecin à une cinquantaine de kilomètres, mais il n'avait pas le téléphone et les Zuber non plus et, quand l'heure viendrait, il serait impossible de le joindre. Partir le chercher en voiture pour le ramener prendrait trop de temps. Beata lui assurait qu'elle n'était pas inquiète. Maria avait accouché de ses trois enfants chez elle, elle était allée en France pour être avec une de ses filles quand celle-ci avait eu son bébé, et avait aidé de nombreuses amies. Même sans diplôme officiel, c'était une sage-femme expérimentée, et les deux femmes sauraient s'en sortir – du moins était-ce ce qu'elle prétendait devant lui pour ne pas l'inquiéter. En réalité, elle avait plusieurs fois reconnu devant Maria avoir peur elle aussi. Elle ne savait rien des accouchements, et plus son ventre grossissait, plus elle était angoissée.

— Le bébé n'arrivera pas tant que vous ne serez pas prête, lui dit un jour Maria d'un ton confiant. Les bébés savent ce genre de choses. Ils ne viennent pas lorsque vous êtes fatiguée, malade ou anxieuse, mais attendent que vous soyez prête à les accueillir.

Même si cela lui paraissait un peu trop optimiste, Beata, qui connaissait le calme et le bon sens de Maria, décida de lui accorder le bénéfice du doute et de la croire.

Dans les derniers jours de mars, à sa grande surprise, la jeune femme sentit son énergie renaître. Un matin, elle alla même traire les vaches. Quand Antoine l'apprit en rentrant le soir, il la réprimanda sévèrement.

— Comment as-tu pu être aussi inconsciente ! Et si l'une d'elles t'avait donné un coup de sabot et avait blessé le bébé ? Je veux que tu restes à la maison et que tu te reposes.

Il était profondément inquiet de ne pouvoir offrir à Beata un environnement sûr et confortable, et il savait que rien de ce qu'il ferait ne lui rendrait les choses plus faciles, car sa femme, même si elle jouait le jeu, n'était pas une fermière. Elle avait grandi dans le luxe, et d'après ce qu'il avait compris, n'avait jamais attrapé de rhume sans être soignée par un médecin. Et voilà qu'il lui demandait de donner naissance à leur bébé dans une petite ferme des Alpes, sans même l'aide d'une infirmière.

À sa demande, un ami lui envoya de Genève un ouvrage d'obstétrique qu'il se mit à lire en cachette tous les soirs, une fois Beata endormie, espérant apprendre quelque chose qui pourrait aider sa femme le moment venu. Néanmoins, à mesure que le terme de la grossesse approchait, Antoine devenait de plus en plus nerveux, paniqué par-dessus tout à l'idée que le bébé fût trop gros pour la petite stature de Beata. Un des chapitres du livre parlait de césarienne, une opération que seul un médecin pouvait pratiquer, mais même dans ce cas, les vies de la mère et de l'enfant étaient en danger. D'ailleurs, le livre reconnaissait que la plupart des naissances par césarienne étaient des désastres. Antoine n'imaginait rien de plus terrifiant que de perdre Beata, et il ne voulait pas perdre leur bébé non plus. Mais il n'arrivait pas à croire qu'un bébé de la taille de celui qu'elle portait pût sortir sans encombre d'un corps aussi menu. Plus le bébé se développait, plus Beata semblait rapetisser.

La nuit du 31 mars, il dormait d'un sommeil agité quand il entendit Beata aller à la salle de bains. La jeune femme était devenue si grosse qu'elle portait désormais les amples robes de chambre de Maria, les seules assez larges pour les contenir tous les deux, le bébé et elle. Elle revint se coucher quelques minutes plus tard, en bâillant.

— Tout va bien ? questionna Antoine, l'air soucieux, en chuchotant pour ne pas réveiller les Zuber.

— Oui, très bien.

Elle lui adressa un sourire endormi et se recoucha dans le lit, sur le côté, car elle ne pouvait plus dormir sur le dos. Le bébé pesait si lourd qu'elle avait l'impression de suffoquer. Antoine passa son bras autour d'elle et posa délicatement la main sur son ventre rebondi. Comme d'habitude, le bébé donna des coups de pied.

Cette nuit-là, il ne parvint pas à se rendormir, et Beata non plus. Après avoir changé maladroitement de côté à plusieurs reprises, elle se tourna finalement vers Antoine, qui l'embrassa.

— Je t'aime, chuchota-t-il.

— Moi aussi, je t'aime, répondit Beata, le visage radieux, ses longs cheveux noirs étalés sur l'oreiller.

Elle se tourna et lui demanda de lui masser le dos – qui la faisait souffrir, avoua-t-elle –, ce qu'Antoine accepta avec joie. Comme à chaque fois, il s'émerveilla de la finesse de son corps, dont la seule partie disproportionnée était son ventre distendu. Mais, tandis qu'il la massait, il l'entendit gémir, ce qui ne lui ressemblait guère.

— Je t'ai fait mal ? s'enquit-il avec douceur.

— Non… Ça va… Ce n'est rien…

Beata ne voulait pas lui dire qu'elle avait des douleurs depuis la veille. Elle n'y avait d'abord pas attaché d'importance, pensant qu'il s'agissait d'une indigestion, mais son dos s'était mis à la faire horriblement souffrir. Quand Antoine se leva une heure plus tard – Walther et lui avaient beaucoup de travail ce jour-là et avaient prévu de s'y mettre dès l'aube –, Beata venait juste de s'endormir. Elle sommeillait encore lorsque Antoine quitta la maison, tandis que Maria s'affairait en silence dans la cuisine.

Quand elle sortit enfin de la chambre deux heures plus tard, l'air effrayé, elle vint trouver Maria à la cuisine.

— Je crois qu'il se passe quelque chose, murmura-t-elle.

— Vous êtes exactement dans les temps, répondit Maria, souriant de plaisir. Cela fait neuf mois aujourd'hui. On dirait bien que quelqu'un ici va avoir son bébé !

— Je ne me sens pas bien du tout, avoua la jeune femme.

Son dos lui faisait souffrir le martyre, elle avait de violentes nausées et quelque chose dans son ventre exerçait une pression épouvantable vers le bas. Elle avait toujours les mêmes douleurs lancinantes dans le dos et le bas-ventre, et cela ne ressemblait plus du tout à une indigestion.

— Que va-t-il se passer maintenant ? demanda-t-elle avec un air de petite fille affolée, tandis que Maria lui passait un bras autour des épaules pour la ramener vers sa chambre.

— Vous allez mettre au monde un bébé magnifique, Beata, voilà ce qui va se passer. Maintenant, je veux que vous vous allongiez et que vous pensiez à ça.

Dès que la jeune femme fut installée dans son lit – son regard trahissait son angoisse et son affolement –, Maria alla chercher les serviettes et les vieux draps qu'elle avait mis de côté avec plusieurs baquets et des cuvettes, en prévision de l'accouchement.

— Ne me laissez pas ! s'écria Beata.

— Je vais juste chercher quelque chose dans le placard, je reviens dans une minute.

— Où est Antoine ?

Quand la première vraie contraction arriva en lui déchirant le ventre, Beata commença à paniquer. La douleur l'avait prise au dépourvu – personne ne lui avait jamais dit que ce serait comme ça. Elle avait l'impression qu'un boucher était en train de lui découper le ventre de part en part, et son estomac était aussi dur que de la pierre. Maria la soutint pour l'aider à reprendre son souffle.

— C'est bien, Beata, c'est bien. Je reviens dans une seconde.

Elle courut à la cuisine, s'empara d'un des baquets et commença à faire chauffer de l'eau. Elle attrapa ensuite les serviettes et les draps et se précipita vers le lit où Beata était allongée, l'air hébété. La seconde contraction se produisit au moment où Maria passait la porte, et cette fois Beata hurla de terreur, en même temps qu'elle tendait les bras vers Maria. Cette dernière lui saisit les mains en lui disant de ne pas pousser trop tôt ; elles avaient encore un long chemin à faire avant que le bébé soit prêt à sortir, et si Beata poussait trop tôt, elle se fatiguerait rapidement. La jeune femme autorisa alors Maria à l'examiner, mais le bébé n'était pas encore visible. Les contractions de la veille avaient entamé le travail, mais tout restait encore à faire, et Maria estima qu'il faudrait plusieurs heures avant que Beata puisse tenir son bébé dans les bras. Elle espérait simplement que cela ne serait pas trop difficile pour la jeune femme. Quand l'accouchement était rapide, la douleur pouvait être pire, mais au moins elle ne durait pas ; dans le cas de Beata, dans la mesure où c'était sa première grossesse et que le bébé était gros, elle craignait que cela ne prenne du temps.

À la contraction suivante, Beata perdit les eaux, qui inondèrent les serviettes que Maria avait placées sous elle et enroulées autour de son bassin. Elle les rapporta à la cuisine et en mit plusieurs autres sous Beata. Comme elle s'y attendait, une fois les eaux rompues, les contractions redoublèrent d'intensité et, pendant l'heure qui suivit, la jeune femme vécut un véritable supplice, assaillie par des vagues de contractions qui ne lui donnaient que quelques secondes de répit pour reprendre sa respiration. Quand il revint pour déjeuner, Antoine entendit ses hurlements avant même d'ouvrir la porte d'entrée, et il se précipita vers la chambre.

— Comment va-t-elle ? s'enquit-il auprès de Maria, terrorisé.

— Elle va bien, répondit-elle avec calme.

Elle ne pensait pas qu'Antoine dût être présent, mais celui-ci avait immédiatement pénétré dans la chambre et placé doucement son bras autour de sa femme.

— Ma pauvre chérie… que puis-je faire pour t'aider ?

En le voyant, Beata se mit à pleurer. Elle avait l'air terrifiée, mais Maria était fermement résolue à ne rien laisser paraître de sa propre inquiétude. Le bébé était gros, mais la force des contractions serait peut-être un atout. Toutefois, bien que Beata souffrît comme une femme sur le point d'accoucher, elle ne voyait toujours aucun signe de la tête du bébé.

— Antoine, je ne peux pas… Je n'y arriverai pas… J'ai tellement mal… gémit-elle en tentant de reprendre son souffle entre deux contractions.

— Antoine, allez déjeuner avec Walther, suggéra Maria d'un ton posé.

— Non, je reste, répondit-il avec fermeté.

C'était lui le responsable et il refusait de laisser Beata affronter cela toute seule. C'était une réaction inhabituelle aux yeux de Maria, néanmoins Beata semblait apaisée de le savoir auprès d'elle. Quand les contractions reprirent, elle fit son possible pour se retenir de hurler, tandis qu'Antoine regardait son ventre tendu à l'extrême. Quand il le toucha, il constata qu'il était dur comme la pierre. Maria s'absenta quelques instants pour aller s'occuper de Walther dans la cuisine et Antoine lui demanda de le prévenir qu'il resterait avec Beata jusqu'à la naissance du bébé. Elle revint rapidement avec un linge humide. Mais ce ne fut d'aucune aide, et les contractions continuèrent de la déchirer.

Le travail dura pendant des heures, accompagné des hurlements sans fin de Beata. Finalement, à la tombée de la nuit, Maria poussa le cri de la victoire, car la tête du bébé venait d'apparaître. À partir de là, à chaque nouvelle contraction, il sortait davantage. Maria et Antoine encourageaient Beata, mais celle-ci n'entendait plus rien et hurlait en reprenant à peine son souffle. Elle avait l'impression d'être en train de mourir, la douleur était continue. Maria lui demanda de pousser de toutes ses forces, et le visage de Beata se tordit de douleur, virant au violet, tandis qu'elle poussait, sans résultat. Antoine était si bouleversé par la scène à laquelle il assistait qu'il fit la promesse secrète de ne jamais plus lui faire d'enfant, car jamais il ne lui aurait infligé cela s'il avait su. Le travail avait duré toute la journée, et à sept heures le soir, Antoine commença à paniquer. Beata refusait de pousser davantage, elle gisait simplement sur le lit, en larmes, répétant qu'elle n'y arrivait plus.

— Vous devez pousser ! cria Maria, d'ordinaire si douce. Poussez ! C'est bien ! Allez, poussez encore !

Son ton était si ferme que Beata ne put qu'obéir. Maria voyait la tête du bébé entrer et sortir au gré des contractions. Si elles tardaient trop, elles allaient le perdre.

Elle demanda à Antoine de tenir Beata par les épaules et dit à celle-ci de prendre appui contre le pied du lit. Au prix d'efforts surhumains et de cris déchirants, la tête du bébé se dégagea enfin à moitié, et Maria ordonna à Beata de pousser encore. Soudain, un vagissement emplit la chambre. En entendant leur bébé, Beata, bien qu'elle fût toujours en train de gémir, jeta à Antoine un regard émerveillé. Maria lui demanda de pousser encore et cette fois les épaules apparurent, puis enfin ce fut le bébé tout entier. C'était une fille.

En regardant les draps trempés de sang, Maria se rendit compte que Beata en avait perdu beaucoup, mais pas suffisamment pour l'inquiéter outre mesure. Comme tous s'y attendaient, c'était un gros bébé. Beata et Antoine regardèrent Maria couper le cordon d'une main experte ; puis elle prit le bébé, le nettoya, l'enveloppa dans une couverture et le tendit à sa mère. Les joues ruisselantes de larmes, Antoine se pencha sur elles deux, il n'avait jamais rien vu de plus beau dans sa vie que sa femme et leur petite fille.

— Je suis désolé, lui dit-il d'un air affligé tandis qu'elle posait le bébé contre sa poitrine. Je suis désolé que cela ait été si douloureux pour toi.

— Cela en valait la peine, répondit-elle en lui souriant, la mine radieuse malgré l'épuisement qui se lisait sur ses traits. Elle est magnifique !

Antoine avait peine à croire que c'était la même femme qui avait hurlé et souffert depuis le matin, tant Beata semblait heureuse et sereine.

— Tout comme toi, ajouta-t-il en lui caressant doucement la joue, puis celle du bébé qui semblait les regarder, comme impatient de les connaître.

Tout en gardant l'enfant serrée contre elle, elle s'appuya contre les oreillers, éreintée. Elle n'avait nullement été préparée aux douleurs de l'enfantement et ne comprenait pas pourquoi personne ne l'avait prévenue de ce qui l'attendait. Les femmes semblaient toujours évoquer le sujet à voix basse, elle savait pourquoi à présent. D'un autre côté, si on lui avait dit la vérité, elle n'aurait peut-être pas eu le courage de le faire.

Antoine et Beata étaient allongés côte à côte dans le lit et parlaient à leur petite fille, quand Maria suggéra à Antoine d'aller prendre un verre et de manger quelque chose ; il était déjà plus de neuf heures, et elle voulait avoir le champ libre pour nettoyer Beata, le bébé, le lit et la chambre. Lorsqu'il revint une heure plus tard, il fut étonné de la paix qui régnait dans la pièce. Beata se reposait dans des draps propres, les cheveux brossés et les traits apaisés, avec le bébé endormi dans les bras. Toute l'horreur de l'après-midi avait disparu. Il adressa un sourire reconnaissant à Maria.

— Vous êtes extraordinaire, fit-il en la serrant dans ses bras.

— Non, c'est vous deux qui l'êtes, répondit Maria. Je suis très fière de vous, Antoine. Votre fille fait presque cinq kilos !

Elle annonçait cela avec autant de fierté que si elle l'avait mise au monde elle-même – ce qu'elle se réjouissait de ne pas avoir fait, car jamais elle n'avait vu une mère, surtout de la taille de Beata, accoucher d'un aussi gros bébé. Bien sûr, il y avait eu un ou deux moments où elle avait eu peur de les perdre, mais elle se garda d'en parler.

— Comment allez-vous l'appeler ? demanda Maria, qui n'avait jamais vu de parents plus fiers, tandis que Walther passait la tête par la porte de la chambre et souriait à la vue du jeune couple tenant le bébé.

Antoine et Beata se regardèrent. Cela faisait des mois qu'ils discutaient des prénoms mais ils n'avaient pas réussi à se décider pour le prénom féminin. C'est alors que Beata posa les yeux sur sa fille et sut qu'elle avait trouvé.

— Que penses-tu de « Amadea » ? demanda-t-elle à Antoine.

Ce dernier réfléchit un instant. Au début, il avait pensé à Françoise, le prénom de sa mère, mais après sa réaction détestable à l'annonce de son mariage, il n'en était plus question. « Amadea » signifiait « Aimée de Dieu », et Antoine était certain qu'elle l'était.

— Ça me plaît, et je trouve que ça lui va bien. C'est une si belle petite fille qu'elle mérite de porter un prénom original. Amadea de Vallerand.

Au moment où Antoine prononçait son nom, le bébé remua et émit un petit bruit à mi-chemin entre un soupir et un gargouillis, ce qui les fit rire.

— Elle a l'air d'accord, conclut Beata, qui avait déjà retrouvé des couleurs et semblait prête à se lever.

— Amadea, dit-elle en regardant sa fille puis son mari, un sourire extasié sur les lèvres.

Le soir, allongé près de Beata, Antoine repensa à tout ce qu'ils avaient vécu ce jour-là. Et tandis que Beata glissait vers le sommeil, le bébé dans un panier à ses côtés, il récita une prière pour le miracle qui venait de leur être offert, leur petite Amadea, aimée de Dieu. Antoine espérait qu'elle le resterait toujours.

6

Amadea de Vallerand avait dix-neuf mois et dix jours, quand la fin de la guerre fut proclamée, en 1918. C'était une petite fille aux cheveux blonds et aux grands yeux bleus, qui faisait la joie de ses parents et des Zuber. Maria savait qu'avec la fin de la guerre, la petite famille qui avait vécu avec elle et son mari pendant deux ans partirait, et elle appréhendait le jour de leur départ. Ils étaient conscients qu'une fois leurs propres pays remis sur pied, la Suisse ne pourrait plus leur offrir asile.

Quand Noël arriva, Antoine et Beata avaient déjà eu de nombreuses et interminables discussions pour savoir s'ils choisiraient la France ou l'Allemagne. La famille d'Antoine avait fait connaître de manière particulièrement brutale son refus catégorique d'accueillir en Dordogne sa femme juive et leur petite-fille à demi juive. La conversion de Beata au catholicisme ne changeait rien pour eux : juive elle était, juive elle restait ; les portes leur restaient fermées. De son côté, la jeune femme n'était pas mieux lotie. Les lettres qu'elle avait envoyées à ses parents ainsi qu'à Brigitte avaient connu le même sort que les premières. Elle se demandait parfois si sa sœur avait eu un bébé elle aussi. Pour sa part, elle n'était pas contre le fait d'avoir un autre enfant, et Antoine et elle ne prenaient aucune précaution. Elle s'étonnait d'ailleurs de ne pas être déjà enceinte, après l'avoir été si rapidement pour Amadea. Pour l'heure, toutefois, leur fille suffisait à leur bonheur. Amadea courait partout et babillait. Les Zuber l'aimaient comme leur petite-fille et savaient à quel point elle allait leur manquer.

C'est en février qu'Antoine reçut une lettre, qui décida de leur pays de destination. Dans ce courrier, un de ses anciens camarades de Saumur, Gérard Daubigny, lui annonçait avoir acheté un superbe château en Allemagne et vouloir en rénover les magnifiques – quoique vétustes – écuries. Il voulait restaurer le château et souhaitait qu'Antoine, qu'il savait être un cavalier hors pair doublé d'un fin connaisseur de chevaux, prenne en charge la rénovation et la direction des écuries – un poste qui impliquait l'achat des meilleurs chevaux, ainsi que le recrutement des entraîneurs et des garçons d'écurie. Gérard avait entendu parler de sa blessure au bras, mais Antoine lui avait assuré que ce n'était pas un problème. Même si son bras gauche n'avait jamais complètement guéri, il pouvait s'en servir, et surtout, il était devenu plus habile du bras droit – assez en tout cas pour compenser son bras malade.

Il se trouvait que le château de Gérard était situé près de Cologne et, bien que la famille de Beata n'ait toujours pas changé d'avis, Antoine n'estimait pas impossible qu'en la sachant à proximité, ses parents finissent par s'adoucir. Peut-être même qu'à terme un rapprochement des deux familles serait proposé. Néanmoins, ce ne fut pas la proximité des Wittgenstein qui influença la décision d'Antoine, mais les émoluments irrésistiblement attrayants que lui offrait Gérard – sans parler du travail avec les chevaux, qui étaient sa passion. En outre, Gérard lui offrait une jolie maison qui se trouvait sur ses terres, assez grande pour les accueillir tous les trois, et peut-être même d'autres enfants. Antoine donna son accord à la fin du mois de février et convint avec Gérard qu'il arriverait au château début avril. Cela lui laissait le temps de finir ce qu'il avait en cours à la ferme et d'aider Walther du mieux possible avant son départ. Le foyer que leur avaient offert les Zuber pendant plus de deux ans leur avait sauvé la vie quand ils s'étaient retrouvés sans rien. Sans eux, ils n'auraient pas survécu à la guerre et traversé cette épreuve ensemble, ni pu se marier aussi rapidement et fournir un toit à leur fille. À présent, c'était ce travail en Allemagne qui allait les sauver.

Avant leur départ, Beata passa de nombreuses nuits à enseigner l'allemand à Antoine. Bien que les Daubigny soient français, les entraîneurs et les garçons d'écurie, ainsi que les ouvriers qui travailleraient sur le chantier, seraient tous allemands et il lui fallait connaître la langue. Malgré ses difficultés à l'apprendre, Antoine parlait presque couramment l'allemand quand arriva la date du départ. Toutefois, Beata et lui étaient convenus depuis longtemps qu'ils parleraient chacun à Amadea dans leur langue maternelle, car ils souhaitaient que leur fille soit bilingue. Plus tard, Beata voulait également y ajouter l'anglais. S'ils en avaient les moyens, une fois installés en Allemagne, elle engagerait une nurse anglaise pour qu'Amadea parle couramment l'anglais. Tous les deux pensaient qu'il était important de parler plusieurs langues.

Leur situation financière était encore loin d'être assurée, même si le salaire proposé à Antoine était tout à fait correct et s'il allait faire un travail qu'il aimait et dans lequel il excellait. La situation qui venait de leur être offerte était une bénédiction. Pour sa part, Beata envisageait de proposer ses services de couturière à des femmes de Cologne qu'elle connaissait, espérant que cela lui permettrait de se rapprocher de sa mère.

Antoine expliqua à Beata que la femme de Gérard, Véronique, avait une grosse fortune, et que c'était probablement grâce à elle qu'il pouvait restaurer le château, car lui-même n'en avait pas. Gérard venait d'une vieille famille aristocratique qui, même avant la guerre, n'avait plus d'argent. Celle de Véronique était très riche, c'est pourquoi il avait promis à Antoine qu'il pourrait acheter tous les chevaux qu'il voudrait. Une nouvelle vie commençait pour eux.

Les Daubigny n'avaient jamais rencontré Beata et ignoraient d'où elle venait. Après en avoir discuté, Antoine et Beata décidèrent qu'il était plus simple de ne pas leur dire qu'elle était d'origine juive. C'était une part de son histoire – et de la leur – qu'ils souhaitaient garder pour eux, comme les difficultés familiales qu'ils avaient rencontrées avant leur mariage. Les Wittgenstein ne faisant plus partie de leur vie, ils ne voyaient aucune raison de révéler qu'elle venait d'une famille juive ; le rejet des siens était encore une source de grande tristesse et de honte pour Beata, et elle ne souhaitait pas que cela se sache autour d'elle.

Le jour du départ, Walther et Maria conduisirent les Vallerand à la gare de Lausanne. Sur le quai, tous pleuraient, y compris Amadea qui tendait les bras vers Maria. Quand elle serra les Zuber dans ses bras, les sanglots de Beata redoublèrent, car la scène lui rappelait son départ de chez ses parents, trois ans plus tôt. Antoine et Beata arrivèrent à Cologne le jour des deux ans d'Amadea. Le soir de leur installation au château, tout en étant ravi de retrouver son vieil ami, Antoine confia à Beata qu'il y avait énormément à faire.

Le château avait été laissé à l'abandon et était en ruine. La famille à laquelle il appartenait depuis des siècles étant désargentée depuis longtemps, l'endroit était inhabité bien avant la guerre et se trouvait donc dans un état de délabrement extrême. Le pire était les écuries. Il faudrait des mois, peut-être même des années, pour les restaurer. Toutefois, au bout d'un mois ou deux, Antoine dut admettre qu'il trouvait l'entreprise excitante et qu'il avait hâte d'acheter les premiers chevaux. Beata adorait l'écouter parler de ses projets quand ils se retrouvaient le soir.

Finalement, les travaux avancèrent plus rapidement que prévu. À Noël, une armée de charpentiers, peintres, architectes, ouvriers, maçons, jardiniers et vitriers s'affairait au château. Véronique et Gérard étaient intransigeants. D'après Antoine, Véronique construisait un véritable palais. Et, pour sa plus grande joie, ils ne regardaient pas non plus à la dépense pour ce qui concernait les écuries. Celles-ci, parfaitement réalisées, disposaient du chauffage et d'installations propres et modernes, et pouvaient accueillir jusqu'à soixante montures. Au printemps suivant, Antoine achetait déjà des chevaux à travers toute l'Europe, et à des prix vertigineux. Il fit de nombreux voyages en Angleterre, en Écosse et en Irlande avec Beata. Il se rendit aussi plusieurs fois en France, où il acquit trois magnifiques hunters en Dordogne, à une quinzaine de kilomètres du château de son enfance. Lorsqu'ils passèrent devant chez lui, en route pour une vente aux enchères dans le Périgord, Antoine resta silencieux. Et quand il regarda les grilles de la propriété d'un air triste, Beata vit sur son visage combien il était affecté. C'était comme si leurs familles étaient mortes.

Elle avait vécu la même chose à leur retour en Allemagne. Incapable de résister, elle avait un jour pris un taxi pour se rendre devant son ancienne maison et s'était mise à pleurer, dehors, en pensant à ceux qu'elle aimait, qui habitaient là et refusaient de la voir. Beata leur avait à nouveau écrit à son arrivée à

Cologne, mais les lettres, comme d'habitude, lui avaient été retournées. Son père ne cédait pas. Bien qu'Antoine et elle aient appris à vivre avec, la plaie n'était toujours pas refermée. Heureusement qu'elle avait Antoine et Amadea, même si elle regrettait l'absence d'un second bébé. Leur fille avait déjà trois ans, et malgré leurs efforts, elle n'était pas retombée enceinte. Mais leur vie actuelle était plus active et plus stressante qu'en Suisse, et elle se demandait parfois si le problème ne venait pas de là. Quelle qu'en fût la raison, elle commençait à se faire à l'idée de ne plus avoir d'enfants. De toute façon, elle était heureuse avec Antoine et Amadea, elle avait une jolie maison, et les Daubigny n'étaient pas seulement des personnes agréables mais aussi de grands amis.

Il fallut encore un an à Antoine pour remplir les écuries, qui désormais comptaient cinquante-huit pur-sang, dont quelques chevaux arabes. Quand Amadea eut cinq ans, il lui offrit un poney. En dépit de son jeune âge, la fillette était excellente cavalière, et ses parents, qui lui prodiguaient amour et attention, l'emmenaient souvent avec eux pour de longues promenades à travers la campagne. En outre, Amadea était aussi à l'aise avec les langues que l'avait espéré Beata, et parlait déjà couramment le français, l'allemand et l'anglais. L'année de ses six ans, elle entra à l'école avec les enfants des Daubigny. Toutes les deux très occupées, Véronique et Beata ne passaient pas beaucoup de temps ensemble, même si elles s'entendaient très bien. Beata réalisait des robes de soirée pour ses amies, qu'elle leur vendait à des prix raisonnables. Antoine et elle n'étaient pas riches, mais ils vivaient à l'aise, dans un environnement extrêmement agréable, grâce aussi à la belle et confortable maison que leur avaient donnée les Daubigny. Antoine aimait ce qu'il faisait, et Beata était heureuse pour lui.

De temps à autre, pourtant, le passé ressurgissait sans crier gare. Un jour qu'elle était allée en ville acheter du tissu et qu'elle marchait dans la rue, elle aperçut sa sœur, accompagnée de son mari et de deux jeunes enfants – elle se demanda s'ils vivaient à Cologne –, dont une petite fille du même âge qu'Amadea, lui ressemblant trait pour trait. Beata se figea en la voyant et, sans réfléchir, appela sa sœur en avançant dans sa direction. Brigitte s'immobilisa un instant, la regarda droit dans les yeux et tourna les talons, tout en glissant quelques mots à son époux. Elle monta alors rapidement dans une limousine qui attendait, tandis que son mari installait les enfants à côté d'elle. La voiture démarra quelques instants plus tard, et ils s'éloignèrent sans lui avoir adressé le moindre signe. Anéantie, la jeune femme n'eut même pas la force de se rendre au magasin de tissu et reprit directement le train pour le château, en larmes. Antoine eut de la peine pour elle quand elle lui en parla le soir. En sept ans, aucune de leurs deux familles n'avait fléchi. Ce qu'elles leur infligeaient était cruel.

Il y avait eu un autre incident, avec ses frères cette fois-ci, quand Beata les avait vus sortir d'un restaurant de Cologne avec deux femmes, qu'elle présumait être leurs épouses. Son regard avait croisé celui d'Ulm, qui l'avait immédiatement reconnue mais était passé près d'elle en l'ignorant. Horst, quant à lui, avait tourné les talons et était monté dans un taxi. Elle avait pleuré cette nuit-là aussi, mais de rage. De quel droit se conduisaient-ils ainsi ? Malgré tout, la jeune femme éprouvait davantage de peine que de colère, et la même sensation de perte que le jour où elle avait quitté le foyer familial pour épouser Antoine. C'était une blessure qui, elle le savait, ne guérirait jamais complètement.

Le pire, cependant, avait eu lieu deux ans avant sa rencontre fortuite avec Brigitte. Venue faire une course en ville avec Amadea, elle n'avait pu s'empêcher de s'arrêter quelques instants devant son ancienne maison. La petite fille lui avait alors demandé ce qu'elle faisait.

— Rien, ma chérie. Je veux juste voir quelque chose.

— Tu connais les gens qui habitent dans cette maison ?

Il faisait froid et la fillette avait faim, mais Beata n'avait pas bougé, fixant d'un air malheureux la fenêtre de son ancienne chambre, puis celle de sa mère. Soudain, elle avait aperçu celle-ci, qui regardait par la fenêtre de sa chambre. Sans réfléchir, Beata avait levé le bras pour lui faire signe, et Monika l'avait vue. La jeune femme avait alors agité la main avec frénésie, sous le regard étonné de sa fille, mais sa mère avait baissé la tête, comme de douleur, et tiré doucement les rideaux sans lui répondre. Pour Beata, cela avait été la preuve qu'il n'y avait plus d'espoir et qu'elle ne reverrait plus jamais sa mère ; même la présence d'Amadea à ses côtés n'avait pas su toucher son cœur ni lui donner le courage d'affronter son mari. Elle n'existait plus pour eux et en éprouvait une solitude et un vide immenses. Le cœur serré, elle avait emmené Amadea déjeuner, puis elles avaient repris le train.

— Qui était la dame à qui tu faisais des signes ? lui avait demandé la petite fille, qui avait remarqué l'expression désespérée de sa mère sans savoir ce qu'elle signifiait, sinon que sa mère était triste.

— Une vieille amie, mais je ne crois pas qu'elle m'ait reconnue.

— Peut-être qu'elle ne t'a pas vue, maman, avait suggéré gentiment Amadea, et Beata avait acquiescé tristement.

Il lui fallut du temps avant de pouvoir en parler à Antoine. Ce dernier n'avait pas plus de chance avec sa famille. Il était pourtant destiné à hériter un jour du titre et de la terre de son père, ainsi que de la fortune familiale, comme la loi le stipulait, mais cela ne comptait pas aux yeux de ses parents. Pour Antoine et Beata, le passé n'existait plus, seuls comptaient le présent et leur avenir ensemble.

En dehors de la perte douloureuse de leurs familles, les Vallerand menaient une vie agréable. Antoine et Gérard s'entendaient bien, et les écuries prospéraient. Le jeune homme achetait de temps à autre de nouveaux chevaux pour son ami, organisait des chasses, entraînait cinq de leurs meilleures montures à la course et s'occupait de leurs plus beaux étalons. En peu de temps, les écuries Daubigny étaient devenues célèbres dans toute l'Europe, en grande partie grâce à Antoine, qui s'y entendait bien davantage en chevaux que Gérard.

Tout allait particulièrement bien pour eux quand, un après-midi, Beata, venue faire essayer à Véronique une robe de soirée, s'évanouit au beau milieu de la séance d'essayage, alors qu'elles discutaient tranquillement. Affolée, Véronique la fit immédiatement s'allonger sur une chaise longue et la raccompagna ensuite chez elle. Lorsqu'elles passèrent devant les écuries, Antoine, qui donnait une leçon d'équitation à Amadea, remarqua la pâleur de Beata et sa démarche mal assurée. Il demanda à l'un des lads de surveiller sa fille et se précipita dehors. L'inquiétude se lisait sur le visage de Véronique, mais Beata lui avait fait promettre de ne rien dire de son évanouissement, pour ne pas inquiéter Antoine. Elle raconta qu'elle couvait sans doute une grippe, ou peut-être une migraine – ce qui était rare chez elle.

— Tu n'as pas l'air bien, insista Antoine, l'air préoccupé, en regardant Véronique qui gardait le silence malgré son inquiétude.

— Je couve quelque chose, c'est tout... Comment se passe la leçon d'Amadea ? demanda-t-elle pour changer de sujet. Tu devrais la forcer à être moins téméraire.

À sept ans, leur fille était une cavalière intrépide qui aimait particulièrement sauter par-dessus les ruisseaux et les haies, à la plus grande crainte de sa mère.

— Je ne suis pas sûr de pouvoir la forcer à quoi que ce soit, répondit Antoine avec un sourire fataliste. Elle a déjà sa propre opinion sur un bon nombre de sujets.

Amadea avait hérité de l'esprit aiguisé et curieux de sa mère, mais il y avait chez elle un côté casse-cou qui inquiétait ses parents. Rien ne semblait l'effrayer ou être hors de sa portée, ce qui, pour eux, était à la fois une bonne et une mauvaise chose. Beata avait constamment peur qu'elle n'ait un accident. C'était leur fille unique et ils portaient toute leur attention et tout leur amour sur elle – trop peut-être, se disait-elle parfois. Au bout de sept ans, il paraissait à présent évident qu'Amadea n'aurait jamais de frères et sœurs, ce que ses parents regrettaient.

— Veux-tu que je te raccompagne à la maison ? s'enquit-il, nullement distrait par le changement de sujet et l'air toujours préoccupé.

Beata avait la peau très blanche, et lorsqu'elle se sentait mal, elle devenait d'une pâleur presque translucide. Tandis qu'Antoine lui parlait, Véronique la vit blêmir. Beata semblait sur le point de défaillir à nouveau.

— Non, ça va. Je vais juste aller m'allonger quelques minutes. Va retrouver notre petite terreur.

Elle lui donna rapidement un baiser et finit de parcourir la courte distance qui la séparait de la maison, avec Véronique à ses côtés. Quelques minutes plus tard, cette dernière l'aida à se coucher, puis la laissa.

Quand il rentra ce soir-là, Antoine fut soulagé de constater que sa femme avait meilleure mine. Cependant, le lendemain matin, l'état de Beata lui sembla s'être considérablement aggravé. Elle avait le teint verdâtre en préparant Amadea pour l'école, et avait eu beaucoup de mal à sortir du lit. Il revint à l'heure du déjeuner pour voir comme elle allait.

— Comment te sens-tu ? s'enquit-il en fronçant les sourcils, se rappelant qu'il y avait eu une épidémie de grippe mortelle dans la région, l'hiver précédent.

Antoine détestait voir Beata malade. Sa femme et sa fille étaient tout ce qu'il possédait au monde, et elles seules lui importaient dans la vie.

— Je me sens mieux, répondit la jeune femme en essayant d'être pleine d'entrain.

Mais il savait qu'elle ne lui disait pas toute la vérité. Il la connaissait bien.

— Je veux que tu voies un médecin, déclara-t-il d'un ton ferme.

— Un médecin n'y changera rien. Je vais faire une sieste cet après-midi avant qu'Amadea rentre de l'école, et ce soir tout ira bien.

Beata insista pour préparer le déjeuner, mais une fois qu'elle s'installa à table, en face de lui, il constata qu'elle ne mangeait rien. En fait, elle n'attendait qu'une chose : qu'il reparte travailler pour aller se recoucher.

Une semaine plus tard, Antoine se faisait toujours du souci. En dépit de ses allégations, il voyait qu'elle n'allait pas mieux et il commençait à être paniqué.

— Beata, si tu ne vas pas voir un médecin, je t'y emmène moi-même ! Pour l'amour du ciel, vas-tu enfin consulter ? Je ne comprends pas de quoi tu as peur.

Mais la jeune femme savait très bien de quoi elle avait peur : d'être déçue. Elle commençait à se douter de ce qui lui arrivait et aurait voulu attendre d'en être sûre avant de le dire à Antoine. Mais elle finit par céder et accepta de voir le médecin. Celui-ci confirma ses doutes, et lorsque Antoine rentra, le soir, elle souriait, bien qu'elle se sentît affreusement mal.

— Qu'a dit le médecin ? s'enquit-il, inquiet, une fois qu'Amadea fut montée à l'étage pour enfiler sa chemise de nuit.

— Il a dit que j'étais en pleine forme… Que je t'aime ! ajouta Beata, si heureuse qu'elle avait peine à contenir son enthousiasme.

— Il t'a dit que tu m'aimais ? répondit Antoine en riant. Eh bien, c'est gentil de sa part, mais j'étais déjà au courant. Qu'a-t-il trouvé qui expliquerait que tu te sentes si mal ces derniers jours ?

Sa femme semblait de fort bonne humeur et taquine, presque frivole.

— Rien qui ne s'arrangera avec le temps, répondit-elle, sibylline.

— Pense-t-il qu'il puisse s'agir d'une forme de grippe ? Si c'est le cas, ma chérie, tu dois être très prudente.

Ils connaissaient tous deux beaucoup de gens qui étaient morts de la grippe l'hiver précédent. Un tel risque devait être pris au sérieux.

— Non, non, cela n'a rien à voir, le rassura Beata. Pour tout te dire, c'est un cas évident et avéré de grossesse. Nous allons avoir un bébé.

Elle le fixait d'un air rayonnant. Enfin ! Elle avait tant prié pour cela. Quand le bébé arriverait, il y aurait huit ans d'écart entre sa sœur et lui.

— Vraiment ?

Tout comme Beata, Antoine avait depuis longtemps perdu espoir d'avoir un autre enfant. Malgré la rapidité avec laquelle elle avait été enceinte la première fois, cela ne s'était plus jamais produit.

— C'est merveilleux, ma chérie ! Tout bonnement merveilleux ! s'exclama-t-il, aussi heureux qu'elle.

— Qu'est-ce qui est merveilleux ? demanda Amadea, qui venait d'apparaître en chemise de nuit. Qu'est-ce qui se passe ?

C'était une petite fille très intelligente, à l'esprit résolu et réfléchi, qui aimait prendre part à tout et qui adorait ses parents. L'espace d'un instant, Antoine eut peur qu'elle ne fût jalouse. Il consulta Beata du regard et celle-ci hocha la tête en signe de consentement.

— Ta mère vient de m'apprendre une excellente nouvelle. Tu vas avoir un petit frère ou une petite sœur, déclara Antoine avec fierté, rayonnant de joie.

— C'est vrai ? fit Amadea d'un air interdit en regardant son père puis sa mère. Quand ?

Antoine et Beata craignirent soudain qu'elle ne le prenne mal. Leur fille avait été le centre de leur attention pendant si longtemps qu'elle risquait de ne pas être enchantée de l'arrivée d'un autre enfant, même si elle l'avait souvent réclamé par le passé.

— L'année prochaine, deux semaines après ton anniversaire, répondit sa mère. Tu auras huit ans.

— Pourquoi devons-nous attendre si longtemps ? fit-elle remarquer, désappointée. On ne pourrait pas l'avoir plus tôt ? Demande au docteur, maman.

— J'ai bien peur qu'on ne puisse brusquer ce genre de chose, répondit Beata en souriant à sa fille, qui s'imaginait que l'on passait commande des bébés chez le médecin.

Pour sa part, Beata se moquait bien de devoir attendre, elle était trop heureuse d'avoir un enfant ; elle allait avoir trente et un ans et Antoine avait fêté ses quarante-deux ans l'été précédent. Mais, plus que tout, elle était soulagée de voir le même bonheur chez Amadea.

— Tu as demandé une fille ou un garçon ? s'enquit la fillette d'un air sérieux.

— On ne choisit pas. Il faudra prendre ce que Dieu nous enverra. Mais j'espère que ce sera un garçon, pour ton papa, précisa Beata avec douceur.

— Pourquoi papa aurait-il besoin d'un garçon ? Les filles, c'est beaucoup mieux. Moi, je veux une sœur.

— Nous verrons bien !

Antoine et Beata échangèrent un regard plein de tendresse, puis sourirent à leur fille. Aux yeux d'Antoine, peu importait que ce fût un garçon ou une fille, pourvu que leur bébé naquît en bonne santé.

— Ce sera une fille, décréta Amadea, et elle sera mon bébé. Je ferai tout pour elle. D'accord ?

— Ce sera très bien si tu aides ta maman, répondit Antoine.

— Comment l'appellerons-nous ? s'enquit la fillette.

— Il va falloir y réfléchir, répondit sa mère, fatiguée mais heureuse. Nous devons trouver des prénoms de fille et de garçon.

Elle rêvait de ce jour depuis si longtemps, et son rêve se réalisait enfin, au moment même où elle avait cessé d'y croire !

— Non, seulement des prénoms de fille, objecta Amadea. Et je trouve que c'est stupide de devoir attendre aussi longtemps.

Beata était enceinte de trois mois environ, et le bébé était prévu pour la mi-avril. C'était long pour une enfant de sept ans.

La deuxième grossesse de Beata se déroula moins bien que la précédente – mais, comme le médecin le lui fit remarquer, elle avait huit ans de plus. Elle fut souvent malade, et à plusieurs reprises durant les deux derniers mois, elle crut qu'elle allait accoucher. Le médecin lui demanda d'être très prudente, et Antoine prit grand soin d'elle, passant le plus de temps possible avec Amadea après le travail, pour la soulager. Mère et fille tricotèrent ensemble des petits bonnets, des chaussons, des pulls et des couvertures, et Beata confectionna des vêtements adaptés aux deux sexes, en dépit d'Amadea qui insistait toujours pour avoir une petite sœur. La fillette était fascinée de découvrir qu'un petit être grandissait dans le ventre de sa mère, ce qu'elle avait du mal à saisir auparavant, dans la mesure où aucune femme de son entourage immédiat n'était jamais tombée enceinte. Amadea avait vu des femmes comme sa mère dans le passé, mais avait simplement cru qu'elles étaient grosses ; inversement, elle s'imaginait à présent que chaque femme un peu ronde était enceinte, et sa mère lui rappelait fréquemment qu'elle devait éviter de leur demander si c'était le cas.

Beata passa son dernier mois de grossesse à la maison. Elle aurait souhaité que Maria fût près d'elle cette fois encore, mais ce serait un médecin et une sage-femme qui l'aideraient. Antoine en était soulagé, mais Beata le regrettait. De plus, le médecin l'avait prévenue qu'Antoine ne serait pas présent à l'accouchement car, disait-il, il risquait de la distraire et ce n'était pas dans ses habitudes. Elle aurait mille fois préféré être à nouveau avec Antoine et Maria, à la ferme.

— Écoute, mon amour, je préfère te savoir entre de bonnes mains. Je ne veux pas que tu revives la torture de la dernière fois, fit observer Antoine. Peut-être le médecin connaît-il des méthodes pour que ça aille plus vite ?

Si sa femme avait oublié la douleur de son précédent accouchement, lui non. Il frémissait encore au souvenir de ses cris.

Le médecin avait dit à Beata que le travail risquait d'être long. En huit ans, son corps avait oublié la première naissance, et, d'après lui, les femmes qui avaient des grossesses éloignées connaissaient souvent des accouchements aussi longs, voire plus longs, que la première fois. Tout cela était loin de la réjouir, sans parler du fait qu'elle n'appréciait pas beaucoup la sage-femme. En fait, elle n'avait qu'une envie : sauter dans le premier train avec Antoine et partir retrouver Maria. Les deux femmes étaient restées en contact, et Maria lui avait fait part de sa joie à l'annonce de sa grossesse. Les Vallerand avaient souvent voulu aller voir les Zuber, mais Antoine ne pouvait jamais s'éloigner des écuries, où il y avait constamment du travail.

Un après-midi, Beata et Amadea revinrent d'une promenade. Beata ne s'était pas sentie aussi bien depuis des semaines et avait plus d'énergie qu'elle n'en avait eu depuis longtemps. Elle confectionna des gâteaux, puis prépara un repas plus élaboré que d'habitude, pour faire une surprise à Antoine. Elle montait se changer pour le dîner quand elle ressentit soudain une douleur familière au bas du ventre ; ces douleurs duraient depuis des semaines, mais bien que celle-ci fût plus forte que les précédentes, elle décida de ne pas y accorder d'importance. Elle se changea, se coiffa, mit du rouge à lèvres puis redescendit à la cuisine pour s'assurer que le poulet qui cuisait dans le four n'avait pas brûlé. Lorsque Antoine rentra, il trouva sa femme de fort bonne humeur, bien qu'elle semblât assez agitée. Ses douleurs n'avaient pas cessé, mais Beata ne les jugeait pas suffisamment fortes pour appeler le médecin, ni alerter Antoine. À table, Amadea se plaignit du temps que mettait le bébé à arriver, ce qui fit rire ses parents qui lui demandèrent de se montrer patiente. Plus tard, Beata monta border la petite fille et c'est alors qu'elle descendait rejoindre Antoine que les douleurs s'intensifièrent.

— Tu te sens bien ? demanda-t-il en l'observant. Tu ne t'es pas assise de toute la soirée…

Il s'était servi un verre de brandy et l'avait félicitée pour son excellent dîner.

— Je suis déjà assise toute la journée ! D'ailleurs, je crois que je me repose trop. Je me sens vraiment mieux et pleine d'énergie depuis hier.

— Bien, alors profites-en, mais sans te fatiguer. Le bébé va bientôt arriver.

— La pauvre Amadea en a assez d'attendre.

Elle sentit tout à coup une douleur aiguë mais ne voulut pas en parler à Antoine. Il semblait apprécier ce moment de détente, car ses journées étaient particulièrement chargées depuis qu'ils avaient acheté quatre nouveaux étalons.

Assis dans un fauteuil, son brandy à la main, Antoine admirait sa femme. Malgré son gros ventre, il la trouvait magnifique. Il finissait son verre quand, sans qu'il comprît pourquoi, Beata se plia en deux, incapable de parler tant la douleur était violente. Puis la contraction disparut aussi brutalement qu'elle était venue.

— Que se passe-t-il, Beata ? Tu vas bien ? On ferait mieux d'appeler le médecin.

Mais tous deux savaient que la naissance prendrait du temps. La dernière fois, l'accouchement avait duré des heures : le travail n'avait commencé véritablement qu'à l'aube et Amadea avait fait son apparition quinze heures plus tard. Le médecin l'avait prévenue que cela risquait d'être encore plus long cette fois-ci, et elle désirait rester le plus longtemps possible avec Antoine, avant l'arrivée du médecin et de la sage-femme.

— Je vais aller m'allonger une minute. De toute façon, le bébé ne naîtra probablement pas avant demain matin.

Il était dix heures du soir. Beata gravit lentement l'escalier, suivie par Antoine. Elle éclata de rire lorsque celui-ci offrit de la porter, mais s'interrompit brusquement au moment où elle entrait dans leur chambre, frappée par une douleur foudroyante qui lui comprimait les reins et le bas du ventre. Antoine l'allongea délicatement sur le lit, tandis qu'elle haletait de douleur et se demandait comment elle avait pu oublier une telle souffrance. Elle se rappelait tout à présent. Avec les premières contractions, le souvenir de ce qu'elle avait enduré lui était revenu en mémoire.

Antoine regardait Beata étendue sur le lit, qui le suppliait d'attendre encore un peu, quelques minutes au moins, avant de prévenir le médecin.

— Ils ne veulent pas que tu restes avec moi, fit-elle d'une voix angoissée.

— Je ne serai pas loin, juste dans la chambre à côté, c'est promis.

Comme Maria huit ans plus tôt, Beata avait mis de côté une pile de vieux draps et de serviettes. Elle craignait qu'Amadea n'entende depuis sa chambre les sons terrifiants qui accompagnaient l'accouchement. Elle espérait qu'avec un peu de chance, elle serait à l'école quand le bébé arriverait – le moment le plus douloureux. Elle ressentit à nouveau deux violentes contractions, dont l'intensité lui sembla différente cette fois ; elle avait l'impression que son corps était labouré de part en part. À la contraction suivante, affolée, elle jeta à Antoine un regard terrorisé.

— Oh, mon Dieu ! Le bébé arrive…

— Je sais très bien que le bébé arrive, répondit Antoine d'un air serein, détendu par le brandy. Je vais appeler le médecin. Où est son numéro ?

Il reconnaissait les signes mais n'était pas inquiet, il savait à quoi s'attendre cette fois.

— Non, tu ne comprends pas… répondit Beata, haletante, en s'accrochant à lui. Je n'arrive pas à… Je ne peux pas… Le bébé arrive !

Et soudain, elle gémit longuement, devenant toute blanche, puis très rouge. Elle poussait. Il lui était impossible de se retenir, le bébé venait.

— Arrête de pousser, tu vas t'épuiser, dit Antoine qui se rappelait les recommandations de Maria huit ans plus tôt.

Même s'il y en avait encore pour des heures, il préférait appeler le médecin maintenant. Mais, agrippée à sa main, Beata refusait de le lâcher, et il voyait que les contractions ne lui laissaient aucun répit.

— Antoine… Aide-moi… Enlève mes vêtements…

Elle parvint tant bien que mal à se déshabiller, et tandis qu'il s'efforçait de l'aider, il comprit qu'elle n'était pas simplement en plein travail, mais qu'elle était en train d'accoucher. Il ne s'y attendait pas et se sentit dépassé lorsqu'il regarda entre ses jambes et vit la tête du bébé sortir. Il ignorait que le travail n'avait pas commencé cinq minutes plus tôt, comme il le pensait, mais en début d'après-midi, et que Beata avait refusé de le reconnaître.

— Allonge-toi, dit-il d'un ton ferme mais sans avoir la moindre idée de ce qu'il devait faire.

Tout ce dont il se souvenait, c'était ce qu'avait fait Maria pendant les longues heures qui avaient précédé la naissance d'Amadea. Il n'osait pas la laisser seule, le temps d'aller chercher le numéro de téléphone, et il n'y avait personne pour les aider. Il pensa à Véronique, mais craignit qu'elle n'en sache encore moins que lui. Il essaya de s'éloigner pour attraper le carnet d'adresses, mais Beata refusa de le lâcher.

— Non, Antoine… J'ai besoin de toi… Je t'en supplie… Oh, non… Seigneur, que quelqu'un m'aide !

— Ça va aller, ma chérie… Tout va bien… Je suis là… Je ne vais pas te laisser…

Il ignorait ce qu'il pouvait faire d'autre, hormis être là pour elle.

— Les serviettes ! cria Beata.

Il courut à la salle de bains et revint les bras chargés de serviettes, qu'il plaça au-dessous et autour d'elle. Puis, voyant son visage tordu de douleur, il la prit par les épaules, comme il l'avait fait la première fois. Sauf que cette fois, Beata n'eut rien à faire, le bébé le fit pour elle. Il y eut un cri, et quelques secondes plus tard, un petit visage apparut, la bouche grande ouverte et vagissante. Le choc se lut sur leurs visages lorsqu'ils l'entendirent. Antoine n'avait jamais rien vu d'aussi extraordinaire. Tandis que les épaules puis le reste du corps sortaient, il continua de parler à Beata. Bientôt une petite fille poussa ses premiers cris. Antoine la prit dans ses bras, l'enveloppa délicatement dans une serviette et la tendit à sa mère. Alors il se pencha et les embrassa toutes les deux, et Beata se mit à rire entre deux sanglots. L'accouchement avait duré moins d'une demi-heure ! Antoine était toujours sous le choc en appelant le médecin, qui lui demanda de ne pas couper le cordon et d'attendre qu'il arrive ; il habitait à cinq minutes du château et connaissait leur maison. Il repartit ensuite s'asseoir près de Beata et embrassa à nouveau la mère et la fille.

— Je t'aime, Beata, mais ne me refais jamais une chose pareille. Je ne savais absolument pas comment t'aider… Pourquoi ne m'as-tu pas laissé appeler le médecin ?

— Je pensais que le bébé n'arriverait pas avant plusieurs heures et je voulais être avec toi. Pardon… Je ne voulais pas te faire peur.

Elle aussi avait eu peur. Tout était allé si vite ! Jamais elle n'aurait cru que le bébé arriverait de manière aussi spontanée. Mis à part quelques fortes contractions, tout s'était passé avec une facilité étonnante.

Le docteur arriva quelques instants plus tard, coupa le cordon et, après les avoir examinées, déclara la mère et le bébé en excellente santé.

— Vous voyez, mon cher, vous n'avez pas eu besoin de moi pour celui-ci, et je pense que le prochain arrivera probablement encore plus vite.

— Oui, mais ce sera à l'hôpital, précisa Antoine encore secoué, avant de le remercier.

Le médecin fit venir la sage-femme pour s'occuper de la mère et de l'enfant, et à minuit toutes deux reposaient dans le lit, paisibles. Ce bébé ne ressemblait pas du tout à Amadea. Elle était plus petite, ce qui expliquait la facilité et la rapidité de sa naissance. Elle était également plus menue et semblait avoir hérité de l'ossature délicate de sa mère, à l'inverse d'Amadea, grande et mince comme son père. Le bébé avait aussi les cheveux foncés de Beata, mais il était encore trop tôt pour connaître la couleur de ses yeux. Elle semblait incroyablement calme et détendue dans les bras de sa mère.

Le matin, en entrant dans la chambre de ses parents, Amadea poussa un cri de ravissement. Elle n'avait rien entendu pendant la nuit, et Beata bénit son sommeil de plomb.

— Elle est arrivée ! Elle est arrivée ! s'exclama-t-elle en dansant dans la chambre avant de venir étudier sa sœur de plus près. Comment allons-nous l'appeler ? Je peux la porter ?

La veille, avant de s'endormir, Antoine et Beata avaient cherché un prénom, mais ils souhaitaient en parler avec Amadea avant de se décider.

— Que penses-tu de Daphné ? suggéra Beata.

Amadea considéra le bébé d'un air sérieux, réfléchit un long moment et finit par acquiescer d'un signe de tête.

— Oui, ça me plaît. Daphné, c'est parfait.

Ses parents se détendirent, soulagés. La fillette grimpa dans le lit au côté de sa mère, et Beata déposa doucement le bébé dans ses bras. En les regardant, elle eut les larmes aux yeux. Certes, elle n'avait pas le fils qu'elle aurait désiré pour Antoine, mais son cœur se remplissait de joie à la vue de ses deux filles, l'une blonde, l'autre brune. En levant les yeux, elle aperçut Antoine qui les fixait depuis la porte, un sourire sur les lèvres. Ils avaient attendu ce moment pendant huit ans.

— Je t'aime, articula-t-elle en silence dans sa direction, plus éprise que jamais de son mari.

Il répondit d'un hochement de tête, tandis que ses yeux s'emplissaient de larmes. Peu importait ce qu'ils avaient perdu par le passé, ils avaient à présent tout ce qu'ils avaient toujours désiré.

7

Quand Daphné eut deux ans, sa grande sœur en avait dix, et il était clair que le bébé était celui d'Amadea. Elle s'occupait d'elle tout le temps et l'emmenait partout. C'était comme une poupée avec laquelle elle ne cessait jamais de jouer, et Amadea était une petite maman très active. Lorsqu'elle était là, Beata n'avait rien à faire ; Amadea ne laissait sa sœur que pour aller à l'école ou passer voir son père dans les écuries. À dix ans, c'était une excellente cavalière qui avait déjà remporté plusieurs compétitions de saut et avait une grande connaissance des chevaux. Antoine était fier d'elle, à juste titre. Il adorait Beata et ses deux filles. C'était un père et un mari exemplaire, et Beata savait qu'elle avait beaucoup de chance de l'avoir.

Un après-midi de juin, deux mois après que les filles eurent fêté leur anniversaire, Antoine reçut un télégramme, suivi d'une lettre. Son père venait de mourir brutalement, sans lui avoir jamais reparlé ni pardonné l'abominable crime qu'à ses yeux il avait commis. En tant qu'aîné, et en dépit de la colère que son père avait nourrie contre lui, Antoine héritait de son titre, de ses terres et de sa fortune. Le télégramme à la main, il rentra chez lui, le visage marqué.

— Quelque chose ne va pas ? demanda Beata qui le connaissait bien.

— Tu viens de devenir comtesse.

Elle mit un moment avant de comprendre. Elle savait combien Antoine avait souffert d'être séparé de son père, et plus rien ne pourrait changer cela désormais. Pour Antoine, c'était une perte immense.

— Je suis désolée, répondit-elle doucement.

Elle s'approcha et le prit dans ses bras. Antoine la serra longuement, avant de s'asseoir en soupirant. Le télégramme, envoyé par le notaire de son père, disait que les funérailles avaient eu lieu une semaine auparavant. Personne n'avait jugé bon de le prévenir.

— Il faut que je voie mon frère, fit-il d'un air absent. Tout cela n'a que trop duré, je dois régler cette histoire. Il faut que j'aille en Dordogne rencontrer les hommes de loi.

Désormais, il avait des décisions à prendre, des terres à administrer, il ne pouvait rester absent. Il venait d'hériter du château et de tout ce qui y était attaché, ainsi que d'une fortune familiale substantielle, dont une petite partie revenait à son frère Nicolas. Mais Antoine avait décidé de partager cette fortune à parts égales avec lui. Si le titre et la terre lui revenaient, il estimait, contrairement à la tradition, que l'argent devait être partagé. De plus, il avait largement les moyens à présent et pouvait se montrer généreux.

— Je parlerai à Gérard demain. Il faut que j'aille en France dans les semaines qui viennent, et je ne sais pas combien de temps j'y resterai.

Ils savaient que leur vie au château des Daubigny venait de prendre fin. Ils y avaient passé huit années merveilleuses, mais en tant que comte de Vallerand, Antoine avait de nouvelles responsabilités. Après avoir été banni durant onze ans, le temps était venu pour lui de rentrer chez lui, avec Beata devenue comtesse. Cela faisait beaucoup de changements et ils allaient devoir tout expliquer à Amadea.

Avant toute chose, Antoine parla à Gérard. Les deux hommes eurent une longue conversation au petit déjeuner, le lendemain. Antoine accepta de rester encore quelques semaines et, après avoir parlé aux hommes de loi en France, il promit de revenir en Allemagne, pour au moins un mois, afin de trouver et former un remplaçant. Il proposa plusieurs noms qui semblèrent convenir à Gérard, mais ce dernier était anéanti de le perdre. Ils étaient amis depuis des années, et Antoine avait fait des miracles avec ses écuries – les Daubigny avaient le plus important élevage de chevaux d'Europe, parmi lesquels des champions renommés.

Deux jours plus tard, sachant qu'ils allaient bientôt se quitter, Antoine proposa à Gérard de monter ensemble deux nouveaux étalons d'un fort tempérament et particulièrement beaux qu'il venait d'acheter aux enchères. Amadea les regarda partir, regrettant de ne pouvoir les accompagner, mais son père le lui avait interdit. Elle rentra alors à la maison jouer avec sa petite sœur. Plus tard dans l'après-midi, elle était avec elle dans sa chambre, quand elle entendit le carillon de la porte et sa mère qui faisait entrer quelqu'un. Mais Amadea n'y prêta pas attention et continua de jouer à la poupée avec Daphné. Ce n'est qu'un moment plus tard, lorsqu'elle descendit chercher un biscuit pour sa sœur, qu'elle vit Gérard et un des entraîneurs de son père assis dans le salon avec sa mère. Beata avait le regard vitreux et parut étonnée de voir Amadea.

— Remonte là-haut, lança-t-elle à sa fille d'un ton cassant, ce qui ne lui ressemblait guère.

Saisie par la voix de sa mère, Amadea s'exécuta immédiatement et fit demi-tour, mais une fois dans la chambre avec sa sœur, la peur l'envahit. La fillette sentait que quelque chose de terrible s'était produit.

Il lui sembla qu'il s'était écoulé des heures quand sa mère monta enfin à l'étage, en pleurs. Elle avait peine à parler lorsqu'elle la prit dans ses bras pour lui annoncer que son père avait été désarçonné par son cheval.

— Il est blessé ? s'enquit la fillette, terrifiée.

Même avec un seul bras valide, son père était un cavalier hors pair. En guise de réponse, Beata ne put que secouer la tête en sanglotant, et il lui fallut une éternité avant de trouver la force de prononcer les mots.

— Papa est mort, Amadea… Papa…

Les mots s'étranglèrent dans sa gorge, et Amadea fondit en larmes dans ses bras. Un peu plus tard, Véronique vint s'occuper des petites filles, pendant qu'elle se rendait aux écuries pour voir Antoine. Il s'était brisé la nuque et était mort sur le coup. L'homme pour qui elle aurait donné sa vie était mort. C'était au-delà du supportable.

Les funérailles furent un supplice. L'église était pleine à craquer. Antoine était aimé de tous ceux qu'il connaissait ou avec qui il avait travaillé. Gérard fit un vibrant éloge funèbre, tandis que Véronique était assise au côté de Beata, un bras autour de ses épaules. La cérémonie fut suivie d'une réception au château. En vêtements de deuil, tenant ses filles par la main, Beata ressemblait à un fantôme.

En plus de tout, elle devait organiser tellement de choses… L'homme qu'elle avait tant aimé et pour lequel elle avait renoncé à sa famille, cet homme qui en retour l'avait aimée sans jamais la trahir ni la décevoir n'était plus là. Elle ignorait où aller, quoi faire ou vers qui se tourner. Gérard l'aidait du mieux qu'il pouvait et Véronique ne la laissait jamais seule. Pour venir à bout des formalités interminables de la succession,

Gérard lui offrit l'aide de ses propres avocats en France. La fortune qu'Antoine avait reçue de son père quelques semaines plus tôt était à elle désormais, et bien que son mari eût décidé d'en léguer la moitié à son frère Nicolas, la somme restante était bien suffisante pour lui permettre de vivre avec ses enfants. Certes, elles ne vivraient pas dans le luxe, mais leur avenir était assuré ; elle pourrait acheter une maison et subvenir à leurs besoins jusqu'à la fin de sa vie. D'un point de vue financier, elle n'avait plus de souci à se faire. Mais elle avait perdu Antoine. À trente-deux ans, elle se retrouvait veuve. Quant à Amadea, elle ne pourrait jamais oublier le jour de la mort de son père. La fillette savait qu'elles devraient bientôt quitter la maison dans laquelle elle avait grandi. Leur vie était sur le point de connaître des changements radicaux que seule la petite Daphné, trop jeune, ne pouvait comprendre, à l'inverse de sa mère et de sa sœur qui ne les imaginaient que trop bien. Beata avait l'impression que sa vie était terminée.

Le titre de comte revint à Nicolas, ainsi que les terres qui y étaient rattachées ; le château était à lui à présent. Le comte Nicolas de Vallerand était désormais un homme riche, comme Antoine l'aurait été s'il avait vécu assez longtemps – il avait survécu à son père moins de quinze jours. Mais peu importait à Beata de perdre un titre et un château qu'elle n'avait jamais possédés ni espérés, puisqu'elle avait perdu Antoine.

Au bout de quelque temps, un homme avec lequel Antoine avait travaillé et qu'il appréciait lui succéda aux écuries. Avec l'aide de Gérard et de Véronique, Beata trouva une maison dans Cologne où elle emménagea avec ses filles durant l'été. Peu de temps après, elle reçut une lettre froide et polie de son beau-frère qui lui présentait ses condoléances, sans évoquer le moindre souhait de faire sa connaissance ou de rencontrer les enfants d'Antoine. Beata le détestait d'avoir fait souffrir Antoine ; tout comme sa famille, Nicolas s'était montré cruel envers eux. Pendant toute la durée de leur mariage, Antoine et elle avaient été des parias, avec pour seuls amis les Daubigny. Il était trop tard pour qu'elle ait envie de rencontrer son beau-frère, et d'ailleurs il ne le lui proposait pas. Il semblait visiblement désireux de laisser les choses comme elles étaient. Par ailleurs, elle avait la nette impression que le frère d'Antoine la tenait pour responsable de leur éloignement, bien qu'il eût la décence et la délicatesse d'adresser sa lettre à « Madame la Comtesse », ce qu'elle était toujours. Mais pour la jeune veuve, son titre ne pourrait jamais remplacer son défunt mari. Beata décida de ne pas répondre à la lettre, ni d'expliquer à Amadea les raisons de sa colère contre le frère de son père. Dans un cas comme dans l'autre, elle n'en voyait pas l'intérêt.

L'année qui suivit le décès d'Antoine, Beata vécut dans sa nouvelle maison comme un fantôme, reconnaissante à Amadea de s'occuper à sa place de sa petite sœur. La fillette lui donnait le bain, l'habillait, jouait avec elle et passait avec Daphné chaque minute de son temps en dehors de l'école. Amadea était pour Daphné la mère que Beata ne pouvait plus être. Quand Antoine était mort, c'était comme s'il l'avait emportée avec lui ; sans Antoine, Beata ne voulait plus vivre. Amadea s'inquiétait parfois de voir à quel point sa mère était devenue pratiquante. Cette dernière passait le plus clair de son temps à l'église, et souvent, quand Amadea rentrait de l'école, elle trouvait Daphné seule avec la gouvernante. Du haut de ses onze ans, elle était devenue du jour au lendemain le seul membre responsable de la famille. Il lui arrivait parfois de passer des heures assise en silence à côté de sa mère dans l'église, sans savoir quoi faire, simplement pour rester avec elle ; c'était là que sa mère voulait être, là qu'elle se sentait en paix. Pourtant, au lieu de prendre l'église en horreur, Amadea s'y attacha. Elle adorait y aller avec sa mère. Sa meilleure amie était d'une grande famille catholique et, quand Amadea eut treize ans, la grande sœur de celle-ci devint religieuse, ce qu'elle trouva à la fois étrange et fascinant. Les deux amies discutaient beaucoup de la vocation, et Amadea se demandait comment on en obtenait une. Pour elle, une vocation sonnait comme quelque chose de positif.

C'est à ce moment-là que le comportement de sa mère commença à surprendre Amadea. Non seulement elle allait tous les jours à l'église, mais il lui arrivait à présent de se rendre dans une grande et imposante synagogue, remplie de gens à l'allure distinguée. Un jour, sa mère l'y emmena pour ce qu'elle appelait Yom Kippour. Quoique fascinée, Amadea ne put s'empêcher d'avoir peur en voyant sa mère rester les yeux rivés sur une femme âgée qui ne semblait pas la voir. Le soir même, la jeune fille trouva sa mère dans le salon, en train de regarder une pile de vieilles photographies jaunies.

— Qui sont tous ces gens, maman ? s'enquit Amadea d'une voix douce.

Elle aimait profondément sa mère, mais depuis trois ans, elle avait la sensation de l'avoir perdue ; d'une certaine façon, la mère qu'elle avait connue et aimée avait disparu en même temps que son père. Depuis la mort de celui-ci, il n'y avait eu aucun éclat de rire dans la maison, sauf lorsqu'elle jouait avec Daphné.

— Ce sont mes parents, avec mes frères et ma sœur, répondit Beata simplement.

Jamais Amadea n'avait entendu parler d'eux jusqu'à ce jour. Son père lui avait seulement dit que sa mère et lui étaient orphelins, quand ils s'étaient connus. Elle adorait que ses parents lui racontent le jour de leur rencontre, comment ils étaient tombés amoureux et à quel point sa mère était belle le jour de leur mariage. Elle savait qu'ils avaient fait connaissance en Suisse et qu'ils y avaient vécu avec des cousins de son père, jusqu'à ce qu'elle ait deux ans et qu'ils emménagent dans la maison où elle avait grandi. La jeune fille continuait de se rendre aux écuries du château de temps à autre, mais monter à cheval la rendait triste à présent. Sa mère avait depuis longtemps vendu son poney, et même si Gérard et Véronique étaient toujours contents de la voir, elle sentait que sa mère n'aimait pas la savoir là-bas ; elle craignait qu'il ne lui arrive quelque chose, comme à son père. Amadea avait donc arrêté d'y aller pour ne pas la perturber, mais l'équitation lui manquait.

— Sont-ils tous morts ? demanda Amadea en regardant les photographies.

Sa mère lui jeta un regard étrange.

— Non, c'est moi qui suis morte.

Beata n'ajouta rien d'autre et, au bout d'un moment, Amadea retourna voir Daphné. À cinq ans, c'était une petite fille très gaie qui ne jurait que par sa grande sœur. Amadea était comme une mère pour elle.

Après cette première fois où elle y emmena Amadea, Beata retourna une fois par an à la synagogue pour Yom Kippour, le jour du pardon et de l'expiation des péchés, le jour du jugement de Dieu. Beata avait élevé ses filles dans la religion catholique et y croyait profondément. Mais si elle continuait à se rendre à la synagogue une fois par an, c'était pour les voir, eux, sa famille. Chaque année, ils étaient là, les femmes d'un côté, les hommes de l'autre. Et chaque année, elle emmenait Amadea avec elle. Jamais pourtant Beata ne lui en expliqua la raison, sentant qu'après tout ce temps, les choses étaient devenues trop compliquées. Antoine et elle avaient toujours dit que leurs familles étaient mortes, et elle ne voulait pas avouer à ses filles que leurs parents leur avaient menti, ni que leur mère était juive.

— Pourquoi veux-tu toujours aller à la synagogue ? demanda un jour Amadea, intriguée.

— Je trouve cela intéressant, pas toi ?

Ce fut la seule explication que la jeune fille obtint. Quand elle eut quinze ans, Amadea confia à sa meilleure amie que l'attitude de sa mère lui donnait la chair de poule. Le choc de la mort de son père cinq ans plus tôt avait été plus que sa mère n'avait pu en supporter, et Amadea sentait, à juste titre, que sa mère n'aspirait qu'à le rejoindre. À trente-huit ans seulement, Beata était encore une très belle femme, mais elle n'attendait plus que la mort, et Amadea le savait.

L'année de ses seize ans – Daphné en avait huit –, Amadea promit à sa sœur de l'emmener à son cours de danse, le jour de Yom Kippour. La jeune fille était soulagée d'avoir une excuse, car leur visite annuelle à la synagogue la déprimait toujours, sans qu'elle sût vraiment pourquoi. Elle préférait de loin accompagner sa mère à l'église, et depuis peu s'était mise à prier pour savoir si elle avait la vocation, comme la sœur de son amie. Elle commençait à le penser mais n'en avait soufflé mot à personne.

Beata se rendit donc seule à la synagogue, le visage voilé comme à son habitude, et comme chaque année, elle les vit. Elle savait qu'elle aurait pu choisir de venir à un autre moment, mais Yom Kippour lui semblait le meilleur jour pour demander pardon, pour sa famille et pour elle-même. Elle aperçut sa mère, qui lui parut plus frêle que les années précédentes. Comme par miracle, celle-ci prit place juste devant elle. Si elle avait osé, Beata aurait pu la toucher. Soudain, comme si elle avait senti le regard pénétrant de Beata dans son dos, Monika se retourna et fixa la femme assise derrière elle. Elle ne voyait d'elle que son chapeau et son voile, mais Monika sentait qu'il s'en dégageait quelque chose de familier. Avant qu'elle ait pu bouger, Beata leva son voile. Mère et fille restèrent figées un long moment, puis Monika hocha la tête avant de se retourner à nouveau, l'air pétrifié. Elle était assise seule parmi les femmes, et quand l'assemblée se leva pour quitter la synagogue, Beata lui emboîta le pas. Pour la première fois, elle ne sentait pas de réticence chez sa mère. Monika était bouleversée par l'immense tristesse qu'elle venait de voir dans les yeux de sa fille, et quand les deux femmes sortirent de la synagogue côte à côte, leurs mains s'effleurèrent. Alors Beata saisit doucement la main de sa mère et la serra, et Monika se laissa faire. Puis, sans un mot, sa mère partit rejoindre son père, qui malgré son âge – il avait soixante-huit ans et sa mère soixante-trois – avait encore fière allure. Beata les regarda quitter la synagogue puis rentra chez elle en taxi.

— Comment était-ce ? s'enquit Amadea.

— Comment était quoi ? répondit Beata d'un air déconcerté.

Elle parlait rarement à table, et ce soir-là semblait particulièrement distraite ; elle pensait encore à sa mère. Elles ne s'étaient pas revues depuis dix-sept ans, et tant de choses s'étaient produites : la naissance de ses filles, la mort de son mari, son titre de comtesse – un titre sans aucune valeur à ses yeux, mais qui aurait certainement impressionné sa sœur. Beaucoup de choses avaient changé dans sa vie.

— N'était-ce pas aujourd'hui le jour de ta visite annuelle à la synagogue ? Pourquoi y vas-tu, maman ?

Elle savait que sa mère était une intellectuelle et qu'elle avait toujours été fascinée par la religion. Sans doute était-ce par curiosité intellectuelle ou en signe de respect pour les Juifs qu'elle se rendait à la synagogue, se disait Amadea qui connaissait la dévotion de sa mère à la foi catholique.

— Ça me plaît.

Beata ne voulait pas avouer à sa fille aînée qu'elle y allait pour voir sa mère et qu'aujourd'hui elle l'avait même touchée. Même si Monika et elle ne s'étaient pas parlé, le simple fait de tenir la main de sa mère avait ravivé quelque chose en elle. Quand Antoine était mort, elle avait su, au plus profond d'elle-même, qu'elle avait besoin de revoir sa mère, elle était le lien entre le passé et l'avenir, tout comme elle-même l'était entre Monika et ses filles.

— Je trouve révoltant que les Juifs n'aient plus le droit de travailler dans la presse ni de posséder des terres. Et aussi que certains d'entre eux soient envoyés dans des camps de travail, intervint spontanément Amadea d'un air scandalisé.

Hitler avait été nommé chancelier en janvier, et, depuis, des lois anti-Juifs avaient été votées. Comme beaucoup de gens, Beata trouvait la chose dégradante, mais personne ne pouvait rien faire pour l'empêcher. Évidemment, pour de nombreuses raisons, l'antisémitisme du moment l'inquiétait.

— Et que sais-tu là-dessus ? demanda Beata, troublée.

— Beaucoup de choses, en fait. J'ai assisté à plusieurs conférences données par une femme, qui s'appelle Edith Stein. Elle dit que les femmes devraient jouer un rôle en politique, dans leur communauté et dans la nation, et elle a aussi adressé une lettre au pape pour condamner l'antisémitisme. J'ai lu son livre, *La Vie d'une famille juive*. Elle est d'origine juive mais est devenue carmélite, récemment. Cela fait onze ans qu'elle s'est convertie au catholicisme, mais les nazis la considèrent toujours comme juive et lui ont interdit d'enseigner et de donner des conférences. Elle vit aujourd'hui au carmel de Cologne. C'est une femme très connue.

— Je sais, j'ai lu des articles sur elle. Je la trouve intéressante.

Amadea était impressionnée que sa mère connût Edith Stein. C'était la première fois qu'elles se parlaient en adultes, la première vraie conversation qu'elles avaient depuis des années. Encouragée par ce rapprochement, Amadea décida d'ouvrir son cœur à sa mère.

— Je me dis parfois que j'aimerais devenir religieuse, moi aussi. J'en ai parlé à un prêtre une fois, et il a dit que ce serait bien.

Beata dévisagea sa fille, bouleversée, comprenant, pour la première fois en six ans, à quel point elle avait négligé Amadea et combien sa vie devait être solitaire. Hormis ses amies d'école, elle n'avait pour seule compagnie à la maison qu'une enfant de la moitié de son âge. Pour Beata, c'était le signal qu'elle devait faire plus attention à elle. Antoine était parti depuis six ans, et elle avait l'impression d'être morte avec lui.

— Ton père n'aurait pas aimé que tu sois religieuse.

Elle se rappelait ce qu'il avait dit lorsque le père André leur avait fait remarquer qu'elle aurait pu en devenir une. Antoine avait vigoureusement désapprouvé cette idée, non seulement parce qu'il allait l'épouser, mais parce qu'il estimait que c'était du gâchis. Les femmes, selon lui, étaient faites pour se marier et avoir des enfants.

— Plus tard, tu devrais plutôt te marier et fonder une famille.

Elle essayait de reprendre les propres mots d'Antoine, comme si elle avait pu parler pour lui – elle en ressentait d'ailleurs le devoir, puisqu'il n'était plus là pour le faire.

— Tout le monde n'est peut-être pas fait pour avoir des enfants. La sœur de Gretchen est devenue religieuse il y a trois ans et elle est heureuse. Elle a prononcé ses vœux l'année dernière.

En écoutant Amadea, Beata s'aperçut à quel point elle était loin de sa fille, qui semblait prête à entrer dans le premier couvent venu. Elle prit conscience, pour la première fois, qu'elle devait faire plus attention à elle et lui parler, pas seulement pour lui demander d'emmener sa sœur à son cours de danse ou de la déposer à l'école, mais pour savoir ce qui l'intéressait et mieux la connaître. Elle espérait qu'il n'était pas trop tard pour rétablir ce lien entre elles. Elle comprenait brutalement à quel point elle s'était laissée aller depuis la mort d'Antoine, s'éloignant chaque jour davantage de ses filles. Son corps était là, mais pas son esprit.

— Je ne veux plus que tu ailles à des conférences comme celles d'Edith Stein, Amadea, ni que tu rejoignes des organisations radicales, si c'est à ça que tu penses en ce moment. Et fais attention quand tu t'exprimes contre la politique de Hitler, sauf ici bien sûr.

— Tu approuves ce qu'il fait, maman ? demanda Amadea d'un air choqué.

— Non, pas du tout. Simplement, il est dangereux d'être contestataire. Même à ton âge, tu pourrais attirer l'attention sur toi et te mettre en danger.

Beata avait l'impression que son esprit s'éclaircissait enfin, et sa conversation avec Amadea était instructive. C'était une jeune fille extrêmement intelligente, dont les questions lui rappelaient les siennes au même âge, comme sa passion pour la philosophie et les sujets politiques. Elle avait passé des heures à débattre avec ses frères et leurs amis, à l'inverse d'Amadea qui n'avait personne avec qui discuter de ces choses. Sauf elle. Amadea se rendait compte que sa mère était sérieuse et ajouta qu'elle avait été révoltée par les autodafés du mois de mai. Ce qu'elle voyait et entendait ne lui plaisait guère, et à sa mère non plus.

— Pourquoi ils ont brûlé des livres ? intervint Daphné qui venait d'arriver et semblait surprise.

— Parce qu'ils essaient d'intimider les gens et de leur faire peur, répondit Amadea. Et ils envoient des gens dans des camps de travail, parce qu'ils sont juifs. Les nazis ont même interdit d'aller dans les magasins tenus par des Juifs. Ça s'est passé le jour de mon anniversaire.

— À cause de toi ? demanda Daphné, stupéfaite par ce que sa sœur venait de lui dire.

Amadea sourit.

— Non, c'était juste une coïncidence, mais c'était moche quand même.

— Est-ce que les Juifs ont l'air différents des autres ? s'enquit la fillette avec curiosité.

Amadea parut scandalisée.

— Bien sûr que non ! Pourquoi dis-tu une chose pareille ?

— Ma maîtresse dit que les Juifs ont des queues, répondit Daphné d'un air innocent tandis que sa mère et sa sœur la regardaient d'un air horrifié.

— C'est faux, répondit Beata, se demandant si le moment n'était pas venu de leur dire qu'elle était juive.

Mais elle n'osait pas : cela faisait tant d'années à présent qu'elle était devenue catholique… Certaines personnes disaient que les nazis ne s'en prenaient qu'aux Juifs pauvres, aux sans-abri et aux criminels, pas aux gens comme elle et sa famille. Ils disaient que les nazis souhaitaient seulement débarrasser l'Allemagne de sa vermine criminelle. Jamais ils ne s'attaqueraient à des Juifs respectables, elle en était certaine – mais pas assez cependant pour dire la vérité à ses filles.

Ce soir-là, leur conversation à table fut passionnante, si bien que le dîner dura plus longtemps qu'à l'accoutumée. Beata ne s'était pas rendu compte à quel point Amadea s'intéressait à la politique, ni combien elle était indépendante. Elle ne s'était jamais doutée non plus que sa fille se demandait si elle avait la vocation religieuse, ce que Beata trouvait bien plus inquiétant que ses tendances politiques radicales. Elle craignait qu'Amadea n'ait été influencée par les conférences et les écrits d'Edith Stein ou, pis encore, par son entrée au Carmel. Ce genre de choses pouvaient avoir une grande influence sur une jeune fille, sans parler de la sœur aînée de sa meilleure amie. Et Beata ne voulait rien de tout cela pour sa fille. Néanmoins, elle avait conscience qu'elle n'avait rien fait durant toutes ces années pour faire pencher la balance de l'autre côté. Elle n'avait pas de vie sociale, pas d'amis et ne fréquentait personne en dehors des Daubigny – qu'elle voyait d'ailleurs rarement. Pendant onze ans, elle avait consacré sa vie à son mari et à ses enfants. Et depuis sa mort, elle vivait comme une recluse et ne voyait pas comment faire pour changer les choses, d'autant plus qu'elle n'en avait pas envie. Malgré tout, elle pouvait au moins être plus attentive à ce qui se passait dans le monde. Sa fille semblait beaucoup plus au courant qu'elle. Mais Beata s'inquiétait de ses positions sur l'antisémitisme nazi et espérait qu'Amadea n'en parlait pas autour d'elle. Quand celle-ci partit pour le lycée le lendemain matin, elle lui rappela de se montrer prudente : critiquer les nazis était dangereux, quel que soit son âge.

La semaine suivante, refusant d'attendre encore une année avant de revoir sa mère, Beata retourna à la synagogue. Cette fois-ci, elle s'assit derrière elle à dessein et n'eut aucun besoin de lever son voile. Sa mère la reconnut aussitôt. À la fin du service, Beata lui glissa dans la main un morceau de papier avec son adresse et son numéro de téléphone, et à peine sa mère eut-elle refermé la main qu'elle se fondit dans la foule et partit, sans attendre de voir son père. Tout ce qu'elle pouvait espérer à présent, c'était que sa mère fût assez courageuse pour l'appeler. Elle désirait tant la voir, la serrer dans ses bras et lui parler ! Et, plus que tout, elle voulait qu'elle rencontre ses filles.

Il y eut deux jours d'attente angoissante, puis enfin le téléphone sonna. C'est Amadea qui répondit, par hasard. Elles sortaient de table, et Beata venait de proposer un jeu à Daphné. Amadea avait remarqué que sa mère semblait mieux depuis quelques jours et qu'elle faisait des efforts pour engager la conversation et sortir du marasme dans lequel elle se trouvait depuis la mort d'Antoine.

— C'est pour toi, annonça-t-elle.

— Qui est-ce ? s'enquit Beata, ne pensant plus à l'appel qu'elle attendait et croyant qu'il s'agissait de Véronique.

Depuis des mois, cette dernière lui demandait de lui réaliser une robe pour le réveillon de Noël, certaine que la couture lui ferait du bien. Mais Beata l'évitait. Elle n'avait plus touché à une aiguille depuis la mort d'Antoine, excepté une fois de temps en temps pour les filles, et n'avait plus la moindre envie de coudre des tenues de soirée ou des robes élaborées. De plus, financièrement, elle n'en avait plus besoin.

— Elle n'a pas dit qui elle était, expliqua Amadea en prenant Daphné avec elle pour monter à l'étage, tandis que Beata se dirigeait vers le téléphone.

— Allô ? interrogea-t-elle.

Son cœur se serra lorsqu'elle reconnut la voix. Elle n'avait pas changé.

— Beata ? murmura sa mère, craignant que quelqu'un ne l'entende.

Jacob était sorti, mais tous savaient qu'il était interdit de parler à Beata ; elle n'existait plus.

— Oh, maman ! Merci d'avoir appelé. Vous étiez si belle à la synagogue ! Vous n'avez pas changé.

Après dix-sept ans, toutes deux savaient que c'était impossible, mais aux yeux de Beata, sa mère était restée la même.

— Tu avais l'air si triste. Tout va bien ? Tu es malade ?

— Antoine est mort.

— Je suis navrée, dit Monika avec sincérité. Quand est-ce arrivé ?

Sa fille avait l'air détruite, et c'était pour cette raison qu'elle avait appelé. Elle ne pouvait plus continuer à lui tourner le dos, quoi qu'en pense Jacob.

— Il y a six ans. J'ai deux filles, Amadea et Daphné.

— Est-ce qu'elles te ressemblent ? demanda sa mère en souriant.

— La petite, oui. L'aînée ressemble à son père. Maman, voudriez-vous les rencontrer ?

Il y eut un silence interminable. Monika était fatiguée, et les choses étaient difficiles, ces temps-ci.

— Oui, répondit-elle finalement.

— Je suis si heureuse ! s'exclama Beata comme une enfant. Quand voudriez-vous venir ?

— Que penses-tu de demain après-midi, pour le thé ? Les filles seront rentrées de l'école, je suppose.

— Nous serons là toutes les trois.

Des larmes coulaient sur les joues de Beata. Toutes ces années, elle avait tant prié pour cela. Le pardon. L'absolution. Pouvoir toucher sa mère à nouveau. Juste une fois. La serrer contre elle. Être dans ses bras. Juste une fois.

— Que vas-tu leur dire ?

— Je ne sais pas. Je vais y réfléchir ce soir.

— Elles vont me détester, si tu leur dis la vérité, observa Monika d'une voix triste.

Mais elle avait autant envie de revoir sa fille que Beata sa mère. La communauté juive vivait des heures sombres ; Jacob redoutait qu'il ne leur arrive quelque chose de terrible à eux aussi, même si Horst et Ulm affirmaient que c'était impossible. Ils étaient citoyens allemands, pas de vulgaires Juifs errants. Ils disaient que les nazis traquaient les criminels, pas les gens respectables comme eux, mais Jacob n'était pas d'accord. Et tous deux vieillissaient. Elle avait besoin de revoir sa fille. Viscéralement. Comme si son cœur réclamait la part qui lui avait été arrachée.

— Elles n'ont pas besoin de connaître la vérité. Nous n'aurons qu'à rejeter la faute sur papa, ajouta-t-elle en souriant.

Elles savaient toutes les deux que jamais son père ne céderait et qu'il n'existait pas la moindre chance qu'Amadea et Daphné le rencontrent un jour.

— Ne vous inquiétez pas, je trouverai quelque chose. Elles seront tout excitées à l'idée de vous voir. Et, maman, ajouta Beata d'une voix étranglée, j'ai hâte que vous soyez là.

— Moi aussi, répondit Monika, aussi impatiente que sa fille.

Jacob n'avait pas le droit de lui imposer plus longtemps cette situation, et elle-même n'avait plus le droit de l'accepter ni de l'imposer à sa fille.

Beata réfléchit toute la nuit et, au petit déjeuner le lendemain, annonça à ses filles que quelqu'un souhaitait les rencontrer et qu'elle viendrait dans l'après-midi.

— Qui est-ce ? demanda Amadea avec un intérêt peu marqué.

Elle avait un examen, ce jour-là, et avait veillé tard pour réviser. Elle était fatiguée.

— Votre grand-mère, répondit Beata après une brève hésitation, tandis que ses filles ouvraient de grands yeux.

— Je croyais qu'elle était morte, fit remarquer Amadea d'un air sceptique, ne sachant plus où était la vérité.

— J'ai menti, avoua Beata. Quand j'ai épousé votre père, la France et l'Allemagne étaient en guerre, et chacun le ressentait très fortement, nos deux familles également. Papa et moi nous sommes rencontrés en Suisse, où nous passions nos vacances avec nos parents. À l'époque, mon père voulait que j'épouse un autre homme, quelqu'un que je ne connaissais même pas.

Les yeux des filles étaient rivés sur elle. C'était dur de leur expliquer maintenant, leurs vies étaient si différentes. Ce n'était pas facile de trouver les mots justes, de leur décrire ce qui s'était passé si longtemps auparavant.

— Nos familles refusaient que nous nous mariions, car papa était français et moi allemande. Nous savions que nous devions attendre la fin de la guerre, mais nous n'étions pas sûrs qu'ils acceptent notre mariage, même après. Nous étions jeunes et un peu fous, et j'ai dit à mon père que j'épouserais papa, qu'il le veuille ou non. Il m'a répondu que si je le faisais, il ne voudrait plus jamais me voir. Papa fut blessé à la guerre et décida de m'attendre en Suisse, chez ses cousins. Ceux-ci proposèrent de nous héberger et de nous marier là-bas. Alors je suis partie, ce qui fut une décision très difficile à prendre, mais je savais que j'avais raison. Je savais que votre père était un homme bon et je n'ai jamais regretté ce que j'ai fait. Mais mon père ne m'a plus jamais revue et il a forcé ma mère, ma sœur et mes frères à en faire autant. Toutes mes lettres sont revenues sans avoir été ouvertes, et ma mère n'a plus jamais eu le droit de me voir ni de me parler. Je l'ai croisée l'autre jour.

Elle ne leur avoua pas que c'était à la synagogue, jugeant inutile d'ajouter une complication supplémentaire en leur révélant qu'elles étaient à moitié juives. Cela n'aurait fait que les embrouiller davantage, et peut-être même les mettre en danger, vu la haine d'Hitler à l'égard des Juifs.

— Je lui ai alors donné notre adresse et notre numéro de téléphone. C'est elle qui a appelé, hier soir. Elle voudrait vous voir, et je l'ai invitée tout à l'heure, après l'école.

Cela avait été plus simple qu'elle ne l'avait craint. Ses filles la regardaient d'un air incrédule.

— Comment ton père a-t-il pu être aussi méchant ? demanda Amadea, outrée. Et la famille de papa, a-t-elle fait pareil ?

— Oui. Sa famille haïssait les Allemands, autant que la mienne les Français.

— C'est ridicule. Et cruel, répliqua Amadea, qui eut soudain pitié de sa mère. Serais-tu capable de nous faire ça un jour ?

Mais elle connaissait la réponse avant même d'avoir posé la question.

— Non, jamais. Mais c'était il y a longtemps et il y avait cette guerre horrible.

— Alors pourquoi ton papa ne t'a pas revue après ? demanda Daphné avec logique – c'était une enfant intelligente, comme sa sœur.

— Parce que c'est un vieillard entêté, rétorqua Amadea d'un ton plein de rancœur.

Beata lui avait pardonné et avait accepté la situation, bien qu'elle eût connu plusieurs années de tourments avant d'y parvenir.

— Et tes frères et sœur ? demanda Amadea, encore sous le choc de ce qu'elle venait d'entendre. Pourquoi refusent-ils de te voir ?

— Ils ne veulent pas désobéir à notre père, répondit simplement Beata sans préciser que son père la considérait comme morte et enterrée.

— Ce doit être un homme horrible si tout le monde le craint à ce point, conclut Amadea avec bon sens. Et la famille de papa doit être pareille, ajouta-t-elle.

Elle n'arrivait pas à concevoir qu'on pût traiter les gens de la sorte. Son père à elle avait été un homme très doux.

— Ta maman doit être courageuse, si elle a décidé de nous rencontrer. Ton papa va la frapper, quand elle rentrera ? demanda Daphné, inquiète.

— Non, bien sûr que non, répondit Beata en souriant. En fait, elle ne lui dira pas qu'elle est venue, ça le bouleverserait trop. Il est âgé à présent, et ma mère aussi. Si vous saviez comme je suis heureuse qu'elle vienne nous voir ! Elle m'a tellement manqué... Surtout depuis que papa est mort.

Les larmes lui montèrent aux yeux, ce qui toucha ses filles. Tout à coup, Amadea se demanda si les visites annuelles à la synagogue n'avaient pas quelque chose à voir avec tout ça. Mais elle n'osa pas poser la question. Sa mère avait déjà suffisamment souffert.

— Je voulais juste que vous sachiez la vérité avant qu'elle n'arrive, conclut Beata.

La conversation leur avait beaucoup appris sur leur mère et, en chemin pour l'école, les deux filles étaient encore sous le coup de ces révélations extraordinaires. C'était une impression bizarre d'apprendre qu'elles avaient une grand-mère et qu'elles ne l'avaient jamais rencontrée. Et pas seulement une grand-mère, mais aussi un grand-père, une tante et deux oncles.

— Je suis heureuse pour maman que sa mère vienne, déclara Amadea d'un ton posé, mais je pense que ce qu'elle lui a fait vivre était terrible. Imagine si maman nous faisait pareil...

Elle éprouvait beaucoup de peine et de compassion pour sa mère. Quelle perte épouvantable cela avait dû être pour elle de renoncer à tous ceux qu'elle aimait pour un homme ! Mais elle comprit soudain que, sans cette décision, jamais Daphné et elle n'auraient vu le jour.

— Je crois que je pleurerais beaucoup, répondit Daphné, impressionnée.

— Oui, moi aussi, fit Amadea en souriant et en prenant la main de sa sœur dans la sienne. Et je te préviens, ne me cache jamais rien, sinon tu auras affaire à moi !

La fillette éclata de rire.

— C'est promis. Je te dirai toujours tout.

Elles continuèrent leur chemin, main dans la main, plongées dans leurs pensées. Amadea avait abandonné son hypothèse selon laquelle ses grands-parents auraient pu être juifs. Si sa mère était catholique, ses parents l'étaient forcément. Elle devait s'être trompée.

8

Quand le carillon de la porte d'entrée retentit à quatre heures, Beata se figea pendant une seconde, puis lissa sa robe et arrangea ses cheveux. Elle portait une robe noire toute simple avec un collier de perles qu'Antoine lui avait offert pour leurs dix ans de mariage. Elle était pâle et grave en ouvrant la porte, et elle eut le souffle coupé en voyant sa mère. Comme toujours, celle-ci était habillée avec élégance, dans une robe violette sous un très beau manteau noir avec un collier de perles. Elle portait des chaussures en daim noires avec un sac à main assorti ; ses gants, en daim noir eux aussi, étaient faits sur mesure. Son regard plongea dans celui de sa fille, et sans un mot elles se jetèrent dans les bras l'une de l'autre. Monika portait toujours le même parfum, et Beata se sentit tout à coup comme une petite fille qui aurait retrouvé sa mère après s'être perdue. Tout ce qu'elle voulait, c'était se blottir contre elle et sentir sa peau et la texture soyeuse de ses cheveux. L'horreur du jour de son départ lui revint soudain en mémoire, comme si cela s'était produit la veille. Mais tout cela était fini à présent, elles se retrouvaient, les années passées n'étaient plus qu'un souvenir. Beata conduisit sa mère au salon, et elles prirent place l'une à côté de l'autre sur le canapé, en larmes. Beata mit du temps avant de pouvoir parler.

— Merci d'être venue, maman. Vous m'avez tellement manqué…

Plus qu'elle n'aurait pu le dire ou ne l'avait imaginé. Tout lui revenait en mémoire à présent, tous ces moments où elle avait tant souhaité que sa mère fût à ses côtés : à son mariage, à la naissance d'Amadea puis de Daphné, pendant les vacances et aux anniversaires, à la mort d'Antoine, ainsi qu'à tous les petits moments de la vie quotidienne. Mais sa mère était là, désormais. Elle n'éprouvait aucune colère pour ces années perdues, seulement du chagrin. Et maintenant, enfin, du soulagement.

— Si tu savais le calvaire que j'ai vécu, dit Monika, le visage baigné de larmes. J'avais promis à ton père de ne plus te voir, j'avais peur de lui désobéir. Mais chaque jour tu m'as manqué.

Elle ne s'en était jamais remise. Finalement, cela avait été comme une mort pour elle aussi.

— Toutes mes lettres me sont revenues, dit Beata en se mouchant.

— Je n'ai jamais su que tu avais écrit. Papa a dû les réexpédier sans me le dire.

— Je m'en suis doutée, remarqua Beata avec douleur en se rappelant l'écriture de son père sur les enveloppes. Celles que j'ai envoyées à Brigitte me sont revenues aussi. Un jour, je l'ai croisée dans la rue, mais elle a fait comme si je n'existais pas. Pareil pour Ulm et Horst.

— Nous avions fait Chiva pour toi, expliqua Monika tristement, se souvenant que cela avait été le pire moment de sa vie. Jacob nous interdisait ne serait-ce que de prononcer ton prénom. En ce qui concerne Brigitte, je crois qu'elle craint de me faire de la peine, alors elle préfère se taire.

— Elle est heureuse ?

— Elle est divorcée et voudrait se remarier, mais ton père n'approuve pas son choix. Tes filles sont-elles juives ? demanda Monika, pleine d'espoir.

Sa fille secoua la tête.

— Non.

Beata ne voulait pas lui dire qu'elle s'était convertie. Apprendre qu'Amadea et Daphné n'étaient pas juives était déjà bien assez. Mais ce que répondit Monika la surprit. Elle semblait avoir deviné qu'en se mariant avec Antoine sa fille s'était convertie.

— Peut-être est-ce mieux ainsi, avec ce qui se passe en ce moment. Les nazis font des choses horribles aux Juifs. Papa dit qu'ils ne s'en prendront jamais à nous, mais on ne peut pas savoir. Ne dis à personne que tu es d'origine juive. Si tu es chrétienne à présent, restele, Beata. Tu seras plus en sécurité ainsi. Qu'as-tu dit à tes enfants à mon sujet ? demanda-t-elle en regardant sa fille avec inquiétude.

— Que je vous aime, que papa refusait que j'épouse Antoine parce qu'il était français, que c'était la guerre, et aussi que sa famille a eu la même réaction que vous. Ça les a choquées, mais je crois qu'elles ont compris.

Du moins, autant qu'elles le pouvaient. C'était beaucoup à assimiler d'un seul coup pour elles, mais elle leur faisait confiance.

— As-tu rencontré la famille d'Antoine ?

Beata secoua la tête.

— Comment est-il mort ?

— Un accident de cheval. Son père était mort deux semaines plus tôt.

Et elle ajouta, en souriant, qu'elle était comtesse.

— Je suis impressionnée, répondit sa mère, une lueur de malice dans les yeux.

C'est alors qu'Amadea et Daphné arrivèrent et pénétrèrent avec circonspection dans la pièce. Elles regardèrent celle qu'elles savaient être leur grand-mère et remarquèrent le sourire qui éclairait le visage de leur mère. Beata les présenta à sa mère, qui ne put retenir ses larmes.

— Pardonnez-moi mon comportement stupide, dit-elle en leur tendant les mains. Je suis si heureuse de vous rencontrer et vous êtes si belles toutes les deux.

Elle se tamponna les yeux avec un mouchoir en dentelle, et les filles s'approchèrent lentement. Daphné la trouvait jolie, et Amadea brûlait de lui demander pourquoi elle avait laissé son mari être aussi méchant avec leur mère, mais elle n'osa pas… Sa grand-mère semblait très gentille. Alors qu'elles prenaient le thé et bavardaient, Amadea et Daphné trouvèrent que Monika leur rappelait beaucoup leur mère et qu'elle parlait même comme elle. Après avoir passé un délicieux moment ensemble, Monika finit par se lever. C'est alors que Daphné, qui l'observait avec intérêt, lui demanda :

— Comment doit-on vous appeler ?

C'était une question pleine de bon sens pour une fillette de huit ans ; Amadea se l'était posée elle aussi.

— Que diriez-vous de « Mamie » ? proposa Monika d'une voix hésitante en les regardant. Je serais très heureuse si vous m'appeliez ainsi.

Amadea et Daphné acquiescèrent d'un hochement de tête, et Monika les prit dans ses bras avant de partir. Puis elle embrassa Beata et la regarda avec tendresse.

— Reviendrez-vous nous voir ? s'enquit Beata doucement, sur le pas de la porte.

— Bien sûr, répondit sa mère. Quand tu voudras. Je t'appellerai dans quelques jours, c'est promis.

Beata savait qu'elle tiendrait parole, elle l'avait toujours fait.

— Merci, maman, dit-elle en la serrant une dernière fois dans ses bras.

— Je t'aime, Beata, lui murmura sa mère à l'oreille. Puis elle l'embrassa et s'en alla.

Cela avait été un après-midi extraordinaire pour elles quatre. Après le départ de sa grand-mère, Amadea vint trouver sa mère, qui, assise dans le salon, était perdue dans ses pensées.

— Maman ?

Beata leva la tête en souriant.

— Oui, mon cœur. Alors, comment l'as-tu trouvée ?

— Je trouve que c'est triste qu'elle soit restée loin de nous si longtemps. On voit qu'elle t'aime énormément.

— Je l'aime aussi. Je suis heureuse qu'elle soit revenue et qu'elle ait fait votre connaissance.

— Je déteste ton père pour ce qu'il t'a fait, déclara Amadea d'une voix glacée.

Beata hocha la tête. Sa fille avait raison, il l'avait fait souffrir, mais elle ne le détestait pas pour autant. D'ailleurs, cela n'avait jamais été le cas, même s'il lui avait causé un chagrin indicible ainsi qu'à sa mère. Sa décision de la mettre au ban de la famille les avait tous affectés, et il devait l'avoir été lui-même beaucoup plus qu'il ne l'admettrait jamais. À ses yeux, elle avait commis la trahison suprême. Mais elle n'aurait jamais pensé que son exil durerait toute sa vie. Pourtant, même si elle l'avait su, elle aurait épousé Antoine.

— Ne déteste personne, dit Beata d'un ton posé. La haine demande trop d'énergie et elle empoisonne le cœur. J'ai appris ça il y a longtemps.

Amadea approuva d'un hochement de tête, pressentant que sa mère disait vrai. Et elle l'admira encore davantage de ne pas haïr ce père qu'elle-même, à sa place, aurait détesté.

Amadea s'assit alors sur le canapé, au même endroit que sa grand-mère, et prit sa mère dans ses bras de la même façon que celle-ci l'avait fait avec sa propre mère. Beata remercia le ciel d'avoir rendu cela possible après tant d'années.

— Je t'aime, maman, murmura Amadea à sa mère, comme Beata l'avait fait avec la sienne.

C'était comme une chaîne sans fin de liens qui se faisaient écho les uns aux autres. En dépit du temps, de l'espace et des différences, c'était un lien indéfectible. Sa mère le lui avait prouvé cet après-midi-là.

9

Durant les deux années qui suivirent, Monika vint leur rendre visite toutes les semaines. Sa venue devint pour Beata un rituel hebdomadaire sur lequel elle comptait et, pour chacune, un moment important. Sa mère et elle apprirent à se connaître comme elles ne l'avaient jamais fait, quand Beata était jeune. Elle avait mûri, avait elle aussi des enfants, et toutes deux avaient beaucoup souffert et réfléchi. Monika avait même essayé de convaincre Jacob de revenir sur sa décision – elle avait dit qu'elle avait croisé leur fille dans la rue –, mais il lui avait immédiatement jeté un regard glacial.

« J'ignore de quoi tu parles, Monika. Notre fille est morte en 1916 », avait dit Jacob. Et la discussion avait été close.

Son mari était devenu dur, si bien que Monika n'aborda plus le sujet avec lui et se contenta de ses visites à sa fille. Il en fut de même pour Beata. Elle avait perdu tout espoir de revoir les autres membres de sa famille un jour, mais elle était si heureuse d'avoir renoué avec sa mère que cela lui suffisait.

Monika lui apporta des photographies, et elle constata que Brigitte était toujours très belle. Sa mère lui expliqua qu'elle était revenue vivre à la maison avec ses enfants, mais qu'elle se faisait du souci pour elle. Brigitte sortait tard le soir, traînait au lit toute la journée, buvait trop et ne s'intéressait pas à ses enfants. Tout ce qu'elle voulait, c'était un nouveau mari, mais la plupart des hommes qu'elle fréquentait étaient déjà mariés. Quant à Horst et Ulm, ils allaient bien, sauf qu'un des enfants d'Ulm était une petite fille fragile et souvent malade qui avait des problèmes de cœur, et Monika s'inquiétait à son sujet. Au fil des visites et des années, elle s'attacha de plus en plus à ses petites-filles. Amadea trouvait sa grand-mère intéressante et intelligente, mais elle n'avait jamais réussi à lui pardonner d'avoir laissé Jacob bannir leur mère et conservait envers elle une certaine retenue. Daphné, en revanche, était trop jeune pour se poser des questions et aimait sans réserve sa grand-mère. Comme elle ne gardait aucun souvenir de son père, son univers était entièrement féminin et elle était ravie d'avoir une grand-mère, en plus d'une mère et d'une sœur. Il en était de même pour Beata. Depuis la mort d'Antoine – et bien qu'elle fût encore très belle – elle n'avait plus jamais regardé aucun homme. Les souvenirs des années passées à ses côtés lui suffisaient pour lui tenir compagnie jusqu'à la fin de sa vie, et elle ne désirait personne d'autre. En 1935, deux ans après le début des visites de Monika, les deux femmes – à quarante et soixante-cinq ans – étaient devenues une source de réconfort l'une pour l'autre. Le monde avait commencé à devenir effrayant, même si elles n'avaient pas encore été touchées.

Amadea s'indignait de la montée de l'antisémitisme en Allemagne. Les Juifs avaient été bannis du Front du travail allemand et de l'armée et n'avaient plus accès à l'assistance sociale ni aux études de droit. Pour Beata, tous ces signes laissaient présager le pire. Même les artistes et les acteurs avaient dû rejoindre des syndicats spéciaux et trouvaient rarement du travail. Les temps qu'ils vivaient étaient de plus en plus inquiétants.

Monika en parla à Beata, un après-midi qu'elles étaient seules, avant que les filles ne rentrent de l'école. Elle s'inquiétait au sujet de ses papiers d'identité et de ceux des enfants, car même si Beata était catholique depuis dix-neuf ans, il n'en restait pas moins qu'elle était née juive et que ses filles l'étaient donc à moitié. Elle craignait qu'elles n'aient des problèmes si la situation empirait. Cela faisait deux ans que les Juifs les plus pauvres et ceux sans pouvoir ni relations étaient envoyés dans des camps de travail. Pourtant Jacob lui certifiait qu'ils ne risquaient rien : les nazis ne déportaient que les « marginaux », du moins ceux qu'ils considéraient comme tels, à savoir les repris de justice, les criminels, les vagabonds, les gitans, les chômeurs, les fauteurs de troubles, les communistes, les radicaux et tous ceux qui ne subvenaient pas à leurs besoins. Toutefois, il arrivait de temps à autre qu'une de leurs connaissances fît partie du lot. Monika avait une femme de ménage dont le frère avait été envoyé au camp de Dachau, avec toute sa famille, mais c'était un activiste politique qui avait fait imprimer des affiches antinazies, et il avait ainsi attiré le malheur sur lui et les siens. Malgré tout, Monika était extrêmement inquiète. Les Juifs étaient progressivement exclus de la société active, isolés et gênés dans ce qu'ils faisaient. Si la situation empirait, elle ne voulait pas qu'il arrivât quoi que ce soit à Beata et aux filles. Cette dernière se faisait les mêmes réflexions que sa mère. Si des problèmes survenaient, il n'y aurait personne pour les protéger ni aucun endroit où fuir.

— Je ne crois pas que les nazis s'en prendront à des gens comme nous, maman, répondit Beata d'un ton calme.

Elle savait que sa mère s'inquiétait aussi beaucoup de sa maigreur. Bien qu'elle eût toujours été mince, elle était devenue presque fantomatique depuis quelques années, et sans maquillage son visage était d'une pâleur impressionnante. Elle ne portait que du noir depuis la mort d'Antoine, ce qui lui donnait presque une apparence de vieille femme. Elle s'était fermée au monde et n'avait plus que ses enfants – et sa mère à présent.

— Et les papiers des enfants ? s'enquit Monika, anxieuse.

— Elles n'en ont pas vraiment. Elles ne possèdent que leurs certificats de scolarité avec le nom de « Vallerand ». Elles sont nées catholiques, je suis catholique, et les gens de la paroisse nous connaissent bien. Je ne crois pas que quiconque se doute que je n'ai pas toujours été catholique. De plus, comme nous sommes arrivées de Suisse, je pense que les gens nous croient suisses. Même mon certificat de mariage indique qu'Antoine et moi étions catholiques au moment de nous marier. Mon passeport est périmé depuis des années, et les filles n'en ont jamais eu. Amadea n'était qu'un bébé quand nous sommes revenus en Allemagne, et elle a été inscrite sur le mien. Personne ne prêtera attention à une veuve avec deux enfants qui porte un nom de vieille noblesse française. Partout je suis la comtesse de Vallerand, et je crois que nous serons en sécurité tant que nous n'attirerons pas l'attention sur nous. À vrai dire, je m'inquiète davantage pour toi et toute la famille.

Tout Cologne connaissait les Wittgenstein et savait qu'ils étaient juifs. Le fait qu'ils aient banni et déclaré officiellement Beata morte vingt ans plus tôt pourrait la protéger d'une certaine manière et c'était bien la première fois que sa mère en était reconnaissante à Jacob. Il en allait différemment pour le reste de la famille, ce qui était à la fois bon et mauvais. Les Wittgenstein supposaient que les nazis ne s'en prendraient pas à une famille aussi respectable que la leur. Comme beaucoup, ils étaient convaincus qu'ils ne s'attaquaient qu'aux petites gens, aux maillons faibles de la société, comme disait Jacob. Mais l'antisémitisme était présent tous les jours, et ses fils avaient avoué leur inquiétude. Horst et Ulm travaillaient tous les deux à la banque de leur père qui, à soixante-dix ans, songeait à prendre sa retraite. Sur les photographies que lui avait apportées sa mère, Beata l'avait trouvé distingué mais fatigué et craignait que la déception qu'elle avait été pour lui n'ait accentué ce vieillissement prématuré ; contrairement à sa mère, son père faisait plus vieux que son âge. Amadea, pour sa part, refusait de regarder la moindre photographie de son grand-père, et il faisait peur à la petite Daphné – à l'inverse de sa grand-mère.

Monika leur apportait toujours des petits cadeaux, pour leur plus grand bonheur. Au fil des ans, elle avait offert à Beata plusieurs de ses bijoux, mais rien d'important par peur que Jacob ne s'en aperçût. Elle prétextait les avoir perdus, et Jacob la grondait pour sa négligence. Toutefois, comme lui aussi devenait de plus en plus distrait, il ne la réprimandait plus autant qu'avant. Tous deux se faisaient vieux.

La seule chose qui préoccupait Beata au sujet de leurs origines juives était le désir d'Amadea d'entrer à l'université. Sa fille rêvait d'étudier la philosophie, la psychologie et la littérature, comme elle-même l'avait désiré avant que son père ne le lui interdise. Maintenant, c'étaient les nazis qui l'interdisaient à Amadea. Elle savait que si sa fille essayait d'entrer à l'université, les nazis découvriraient qu'elle était à demi juive, et le risque était trop grand à ses yeux. Amadea aurait à produire non seulement son certificat de naissance

– qui ne représentait aucun danger puisqu'il indiquait que ses deux parents étaient catholiques au moment de sa naissance en Suisse – mais également les papiers sur les origines raciales de ses parents. Si cela ne posait pas de problème pour Antoine, il n'en était pas de même pour Beata puisque ses origines juives risquaient d'apparaître et elle ne voulait pas que cela arrive. Elle se montra donc intransigeante et interdit à Amadea d'aller à l'université, sans jamais lui dire pourquoi. Tout cela était trop dangereux pour elles trois, et elle ne voulait prendre aucun risque. Car même en n'étant qu'à moitié juive, Amadea s'exposerait à de graves ennuis. Beata argua qu'en ces temps troublés, l'université n'était pas un lieu sûr, en particulier pour une femme, car elle abritait des radicaux, des communistes et toutes sortes de gens qui créaient des ennuis et se faisaient envoyer en camp de travail, sans compter qu'elle risquait de se faire prendre dans une émeute.

— C'est ridicule, maman ! Je ne suis pas communiste, je veux simplement étudier. Personne ne va m'envoyer en camp de travail !

Comment sa mère pouvait-elle être aussi stupide ? Son attitude lui rappelait celle de son grand-père.

— Bien sûr que non, je le sais, mais je ne veux pas que tu te retrouves avec ce genre d'individus, répliqua Beata d'un ton ferme. Si aller à l'université est vraiment ce que tu désires, alors tu peux patienter quelques années, le temps que les choses se calment. Pour le moment, il y a bien trop d'agitation en Allemagne, et je refuse que tu te mettes en danger, même de façon indirecte.

Elle ne voulait rien dire à ses filles sur ses origines ; cela ne regardait personne, pas même elles. Amadea et Daphné n'avaient pas besoin de savoir qu'elles étaient à demi juives, et elle considérait que, moins il y avait de gens au courant, plus elles étaient en sécurité. Personne dans leur entourage ne savait qu'elle était juive, et l'isolement dans lequel l'avait placée sa famille avait permis de maintenir le secret. En outre, ses filles et elle-même n'avaient aucun des traits physiques stéréotypés que les gens attribuaient aux Juifs, surtout Amadea avec ses cheveux blonds et ses yeux bleus. Même Daphné et elle, en dépit de leurs cheveux noirs, ressemblaient à l'idée qu'on se faisait des chrétiens, avec leurs yeux bleus et leurs traits fins et délicats.

Cela faisait des mois qu'Amadea affrontait sa mère sur la question de l'université, mais Beata restait sur ses positions, au grand soulagement de Monika qui se faisait déjà suffisamment de souci pour ses autres enfants – juifs, aux yeux de tous – pour ne pas avoir en plus à s'en faire pour Beata et ses filles. Sans Antoine, Beata n'avait personne pour les protéger et prendre soin d'elles. Elle savait qu'elles étaient seules au monde. Antoine et elle avaient été coupés de leurs familles des années plus tôt et, à la mort de ce dernier, elle s'était fermée au monde et avait vécu en recluse. Elle n'avait aucune attache, hormis ses filles et les Daubigny, qu'elle voyait rarement. Elle menait une vie très solitaire, et le conflit qui l'opposait à Amadea à propos de l'université revêtait une importance considérable. Mère et fille se livraient bataille en s'opposant avec violence, mais Beata ne cédait pas, et Amadea n'avait aucun moyen de désobéir à sa mère, dans la mesure où c'était elle qui finançait ses études. Beata lui avait proposé d'étudier à la maison, le temps que les choses se calment. Amadea finirait le lycée en juin, deux mois après son dix-huitième anniversaire. La petite Daphné, quant à elle, avait encore plusieurs années de scolarité devant elle. Elle allait fêter ses dix ans et était toujours considérée comme un bébé par sa mère et sa sœur. Elle détestait les entendre se disputer et s'en plaignait souvent auprès de sa mamie adorée. Daphné la trouvait très belle et raffolait de ses bijoux et de ses tenues élégantes. Sa grand-mère la laissait toujours fouiller dans son sac à main et jouer avec les trésors qu'il recelait, comme du rouge à lèvres ou de la poudre, et lui permettait de porter ses bijoux et d'essayer ses chapeaux. Elle était toujours élégante, contrairement à sa mère qui se laissait aller et dont elle détestait les sempiternelles robes noires.

L'anniversaire d'Amadea approchait quand Monika ne vint pas deux semaines de suite. La première fois, elle appela pour prévenir Beata qu'elle ne se sentait pas bien, mais ne se manifesta pas la seconde fois. Folle d'inquiétude, Beata se décida enfin à appeler. Une voix qu'elle ne connaissait pas lui répondit ; c'était une des bonnes. Après être partie se renseigner, celle-ci lui annonça finalement que madame Wittgenstein était trop malade pour venir prendre le téléphone. Beata passa la semaine suivante dans l'angoisse et fut immensément soulagée lorsque sa mère revint la semaine d'après. Mais Monika semblait très malade, elle avait le teint grisâtre et était d'une pâleur cadavérique ; elle marchait avec difficulté et semblait avoir du mal à respirer. Beata lui prit le bras pour aller au salon et l'aider à s'asseoir. Monika respira avec peine pendant un moment, puis parut se sentir mieux après une tasse de thé.

— Qu'avez-vous, maman ? Que vous a dit le médecin ? s'enquit Beata, au comble de l'anxiété.

— Ce n'est rien, répondit Monika en s'efforçant de sourire. J'ai eu la même chose il y a quelques années, mais ça a fini par passer. C'est mon cœur, je crois. La vieillesse, sans doute. La machine est usée.

Soixante-cinq ans ne semblait pas vieux à Beata, mais sa mère était livide et paraissait malade. Si les choses avaient été différentes, elle en aurait parlé à son père. Sa mère lui précisa que ce dernier aussi était inquiet et qu'elle retournait voir le médecin le lendemain pour des examens complémentaires. Elle lui confia ne pas être inquiète, juste ennuyée, mais Beata trouva qu'elle avait l'air plus qu'ennuyée. Quand sa mère partit, elle l'accompagna dans la rue pour s'assurer qu'elle ne tomberait pas et fit signe à un taxi pour elle. Monika prenait toujours un taxi pour venir la voir, afin que leur chauffeur ne pût rien dire à Jacob. Elle ne faisait confiance à personne de peur qu'il ne lui interdise de revenir s'il découvrait la vérité. Jacob aurait été furieux contre elle ; il lui avait défendu de revoir Beata et entendait être obéi par sa femme et ses enfants.

— Maman, promettez-moi que vous irez voir le docteur demain, fit Beata avec anxiété avant que sa mère ne monte dans son taxi. Ne faites surtout pas la bêtise d'annuler votre rendez-vous.

Elle connaissait sa mère.

— Bien sûr que non.

Monika lui sourit, et elle fut soulagée de voir que sa mère avait moins de mal à respirer qu'à son arrivée. Avant que leur grand-mère parte, Daphné lui avait donné un énorme baiser et Amadea l'avait rapidement embrassée. Monika regarda longuement sa fille avant de monter dans le véhicule.

— Je t'aime, Beata. Sois prudente et fais attention à toi. Je m'inquiète tant pour vous, dit-elle, les larmes aux yeux.

Elle était révoltée que Beata ait été bannie depuis dix-neuf ans, telle une criminelle qu'il fallait punir pour un crime impardonnable. À ses yeux, si on s'aimait, on devait pardonner. Sa fille semblait toujours si triste. Elle ne s'était jamais remise de la mort d'Antoine.

— Ne vous inquiétez pas, maman. Tout ira bien. Prenez soin de vous, dit-elle en la serrant une fois encore dans ses bras. Et rappelez-vous que je vous aime très fort. Merci d'être venue.

Beata était toujours reconnaissante à sa mère de ses visites, surtout celle-ci, étant donné son état de santé.

— Je t'aime, murmura Monika avant de lui glisser quelque chose dans la main.

Sa mère prit place dans le taxi avant qu'elle ait pu voir ce que c'était. Elle referma la portière et lui fit au revoir de la main, tandis que le véhicule s'éloignait. Elle regarda le taxi jusqu'à ce qu'il disparaisse, puis ouvrit la main. Monika lui avait donné la petite bague en diamant que sa propre mère avait portée toute sa vie et qui, dans leur famille, était transmise de mère en fille depuis des générations. Quand elle pensait aux mains de sa mère, Beata voyait toujours cette bague, et elle fut profondément émue en la glissant à côté de son alliance. Mais soudain, elle fut prise d'un frisson. Pourquoi sa mère lui avait-elle donné cette bague ? Était-elle plus malade qu'elle ne l'avait cru ? Peut-être était-elle simplement inquiète – elle lui avait dit qu'elle avait déjà eu ce problème auparavant et que c'était passé. Toute la nuit, Beata fut tourmentée.

En se levant le lendemain matin, elle décida, sur une impulsion, d'appeler sa mère pour s'assurer qu'elle allait bien et qu'elle comptait toujours se rendre chez le médecin ; elle ne lui faisait pas entièrement confiance, sachant à quel point elle détestait les médecins. Elle appréhendait toujours d'appeler chez ses parents, mais elle savait que son père serait au bureau. De plus, après dix-neuf ans, il n'y avait plus de domestiques pour reconnaître sa voix.

Elle composa le numéro avec nervosité et remarqua que ses mains tremblaient : appeler là-bas la troublait toujours. Cette fois-ci, ce fut une voix d'homme qui lui répondit. Elle présuma qu'il s'agissait du maître d'hôtel et demanda sa mère sur un ton professionnel. Il y eut un long silence à l'autre bout de la ligne, puis l'homme voulut savoir qui la demandait. Beata donna le nom d'Amadea, comme elle l'avait déjà fait auparavant.

— J'ai le regret de vous informer, madame, que madame Wittgenstein se trouve à l'hôpital. Elle a perdu connaissance cette nuit.

— Oh mon Dieu ! Comment va-t-elle ? Où l'a-t-on emmenée ? demanda Beata, complètement affolée.

Le maître d'hôtel lui communiqua le nom de l'hôpital, mais uniquement parce que son interlocutrice semblait très émue et qu'il pensait qu'elle voudrait envoyer des fleurs.

— Madame ne reçoit de visites que de la famille, précisa-t-il néanmoins, pour la dissuader de se rendre à l'hôpital.

— Cela va de soi.

Quelques minutes plus tard, elle reposa le combiné et resta assise près du téléphone, les yeux dans le vide. Elle ignorait comment faire, mais elle devait voir sa mère à tout prix. Et si elle venait à mourir ? Son père ne pouvait pas lui interdire de voir sa mère quand elle était à l'article de la mort. C'était impossible. Elle ne prit même pas la peine de s'habiller correctement. Elle enfila son manteau noir par-dessus la robe noire qu'elle portait, s'enfonça un chapeau sur la tête et attrapa son sac à main avant de se précipiter dehors. Quelques minutes plus tard, elle était dans un taxi, en route pour l'hôpital. Durant tout le trajet, elle joua machinalement avec la bague que lui avait donnée sa mère la veille, remerciant le ciel de l'avoir vue ce jour-là et priant pour qu'elle se rétablisse.

Quand elle arriva à l'hôpital, une infirmière à l'accueil lui indiqua l'étage et le numéro de la chambre de Monika. Sa mère était dans le meilleur hôpital de Cologne. Les couloirs étaient remplis d'infirmières, de médecins et de gens distingués, et Beata se rendit compte qu'elle était loin d'être élégante dans ses vêtements dépareillés, mais elle s'en moquait. Tout ce qu'elle voulait, c'était voir sa mère, être à ses côtés. En sortant de l'ascenseur, elle prit le premier couloir, et c'est là qu'elle vit ses deux frères, sa sœur et son père, tous debout devant la porte. Deux femmes qu'elle ne connaissait pas étaient avec eux, et elle présuma qu'il s'agissait de ses belles-sœurs. Le cœur battant, elle s'approcha du groupe. Elle était à moins d'un mètre lorsque Brigitte se retourna et la fixa avec stupéfaction. Sa sœur ne dit rien, mais les autres remarquèrent son expression, et tous se tournèrent un à un vers elle. Jacob la regarda droit dans les yeux sans un mot et sans faire le moindre geste vers elle.

— Je suis venue voir maman, déclara-t-elle d'une voix d'enfant terrifiée.

Elle aurait voulu se blottir dans ses bras et qu'il la serre contre lui. Elle aurait voulu implorer son pardon. Mais son père resta de marbre. Le reste de la famille était cloué dans le silence et la regardait.

— Tu es morte, Beata, dit Jacob en la regardant froidement. Et ta mère est en train de mourir.

Il avait les larmes aux yeux en lui parlant, mais pour sa femme, pas pour elle.

— Je veux la voir.

— Les morts ne rendent pas visite aux mourants. Nous avons fait Chiva pour toi.

— Je suis désolée. Profondément désolée. Mais vous ne pouvez pas m'empêcher de la voir, dit-elle d'une voix étranglée.

— Je le peux et je vais le faire. Le choc de te voir la tuerait.

Beata se rendit compte combien elle devait avoir l'air pathétique dans sa vieille robe et son manteau, avec son chapeau de travers. Elle n'avait pensé qu'à une seule chose, se rendre le plus vite possible à l'hôpital, et non aux apparences. Elle pouvait lire la pitié sur les visages de ses frères et sœur, et même sur ceux des deux femmes qui les accompagnaient. Elle ressemblait à ce qu'elle était devenue, une marginale, une paria. Jacob ne lui demanda pas comment elle savait que sa mère était à l'hôpital. Cela ne l'intéressait pas. Pour lui, celle qui avait été sa fille était morte, et la femme qui se tenait devant lui n'était qu'une étrangère dont il ne voulait rien savoir.

— Vous n'avez pas le droit de faire ça, papa. Il faut que je la voie.

Elle était en larmes, mais le visage de son père resta froid, comme le jour où elle les avait quittés.

— Tu aurais dû y penser il y a dix-neuf ans. Si tu ne t'en vas pas sur-le-champ, je te fais jeter dehors. Nous ne voulons pas de toi. Et ta mère non plus. Tu n'as aucun droit d'être ici.

— C'est ma mère, répliqua Beata en sanglots.

— C'était ta mère. Tu n'es plus rien pour elle aujourd'hui.

Beata savait au moins que c'était faux. Ses deux années de visites hebdomadaires en étaient la preuve, et elle rendait grâce au ciel que ces moments aient eu lieu et que sa mère ait pu connaître et aimer ses filles, et elles leur grand-mère.

— Ce que vous faites est très mal, papa. Maman ne vous le pardonnera jamais. Et moi non plus.

Cette fois-ci, elle savait que le pardon serait impossible. Ce qu'il faisait était trop cruel.

— C'est ce que toi tu as fait qui était mal. Je ne te l'ai jamais pardonné, rétorqua-t-il sans le moindre remords.

— Je vous aime, articula-t-elle doucement.

Puis elle regarda les autres. Aucun n'avait bougé ni prononcé un seul mot. Ulm était de dos et Brigitte pleurait en silence, mais sans pour autant lui tendre la main. Aucun d'entre eux n'avait tenté de convaincre leur père de la laisser voir leur mère. Ils avaient trop peur.

— J'aime maman, comme je vous aime. Je n'ai jamais cessé de vous aimer. Et maman m'aime aussi, autant que je l'aime, dit-elle avec véhémence.

— Va-t'en !

Son père lui avait craché les mots au visage, comme s'il la haïssait de faire appel à son cœur.

— Allez ! hurla-t-il en pointant le doigt dans la direction d'où elle était arrivée. Pour nous, tu es morte, et tu le resteras à jamais.

Beata demeura un long moment à fixer son père, tremblant de la tête aux pieds, mais le défiant une fois encore. La première fois, elle l'avait fait pour Antoine, à présent elle le faisait pour sa mère. Elle était la seule à en être capable, même si elle savait que son père ne l'autoriserait jamais à pénétrer dans la chambre. À présent, elle n'avait plus d'autre choix que de partir, avant qu'il ne la fasse jeter dehors. Elle lança un dernier regard à son père, puis fit demi-tour et remonta lentement le couloir, la tête basse. Au bout du couloir, elle se retourna pour les voir une dernière fois, mais ils avaient disparu ; ils étaient entrés dans la chambre de sa mère, sans elle.

Elle pleura dans l'ascenseur et tout le long du chemin jusqu'à chez elle. Elle appela l'hôpital toutes les heures pour s'informer de l'état de sa mère, et à quatre heures, on lui apprit qu'elle était morte. Elle raccrocha, les yeux dans le vide. C'était fini. Le dernier lien avec sa famille venait d'être rompu. Sa mère qu'elle aimait tant était partie. Elle entendait encore résonner sa voix dans ses oreilles.

« Je t'aime, Beata », lui avait-elle dit la veille.

Beata l'avait serrée fort dans ses bras en lui murmurant « Je t'aime aussi, maman ». Et elle savait que c'était pour toujours.

10

Le jour suivant, Beata assista aux funérailles de sa mère, de loin. Elle portait un manteau de fourrure, une belle robe noire et un superbe chapeau noir qu'Antoine lui avait offert peu de temps avant sa mort. Elle savait que sa mère aurait été fière d'elle. La bague en diamant était à son doigt et jamais plus elle ne l'enlèverait.

Elle se tenait immobile, écoutant les prières et priant. Conformément à la tradition juive, Monika était enterrée le lendemain de sa mort. Beata suivit le cortège au cimetière en restant à distance. Personne ne savait qu'elle était là ; elle était comme un fantôme, les observant verser chacun leur tour une pelletée de terre sur le cercueil. Quand ils furent tous partis, elle alla s'agenouiller près de la tombe et déposa un petit caillou à côté en signe de respect, comme le voulait la tradition. Elle était en train de se recueillir quand elle s'entendit réciter le Notre Père ; mais elle savait que sa mère ne lui en aurait pas voulu. Elle resta là un long moment, puis retourna chez elle, se sentant morte à l'intérieur. Aussi morte que son père l'avait déclaré.

Quand elle rentra, Amadea regarda sa mère avec tristesse et la prit dans ses bras.

— Je suis désolée, maman, fit-elle en l'étreignant.

Beata avait annoncé la nouvelle à ses filles la veille, et elles avaient beaucoup pleuré. Chacune à leur façon, elles avaient aimé leur grand-mère, bien qu'elles aient toujours eu des sentiments ambivalents, surtout Amadea, quant à la façon dont leurs grands-parents avaient traité leur mère ; elles estimaient qu'ils avaient tous les deux mal agi. Beata leur donnait raison, mais elle aimait sa mère malgré tout. Et même son père. Ils étaient et restaient ses parents.

Ce soir-là, elle se coucha tôt. Allongée dans son lit, elle repensa à tous les événements de sa vie et à ses premières années avec Antoine. Beaucoup de choses s'étaient passées, mais malgré les difficultés, c'était une vie qui en avait valu la peine, même si elle avait payé son amour au prix fort. La perte de sa mère venait de lui rappeler qu'elle n'avait plus personne sur terre, à part ses deux filles – son père avait été très clair à ce sujet. Amadea et Daphné étaient tout pour elle, elle n'avait rien d'autre.

Ce fut un mois plus tard, en juin, qu'Amadea lui annonça la nouvelle qui lui brisa le cœur. Elle allait perdre sa fille comme elle avait perdu sa mère, même si Amadea restait en vie.

— Maman, je vais entrer au couvent, annonça la jeune fille d'un ton calme le matin de son dernier jour de classe.

Rien n'avait préparé Beata à cette annonce. Abasourdie, elle regarda sa fille, mais Amadea était calme et posée. Cela faisait des mois qu'elle attendait d'annoncer sa décision à sa mère, et sa certitude s'était renforcée de jour en jour. Son choix n'avait rien de hâtif ni de léger.

— Non, tu n'iras pas, rétorqua Beata d'un ton sans appel. Je ne te laisserai pas faire ça.

Elle avait l'impression d'entendre son père, mais elle refusait de laisser une telle chose se produire. Même Antoine qui avait été un fervent catholique ne l'aurait pas approuvée.

— Tu ne m'en empêcheras pas, répliqua la jeune fille.

Pour la première fois, sa voix était celle d'une adulte, ferme et assurée. Elle s'était posé trop de questions avant de prendre sa décision pour avoir à présent le moindre doute… Elle avait la vocation, et personne ne ferait vaciller sa foi, pas même sa mère bien-aimée. Il ne s'agissait plus d'une querelle liée à l'université ; elle savait ce qu'elle voulait et y parviendrait. Le ton d'Amadea fit peur à Beata, de même que la lueur qu'elle avait dans le regard.

— Ton père n'aurait pas voulu ça, argua-t-elle, espérant influencer sa fille en invoquant son père.

— Tu n'en sais rien. Et je te rappelle que tu as tout abandonné pour l'épouser, parce que tu croyais en ce que tu faisais. Moi, je crois en ma vocation.

Amadea avait enfin trouvé ce qu'elle cherchait, et après des mois de discussions avec le prêtre, sa certitude était absolue. Beata le lisait sur son visage.

— Dieu du ciel, Amadea ! s'exclama-t-elle en se laissant tomber sur une chaise et en regardant sa fille. Tu es trop jeune pour en être sûre. Tu t'ennuies et ce projet te paraît romantique.

Beata savait aussi qu'Edith Stein était son modèle, et que celle-ci était au couvent depuis deux ans.

— Tu ne sais pas de quoi tu parles, répondit Amadea avec calme. Je vais entrer au Carmel, j'en ai déjà discuté avec les religieuses. Tu ne pourras pas m'en empêcher, maman.

Sa fille répétait ce qu'elle lui avait déjà dit, mais ce n'était pas le discours d'une enfant faisant un caprice, c'était celui d'une femme ayant un but sacré.

— C'est un ordre religieux cloîtré, tu vas vivre comme une prisonnière jusqu'à la fin de ta vie, isolée du reste du monde. Tu es une belle jeune fille, Amadea, tu pourrais te marier et avoir des enfants.

— Je veux être religieuse, répéta cette dernière.

Un frisson parcourut Beata, soulagée que Daphné fût chez une amie et n'assistât pas à la discussion.

— Tu veux faire comme Edith Stein, mais elle avait quarante-deux ans lorsqu'elle est entrée dans les ordres. Elle avait vécu sa vie, elle savait ce qu'elle faisait. Pas toi. Tu es trop jeune pour prendre une telle décision.

— Je vais avoir largement le temps d'y réfléchir, dit Amadea avec bon sens. Il faut huit ans avant de prononcer ses vœux perpétuels. Maman, c'est la vie que j'ai choisie.

Elle n'avait pas quitté sa mère des yeux, et elle la regardait avec une détermination tranquille, ce qui terrifia Beata.

— Pourquoi ? Pourquoi ? gémit-elle, le visage ruisselant de larmes. Tu es jeune et belle, tu as toute la vie devant toi. Pourquoi veux-tu faire ça ?

— Je veux servir Dieu, et c'est le meilleur moyen que je connaisse. Je crois que c'est ce qu'Il veut. Je veux être unie au Christ comme tu l'as été à papa. C'est Lui que je veux. Maman, tu es croyante, tu vas à l'église, pourquoi ne comprends-tu pas ?

Sa fille semblait blessée qu'elle ne se réjouisse pas pour elle, et la situation lui rappela sa propre mère quand elle lui avait parlé d'Antoine. Monika s'était sentie trahie par sa fille, tout comme elle à présent. Beata se donnait l'impression d'être devenue aussi dure et intraitable que son père, mais bien qu'elle ne voulût pas être comme lui, elle ne voulait pas non plus qu'Amadea entre au couvent. À ses yeux, c'était une aberration.

— J'admire ta dévotion, dit-elle avec calme, mais c'est une vie difficile qui t'attend. Je veux mieux pour toi : un homme qui prenne soin de toi, des enfants qui t'aiment.

Soudain, elle pensa à Daphné.

— Qu'allons-nous devenir sans toi, ta sœur et moi ?

— Je prierai pour vous. Et c'est bien plus que tout ce que je pourrais faire en restant ici. Je serai bien plus utile en priant pour le monde qu'en regardant les choses horribles que les gens font pour se détruire les uns les autres et l'incroyable méchanceté de l'homme envers son prochain.

Depuis le début, sa fille était profondément affectée par les injustices perpétrées contre les Juifs. Cela allait à l'encontre de toutes les convictions auxquelles elle était attachée et Beata l'admirait pour cela. Mais elle n'acceptait pas ce gâchis terrible qu'elle allait faire de sa vie en devenant carmélite, enfermée dans un couvent comme une prisonnière.

— Vas-tu au moins y réfléchir, maman ? poursuivit Amadea. S'il te plaît ? C'est ce que je veux... Tu ne pourras pas m'en empêcher, mais je voudrais ta bénédiction.

Beata se souvint d'avoir demandé la même chose à ses parents avant d'épouser Antoine. À présent, sa fille lui demandait sa bénédiction pour suivre le Christ. C'était une décision terrible à prendre.

— Je t'aime, ajouta Amadea d'une voix douce en prenant sa mère dans ses bras.

— Comment est-ce arrivé ? Quand as-tu pris ta décision ? soupira Beata en pleurant.

— J'en ai parlé avec la sœur de Gretchen avant qu'elle prononce ses vœux. J'ai toujours pensé que j'avais la vocation, mais je n'en étais pas certaine. J'en ai aussi discuté avec le prêtre pendant des mois, et maintenant je sais que c'est la meilleure chose pour moi, maman. J'en suis sûre.

Amadea était radieuse en prononçant ces paroles, et le cœur de Beata se serra d'autant plus.

— Comment peux-tu en être sûre ?

— Je le suis, c'est tout. J'en suis convaincue.

La sérénité se lisait dans son regard, comme dans celui d'une sainte, mais Beata n'arrivait pas à se réjouir pour elle. À ses yeux, tout cela était un gâchis terrible et tragique. Pour Amadea, c'était au contraire un cadeau, la seule chose qu'elle désirait, avec la bénédiction de sa mère.

— Quand comptes-tu entrer au couvent ? demanda Beata, qui pensait avoir du temps devant elle pour la dissuader – un an, peut-être.

— La semaine prochaine. Je viens de finir le lycée, et je n'ai aucune raison d'attendre plus longtemps.

— Daphné est-elle au courant ? demanda Beata, qui savait que ses filles étaient proches, même si Daphné n'avait que dix ans.

Amadea secoua la tête.

— Je voulais que tu sois la première avertie. J'espérais que tu serais heureuse pour moi, une fois que tu te serais faite à l'idée.

La scène rappelait à Beata ce qu'elle avait vécu avec ses parents lorsqu'elle avait choisi de suivre Antoine. Même les mots qu'Amadea utilisait étaient semblables aux siens, à la seule différence qu'elle n'était pas en train de menacer sa fille, contrairement à son père. Tout comme elle à l'époque, Amadea demandait à sa mère de réfléchir. Jadis, ses parents avaient estimé que la voie qu'elle avait choisie était trop dure, et c'était exactement ce qu'elle pensait du choix d'Amadea. Le passé faisait écho au présent. L'histoire se répétait, comme une chaîne sans fin.

Cette nuit-là, Beata resta éveillée dans son lit, assaillie par les échos du passé, revivant les terribles disputes avec ses parents, puis le jour atroce de son départ pour la Suisse et le moment de son arrivée ; alors seulement, tout avait été merveilleux. Merveilleux pour elle. C'était là l'argument essentiel, le seul valable : que chaque individu suive sa destinée, quelle qu'elle fût. Pour elle, cela avait été Antoine. Peut-être était-ce l'Église, pour Amadea ? Mais pourquoi, par quelle terrible intuition avait-il fallu qu'ils la prénomment ainsi ? « Aimée de Dieu ». Beata aurait voulu qu'Il ne l'aimât pas au point de l'appeler. Mais peut-être l'avait-il vraiment fait, après tout. Qu'en savait-elle ? Qui était-elle pour en juger ? De quel droit se permettait-elle d'essayer de changer le destin de sa fille et de prendre les décisions à sa place ? Elle n'en avait pas plus le droit que son père ne l'avait eu à l'époque. Peut-être qu'aimer signifiait accepter de sacrifier les rêves que l'on avait pour ses enfants, afin de les laisser suivre les leurs ? Au petit matin, elle comprit qu'elle n'avait pas le droit de s'opposer à Amadea si sa décision était prise. Et si elle se trompait, elle le découvrirait par elle-même. Amadea avait huit ans devant elle pour changer d'avis, même si Beata savait qu'elle ne le ferait pas. Ses parents aussi avaient dû penser qu'elle finirait par quitter Antoine, mais ils avaient été heureux ensemble. Antoine avait été sa destinée, et l'Église était celle d'Amadea. Elle n'aurait jamais cru avoir une fille religieuse, et Antoine non plus. Mais elle pressentait que, comme elle, il l'aurait laissée faire. De quel droit auraient-ils agi autrement ?

Elle avait le visage ravagé en se rendant dans la chambre d'Amadea. Avant même que sa mère parle, celle-ci comprit qu'elle avait gagné et retint son souffle.

— Je ne m'opposerai pas à ta décision, parce que je veux que tu sois heureuse, fit Beata le cœur brisé mais les yeux remplis d'amour pour sa fille. Je ne veux pas t'infliger ce que mes parents m'ont fait. Tu as ma bénédiction, Amadea, parce que je t'aime et que je veux ton bonheur, quel qu'il soit.

Pour Beata, c'était à la fois le cadeau et le sacrifice ultimes, mais cette dernière partie – la plus pénible – était ce qu'être parent impliquait aussi, elle le comprenait à présent. Les décisions les plus importantes n'étaient jamais faciles à prendre, mais c'était précisément ce qui leur donnait leur valeur.

— Merci, maman… Merci… Merci !

Les yeux d'Amadea brillaient de bonheur tandis qu'elle serrait sa mère dans ses bras. Mère et fille n'avaient jamais été aussi proches.

Annoncer la nouvelle à Daphné fut difficile. La fillette pleura beaucoup. Pas plus que sa mère elle ne voulait qu'Amadea les quitte.

— On ne te reverra plus jamais, gémit-elle. Gretchen ne voit presque jamais sa sœur. Et elle n'a même pas le droit de la toucher ou de l'embrasser.

Le cœur de Beata se serra.

— Mais si, tu verras, répondit Amadea. Tu auras le droit de venir deux fois par an, et je pourrai te toucher à travers une petite fenêtre. Et puis, on peut se faire plein de câlins maintenant, et on s'en souviendra pendant longtemps.

Amadea avait de la peine pour sa sœur, mais sa décision était irrévocable. Daphné fut inconsolable pendant toute la semaine qui suivit. Bien qu'elle fût triste de les quitter, Amadea semblait chaque jour plus heureuse, à mesure que son entrée au couvent approchait.

Dans l'espoir d'adoucir la peine de Daphné, Beata demanda à sa fille aînée de repousser son départ de quelques semaines, mais Amadea refusa.

— Cela ne ferait qu'empirer les choses, maman. Daphné va s'habituer. Et puis, elle t'a toi.

Mais c'était loin d'être la même chose, pensa Beata. Amadea était la joie de vivre de Daphné et le rayon de soleil de sa vie, comme de la sienne. Depuis la mort de son mari, elle était triste et déprimée et vivait la plupart du temps repliée sur elle-même.

— Cela te fera du bien à toi aussi. Tu pourras faire des choses avec elle, aller au cinéma, au parc ou encore au musée. Tu as besoin de t'aérer.

Amadea avait fait tout cela avec sa sœur, pendant des années. Beata était trop dépressive pour s'occuper d'elle et passait le plus clair de son temps dans sa chambre, si bien qu'elle n'était pas sûre d'être à la hauteur de la tâche qui serait la sienne dorénavant. Mais quelqu'un devait s'occuper de Daphné. Antoine était parti, sa mère aussi, et c'était maintenant Amadea qui les laissait. Beata avait la triste impression que sa fille serait comme morte, puisque Daphné et elle ne pourraient plus la voir tous les jours, ni la serrer dans leurs bras.

— Pourras-tu nous écrire ? demanda-t-elle à sa fille, prise de panique.

— Bien sûr, mais je risque d'être occupée. Je vous écrirai aussi souvent que possible.

C'était comme si Amadea partait en voyage pour le restant de ses jours, en voyage vers le paradis – ou du moins vers la première étape pour y accéder. Beata n'arrivait pas à y croire, et ne le voulait pas d'ailleurs. Elle était catholique pratiquante mais ne pouvait pas s'imaginer entrer dans les ordres. C'était une vie terriblement restreinte, et pourtant sa fille brûlait d'impatience de l'embrasser.

Le jour du départ, Beata et Daphné l'accompagnèrent au couvent. Elle portait une simple robe bleu marine et le chapeau qu'elle mettait pour l'église.

C'était une journée ensoleillée, mais Beata s'était rarement sentie aussi triste. Daphné pleura durant tout le trajet, tandis qu'Amadea lui tenait la main. Quand elles descendirent de la voiture, Beata contempla sa fille un long moment, la buvant du regard comme pour graver une dernière fois son image dans son cœur. Lorsqu'elle la reverrait, elle serait différente.

— Souviens-toi toujours que je t'aime, que tu comptes pour moi et que je suis fière de toi. Tu as été un cadeau de Dieu, Amadea. Sois heureuse et vis en paix. Et si ça ne te convient pas, tu as parfaitement le droit de changer d'avis. Personne ne te jugera.

Elle espérait secrètement que sa fille reviendrait sur sa décision.

— Merci, maman, répondit Amadea avec douceur.

Elle était certaine de ne jamais changer d'avis. Elle savait au plus profond de son âme qu'elle faisait le bon choix et n'éprouvait pas le moindre doute. Amadea prit sa mère dans ses bras et la serra fort, avec la certitude de savoir ce qu'elle faisait et sans regrets, comme Beata avec sa mère le jour où elle était partie retrouver Antoine.

— Que Dieu t'accompagne, murmura Amadea tandis qu'elle étreignait sa mère.

Des larmes coulèrent sur les joues de Beata en même temps qu'elle hochait la tête. On eût dit que c'était sa fille l'adulte, et pas elle.

— Qu'il t'accompagne aussi, murmura-t-elle alors qu'Amadea embrassait sa petite sœur en lui souriant.

Sa fille semblait triste de les quitter, mais il se dégageait d'elle un sentiment puissant de joie et de sérénité.

Amadea n'avait pas de valise et n'avait rien emporté, hormis les vêtements qu'elle portait et que les carmélites donneraient aux pauvres dès qu'elle les aurait enlevés. Elle ne devait prendre avec elle aucun effet personnel. À terme, elle ferait vœu de pauvreté, de chasteté et de silence, ce qui lui convenait parfaitement. Bien loin d'avoir peur, Amadea n'avait jamais été aussi heureuse, et ce bonheur se lisait sur son visage. C'était la même expression qu'avait eue Beata lorsqu'elle avait retrouvé Antoine sur le quai de la gare à Lausanne et que leur vie avait commencé. Pour Amadea aussi c'était un commencement, et non une fin comme le craignait sa mère.

La jeune fille était prête. Elle serra une dernière fois contre elle sa mère et sa sœur, puis sonna à la porte du couvent. Rapidement, une jeune religieuse ouvrit un petit judas, puis la porte, sans se montrer. Amadea passa la porte sans se retourner et, en l'espace d'un instant, disparut. Beata et Daphné se retrouvèrent seules sur le trottoir. Mère et fille se regardèrent puis se jetèrent dans les bras l'une de l'autre. Il ne restait plus qu'elles deux à présent : une veuve et une petite fille. Amadea allait vivre sa propre vie désormais, une vie qui serait loin, très loin d'elles.

11

À peine eut-elle passé la porte du couvent qu'Amadea fut conduite au vestiaire par la jeune religieuse qui lui avait ouvert. Elle ne prononça pas une parole, mais son sourire paisible et son regard chaleureux le firent pour elle, et Amadea trouva profondément apaisant le fait de ne pas avoir à parler. Elle se sentit aussitôt protégée et sut qu'elle était à sa place.

La religieuse l'examina, considéra sa silhouette mince et élancée et lui tendit une robe entièrement noire qui lui descendrait jusqu'aux chevilles, ainsi qu'un court voile en coton blanc qui couvrirait ses cheveux. Ce n'était pas l'habit de l'ordre mais Amadea savait qu'elle n'aurait pas le droit de le porter avant six mois, et uniquement si les sœurs estimaient qu'elle le méritait. À la fin de cette période, les religieuses les plus âgées voteraient pour en décider mais, comme le lui avait expliqué la mère supérieure lors de leur rencontre, cela pouvait durer beaucoup plus longtemps. En attendant, la tenue qu'elle porterait permettrait de savoir qu'elle était postulante. Quant au voile noir de l'ordre, elle ne le recevrait pas avant d'avoir prononcé ses vœux perpétuels, au bout de huit ans.

La religieuse la laissa seule pour qu'elle puisse changer de tenue, y compris de sous-vêtements. Elle avait également sorti pour elle une paire de sandales grossières, les seules chaussures qu'elle serait autorisée à porter dorénavant, les pieds nus. Les carmélites ne portaient pas de chaussures, en signe de pauvreté.

Elle s'habilla avec un sentiment de joie intense, comme si elle avait été en train de passer sa robe de mariage. Elle ressentait la même chose que sa mère à son mariage lorsque celle-ci avait porté sa robe blanche cousue dans des nappes en dentelle. C'était le début d'une nouvelle vie pour elle ; d'une certaine façon, c'était comme épouser le Christ, et les préparatifs du mariage dureraient huit ans. Elle avait déjà hâte d'y être.

La religieuse revint quelques minutes plus tard, et tout ce qu'avait porté Amadea en entrant disparut dans un panier destiné aux pauvres, y compris ses chaussures. Sa mère lui avait dit qu'elle garderait toutes ses affaires à la maison, au cas où elle changerait d'avis. Mais au-delà de ça, Beata les gardait comme on conservait les vêtements et les objets personnels d'un enfant décédé, par sentimentalité ou par incapacité à s'en séparer. Pour sa part, Amadea n'y attachait aucune importance, sa vie était ici à présent.

Une fois habillée, elle fut conduite à la chapelle pour prier avec les autres religieuses. Ensuite, il y eut un long silence au cours duquel les sœurs, comme chaque jour, firent leur examen de conscience en se repentant de leurs péchés, de leurs pensées peu charitables, de leurs jalousies, de leurs envies de nourriture, de famille ou de confort – toutes ces choses considérées comme importantes autrefois et dont elles avaient dû apprendre à se défaire. C'était un bon début pour Amadea qui se reprochait d'être davantage attachée à sa mère et à sa sœur qu'au Christ. Personne n'eut à lui expliquer le but de ce silence, elle s'était renseignée auparavant et elle l'utilisa à bon escient.

Pendant que la communauté déjeunait, Amadea fut conduite au bureau de la mère supérieure, elle ne devrait pas manger avant le soir, ce qui constituait son premier sacrifice. Il en allait de même pour la mère supérieure qui la recevait pour discuter avec elle.

— Tout se passe bien, mon enfant ? demanda-t-elle avec gentillesse après avoir salué Amadea d'un « La paix du Christ » que la jeune fille répéta avant de répondre.

— Oui, merci, ma mère.

— Nous sommes heureuses de vous avoir parmi nous.

La communauté s'était récemment beaucoup agrandie, expliqua la mère supérieure à Amadea. Les vocations ne manquaient pas, et l'arrivée d'Edith Stein deux ans plus tôt n'avait pas été pour les desservir. L'événement avait fait plus de bruit que la mère ne l'aurait voulu, mais il avait néanmoins permis d'éveiller des vocations. Edith Stein était devenue Thérèse Bénédicte de la Croix l'année précédente. Elle la croiserait certainement mais devait se rappeler qu'il était strictement interdit d'éprouver la moindre fascination ou admiration personnelle. Elles étaient une communauté de sœurs, pas des individualités avec leurs personnalités distinctes et leurs idées propres. Elles étaient là pour servir le Christ et prier pour le salut du monde, rien de plus, rien de moins, rappela la mère supérieure, et Amadea répondit qu'elle comprenait cela.

— Vous partagerez votre cellule avec trois autres sœurs. Nous observons un silence absolu, excepté aux repas et dans la salle de récréation, où vous pourrez parler de sujets concernant la communauté, et de rien d'autre. Vous n'aurez pas d'amies personnelles. Nous sommes toutes des amies du Christ.

Amadea acquiesça d'un signe de tête, intimidée.

La mère supérieure était une femme grande et mince, au regard pénétrant et au visage aimable. Il était impossible de deviner son âge, et cela aurait été impertinent d'essayer. Elle était, expliqua-t-elle à Amadea, la mère qui les guidait et veillait sur elles, et elles lui devaient la même obéissance qu'à Dieu qui les avait conduites au couvent. En entrant au Carmel, Amadea était aussi entrée dans une nouvelle famille. Aucune autre ne devait exister pour elle, désormais. Elle avait été prêtée pendant dix-huit ans à sa mère, à son père et à Daphné. Son temps avec eux était terminé et leurs liens devaient disparaître, sauf à travers la prière et des lettres ponctuelles, par charité envers eux. Elle pourrait leur écrire une fois par semaine – ce qu'elle avait promis à sa mère –, mais son travail et les tâches quotidiennes devaient passer en premier.

Elle serait affectée à la lingerie et, durant son temps libre, nettoierait les cuisines. S'il lui restait encore du temps après cela, elle travaillerait au jardin, ce qui était considéré comme un privilège et un honneur. La mère supérieure lui rappela les paroles de sainte Thérèse d'Avila, selon lesquelles Dieu ne se révélait qu'au cœur de la solitude. Elle devrait travailler seule le plus souvent possible, prier constamment et ne parler qu'au moment des repas. Le centre de sa journée et de sa vie serait le sacrifice de la messe.

— Rappelez-vous que sainte Thérèse nous a enseigné que l'essence de la prière n'est pas dans la réflexion, mais dans l'amour. Vous êtes ici pour aimer vos sœurs et le monde. Et si vous avez la chance d'avoir la vocation, vous deviendrez l'épouse du Christ.

C'était une responsabilité considérable et un honneur, au-delà de tout ce qu'Amadea pouvait imaginer, précisa la religieuse, et c'était pourquoi elle était là.

De son côté, la jeune fille avait déjà pensé au nom qu'elle prendrait : sœur Thérèse du Carmel. Mais en attendant, en tant que simple postulante, elle serait sœur Amadea. La mère l'informa qu'on lui montrerait sa cellule dans la soirée, après le dîner. Amadea savait déjà qu'une des règles de l'ordre était l'interdiction de manger de la viande, sauf en cas de maladie, quand un médecin le jugeait nécessaire. Mais c'était un sacrifice dont la jeune fille se sentait capable comme la plupart des carmélites, qui en outre jeûnaient du 14 septembre à Pâques. De toute manière, la nourriture n'avait jamais été importante à ses yeux.

Le déjeuner et la récréation étaient finis lorsque mère Thérèse Marie Mater Domini termina son entretien avec elle. Amadea rejoignit les autres sœurs pour la litanie de la Vierge Marie et s'efforça de se concentrer sur la prière et non plus sur les paroles de la mère supérieure – elle devait assimiler beaucoup de choses. Il y eut ensuite un temps pour la lecture, puis Amadea fut envoyée aux cuisines, où elle passa une grande partie de l'après-midi à frotter le sol à genoux, tout en priant, avant d'aller aider à préparer le repas du soir. Les religieuses étaient constamment occupées à travailler tout en priant, ce qui expliquait l'importance du silence. Elle était épuisée à l'heure des vêpres, mais remplie de bonheur tandis qu'elles priaient toutes en silence. Enfin, l'angélus annonça le dîner. Amadea n'avait rien mangé depuis le petit déjeuner, auquel elle avait d'ailleurs à peine touché tant son excitation avait été grande. Elles mangèrent des pommes de terre et des légumes, ainsi que des fruits du jardin, tout en conversant calmement entre elles. Nombre des jeunes filles présentes étaient du même âge qu'Amadea et portaient l'habit des postulantes, sauf quelques-unes qui arboraient déjà celui des novices. Certaines paraissaient même encore plus jeunes qu'elle. Les religieuses qui portaient le voile noir de l'ordre étaient à ses yeux de véritables saintes avec leur visage angélique, leur expression paisible et leur regard chaleureux et bienveillant. Amadea n'avait jamais été aussi heureuse qu'en ces lieux. Beaucoup lui parlèrent avec gentillesse durant le dîner et elle remarqua que plusieurs des plus jeunes s'occupaient des plus anciennes. Certaines avaient été amenées à table en fauteuil roulant et discutaient ensemble, telles des grands-mères accompagnées de leurs jeunes aides.

Après le repas et une brève demi-heure de récréation où elles comparèrent leurs travaux de couture et les vêtements sacerdotaux qu'elles confectionnaient, elles prièrent ensemble pendant une demi-heure, puis en silence pendant deux heures, avant de faire une dernière prière commune et d'aller se coucher. Elles devaient se lever à cinq heures et demie et être à la chapelle à six heures. Elles priaient alors durant deux heures avant la messe de huit heures, qui était suivie du petit déjeuner. Ensuite elles vaquaient à leurs tâches jusqu'à l'examen de conscience quotidien, puis déjeunaient. Les journées étaient bien remplies, pleines de prières et de dur labeur, et ce rythme ne rebutait pas Amadea. Elle savait ce qui l'attendait, et c'était ce qu'elle voulait. Ses journées et sa vie entière seraient toujours remplies, se disait-elle, et elle vivrait le cœur léger, au sein du Carmel.

Quand elle regagna sa cellule à dix heures le soir, elle découvrit les religieuses avec qui elle allait la partager, deux novices et une postulante comme elle. Elles se firent un signe de tête en se souriant, puis éteignirent la lumière pour passer leurs chemises de nuit. Celles-ci étaient faites d'une laine grossière qui malgré les innombrables lessives était toujours aussi rêche. Les cellules n'étaient pas chauffées, les chemises grattaient, mais c'était un sacrifice qu'elles faisaient volontairement. Elles allaient devenir les épouses du Christ crucifié, mort sur la Croix pour elles. C'était le moins qu'elles puissent faire pour Lui. Amadea était certaine qu'elle s'y habituerait avec le temps. L'espace d'un instant, elle repensa aux délicates chemises de nuit en soie et en coton que sa mère lui confectionnait depuis toujours, mais se rappela tout aussi vite qu'il lui faudrait faire pénitence pour cette pensée le lendemain, durant son examen de conscience. Ces souvenirs n'avaient plus leur place dans le couvent, et chaque fois qu'ils s'insinueraient dans son esprit, elle devrait s'en repentir et essayer de se corriger aussitôt. Elle n'avait pas de temps à perdre à pleurer le confort perdu de son ancienne vie.

Cette nuit-là, elle pria longtemps pour sa mère et Daphné, pour que Dieu veille sur elles et les garde en bonne santé et heureuses. Durant un bref instant, elle sentit les larmes lui monter aux yeux mais se rappela immédiatement qu'elle aurait à faire pénitence pour cela aussi. Elle était désormais le guide de sa conscience et la gardienne des portes de son esprit et ne devait s'autoriser rien d'autre que les pensées destinées au Christ, comme le lui avait expliqué la mère supérieure. Tandis qu'elle glissait lentement vers le sommeil, priant pour sa mère et sa sœur, Amadea dit aussi une prière pour sa grand-mère morte deux mois plus tôt et qui se trouvait désormais au paradis.

Allongée dans son lit, avec Daphné à côté d'elle, qui s'était endormie en pleurant, Beata pensait elle aussi à Monika, ainsi qu'à l'enfant qu'elle venait d'offrir à Dieu. Comme Amadea, elle pria pour qu'Il veille sur sa fille et la préserve du mal. Puis, sans raison particulière, elle fit aussi une prière pour les Juifs.

12

Les jours passaient rapidement pour Amadea, remplis par la prière et le travail. La majorité du temps, elle était affectée aux cuisines et à la lingerie, même si elle eut une fois l'occasion de travailler au jardin avec Edith Stein. Elles avaient jardiné côte à côte en silence, Amadea lui souriant, heureuse d'être simplement là, près d'elle. Plus tard dans la matinée, lors de son examen de conscience, elle s'était toutefois rappelé qu'elle ne devait porter d'intérêt à personne, si bien qu'ensuite elle l'avait évitée afin de s'en détacher et de ne plus penser à l'admiration qu'elle avait éprouvée pour elle. Sœur Thérèse Bénédicte de la Croix n'était désormais qu'une sœur parmi les autres et ne devait rien représenter de plus à ses yeux.

Amadea recevait régulièrement des lettres de sa mère et de Daphné, ce qui lui permettait de garder un contact avec ce qui se passait dans le monde. En septembre, les lois raciales de Nuremberg avaient été promulguées, des lois antijuives qui rendaient la vie des Juifs encore plus difficile. Pour Amadea, c'était une raison supplémentaire de prier. À Noël, sa mère envoya des oranges pour tout le couvent et ce cadeau fut grandement apprécié. En janvier, Amadea commença son noviciat et put enfin porter le saint habit de l'ordre du Carmel, ce qui fut pour elle l'événement le plus important de sa vie. Après cela, elle fut autorisée à voir sa mère et Daphné, durant une brève visite. Elle les accueillit avec un sourire radieux à travers la petite grille, mais en voyant sa fille en habit, Beata fondit en larmes tandis que Daphné dévisageait sa sœur.

— On ne dirait pas que c'est toi, dit la fillette d'un ton solennel.

Elle lui faisait presque peur.

Beata perçut immédiatement le bonheur de sa fille, et cela lui brisa le cœur.

— C'est parce que je ne suis pas « moi ». Je suis une religieuse, répondit en souriant Amadea. Vous avez toutes les deux une mine splendide.

— Toi aussi, dit Beata en la regardant, ne pouvant l'étreindre que par le regard.

Toutes les trois avaient glissé leurs doigts à travers la petite grille pour tenter de se toucher, mais il en résultait surtout de la frustration. Beata brûlait de prendre sa fille dans ses bras, tout en sachant que ce ne serait plus jamais possible.

— Tu vas bientôt rentrer à la maison ? s'enquit Daphné, la voix et les yeux pleins d'espoir.

Amadea sourit.

— Je suis chez moi ici, ma chérie. Comment se passe l'école ?

— Ça va, répondit la fillette d'un air accablé.

La vie n'était plus la même sans sa sœur, et bien que sa mère fît des efforts pour passer plus de temps avec elle, toutes les deux étaient tristes. Sans Amadea, la maison était d'un calme de mort, comme privée de vie. Celle qui était leur rayon de soleil se trouvait désormais dans ces murs.

La visite toucha trop vite à sa fin, et elles ne se revirent que bien plus tard dans l'année. Daphné avait alors onze ans et demi. Durant l'été, Beata l'avait emmenée voir les jeux Olympiques, qui avaient passionné la fillette, surtout les épreuves de natation. Elle avait tout décrit à sa sœur dans ses lettres. Lorsqu'elles retournèrent la voir, elle était devenue sœur Thérèse du Carmel. Amadea de Vallerand n'existait plus.

L'été suivant, sœur Thérèse demanda à faire sa profession temporaire, où elle ferait vœu de pauvreté, de chasteté et d'obéissance, et le chapitre l'y autorisa. Il lui restait encore six ans avant ses vœux perpétuels ; mais, après seulement deux ans, la jeune fille avait déjà l'impression d'avoir été religieuse toute sa vie. On était en 1937.

Cette année-là, les nouvelles du monde devinrent inquiétantes. Les Juifs avaient été bannis d'innombrables professions, comme celles d'enseignant, de dentiste ou de comptable. C'était comme si le régime de Hitler essayait, petit à petit, de les écarter de la société en leur interdisant tous les métiers. Tout cela donnait aux sœurs du Carmel des raisons de prier.

En mars de l'année suivante, en 1938, les troupes nazies pénétrèrent en Autriche et l'annexèrent à l'Allemagne. Les SS ordonnèrent alors à cent mille Juifs de Vienne de quitter le pays.

En avril, on ordonna à tous les Juifs d'Allemagne de déclarer leurs biens, et Beata se demanda dans quelle mesure cela affecterait son père et ses frères. Pour autant qu'elle le sût, ils dirigeaient encore la banque familiale.

La situation empira nettement durant l'été, peu après qu'Amadea eut renouvelé ses vœux. D'après les lettres qu'elle envoyait à Beata, elle travaillait dorénavant au jardin et le soir elle cousait des vêtements sacerdotaux. En juillet, tout Juif de plus de quinze ans dut aller à la police pour obtenir une pièce d'identité, qu'il devrait présenter sur simple demande d'un policier.

Subissant les mêmes règles que les dentistes l'année précédente, les médecins juifs furent interdits d'exercice, si bien que l'Allemagne se retrouva quasiment sans médecins et sans dentistes et qu'un nombre incalculable de Juifs exerçant de hautes fonctions perdirent leur emploi.

Beata était préoccupée par la situation lorsque Daphné et elle revirent Amadea, à l'automne. Celle-ci fut frappée de constater à quel point sa sœur avait grandi. Daphné avait treize ans et devenait de plus en plus belle. Elle avait hérité de la beauté délicate de leur mère. Amadea lui adressa un sourire rempli de fierté et lui envoya un léger baiser à travers la grille.

Elle taquina sa sœur à propos des garçons, et Daphné se mit à rougir. Dans une lettre, sa mère lui avait dit que Daphné était amoureuse d'un garçon de son collège et que lui aussi l'aimait bien. Amadea le comprenait sans peine. Sa sœur était très jolie, et il y avait chez elle une innocence qui la touchait. Grâce à leur correspondance, elles avaient réussi à ce qu'Amadea fasse toujours partie de leur vie, mais elles avaient du mal à croire qu'elle était au couvent depuis déjà trois ans. Beata avait l'impression qu'elle était partie depuis des siècles, et, à d'autres moments, que cela faisait à peine quelques mois. Elle leur manquait terriblement, mais avec toutes les horreurs qui se produisaient, elle était en même temps soulagée de la savoir à l'abri. Elle-même n'avait eu aucun problème et ne pensait pas en avoir. Aux yeux du monde, Daphné et elle étaient catholiques. Elle n'était qu'une simple veuve avec une jeune enfant ; elle n'attirait pas l'attention sur elle et avait échappé jusque-là à celle des autorités. Elle craignait qu'il n'en soit pas de même pour les Wittgenstein. Chaque jour, Beata parcourait les journaux en quête d'informations sur sa famille ou sur la banque, afin de savoir si les nazis la leur avaient confisquée. Mais elle n'avait rien vu pour le moment.

En octobre 1938, dix-sept mille Juifs allemands d'origine polonaise furent arrêtés et renvoyés en Pologne. Puis vint la Nuit de cristal, entre le 9 et le 10 novembre, et le monde changea. Joseph Goebbels organisa une nuit de terreur, où l'antisémitisme qui couvait depuis cinq ans explosa et devint rapidement incontrôlable. Dans toute l'Allemagne, un millier de synagogues furent incendiées, dont soixante-seize entièrement détruites, sept mille commerces et foyers juifs furent pillés et dévastés, une centaine de Juifs furent assassinés et trente mille autres arrêtés et déportés en camps de concentration. Les commerçants juifs reçurent l'ordre d'abandonner leurs commerces aux mains aryennes. Les écoliers juifs furent expulsés des écoles publiques. Et, pour couronner le tout, le régime hitlérien ordonna à la communauté juive de payer les dégâts causés durant la Nuit de cristal. La haine avait embrasé l'Allemagne, et quand elle apprit les nouvelles, Beata dut s'asseoir, en état de choc.

Avec l'agitation dans les rues, elle resta deux jours chez elle avant d'oser sortir. Elle prit alors un taxi et le fit passer devant la maison de ses parents et la banque. Cette dernière était entourée de cordons de police, ce qui signifiait qu'il y avait eu des problèmes ; quant à la maison, toutes les vitres des fenêtres avaient été brisées. Les deux endroits semblaient déserts. Beata ignorait où sa famille pouvait être allée et n'essaya pas de questionner les voisins. Le simple fait de s'intéresser au sort de Juifs aurait risqué d'attirer l'attention sur elle et de les mettre en danger, Daphné et elle.

Ce ne fut qu'une semaine plus tard qu'incidemment elle aborda le sujet en allant à sa banque, dont le personnel se composait exclusivement d'aryens. Elle déclara être contente d'avoir retiré son argent de la banque Wittgenstein plusieurs années auparavant, après ce qui venait de se passer et la situation dans laquelle ils devaient se trouver à présent.

— Ils ont fermé, fit l'employé d'un ton brusque.

Beata se demanda ce qu'il était advenu des fonds et si les nazis avaient saisi l'argent, la majorité des clients étant juifs.

— Ça ne me surprend pas, dit-elle d'une voix faible. Et que pensez-vous qu'il leur est arrivé ?

Elle essayait d'avoir l'air d'une simple femme au foyer cherchant à en savoir un peu plus sur les événements récents. On ne parlait que de la Nuit de cristal.

— Mon patron connaissait cette famille, confia l'employé dans un murmure. Ils ont été déportés jeudi dernier.

Le lendemain de la Nuit de cristal, pensa Beata.

— Comme c'est triste, dit-elle, se sentant glacée jusqu'aux os mais ne voulant rien laisser paraître.

— Oui, sans doute. Mais ce ne sont que des Juifs après tout, ils le méritent. La plupart sont des criminels, de toute façon. Ceux-là ont probablement essayé de voler leurs clients.

Beata acquiesça d'un signe de tête, sans rien dire.

— Ils les ont tous emmenés ?

— Je crois, oui. Ils font comme ça, maintenant. Ce n'était pas le cas avant, mais je crois qu'ils ont fini par comprendre que les femmes étaient aussi dangereuses que les hommes. On les sent de loin.

Beata avait la nausée en l'écoutant.

— C'étaient des gens importants, fit-elle observer en prenant son argent.

Elle était venue encaisser un chèque dans le seul but de glaner des informations, et elle les avait obtenues : toute sa famille avait été déportée.

— Réjouissez-vous d'avoir retiré votre argent de leur banque. Ils vous auraient dépouillée de tous vos biens.

Beata sourit, remercia l'employé et partit, le corps raide, se demandant comment faire pour découvrir où sa famille avait été envoyée sans risquer de s'exposer ; quiconque posait des questions se mettait en danger. Une dernière fois, elle fit repasser le taxi devant la maison de ses parents. La bâtisse, sombre et béante, avait été pillée, et il y avait des meubles sur le trottoir – des pièces anciennes que sa mère aimait tant… Cela s'était passé durant la Nuit de cristal et il n'y avait plus personne, mais Beata se demanda s'ils avaient eu le temps de se cacher ou de s'enfuir. Désespérée, elle s'arrêta à l'église et s'entretint avec le prêtre de sa paroisse. Elle lui expliqua qu'elle avait connu une famille juive bien des années plus tôt et qu'elle craignait qu'il ne lui fût arrivé malheur durant la Nuit de cristal.

— J'ai peur que cela soit plus que probable, déclara le prêtre d'un air lugubre. Nous devons prier pour eux.

Il savait que sa communauté n'était pas non plus à l'abri de Hitler. Celui-ci ne montrait pas beaucoup d'attachement ni de respect envers l'Église catholique.

— Je me demandais… Croyez-vous qu'il y ait un moyen de savoir ce qui leur est arrivé ? On m'a dit qu'ils avaient été déportés, mais tous n'ont pas pu l'être, du moins pas les femmes et les enfants.

— On ne peut pas savoir, répondit le prêtre. Nous vivons une époque effroyable.

— Bon, excusez-moi de vous avoir dérangé, dit Beata. C'est juste que j'ai eu de la peine en entendant la nouvelle à la banque. Si jamais vous apprenez quelque chose, faites-le-moi savoir.

— Comment s'appelaient-ils ?

— Wittgenstein. De la banque.

Le prêtre hocha la tête. Tout le monde à Cologne connaissait ce nom… La déportation d'une telle famille était lourde de signification, et tout était possible à présent. La Nuit de cristal avait ouvert les portes de l'enfer et libéré le pire démon qui fût, l'inhumanité de l'homme sous sa forme la plus abominable.

— Je vous tiendrai au courant. Je connais un prêtre dans leur paroisse, il aura peut-être eu des échos, même s'il s'agit de Juifs. Ce genre de nouvelle circule rapidement. Les gens ont des yeux, même s'ils ont peur de parler. Soyez prudente, ajouta-t-il tandis que Beata s'apprêtait à partir. N'allez pas là-bas toute seule.

Tout le monde avait peur, désormais, y compris les catholiques.

Il savait que cette veuve avait bon cœur et il ne voulait pas qu'elle fasse quelque chose d'insensé. En outre elle était la mère d'une carmélite et, pour cette raison, tenait une place particulière dans son cœur.

La dernière semaine de novembre, le prêtre fit signe à Beata à la sortie de la messe. Daphné était occupée à discuter avec une amie et n'était au courant de rien ; quant à Amadea, Beata ne lui avait rien écrit de ses inquiétudes.

— Vous aviez raison, dit le prêtre à voix basse en se réglant sur ses pas. Ils ont tous été emmenés.

— Qui donc ?

Elle se souvenait de sa question, mais le prêtre avait un air si mystérieux qu'elle se demandait s'il répondait à sa question ou s'il parlait d'autre chose.

— La famille dont vous m'avez parlé. Ils les ont tous emmenés, le jour suivant. La famille tout entière. Apparemment, l'homme qui dirigeait la banque avait une fille et deux fils, et une fille morte il y a des années. Mon ami le connaissait bien. Il se promenait assez souvent dans le quartier et s'arrêtait pour bavarder. C'était un brave homme, un veuf. Ils les ont tous emmenés : le veuf, ses enfants et même les petits-enfants. Il pense qu'ils ont été envoyés à Dachau, mais il n'y a aucun moyen d'en être sûr. En tout cas, ils ne sont plus là. La maison va vraisemblablement être donnée à un officier du Reich. Je vais dire une prière pour eux.

Puis il la laissa. Il y avait désormais beaucoup d'histoires de ce genre. Beata se sentait en état de choc et ne dit pas un mot sur le chemin du retour.

— Ça va, maman ? demanda Daphné avec douceur.

Sa mère semblait nerveuse depuis quelques jours, mais c'était le cas de beaucoup de gens. À l'école, plusieurs élèves avaient été expulsés, et tout le monde avait pleuré. Le maître les avait réprimandés en disant que ce n'étaient que des Juifs et qu'ils ne méritaient pas d'aller au collège – des propos qu'elle avait trouvés horribles et écœurants, car tout le monde méritait de s'instruire, du moins était-ce ce que sa mère disait.

— Oui, tout va bien, répondit Beata brutalement, soulagée par ce que le prêtre lui avait dit sur la mort d'une des filles Wittgenstein.

Avec un peu de chance, tout le monde continuerait à croire qu'elle était morte. Dorénavant, elle n'était qu'une veuve catholique avec ses deux filles : une jeune adolescente et une autre qui était religieuse. Loué soit Antoine !

— Je viens juste d'entendre une triste histoire à propos d'une famille que je connaissais, qui a été déportée après la Nuit de cristal, poursuivit-elle à voix basse.

Toute sa famille avait disparu : son père, ses frères, sa sœur et ses enfants, ses belles-sœurs. Tous. Elle n'arrivait pas à le croire. Dieu seul savait où ils se trouvaient et s'ils survivraient. Des histoires monstrueuses circulaient à propos des camps, supposés être des camps de travail mais où beaucoup périssaient. À soixante-treize ans, son père n'était plus très jeune. Sa mère, elle, aurait eu soixante-huit ans, et Beata fut soudain reconnaissante au ciel de lui avoir épargné une telle chose ; au moins était-elle morte en paix, même si

Beata n'avait pu être à ses côtés. Mais elle n'en voulait pas à son père. Ce qui venait de lui arriver à lui et aux siens était bien pis que tout ce qu'elle avait pu leur infliger et ce qu'ils lui avaient fait subir. Personne ne méritait cela. Elle avait peur mais, pour l'heure, Daphné et elle ne risquaient rien, elle en était persuadée.

— Quelle horreur ! fit doucement Daphné en pensant à ce que sa mère venait de lui dire.

— Ne dis cela devant personne, rétorqua brusquement Beata tandis qu'elles pénétraient dans l'intimité de leur foyer. Si tu montres la moindre compassion envers les Juifs, les nazis s'en prendront à toi.

La maison était chaude et douillette, et elles y étaient à l'abri. C'était le plus important. Elle n'arrivait pas à chasser de son esprit l'image de la façade détruite de son ancienne maison, les vitres brisées et les meubles éparpillés sur le trottoir.

— Mais toi aussi tu as de la peine pour les Juifs, n'est-ce pas, maman ? demanda Daphné en regardant sa mère avec des yeux innocents.

— Oui, répondit Beata avec sincérité, mais par les temps qui courent il est dangereux de le dire. Regarde ce qui vient de se passer. Les gens sont en colère et ont l'esprit brouillé, ils ne savent plus ce qu'ils font. Mieux vaut se taire, souviens-t'en, Daphné.

Beata la fixait d'un air sévère, et Daphné acquiesça tristement.

— C'est promis, répondit-elle.

Mais tout cela semblait si cruel, si affreux. Elle ne pouvait s'empêcher d'imaginer combien ce devait être terrifiant d'être juif, de perdre sa maison, d'être emmené loin de ses parents par des inconnus, voire de les perdre. Elle frissonna rien que d'y penser. Heureusement, sa mère et elle étaient en sécurité, même si elle n'avait pas de père pour les protéger. Personne ne viendrait leur faire du mal.

Elles passèrent la soirée en silence, chacune perdue dans ses pensées. En entrant dans la chambre de sa mère, Daphné fut surprise de la trouver à genoux en train de prier. Elle l'observa une minute puis ressortit, se demandant si sa mère disait une prière pour la famille dont elle lui avait parlé dans l'après-midi. Elle se dit que c'était probablement le cas. Elle avait raison, mais elle ignorait ce que sa mère faisait vraiment. Beata faisait ce qu'elle n'avait jamais fait auparavant, mais qu'elle avait vu son père faire ; ce qu'ils avaient fait pour elle, ce qu'aucune femme juive orthodoxe n'avait jamais fait : elle récitait le Kaddish, la prière des morts. Elle espérait que sa famille était encore en vie, mais si ce n'était pas le cas, quelqu'un devait prier pour elle. Elle récita tout ce dont elle parvint à se souvenir, puis resta agenouillée près du lit, le visage baigné de larmes. Tous lui avaient fermé leur porte et leur cœur des années plus tôt, mais elle les aimait toujours. Et voilà qu'ils étaient tous partis : Brigitte, Ulm, Horst, son père. Ceux avec qui elle avait grandi et qu'elle n'avait jamais cessé de chérir. Ce soir-là, Beata fit Chiva pour eux, comme ils l'avaient fait pour elle longtemps auparavant.

13

La première semaine de décembre, Beata appela la mère supérieure et demanda à rendre visite à sa fille, en indiquant que c'était important. La religieuse lui répondit gentiment qu'elle devrait patienter. Elles étaient très occupées, et elles devaient faire face à un grave problème interne. Elle accorda à Beata une visite pour le 15 décembre, espérant que la situation se serait calmée d'ici là.

Jusqu'à cette date, Beata vécut dans un état d'agitation extrême ; il fallait qu'elle parle à Amadea de ce qui s'était passé. Les événements récents ne les affectaient pas vraiment, mais cela pouvait changer. Amadea devait savoir. Elle aurait voulu en parler aussi à Daphné, mais celle-ci risquait de laisser échapper quelque chose au collège ; en outre, à quatorze ans à peine, elle était trop jeune pour porter le fardeau d'un tel secret, en particulier un secret qui pouvait coûter des vies, y compris la sienne. Amadea, elle, était en sécurité au couvent et de bon conseil. Beata ne voulait pas prendre de décision seule. Elle avait pensé partir en Suisse, mais les cousins d'Antoine étaient morts depuis longtemps, et elle n'avait nulle part où aller. Elle pourrait louer une maison là-bas, mais il lui faudrait alors tout quitter... Pourquoi prendre une décision sous le coup de la panique ? Elle n'avait rien à craindre, après tout. Et pourtant, elle avait terriblement peur.

Amadea se rendit compte que quelque chose n'allait pas, dès qu'elle la vit. Sa mère était venue seule. Daphné était à l'école, et Beata détestait l'idée de la priver d'une visite et d'une occasion de voir sa sœur. Mais elle n'avait pas le choix. Elle n'arrivait plus à y voir clair : elles étaient allemandes, après tout, et elle-même était catholique. Personne ne savait qui elle était, et personne ne lui avait créé d'ennuis. Mais comment être sûre de quoi que ce soit à présent ? Son père aussi avait dû se croire à l'abri. Elle ne savait par où commencer.

— La paix du Christ, dit doucement Amadea en souriant à sa mère.

La semaine passée avait été triste pour les religieuses. Sœur Thérèse Bénédicte de la Croix, Edith Stein, les avait quittées trois jours plus tôt pour gagner un autre couvent en Hollande. Une de ses amies lui avait fait passer la frontière avec sa sœur Rosa, qui resterait au couvent elle aussi. D'origine juive, elle avait eu peur de mettre leurs vies en danger en restant et avait demandé à la mère supérieure de l'éloigner pour préserver leur sécurité. Toutes avaient eu le cœur brisé de la voir partir. Ce n'était pas ce qu'elles avaient voulu, mais elles savaient qu'il ne pouvait en être autrement, pour son bien et le leur. Elles avaient beaucoup pleuré au moment de son départ et depuis priaient chaque jour pour elle. Le couvent ne semblait plus le même sans son visage souriant.

— Maman, est-ce que tout va bien ? Où est Daphné ?

— À l'école. Je voulais te voir seule. Amadea, ma famille vient d'être déportée.

Elle parlait vite car le temps des visites était court et elle avait beaucoup à dire à sa fille.

— Quelle famille ? dit la jeune femme surprise en regardant sa mère. Tu veux dire, la famille de mamie ?

Leurs voix n'étaient que des murmures, et elles se tenaient par les doigts à travers la grille.

Beata acquiesça de la tête.

— Tous. Mon père, ma sœur, mes deux frères, leurs enfants et mes belles-sœurs.

Ses yeux s'emplirent de larmes en disant cela.

— C'est si triste, répondit Amadea. Pourquoi ?

Beata prit une grande inspiration.

— Parce qu'ils sont juifs. Ou plutôt, ils l'étaient, ils sont probablement morts à présent. Je suis juive. Je me suis convertie pour pouvoir épouser ton père.

— Je l'ignorais, dit Amadea en regardant sa mère avec compassion.

Elle ne semblait pas avoir peur ni comprendre ce que cela impliquait ou pouvait impliquer pour elle, ou pour toutes les trois.

— Je ne te l'ai jamais dit parce que nous ne pensions pas, ton père et moi, que c'était important. Mais ça l'est maintenant. Vraiment. Peut-être avais-je peur… ou honte, je ne sais pas. Personne ne nous a ennuyées ni dit quoi que ce soit, et tous mes papiers indiquent que je suis catholique. À vrai dire, je n'ai pas vraiment de papiers, si ce n'est une carte d'identité depuis la mort de ton père. Nulle part il n'y a trace de ma naissance, et ton certificat de naissance mentionne que ton père et moi étions catholiques, ce qui est la vérité. Même notre certificat de mariage indique que je suis catholique. Mais je sais que la preuve que je suis juive est quelque part. Mon père a dit à tout le monde que j'étais morte et il a inscrit mon nom dans le livre des morts. Celle que j'étais à cette époque n'existe plus. En épousant ton père, je suis née à nouveau dans la foi chrétienne, la foi catholique. Mais la vérité, c'est que tu es à moitié juive, et Daphné aussi. Et moi, aux yeux des nazis, je suis complètement juive, et si jamais ils venaient à le découvrir, vous seriez en danger. Il fallait que je te le dise. Tu dois être au courant pour pouvoir te protéger.

Et protéger les autres, se dit immédiatement Amadea en repensant à ce qu'Edith Stein venait de faire pour les protéger. Mais Edith Stein était une vraie juive, reconnue comme telle, ce qui n'était pas son cas. Personne ne savait qui elle était ni ne s'en souciait. Sa mère elle-même disait qu'il n'y avait aucune trace de ses origines. Toutefois, elle était contente d'être au courant.

— Merci de me l'avoir dit. Mais je ne suis pas inquiète, dit Amadea avec calme tout en regardant sa mère et en lui embrassant les doigts. Et Daphné, maman ?

Elle pensa soudain à ce qu'Edith Stein, sœur Thérèse Bénédicte de la Croix, avait dit au sujet des risques que les autres pouvaient courir.

— Elle est en sécurité avec moi. Et puis, ce n'est qu'une enfant.

Mais les enfants aussi étaient déportés dans les camps, pensa Beata. A la seule différence qu'ils étaient entièrement juifs, et pas Daphné. Il fallait reconnaître que le risque était faible. Et tant que personne ne viendrait leur créer d'ennuis ou déterrer le passé, tout irait bien. Quelles étaient les chances qu'une telle chose se produise ? L'idée de partir en Suisse lui semblait extravagante à présent. Elles n'avaient aucune raison de fuir. Elle avait simplement été bouleversée par ce qui était arrivé aux siens.

— Maman, sœur Thérèse Bénédicte nous a parlé de quelque chose de providentiel, avant de s'en aller. Les Anglais ont mis à la disposition des enfants juifs un train pour leur éviter d'être déportés. Le premier a quitté l'Allemagne le 1er décembre, et d'autres sont prévus. Ils envoient les enfants en Angleterre jusqu'à ce que cette folie prenne fin. Mais seulement les enfants au-dessous de dix-sept ans. Les nazis n'y sont pas opposés. Tout ce qu'ils veulent, c'est qu'il n'y ait plus d'enfants juifs sur le territoire. Pourquoi ne pas en faire profiter Daphné et la mettre à l'abri là-bas ? Tu pourras toujours la faire revenir plus tard.

Beata secoua aussitôt la tête. Sa fille ne partirait pas. Il n'était pas nécessaire de l'éloigner, et la laisser avec des étrangers en Angleterre pouvait aussi s'avérer dangereux.

— Elle n'est pas juive, Amadea. À moitié seulement, et personne ne le sait. Je ne l'enverrai pas toute seule dans un pays étranger pour qu'elle se retrouve avec Dieu sait qui, Dieu sait où. C'est trop dangereux pour elle. Elle n'est qu'une enfant.

— Les autres aussi, maman. De braves gens vont les accueillir chez eux et s'occuper d'eux, dit Amadea avec douceur.

La solution lui paraissait raisonnable, mais sa mère ne partageait pas sa vision des choses.

— Ça, tu n'en sais rien. Daphné pourrait très bien se faire violenter par un inconnu. Tout peut arriver. Et si ces enfants tombaient entre de mauvaises mains ?

— C'est ici qu'ils sont entre de mauvaises mains. Tu l'as dit toi-même, soupira-t-elle.

Mais sa mère avait peut-être raison. Il n'y avait pas de réel danger pour elles pour le moment, et elles pouvaient attendre de voir comment les choses allaient évoluer. Et si quelque chose se produisait, elles auraient toujours le temps d'envoyer Daphné à l'étranger. Peut-être sa mère avait-elle raison, peut-être valait-il mieux se faire discrètes et attendre que l'orage passe. Tôt ou tard, tout finirait par se calmer.

— Je n'en sais rien… fit Beata, l'air inquiète.

Comment savoir quoi faire ? Le sang coulait en Allemagne, mais ce n'était pas le leur pour l'instant. Tout ce qu'elle avait voulu, c'était prévenir Amadea pour qu'elle soit au courant des risques. Sa fille était en sécurité au couvent, l'histoire d'Edith Stein n'avait rien à voir avec la sienne. Elle était juive, connue comme telle, et avait été une activiste radicale il n'y avait pas si longtemps. Elle était exactement le genre de personne que traquaient les nazis : une agitatrice – ce qu'Amadea n'était certainement pas. Tandis que mère et fille se regardaient, absorbées dans leurs réflexions, une religieuse frappa à la porte pour signaler que le temps de visite était écoulé.

— Maman, je dois y aller.

Leur prochaine entrevue n'aurait pas lieu avant des mois.

— N'écris pas à Daphné que je suis venue, ça lui briserait le cœur de ne pas m'avoir accompagnée. Il fallait que je te voie seule.

— Je comprends, répondit Amadea en déposant des baisers sur les doigts de sa mère.

Elle avait vingt et un ans mais faisait bien plus vieille que son âge. Sa fille avait beaucoup mûri durant ces trois ans et demi passés au couvent, Beata s'en rendait compte à présent.

— Je t'aime, maman. Sois prudente, ne fais rien d'insensé. Je t'aime de tout mon cœur.

— Moi aussi, ma chérie. J'aimerais que tu sois encore à la maison avec nous, avoua-t-elle, un sourire triste sur les lèvres.

— Je suis heureuse ici, dit Amadea pour la rassurer, en même temps qu'elle sentait son cœur se serrer.

Sa mère et sa sœur lui manquaient parfois, mais elle était convaincue d'avoir la vocation. Dans quatre ans, elle prononcerait ses vœux perpétuels, cela ne faisait aucun doute. D'ailleurs, elle n'avait pas douté une seule fois depuis son arrivée au couvent.

— Joyeux Noël, maman, fit-elle en se levant.

— Joyeux Noël à toi aussi, répondit doucement sa mère avant de quitter la petite cellule réservée aux visites.

Aussitôt après, Amadea retourna au travail, et pendant le temps consacré à l'examen de conscience, elle repensa à sa conversation avec sa mère. Beaucoup de choses avaient été dites, mais Amadea savait déjà ce qu'elle avait à faire. Aussitôt après le déjeuner, elle se rendit au bureau de la mère supérieure à l'heure de la récréation, et fut soulagée de trouver mère Thérèse Marie Mater Domini occupée à travailler. Cette dernière releva la tête au moment où Amadea hésitait. Elle était en train de rédiger une lettre de remerciement à la mère supérieure du couvent hollandais qui avait répondu à leur demande en accueillant sœur Thérèse Bénédicte de la Croix.

— Oui, ma sœur. Qu'y a-t-il ?

— La Paix du Christ, ma Mère. Pourrais-je vous parler ?

La religieuse lui fit signe d'entrer et de s'asseoir, et Amadea referma la porte derrière elle.

— Avez-vous passé un agréable moment avec votre mère, ma sœur ?

Elle avait immédiatement remarqué que la jeune femme était soucieuse et perturbée.

— Oui, merci, ma mère. J'ai quelque chose à vous dire, que j'ignorais en entrant au couvent.

La mère supérieure la laissa parler. Elle voyait que le sujet était grave. La jeune religieuse semblait bouleversée.

— Je n'ai jamais su que ma mère n'était pas d'origine catholique. Elle m'a appris aujourd'hui qu'elle s'est convertie au catholicisme pour épouser mon père. Elle était juive. Sa famille a été déportée après la Nuit de cristal. Je ne les ai jamais connus, car ils ont renié ma mère quand elle s'est mariée avec mon père et ne l'ont plus jamais revue. Nous avons fini par faire la connaissance de ma grand-mère deux ans avant mon entrée au Carmel, mais mon grand-père a toujours interdit au reste de la famille de revoir ma mère. Ils l'avaient déclarée morte. Ma mère dit que personne ne semble posséder de traces de son histoire. Elle n'a jamais vu les autorités et ne possède pas de passeport. Mes parents ont vécu trois ans en Suisse avant de revenir en Allemagne. Je suis née là-bas. Son certificat de mariage indique qu'elle est catholique, et mon certificat de naissance dit qu'ils l'étaient tous les deux. Mais moi je suis à moitié juive, ma mère, et je l'ignorais. Maintenant, j'ai peur, si je reste ici, que vos vies ne soient menacées.

C'était la raison pour laquelle sœur Thérèse Bénédicte était partie.

— Nos vies ne sont pas menacées, mon enfant, et la vôtre non plus. D'après ce que vous me dites, personne ne connaît l'histoire de votre mère. A-t-elle l'intention d'aller à la police et de déclarer qu'elle est juive ?

Amadea secoua la tête.

— Non. Elle mène une vie tranquille, et il n'y a aucune raison que quelqu'un l'apprenne.

Certes, cacher la vérité n'était pas honnête, mais en l'occurrence des vies étaient en jeu : celles de Daphné, de sa mère et la sienne. Peut-être même celles des autres religieuses. La mère supérieure ne semblait pas désapprouver ce silence.

— La situation de sœur Thérèse Bénédicte était entièrement différente de la vôtre. Elle est née juive et était un professeur et une activiste notoire bien avant de venir ici. Elle avait beaucoup attiré l'attention sur elle avant de devenir carmélite. C'est une convertie, vous non. Vous avez été élevée dans la foi catholique, et avec un peu de chance personne ne découvrira que ce n'est pas le cas de votre mère. Si elle reste discrète, personne n'en saura jamais rien. Et s'il arrivait quelque chose, je suis certaine qu'elle nous le ferait savoir. Nous pourrions alors vous cacher en vous envoyant discrètement ailleurs. Je n'ai pas aimé que tout le monde panique pour sœur Bénédicte. En ce qui vous concerne, il n'y a aucune raison de s'alarmer. En entrant au couvent, vous étiez une jeune fille innocente, pas quelqu'un de célèbre, convertie et s'étant distinguée par le passé. Dans son cas, il était nécessaire qu'elle parte. Dans le vôtre, il est impératif que vous restiez. Si c'est ce que vous voulez, bien évidemment, précisa la mère supérieure en lui jetant un regard interrogateur.

Amadea se sentit soulagée.

— Oui, c'est ce que je veux, mais je craignais que vous ne me demandiez de partir. Et je partirai si jamais vous le souhaitez.

Ce serait son sacrifice ultime pour le bien de la communauté. Celui de sainte Thérèse avait été l'abnégation totale d'elle-même au nom du Seigneur.

— Ce n'est pas mon souhait. Et, ma sœur, poursuivit la mère supérieure en regardant Amadea d'un air sévère comme une mère prête à admonester son enfant, il est essentiel que vous ne parliez à personne de tout cela. À personne. Nous garderons cela pour nous. Savez-vous ce qu'il est advenu de la famille de votre mère ? A-t-elle appris quoi que ce soit à son sujet ? interrogea-t-elle, inquiète.

— Elle croit qu'ils ont été envoyés à Dachau.

La mère supérieure serra les lèvres, sans dire un mot. Elle détestait ce qui arrivait aux Juifs, comme toutes les autres religieuses.

— Lorsque vous lui écrirez, dites-lui que je suis désolée pour elle. Mais avec discrétion, précisa-t-elle.

Amadea hocha la tête, reconnaissante de sa gentillesse.

— Ma mère, je ne veux pas partir. Je veux prononcer mes vœux perpétuels.

— Si telle est la volonté de Dieu, alors vous le ferez.

Mais elles savaient toutes les deux que ce ne serait pas avant quatre ans et demi. Cela paraissait une éternité à Amadea, déterminée à ne rien laisser se mettre en travers de sa route d'ici là. Elle venait d'ailleurs de surmonter un obstacle important durant la demi-heure écoulée.

— Mais ne confondez pas votre situation avec celle de sœur Thérèse Bénédicte. Son cas est bien différent.

Et beaucoup plus grave, avec de gros risques pour toutes les personnes concernées, se dit la mère supérieure. Ce qui n'était pas vrai pour Amadea, estimait-elle.

— Merci, ma mère, dit la jeune religieuse avant de prendre congé.

La mère supérieure resta assise à son bureau un long moment, l'air pensif, se demandant combien il existait de cas similaires au sein du couvent ; peut-être y avait-il d'autres religieuses dans la même situation et dans la même ignorance qu'Amadea. Mieux valait ne pas le savoir.

Amadea se sentit immensément soulagée pour le reste de la journée, bien qu'elle fût encore inquiète pour sa mère et sa sœur. Mais peut-être sa mère avait-elle raison, peut-être la vérité sur ses origines ne serait-elle jamais dévoilée ; il n'y avait aucune raison pour qu'elle le soit, de toute façon. Ce soir-là, elle pria pour les membres de sa famille qui avaient été déportés, peut-être même tués, et qu'elle n'avait jamais connus. C'est alors qu'elle se souvint de l'époque où sa mère l'emmenait à la synagogue, sans qu'elle en comprenne la raison. Elle avait fini par oublier, mais en y repensant ce soir-là, elle prit conscience qu'elle avait, en quelque sorte, effleuré une partie de son passé.

14

Comme on pouvait s'y attendre, la persécution des Juifs continua l'année suivante. En janvier 1939, Hitler prononça un discours menaçant, exposant clairement sa haine contre eux. Le mois suivant, les Juifs durent remettre aux autorités tous leurs biens en or et en argent, et en avril, ils furent expulsés de chez eux et obligés de s'installer dans des quartiers exclusivement juifs, avec l'interdiction de vivre aux côtés des aryens.

Cela eut pour résultat d'inciter la population juive à émigrer, ce qui était loin d'être aisé. La plupart du temps, les pays où les Juifs souhaitaient aller les refoulaient. Ils devaient avoir de la famille ou connaître une personne se portant garante pour eux à l'étranger, et souvent ils n'en avaient pas. Ils devaient avoir un emploi dans le pays de destination et obtenir l'autorisation du gouvernement allemand et du pays d'accueil, et généralement leur demande était rejetée par l'un ou l'autre, si ce n'est les deux. Enfin, ils devaient avoir l'argent pour payer la procédure et beaucoup ne l'avaient pas. Ils ne furent que très peu à remplir toutes les conditions nécessaires dans le temps qui leur avait été imparti. Beaucoup de Juifs allemands continuaient néanmoins de dire et de croire que les choses allaient s'arranger, tant la réalité leur paraissait inconcevable et insensée. Ils étaient citoyens allemands, rien de mauvais ne pouvait leur arriver. Pourtant beaucoup avaient déjà été déportés et envoyés en camps de travail, et les bruits qui filtraient étaient de plus en plus alarmants. Les gens mouraient de mauvais traitements, de malnutrition, d'épuisement et de maladie ; d'autres disparaissaient simplement, sans laisser de trace. Ceux qui mesuraient la gravité de la situation étaient paniqués. Mais quitter l'Allemagne était quasiment impossible.

Durant toute l'année, les trains dont Amadea avait parlé à sa mère continuèrent de transférer des enfants en Grande-Bretagne. Les Anglais, rejoints par les quakers, faisaient sortir des enfants d'Allemagne, d'Autriche et de Tchécoslovaquie. Certains d'entre eux étaient chrétiens, mais la plupart étaient juifs. Le gouvernement britannique avait accepté de les accueillir sans passeports, à condition qu'ils aient moins de dix-sept ans pour ne pas mettre en danger les emplois anglais. Les nazis n'étaient pas opposés à l'opération, du moment que les enfants n'emportaient aucun objet de valeur avec eux, et seulement une petite valise. Les voir partir sur les quais des gares avec leurs parents les serrant une dernière fois contre eux était un crève-cœur, mais aussi la seule garantie pour ces derniers que leurs enfants soient en sécurité et échappent au destin que les nazis réservaient aux Juifs. Ils disaient à leurs enfants qu'ils viendraient les rejoindre bientôt, et parents comme enfants priaient pour que ce fût vrai. Certains d'entre eux suppliaient leur progéniture de leur trouver du travail sur place, une tâche impossible pour des enfants qui n'avaient aucun moyen de les aider et qui savaient en même temps que la survie de leurs parents dépendait d'eux. Seuls quelques chanceux y parvinrent.

À leur arrivée en Angleterre, les enfants étaient pris en charge, parfois en groupes, par des familles d'accueil qui s'engageaient à les héberger jusqu'à ce que la situation fût moins dangereuse pour eux dans leur pays d'origine – mais personne ne savait quand cela se produirait. Il arriva même qu'il y eût des bébés parmi eux. Dans un élan bouleversant de charité et d'humanité, un membre de la famille Rothschild accueillit chez lui vingt-huit petits réfugiés, pour qui il mit spécialement une maison à disposition. Même si tous les particuliers n'avaient pas les moyens d'être aussi généreux, ils firent de leur mieux pour assurer l'hébergement et la prise en charge des enfants ; et ceux d'entre eux qui ne trouvèrent pas de familles furent placés dans des camps et des centres d'accueil.

Du point de vue militaire, les nouvelles du front, dont certaines réussissaient à filtrer à l'intérieur du couvent, à l'occasion notamment des livraisons, étaient toujours aussi accablantes. En mars, les nazis envahirent la Tchécoslovaquie et à l'été semblaient avoir des vues sur la Pologne. Amadea renouvela ses vœux pour la deuxième fois, et sa mère et sa sœur lui rendirent visite peu de temps après. Elles n'avaient pas eu d'ennuis. Personne ne les avait harcelées ni ne leur avait demandé leurs papiers, ce qu'Amadea fut soulagée d'apprendre. Daphné avait quatorze ans et ne se doutait toujours pas du secret de leur mère. Amadea fut heureuse de voir que cette dernière avait bonne mine et semblait calme. Sa mère lui apprit qu'avec tous les Juifs qui avaient perdu leur emploi, y compris ceux qui exerçaient des professions respectables, et tous ceux que l'on envoyait en camps de travail, l'atmosphère était tendue en ville. Le départ des Juifs n'avait pas faibli, et nombreux étaient ceux – hommes, femmes et enfants – qui attendaient dans des camps de triage en dehors de la ville d'être déportés.

Beata avait elle aussi entendu parler des trains d'enfants et des opérations de sauvetage. Mais il était toujours hors de question pour elle de faire partir Daphné, car elle n'en voyait pas la nécessité. Amadea et sa mère n'en parlèrent pas devant elle, si ce n'est pour louer le travail des Anglais. Deux anciennes camarades d'école de Daphné étaient déjà parties pour la Grande-Bretagne, et celle-ci avait entendu dire que plusieurs autres s'en iraient prochainement ; elles attendaient les autorisations. Elle les plaignait d'être obligées de quitter leurs parents, mais comme toutes les trois en convenaient, rester en Allemagne aurait été bien pire.

Beata était heureuse de voir sa fille aînée aussi épanouie, et seule cette pensée lui permettait d'accepter le choix d'Amadea. Comme d'habitude, la visite toucha trop vite à sa fin. Juste avant de partir, elle lui dit qu'elle avait vu les Daubigny et qu'ils allaient bien.

Deux semaines plus tard, les nazis envahirent la Pologne et instaurèrent en Allemagne un couvre-feu pour les Juifs, leur imposant d'être rentrés chez eux à vingt et une heures, et vingt heures en hiver. Deux jours après, la France et la Grande-Bretagne déclarèrent la guerre à l'Allemagne. Ce jour-là, le dernier train d'enfants quitta Berlin, car, ayant déclaré la guerre, les Anglais ne pouvaient plus faire sortir d'enfants juifs du pays. L'opération avait duré neuf mois et deux jours et permis d'évacuer dix mille enfants. Un miracle en soi. Tandis que les derniers enfants quittaient l'Europe à destination de l'Angleterre, les Polonais se battaient vaillamment contre les nazis, mais sans résultat, et durent se rendre au bout de quatre semaines. Les terribles nouvelles de Varsovie firent pleurer Beata.

Un mois plus tard, les Juifs de Vienne reçurent l'ordre d'évacuer la ville, et tous les Juifs de Pologne âgés de quatorze à soixante ans furent envoyés aux travaux forcés. L'horreur continuait et semblait sans limites.

Dans de telles circonstances, cette année-là Noël fut lugubre, même au couvent, malgré les lettres rassurantes envoyées de Hollande par sœur Thérèse Bénédicte. Sa sœur Rosa était toujours avec elle et toutes les deux se sentaient à l'abri dans leur couvent hollandais, même si sœur Thérèse Bénédicte avouait se languir de ses sœurs de Cologne, pour qui elle priait chaque jour, comme elles le faisaient pour elle.

En avril 1940, Amadea eut vingt-trois ans, et sa mère et sa sœur vinrent la voir. Daphné avait quinze ans à présent, ce que même Amadea avait peine à croire ; elle était très belle et ressemblait presque trait pour trait à leur mère au même âge. Huit jours plus tard, les nazis envahirent le Danemark et la Norvège, et un mois après, en mai, la Hollande, à la surprise générale, ce qui mit une fois de plus la vie de sœur Thérèse Bénédicte en danger. Il devenait désormais impossible de prévoir la suite des événements. Hitler semblait vouloir s'emparer de toute l'Europe. La France fut envahie en juin. Amadea avait une fois de plus renouvelé ses vœux, et il lui restait trois ans avant de prononcer ses vœux définitifs. Après cinq ans, elle était toujours aussi sûre de sa foi et ne pouvait imaginer une autre existence.

En octobre, les nazis envahirent la Roumanie. Daphné avait repris l'école peu de temps auparavant. En novembre, le ghetto de Cracovie fut bouclé avec soixante-dix mille Juifs, ainsi que celui de Varsovie et ses quatre cent mille Juifs. Ce qui était en train de se produire était inimaginable. Pourtant, malgré les événements et la politique d'élimination systématique des Juifs à tous les niveaux de la société, Beata assura à Amadea, lorsqu'elle la vit à Noël, qu'elle n'avait eu aucun problème. Personne ne lui avait posé de questions ou demandé de fournir des documents. Personne ne s'intéressait à elle. Elle n'était qu'une veuve catholique, qui vivait seule avec sa fille et s'occupait de ses affaires. Bref, on l'ignorait, ce qu'Amadea était toujours soulagée d'entendre.

Ce fut au printemps 1941, juste après les seize ans de Daphné et les vingt-quatre d'Amadea, que Beata vit à un guichet de la banque une femme dont les traits lui étaient étrangement familiers. Elle l'observa un long moment, sans toutefois parvenir à mettre un nom sur son visage. Ce jour-là, elle était venue retirer une somme d'argent importante, ce qu'elle faisait rarement. Elle en avait discuté avec Gérard Daubigny, qui avait trouvé son idée raisonnable. Elle voulait lui laisser de l'argent pour ses filles, au cas où il lui arriverait quelque chose. Il ne comprenait pas pourquoi elle ne voulait pas tout laisser à la banque, mais, si cela la rassurait, il n'y voyait pas d'inconvénient. Il était heureux de pouvoir aider la femme de son vieil ami. Lui et sa femme s'étaient rendu compte qu'elle ne s'était jamais remise de la mort d'Antoine. Les dernières années l'avaient beaucoup marquée et, à quarante-six ans, elle en paraissait dix de plus. Elle avait prévu d'aller au château dans l'après-midi, pour remettre à Gérard l'argent qu'elle souhaitait lui confier. Ce n'était pas une somme énorme, mais cela permettrait à ses filles de s'en sortir, en cas de coup dur. Elle en avait informé Amadea dans une lettre. La jeune fille n'aimait pas que sa mère se montre pessimiste, mais elle savait que cette dernière s'inquiétait depuis des années de ce qui leur arriverait si elle tombait malade – ou pire –, surtout que Daphné était très jeune. Avec toute l'incertitude qui régnait dans le pays, il était d'autant plus facile de s'inquiéter et Amadea savait à quel point les nazis et la progression de la guerre rendaient sa mère nerveuse.

La femme de la banque quitta son guichet en même temps que Beata le sien, et les deux femmes se dirigèrent vers la sortie quasiment côte à côte. C'est alors que Beata crut défaillir en entendant celle-ci s'écrier : « Miss Wittgenstein ! » Sentant presque ses jambes se dérober sous elle, Beata continua de marcher et sortit du bâtiment d'un pas pressé, ne pensant qu'à une chose, s'éloigner de cette femme le plus vite possible. Le visage impassible, elle leva le bras pour arrêter un taxi, mais l'autre l'avait déjà rattrapée et la fixait avec un grand sourire. C'est seulement alors que la mémoire lui revint et qu'elle la reconnut, malgré le passage du temps. Elle était tchèque et, trente ans plus tôt, travaillait comme bonne chez ses parents. Elle était encore à leur service quand Beata avait quitté la maison familiale.

— Je savais bien que c'était vous ! dit la femme d'un air victorieux. J'ai cru voir un fantôme, votre père nous avait dit que vous étiez morte en Suisse.

— Excusez-moi… Je ne vois pas du tout… Je… répondit Beata comme s'il y avait erreur sur la personne et qu'elle ne la reconnaissait pas.

Mais la femme insistait, convaincue de l'avoir identifiée.

— J'ignore de qui vous parlez, rétorqua froidement Beata, tremblant de tous ses membres à l'idée que quelqu'un l'eût entendue l'appeler par son nom de jeune fille.

C'était un nom qu'elle ne pouvait plus se permettre de reconnaître sans mettre sa vie en danger.

— Vous ne vous souvenez donc pas de moi ? Mina… je travaillais pour vos parents.

Beata se souvenait à présent que Mina avait épousé le chauffeur de son père. Tout lui revint, en même temps que la panique l'engloutissait, consciente de ce que cette rencontre avait de dangereux pour elle.

— Je suis navrée… fit-elle avec un vague sourire, s'efforçant d'être polie mais impatiente de lui échapper, au moment où un taxi providentiel s'arrêtait devant elle.

— Je sais qui vous êtes, continua Mina d'un air obstiné.

Mais Beata se glissa dans le véhicule en lui tournant le dos.

Tout ce qu'il fallait espérer à présent, c'était que Mina croie qu'elle avait fait erreur. Avec un peu de chance, elle l'oublierait, et leur rencontre n'aurait pas de conséquence. Cette femme n'avait aucune raison de la poursuivre, elle avait juste voulu se montrer amicale. Beata se souvenait que c'était une gentille fille, éperdument amoureuse du chauffeur ; quand elle avait quitté la maison, ils venaient de se marier et Mina était enceinte. Elle avait dû être surprise de la voir, étant donné que son père avait dit à tous qu'elle était morte. Mais elle était bel et bien en vie, et c'était peut-être pour cette raison que Mina avait autant insisté. Pourtant, par les temps qui couraient, elle ne pouvait se permettre d'être identifiée comme une Wittgenstein, dût-elle se montrer grossière.

Assise dans le taxi, Beata fut surprise de constater qu'elle tremblait violemment. C'était une rencontre sans importance pourtant, mais se faire appeler par son nom de jeune fille dans le hall de la banque était tout de même risqué. Il fallait espérer que Mina l'oublie vite. Beata venait de vivre un moment de frayeur, mais l'incident était clos. Elle avait donné l'impression d'être maîtresse d'elle-même malgré son trouble intérieur. Avec un peu de chance, elle ne reverrait pas Mina. En route pour le château de Gérard et Véronique, elle s'efforça de ne plus y penser, refusant de laisser la panique l'envahir.

En dépit de la guerre, les Daubigny avaient eu la chance de garder leur propriété intacte. Ils avaient eu la clairvoyance de prendre la nationalité allemande plusieurs années auparavant, tout en déplorant les agissements de Hitler contre les Juifs. Gérard avait confié à Beata combien cela le rendait malade. Il ne lui demanda pas pourquoi elle souhaitait lui confier ses économies. Il était persuadé qu'il s'agissait d'une lubie. Elle était seule, malheureuse, avec un enfant, et il comprenait fort bien qu'elle se sente nerveuse. Avec la guerre et toute l'Europe en feu, le monde était devenu instable et effrayant. Il pensait que Beata avait peur que les banques ne s'effondrent ; c'était la seule explication à ses yeux pour qu'elle lui confie une telle somme d'argent. Cet après-midi-là, elle lui remit une enveloppe dont le contenu, disait-elle, permettrait à ses filles de s'en sortir pendant un moment s'il lui arrivait quelque chose, du moins jusqu'à ce que le reste des fonds soit débloqué. Gérard lui assura qu'il en prendrait grand soin et plaça l'enveloppe dans son coffre-fort, puis lui proposa un rafraîchissement.

Les écuries étaient toujours très belles, comme elle le confia à Gérard, mais il lui avoua posséder bien moins de chevaux que du vivant d'Antoine. Il n'avait jamais retrouvé quelqu'un qui lui arrive à la cheville, bien qu'Antoine eût disparu depuis quatorze ans. Ils évoquèrent le passé pendant un moment, puis il appela un taxi pour la ramener en ville.

Quand elle arriva, Daphné était déjà à la maison, tout excitée par l'arrivée d'un nouveau dans son école. Son père était dans l'armée en Autriche, et Daphné le trouvait très beau, avoua-t-elle à sa mère en lui faisant un clin d'œil, ce qui fit rire cette dernière. Elles dînèrent tranquillement, et Daphné lui fit part de son désir de voir Amadea. Elles n'étaient pas allées au Carmel depuis des mois. Amadea était sur le point de renouveler ses vœux temporaires pour la quatrième fois. Daphné avait fini par accepter le choix de sa sœur d'être carmélite, à l'inverse de Beata, qui continuait d'espérer qu'elle changerait d'avis un jour. On était au printemps 1941, et sa fille avait encore deux ans avant de prononcer ses vœux perpétuels.

La semaine suivante, Beata retourna à la banque pour retirer un peu d'argent en vue d'achats mineurs. Elle souhaitait acheter du tissu pour confectionner des robes d'été à Daphné et il était plus facile de payer en liquide que par chèque. Les magasins de tissu étaient beaucoup moins nombreux qu'auparavant : tous ceux où elle avait eu l'habitude de se fournir étaient tenus par des Juifs et avaient fermé depuis longtemps. Beata réfléchissait à ce qu'il lui faudrait lorsque le guichetier lui rendit son chèque.

— Je suis désolé, madame, dit-il froidement, ce chèque ne peut être encaissé.

Il y avait forcément une erreur.

— Je vous demande pardon ? Évidemment qu'il peut l'être ! J'ai plus qu'il ne faut sur ce compte pour couvrir la somme, répondit-elle en souriant et en lui demandant de vérifier à nouveau.

Mais ce dernier lui tendit le chèque sans rien revérifier. Il était certain d'avoir bien lu la note de service, aucune erreur n'était possible. C'était le directeur lui-même qui avait rédigé la note, et il n'avait pas l'intention d'y passer outre.

— Votre compte a été fermé.

— C'est ridicule ! Bien sûr que non. Par qui ?

Cette erreur l'agaçait. Elle était sur le point de demander à voir le directeur lorsqu'une lueur dans les yeux du jeune homme l'en dissuada.

— Par le Troisième Reich, répondit le guichetier d'un ton cassant en même temps qu'elle ouvrait la bouche puis la refermait.

Elle mit le chèque dans son sac à main, pivota sur ses talons et se dirigea vers la sortie aussi vite qu'elle le put. Elle savait parfaitement ce que cela signifiait : quelqu'un l'avait dénoncée. Elle ne voyait que Mina, l'ancienne bonne de ses parents. Elle était la seule à savoir. Ou peut-être l'avait-on entendue l'appeler « Miss Wittgenstein » et s'était-on renseigné. Quoi qu'il en fût, on avait fermé son compte, et c'était parce que quelqu'un savait qu'elle était juive. Aucune autre raison ne justifiait la fermeture d'un compte.

Elle sortit rapidement de la banque, héla un taxi et fut chez elle cinq minutes plus tard. Elle n'avait aucune idée de ce qu'elle devait faire : attendre ou partir sur-le-champ. Mais, si elles partaient, où iraient-elles ? Beata pensa aux Daubigny, mais elle ne voulait pas les mettre en danger, quelle que fût la sympathie de Gérard pour les Juifs. C'était une chose de compatir, c'en était une tout autre de cacher des gens chez soi. Toutefois, elles pourraient peut-être y passer la nuit et demander conseil à Gérard. Elle n'avait pas de passeport, si bien qu'elle et Daphné ne pouvaient passer la frontière. En outre, elle n'avait plus d'argent, à part ce qu'elle avait confié à Gérard, mais elle refusait d'y toucher, car ses filles en auraient peut-être besoin plus tard. Elle tentait de résister à la panique tout en sortant deux valises et en commençant à remplir l'une avec ses bijoux et quelques vêtements. Elle alla ensuite dans la chambre de Daphné et était en train de jeter des affaires dans l'autre lorsque celle-ci rentra de l'école. En voyant le visage de sa mère, elle sut immédiatement que quelque chose de terrible s'était produit.

— Maman, qu'est-ce que tu fais ? demanda-t-elle, effrayée.

Elle n'avait jamais vu sa mère ainsi. La terreur se lisait sur ses traits. Beata avait toujours redouté ce jour, et il était arrivé.

— Nous partons. Donne-moi tout ce que tu veux emporter qui peut tenir dans cette valise.

Ses mains tremblaient tandis qu'elle s'affairait.

— Pourquoi ? Que s'est-il passé ? Maman... S'il te plaît...

Sans savoir pourquoi, Daphné se mit à pleurer. Beata se retourna et son regard trahit soudain vingt-cinq ans de souffrance.

— Je suis juive. Je me suis convertie pour épouser ton père. J'ai gardé le secret pendant toutes ces années. Je n'en avais pas l'intention, mais quand on a commencé à s'en prendre aux Juifs, il l'a fallu. J'ai vu une femme à la banque, la semaine dernière, qui m'a connue quand j'étais jeune. Elle m'a appelée par mon nom de jeune fille en plein milieu du hall. Quand j'y suis retournée aujourd'hui, ils avaient clôturé mon compte. Nous devons partir immédiatement. Je crois qu'on va venir nous arrêter.

— Oh, maman ! Ils ne peuvent pas faire ça... s'écria Daphné, sous le choc et les yeux emplis de terreur.

— Si, ils le peuvent. Dépêche-toi. Fais tes valises. Je veux que nous soyons parties cet après-midi, ordonna Beata avec désespoir tandis que Daphné accusait le choc de la nouvelle.

— Où allons-nous ? fit la jeune fille en essuyant ses larmes et en s'efforçant d'être courageuse.

— Je ne sais pas, je n'y ai pas encore réfléchi. Nous pouvons peut-être passer la nuit chez les Daubigny, s'ils acceptent. Mais après, il faudra trouver autre chose.

Elles passeraient peut-être les années à venir à fuir, mais cela valait mieux que d'être prises.

— Et pourquoi pas le couvent ? demanda Daphné, hébétée, tout en prenant des affaires au hasard.

Tout cela n'avait pas de sens. C'était trop d'un coup pour une jeune fille de seize ans, ou pour n'importe qui d'ailleurs. Elles étaient sur le point de quitter leur maison, sans doute définitivement, le seul foyer que Daphné ait connu. Elle avait deux ans lorsqu'elles s'y étaient installées.

— Je ne veux pas faire courir de risque à Amadea ni aux sœurs, répondit Beata.

— Est-ce qu'elle sait ? Pour toi, je veux dire.

— Je lui ai tout dit après la Nuit de cristal. Ma famille venait d'être déportée et j'ai pensé qu'elle devait savoir.

— Pourquoi ne m'as-tu rien dit ?

— J'estimais que tu étais trop jeune. Tu n'avais que treize ans à l'époque.

C'est alors qu'on frappa à la porte. Elles se regardèrent avec terreur, puis Beata fixa Daphné avec détermination.

— Je t'aime. Ne l'oublie pas. C'est tout ce qui compte. Quoi qu'il arrive, nous sommes ensemble.

Elle voulut lui dire de courir se cacher, mais sans être certaine que ce fût la meilleure chose à faire. On frappa à nouveau vigoureusement. Daphné ne bougeait pas et pleurait. C'était le pire jour de son existence.

Beata tenta de se ressaisir et se dirigea vers l'entrée. Quand elle ouvrit, elle se trouva devant deux soldats et un officier SS. C'était ce qu'elle avait toujours craint. Il était trop tard pour que Daphné se cache. Sa fille regardait la scène de la porte de sa chambre.

— Vous êtes en état d'arrestation, déclara l'officier d'une voix horrible. Toutes les deux, poursuivit-il en regardant Daphné. En tant que Juives. Votre banque vous a dénoncées. Suivez-nous.

Daphné poussa un cri.

— Daphné, non ! cria Beata qui tremblait de tous ses membres. Tout ira bien.

Elle se tourna vers l'officier.

— Avons-nous le droit d'emporter des affaires ?

— Vous pouvez prendre une valise chacune. Vous êtes expulsées.

Leurs valises étaient déjà faites. Beata partit chercher la sienne et demanda à Daphné de prendre celle qu'elles venaient de finir dans sa chambre. Mais la jeune fille semblait complètement paniquée. Sa mère la prit dans ses bras et la serra fort.

— Nous n'avons pas le choix. Sois forte. Et souviens-toi de ce que je t'ai dit. Je t'aime. Et nous sommes ensemble.

— J'ai si peur, maman.

— Assez ! hurla l'officier.

Il envoya les deux soldats les chercher. Et quelques instants plus tard, elles sortirent sous bonne escorte, leurs valises à la main, vers une destination et un sort inconnus.

15

Deux jours plus tard, le prêtre de la paroisse de Beata vint au couvent voir la mère supérieure. Il avait appris la nouvelle par la bonne de Beata, qui était venue le voir en larmes. Elle était sortie lorsque c'était arrivé, mais les voisins lui avaient tout raconté. Il pensait qu'Amadea devait être informée que sa mère et sa sœur avaient été emmenées, même si on ne savait pas pourquoi. Avant de venir, il avait mené son enquête, et d'après ses sources Beata et sa fille avaient été envoyées à la gare de triage, à l'extérieur de la ville. Normalement les gens y restaient des semaines, voire des mois, mais un train pour le camp de femmes de Ravensbrück avait quitté Cologne dans l'après-midi, et elles s'y trouvaient. Elles étaient déjà parties.

La mère supérieure écouta le prêtre en silence, puis lui expliqua pourquoi il ne devait rien dire. Mais elle savait qu'en très peu de temps d'autres seraient au courant. Certains paroissiens savaient qu'Amadea était au Carmel depuis six ans. La gravité de la situation ne faisait aucun doute à ses yeux et, une fois le prêtre parti, elle ouvrit un tiroir de son bureau, prit une lettre et passa un appel téléphonique. Plusieurs mois auparavant, Beata lui avait envoyé une lettre avec un nom et un numéro de téléphone, au cas où il lui arriverait quelque chose. Sans céder à une panique excessive ou à l'hystérie, elle avait prévu le pire, et le pire venait de se produire. Il était difficile de croire qu'elles avaient été aussi chanceuses jusque-là pour être aussi malchanceuses maintenant.

Après avoir raccroché, la mère supérieure baissa la tête pour prier et envoya chercher Amadea qui travaillait dans le jardin.

— Oui, révérende mère ? fit Amadea en entrant, l'air étonnée, sans avoir pris le temps de s'arranger après son travail au jardin.

Elle ignorait totalement la raison de sa convocation.

— Sœur Thérèse, asseyez-vous, s'il vous plaît.

La mère supérieure prit une grande inspiration et pria Dieu de l'aider à trouver les mots justes.

— Comme vous le savez, les temps sont difficiles. Pour tout le monde. Et Dieu fait des choix pour nous que nous ne comprenons pas toujours. Nous devons simplement suivre la route qu'Il nous montre, sans mettre en doute Ses décisions.

Amadea la regarda, l'air soudain inquiète.

— Ai-je fait quelque chose de mal ?

— Non, pas du tout, dit la religieuse en tendant le bras pour prendre la main d'Amadea dans la sienne. J'ai de très mauvaises nouvelles à vous annoncer. Quelqu'un a dénoncé votre mère. Votre sœur et elle ont été arrêtées il y a deux jours et envoyées à Ravensbrück aujourd'hui. C'est tout ce que je sais. Elles allaient bien la dernière fois qu'on les a vues.

Mais toutes les deux savaient qu'il n'en serait pas longtemps ainsi. Ravensbrück était un camp où on faisait travailler les femmes jusqu'à ce que mort s'ensuive. Personne n'en revenait. Le cœur d'Amadea s'arrêta en entendant la nouvelle. Elle ouvrit la bouche mais ne put parler.

— Je suis navrée, terriblement navrée. Mais nous devons décider ce que nous allons faire pour vous. La personne qui a dénoncé votre mère vous connaît forcément. Et si ce n'est pas le cas, quelqu'un d'autre se souviendra de vous. Je ne veux pas que vous couriez de risque ici.

Amadea acquiesça de la tête et pensa immédiatement aux autres religieuses. Mais elle pensait surtout à sa mère et à sa sœur, à l'horreur que cela avait dû être pour elles, à la terreur qu'elles avaient dû ressentir. Daphné n'avait que seize ans... Des larmes roulèrent sur ses joues, tandis qu'elle serrait la main de la mère supérieure. Cette dernière se leva, contourna son bureau et la prit dans ses bras. Amadea s'effondra en sanglots. Elle ne pouvait pas imaginer une chose pareille, c'était trop abominable.

— Elles sont entre les mains du Seigneur à présent, murmura la mère supérieure. Tout ce que nous pouvons faire, c'est prier pour elles.

— Je ne les reverrai plus jamais. Oh, ma mère... Je ne pourrai pas le supporter... sanglota-t-elle.

— Beaucoup survivent.

Mais elles savaient que la plupart ne survivaient pas. Et il n'y avait aucun moyen de savoir si Beata et Daphné s'en sortiraient. Daphné était si belle, Dieu seul savait ce qu'elle pourrait subir.

Pour l'heure, la mère supérieure pensait à Amadea. Elle était responsable d'elle. L'envoyer dans le même couvent hollandais que sœur Thérèse Bénédicte n'était plus possible car le pays était occupé, et la présence de cette dernière mettait déjà leurs sœurs en grand danger. Il était hors de question de leur faire courir un risque supplémentaire. Par ailleurs, Amadea n'arriverait jamais à passer la frontière. Sœur Thérèse Bénédicte avait gagné la Hollande avant la guerre, et les choses n'étaient plus les mêmes à présent. Il n'y avait aucun moyen de la faire sortir, et c'était pourquoi elle avait téléphoné. Elle ne pouvait pas faire autrement. L'homme avait accepté de venir dans l'heure.

— Je vais devoir vous demander de faire quelque chose de très difficile, reprit la mère supérieure d'une voix triste, pour votre bien comme pour le nôtre. Je n'ai pas le choix.

Amadea était trop accablée par ce qu'elle venait d'apprendre sur sa mère et sa sœur pour pouvoir en supporter davantage, mais elle hocha néanmoins la tête en se tournant vers la vieille religieuse.

— Je vais vous demander de partir. Temporairement. Si vous restiez ici, cela pourrait mettre en péril tout le couvent. Quand tout sera terminé, quand la vie sera redevenue normale, vous reviendrez. Je le sais. Je n'ai jamais douté un seul instant de votre vocation. Et c'est pour cela que je vous demande de partir, parce que, même dans le monde extérieur, où que vous soyez, vous serez toujours l'une des nôtres. Rien ne pourra changer cela.

Amadea avait déjà renouvelé quatre fois ses vœux temporaires, et elle devait le faire à nouveau dans deux mois. Dans deux ans, elle prononcerait ses vœux perpétuels. Mais le sort s'acharnait encore. Elle avait perdu sa mère et sa sœur, peut-être pour toujours, et se voyait à présent exclue du couvent. Pourtant, au-delà de la douleur, elle savait que c'était la meilleure solution. C'était un sacrifice qu'elle pouvait faire pour ses sœurs et, comme le disait la mère supérieure, elle n'avait pas le choix. Elle acquiesça d'un hochement de tête.

— Où vais-je aller ? s'enquit-elle d'une voix cassée.

Elle n'était pas sortie du couvent depuis six ans. Elle n'avait nulle part où aller.

— Il y a plusieurs mois, votre mère m'a envoyé une lettre, avec le nom d'un ami. Je l'ai appelé il y a quelques minutes, et il a dit qu'il pourrait être là dans l'heure.

— Déjà ?

Amadea n'avait pas besoin de demander pour savoir qu'il s'agissait du seul ami de sa mère, Gérard Daubigny. Cette dernière lui avait souvent répété de le contacter en cas de problème, lui précisant même qu'il gardait de l'argent pour elle. Mais elle ne voulait pas les mettre en danger. Elle était une menace pour tout le monde.

— Pourrai-je dire au revoir à mes sœurs ?

Après un moment d'hésitation, la mère supérieure acquiesça. L'en empêcher aurait été trop cruel, pour elle comme pour la communauté. Elle sonna alors la cloche qui signifiait que quelque chose d'important s'était produit et que toutes devaient se rassembler dans le réfectoire. Lorsque Amadea et elle entrèrent, toutes les sœurs avec qui la jeune fille avait travaillé et vécu pendant si longtemps et qu'elle avait aimées étaient là. Les jeunes, les moins jeunes, même celles en fauteuil roulant. La perspective de les quitter lui était intolérable. Mais la mère supérieure avait raison : elle n'avait pas le choix. Quel que soit l'endroit ou le couvent où elle irait se réfugier, elle serait un danger pour les autres. Elle aimait trop ses sœurs pour leur infliger cela. Elle devait les quitter. Et comme la mère supérieure l'avait dit, elle savait qu'elle reviendrait un jour. Le Carmel était sa vie, son foyer. Elle avait la certitude d'être née pour devenir carmélite et pour servir Dieu.

Mère Thérèse Marie Mater Domini ne donna aucune explication aux religieuses. Le simple fait de connaître les circonstances du départ d'Amadea aurait constitué un danger. Si la police venait, elles ne pourraient rien dire. De plus, le départ d'Amadea mettait le couvent hors de cause, et si jamais quelqu'un devait payer, ce serait elle, la mère supérieure, et personne d'autre. Amadea circula dans les rangs et prit chaque religieuse dans ses bras, l'embrassant et lui murmurant « Dieu vous bénisse, ma sœur ». Elle ne leur dit rien d'autre, mais toutes savaient en la regardant qu'elle s'en allait, de la même façon qu'elles l'avaient deviné pour sœur Thérèse Bénédicte, trois ans plus tôt.

Il lui fallut une demi-heure pour faire ses adieux, et au moment du départ, elle ne retourna pas à sa cellule récupérer ses affaires. Elle était venue au Carmel sans rien et en repartait de la même manière. L'heure était venue pour elle de retrouver un monde qu'elle n'avait pas vu depuis longtemps et qu'elle ne comprenait plus. Un monde dans lequel sa mère et sa sœur ne vivaient plus, un monde où elle n'avait plus ni maison ni attache. Tout ce qu'elle avait, c'était l'ami de son père. Elle attendait dans le bureau de la mère supérieure lorsque Gérard arriva, le regard grave, et la prit dans ses bras.

— Je suis désolé, Amadea, murmura-t-il.

Il avait du mal à croire que Beata et Daphné avaient été arrêtées. Étant donné ce qu'il avait entendu dire sur les camps, il y avait peu de chances qu'elles survivent, mais il ne lui en dit rien.

— Que vais-je devenir ? demanda-t-elle tandis qu'il la regardait.

Il avait oublié à quel point elle était belle, et elle l'était encore plus en cet instant. En dépit de sa tristesse, il y avait quelque chose de lumineux, d'intense dans son regard. Elle semblait irradier de l'intérieur, et il comprit la profondeur et la force de sa foi. Quitter le couvent était pour elle une tragédie et une grande perte, en plus de tout ce qu'elle venait déjà de subir, et il se demanda comment elle se réadapterait au monde après tant d'années. La mère supérieure partageait la même inquiétude. Amadea paraissait en état de choc.

— Nous en discuterons ce soir, répondit Gérard avec calme.

On lui avait ouvert les grilles du couvent et sa voiture était garée dans l'enceinte du Carmel. Pour que personne ne la voie partir, il voulait qu'Amadea s'allonge sur le plancher de la voiture, dissimulée sous une couverture. Ainsi on ne pourrait deviner qu'il quittait les lieux en emmenant une des religieuses. Et si jamais la police venait la chercher, la mère supérieure pourrait répondre qu'elle était partie. Elle n'aurait aucune explication supplémentaire à leur donner. D'ici là, elle n'aurait plus aucune idée de l'endroit où se trouverait Amadea. En attendant qu'elle revienne, la communauté prierait pour elle.

— Il faut vous habiller maintenant, lui rappela la mère supérieure.

Amadea s'éclipsa. Son habit était devenu comme une partie d'elle-même, et lorsqu'elle le retira, ce fut comme retirer sa propre peau. Seule dans la pièce, elle le regarda longuement, soigneusement plié sur la table. On lui avait donné un manteau, des chaussures, une robe, un horrible petit chapeau et des dessous.

Rien ne lui allait, mais elle s'en moquait. Plus rien ne lui importait. Sa mère et Daphné avaient disparu – où qu'elles fussent, elles étaient dans les mains du Seigneur à présent –, et elle était sur le point de quitter l'endroit où elle avait trouvé refuge six ans auparavant, le lieu où elle avait vécu, travaillé et grandi. C'était comme quitter le ventre maternel. Elle boutonna la robe qui était trop petite pour elle et enfila les chaussures trop étroites. Après six années à porter des sandales, avoir des chaussures aux pieds lui paraissait étrange. Elle fut surprise de voir combien elle était mince, ce dont elle n'avait pas eu conscience en habit. Accoutrée de la sorte, elle se trouvait l'air d'un monstre comparé à la beauté que conférait l'habit. Elle avait hâte de pouvoir le porter à nouveau et se demanda combien de temps elle resterait loin de la communauté. Elle ne pouvait que prier pour que cela fût bref. Elle n'avait aucune envie de retrouver le monde. En fait, elle aurait tout fait pour l'éviter.

Gérard l'attendait dans la cour, près de la voiture, impatient de rentrer au château. Véronique avait approuvé sa décision de ramener Amadea chez eux ; ils le devaient à leurs vieux amis Antoine et Beata, même si ce qu'ils faisaient dépassait largement le cadre de l'amitié. Ce qui était en jeu était bien plus que cela. Il s'agissait de ce qui était juste, or très peu de choses l'étaient depuis quelque temps.

Les sœurs étaient retournées à leur travail, et Gérard discutait tranquillement avec la mère supérieure. Personne ne vit Amadea se glisser à l'arrière de la voiture et se coucher sur le plancher, tandis que Gérard la recouvrait d'un plaid de cheval qui sentait les écuries – un souvenir agréable pour elle. Juste avant qu'elle soit cachée, elle regarda une dernière fois la mère supérieure.

— Dieu vous bénisse, mon enfant. Ne vous inquiétez pas, vous reviendrez bientôt. Nous vous attendrons.

— Dieu vous bénisse, ma mère... Je vous aime...

— Moi aussi, murmura cette dernière au moment où Gérard posait la couverture sur elle.

Il remercia la religieuse puis sortit lentement de la cour. Il roula sans s'arrêter jusqu'au château, regardant fréquemment dans le rétroviseur. Les sœurs lui avaient donné un panier rempli de fruits et de légumes pour justifier sa visite au couvent, mais personne ne le suivit. Les autorités n'allaient certainement pas se donner beaucoup de peine pour retrouver une jeune novice, et même si la police venait poser des questions, ils ne s'intéresseraient pas longtemps à elle, puisqu'elle ne représentait aucun danger. Beata et Daphné non plus, mais une fois qu'elles avaient été dénoncées, la Gestapo n'avait pas eu d'autre solution que d'intervenir. Dans le cas de Beata, il y avait une maison et de l'argent à prendre, mais Amadea, elle, ne possédait rien, hormis les vêtements qu'elle portait et le rosaire que lui avait donné la mère supérieure au moment de son départ.

En arrivant au château, Gérard traversa la cour pour se garer à l'arrière du bâtiment. C'était l'heure du déjeuner, et il n'y avait personne. Tout le monde était occupé ou en train de manger lorsqu'il mena Amadea à sa chambre, où Véronique les attendait. En se revoyant, les deux femmes tombèrent dans les bras l'une de l'autre et pleurèrent sur ceux qu'elles avaient perdus et sur toutes les horreurs qui s'étaient produites. Gérard ferma doucement la porte à clé derrière lui. Il avait prévenu les domestiques que sa femme souffrait d'une migraine et qu'il ne fallait pas la déranger. Tous les trois avaient beaucoup de choses à régler et de solutions à trouver. Mais, pour l'heure, Amadea devait se remettre des chocs de la matinée. Elle avait tout perdu. Sa mère. Sa sœur. Le couvent. Elle venait de perdre la seule existence qu'elle eût connue depuis six ans, ainsi que toutes les personnes et les repères de son enfance. Dans les bras de Véronique, elle pleura tout son soûl, le cœur brisé.

16

Gérard, Véronique et Amadea discutèrent jusque tard dans la nuit. Ils attendirent que les domestiques aient regagné leurs quartiers pour descendre aux cuisines, où Véronique prépara un dîner pour Amadea, auquel cette dernière toucha à peine. Elle n'avait pas mangé de viande depuis six ans et se sentit complètement désemparée devant les œufs et les saucisses que lui servait Véronique. Mais, surtout, elle avait la sensation d'être nue sans son habit. Elle portait les vieilles hardes qu'on lui avait données au couvent, mais c'était le cadet de ses soucis.

Gérard avait réfléchi toute la soirée à sa situation, Véronique et lui étaient d'accord pour reconnaître que même s'ils ne pouvaient pas la garder indéfiniment, ils la cacheraient aussi longtemps que cela leur serait possible. Il y avait un vieux débarras pourvu d'une petite fenêtre en haut d'une des tours, avec un minuscule cabinet de toilette, et Gérard était convaincu que personne n'irait la chercher là-haut. Amadea pourrait descendre le soir, pour se dégourdir les jambes et prendre l'air.

— Mais que vous arrivera-t-il, si l'on me trouve ?

— Personne ne te trouvera, répondit simplement Gérard.

Pour l'heure, ils n'avaient pas de meilleur plan et elle leur était reconnaissante de leur aide.

Ce soir-là, Amadea prit un bain dans la salle de bains de Véronique et fut saisie en se voyant dans le miroir. Elle ne s'était pas regardée dans une glace depuis six ans et fut surprise de constater combien elle s'était transformée : elle était devenue une femme. Ses cheveux blonds étaient courts. Elle les coupait elle-même tous les mois, à l'aveuglette, et cela se voyait, mais elle s'en moquait. Pour elle, l'apparence vis-à-vis du monde extérieur n'avait aucune importance. Seul le couvent comptait. C'était là sa vraie place. Partir pour les protéger était son cadeau à ses sœurs, et un bien petit prix à payer en échange de leur sécurité. C'était un sacrifice qu'elle acceptait volontiers, et il lui semblait faible, comparé à celui que les Daubigny faisaient pour elle.

Véronique avait cherché dans ses placards de quoi habiller Amadea et avait trouvé une longue jupe bleue, un chemisier blanc et un pull. Elles avaient presque la même taille, si bien qu'elle lui avait également donné des sous-vêtements et une paire de sandales rouges. Amadea se sentait coupable de porter des vêtements qu'elle jugeait trop jolis, mais, tandis qu'elle s'habillait, elle se rappela qu'elle ne faisait qu'obéir à la mère supérieure : elle devait vivre à l'extérieur en attendant de pouvoir revenir sans risquer la vie de la congrégation. Pourtant, elle avait le cœur lourd en montant à la tour avec Gérard. Celui-ci avait sorti un matelas d'un autre débarras et l'avait installé par terre, avec un oreiller et une pile de couvertures.

— À demain, fit-il doucement en fermant la porte à clé derrière lui.

Véronique et Gérard étaient si bons envers elle, pensa-t-elle en s'allongeant sur le matelas. Elle resta éveillée toute la nuit, priant pour sa mère et sa sœur.

Elle passa la journée du lendemain à prier, comme elle l'aurait fait au couvent. Gérard monta la voir une fois, pour lui apporter à manger et à boire. Le soir, il ouvrit la porte pour la conduire dans leur chambre, où elle prit une nouvelle fois un bain, puis Véronique lui prépara son dîner.

Il en fut ainsi tout l'été. En septembre, les cheveux d'Amadea lui arrivaient aux épaules. Elle ressemblait à nouveau à l'adolescente qui était entrée au couvent, un peu plus mûre cependant. Elle n'avait toujours aucune nouvelle de sa mère et de Daphné. Elle savait que les déportés pouvaient parfois envoyer un message à leurs familles et à leurs proches pour les rassurer, mais ni l'une ni l'autre n'en avait expédié. Gérard avait demandé au couvent, mais rien n'était arrivé à son intention. Par bonheur, elle n'était pas recherchée par la police. Elle avait simplement disparu, et tout le monde l'avait oubliée.

Pendant l'été, les nazis avaient envahi la Russie. Des massacres de Juifs avaient été perpétrés dans les pays occupés, et de nouveaux camps de concentration étaient en construction ou s'ouvraient. Au cours d'une de leurs longues conversations nocturnes, Gérard informa Amadea que tous les Juifs d'Allemagne étaient obligés de porter un brassard avec une étoile jaune, et qu'en septembre avait débuté leur déportation vers les camps de concentration.

Cela faisait à présent cinq mois que les Daubigny cachaient Amadea. La vie au château n'avait pas changé. Gérard et Véronique ne voyaient aucune raison de ne pas continuer à la cacher, même si tous les trois savaient que, s'ils se faisaient prendre, ils seraient fusillés ou déportés. Lorsque Amadea leur proposa de s'en aller, ils insistèrent pour qu'elle reste. C'était un risque qu'ils choisissaient de prendre pour elle et pour la mémoire de ses parents. Après quelques tergiversations et à défaut d'autre solution, elle accepta de rester. Elle n'avait nulle part où aller.

Plusieurs mois passèrent. Un soir, Gérard lui apprit l'attaque de Pearl Harbor. Les États-Unis déclarèrent la guerre au Japon et, quatre jours plus tard, à Hitler, en réponse à sa propre déclaration de guerre. Cela faisait huit mois qu'Amadea n'était pas sortie du château, et elle eut peine à croire que c'était déjà Noël. Elle n'avait rien à fêter cette année-là, hormis la gentillesse des Daubigny à son égard.

Deux jours avant Noël, lorsque Gérard vint lui ouvrir la porte, Amadea le trouva profondément troublé et comprit que quelque chose s'était produit. Toute la journée elle avait entendu de l'agitation à l'extérieur et le bruit des chevaux. Il l'informa que la Gestapo avait réquisitionné les écuries et la plupart des chevaux, et il craignait qu'il n'en soit de même pour le château. Le commandant lui avait dit qu'il ferait une visite complète des lieux peu après Noël. Pour l'heure, ils étaient trop occupés. Il était évident qu'Amadea n'était plus en sécurité au château et qu'il fallait lui trouver un nouveau refuge, avant que les Allemands commencent à fouiller chaque recoin. Gérard s'était discrètement renseigné et avait entendu parler d'une ferme des environs où des Juifs se cachaient, dans un tunnel. Emmener Amadea là-bas ne serait pas chose facile. Ils avaient eu beaucoup de chance jusque-là, mais avec l'armée allemande à leur porte, elle était à nouveau en grand danger.

— Vous vous êtes montrés si bons avec moi, leur dit-elle le soir du réveillon, tandis qu'ils mangeaient dans la cuisine.

Mais toutes ses pensées étaient tournées vers sa mère et sa sœur et elle se demandait si elles étaient encore en vie. Il n'y avait eu aucun message d'elles depuis leur départ pour Ravensbrück, en avril. Si sa mère l'avait pu, elle aurait écrit aux Daubigny pour qu'ils le lui transmettent, mais rien n'était arrivé.

Le lendemain de Noël, à l'aube, Gérard ouvrit la porte, la mine sombre. La veille, le commandant lui avait annoncé qu'ils feraient une inspection complète des lieux le matin même. Gérard était convaincu qu'il ne soupçonnait rien, mais, dans la matinée, toutes les portes, des caves au sommet des tours, seraient ouvertes. La Gestapo avait déjà pris une dizaine de caisses de vin et deux fûts de cognac.

Gérard s'était procuré les informations dont Amadea avait besoin. Il connaissait l'emplacement de la ferme et du tunnel et l'informa que des gens l'attendraient sur place. Il lui tendit une petite carte et lui expliqua comment y aller.

— Comment vais-je les trouver ? s'enquit Amadea, inquiète et une nouvelle fois consciente de la chance qu'elle avait eue de pouvoir rester au château aussi longtemps.

Maintenant, elle devait se débrouiller. La ferme était à vingt-cinq kilomètres environ, et il lui faudrait traverser la campagne. Si elle y parvenait, on la cacherait. Mais d'abord, elle devrait échapper aux soldats qui grouillaient dans les écuries. Gérard avait jugé trop dangereux de la conduire à la ferme. Cela aurait risqué d'attirer l'attention sur l'endroit, ce qu'il fallait à tout prix éviter.

— J'ai laissé un cheval pour toi dans la remise, murmura-t-il. Prends vers le nord. Des repères sont indiqués sur la carte. On t'attend. Une fois arrivée là-bas, tu pourras laisser le cheval repartir.

Il voulait qu'elle parte avant le lever du soleil. Tous les trois discutaient à voix basse, dans la chambre de Véronique et Gérard, restée dans l'obscurité pour éviter que les soldats ne voient de la lumière. Une demi-heure plus tard, les Daubigny accompagnèrent

Amadea à la porte et la serrèrent une dernière fois dans leurs bras. Véronique, qui avait pris soin de la couvrir chaudement, l'embrassa comme sa propre fille.

— Merci, chuchota Amadea en l'étreignant.

— Va aussi vite que tu le pourras, fit Gérard en l'embrassant. Le cheval que je t'ai laissé est sûr.

Et c'était aussi l'un des plus rapides qu'il possédait. Les Daubigny ouvrirent alors la porte, et Amadea sortit dans l'obscurité. Elle qui n'était pas sortie du château depuis huit mois fut saisie par le froid et l'air glacial qui lui coupa le souffle. Elle se dirigea d'un pas vif vers la remise, ouvrit la porte et caressa le cheval tout en réglant la selle dans le noir, la carte au fond de sa poche.

Elle fit ensuite sortir sa monture, dont les naseaux fumaient dans l'air matinal. Aucune sentinelle n'était en poste, et Gérard lui avait dit que tous les soldats dormaient. Elle ne craignait rien. Tout ce qu'elle avait à faire, c'était couvrir les vingt-cinq kilomètres qui la séparaient de la ferme, avant le lever du soleil. Elle se mit en selle avec facilité, et cela lui rappela le temps où elle montait avec son père, et, comme à l'époque, elle partit au petit galop. Mais, bien qu'elle contournât largement le château, les chevaux la sentirent et elle les entendit s'agiter dans les écuries ; heureusement, les hommes ne semblèrent rien entendre. Sa fuite fut facile, et elle prit plaisir à galoper, profitant de son premier contact avec la liberté.

Au bout d'une demi-heure, elle consulta la carte. Elle put la lire sans problème grâce au clair de lune et vit le premier des points de repère. La ferme n'était plus qu'à quelques kilomètres. Le ciel était gris pâle, mais elle savait qu'elle avait encore du temps pour y arriver avant le lever du jour.

Il ne lui restait plus qu'un kilomètre à parcourir lorsqu'elle aperçut soudain des lumières sur sa gauche.

Elle comprit qu'il s'agissait d'une voiture dissimulée dans les buissons quand elle entendit un coup de feu. Un instant, elle hésita entre continuer et faire demi-tour, puis, sans réfléchir, talonna son cheval et s'élança en direction de la ferme, poursuivie par la voiture. Elle était presque arrivée lorsqu'elle prit conscience de son geste. Elle était en train de mener la Gestapo droit à la ferme, et elle n'avait aucune chance de la semer. C'est alors qu'un camion surgit devant elle, en même temps que la voiture lancée à sa poursuite la bloquait par-derrière. Elle était cernée.

— Halte ! hurlèrent deux hommes, tandis que son cheval frappait des sabots, les naseaux fumants dans l'air froid du matin. Qui va là ?

Elle ne répondit rien, restant en selle alors que le cheval continuait à manifester des signes de nervosité.

Ils braquèrent un spot sur elle et furent surpris de constater qu'il s'agissait d'une femme. Elle avait chevauché comme un homme, galopant à vive allure sur un terrain accidenté. L'un des deux hommes s'approcha d'elle, et elle eut envie de s'enfuir. Mais ils tireraient à coup sûr sur le cheval, ou sur elle. Elle comprit alors qu'elle n'atteindrait jamais la ferme, et que Gérard en serait informé dans la matinée. Mais pis que cela, le cheval étant marqué, ils sauraient qu'il venait des écuries Daubigny. Quoi qu'il se passât, elle ne voulait pas que Gérard et Véronique soient impliqués.

— Papiers ! hurla le soldat en tendant la main, tandis qu'un autre pointait son arme sur elle. Papiers !

— Je n'en ai pas.

Elle n'en avait pas eu besoin au couvent et n'en avait pas eu depuis son départ. Elle avait vécu en dehors du monde pendant six ans.

— Qui êtes-vous ?

Elle pensa inventer un nom, mais se ravisa. A quoi bon ? Mieux valait leur dire la vérité.

— Amadea de Vallerand, énonça-t-elle clairement.

— À qui appartient ce cheval ? demandèrent les soldats en gardant leurs armes pointées sur elle, au cas où elle tenterait de s'enfuir.

Son cheval était puissant et nerveux, et ils s'étaient rendu compte qu'elle était une cavalière accomplie. Même après tant d'années, elle n'avait eu aucun problème à maîtriser l'une des meilleures montures de Gérard. Son père avait été un bon professeur.

— Je l'ai pris, répondit-elle avec audace tout en tremblant à l'idée de ce qu'ils pourraient lui faire. Mon père a travaillé aux écuries Daubigny. Je l'ai volé.

Elle devait à tout prix protéger Gérard et Véronique. Les soldats ne devaient en aucun cas savoir que les Daubigny le lui avaient donné.

— Où allez-vous ?

— Voir des amis.

Il était évident qu'ils ne croyaient pas un mot de son histoire et il n'y avait d'ailleurs aucune raison pour cela. Elle n'avait plus qu'à espérer qu'ils ne trouvent pas le plan de la ferme et ne fit aucun geste qui pût indiquer la présence du petit morceau de papier dans sa poche.

— Descendez, ordonnèrent les soldats.

Elle sauta prestement à terre et un des soldats lui prit les rênes des mains, avant d'éloigner le cheval, tandis que l'autre la maintenait en joue avec son arme. Debout devant lui, elle se demanda s'il allait la tuer et fut surprise de son calme. Elle n'avait rien à perdre, si ce n'était la vie, et la sienne appartenait au Seigneur. S'il voulait la rappeler à Lui, Il le ferait.

Les deux soldats la poussèrent dans la voiture et, tandis que le véhicule s'éloignait, Amadea vit un soldat monter le cheval de Gérard et prendre la direction des écuries.

— Combien de chevaux avez-vous volés ? demanda le soldat qui conduisait.

— C'est le seul, répondit-elle brièvement.

Elle n'avait pas une tête de voleuse de chevaux, mais tous les hommes avaient remarqué qu'elle était une cavalière exceptionnelle, et combien elle était belle.

Elle fut conduite dans une maison à proximité et profita du fait qu'ils la laissaient seule dans une petite pièce pour déchirer la carte et en disperser les morceaux dans tous les coins et sous le tapis. Les soldats revinrent deux heures plus tard, après avoir demandé des renseignements à Cologne. Ils avaient trouvé son dossier, mais surtout celui de sa mère, parfaitement mis à jour depuis l'incident à la banque.

— Ta mère était juive, lui crachèrent-ils au visage. Elle et ta sœur ont été arrêtées en avril.

Amadea hocha la tête avec tout l'aplomb et la grâce de quelqu'un se sachant protégé. Tandis qu'elle les fixait tranquillement, elle s'imaginait porter l'habit, et il émanait d'elle quelque chose de sublime que même les soldats ressentirent.

Elle fut ramenée à Cologne dans l'après-midi et conduite directement à l'entrepôt où les Juifs attendaient d'être déportés. Elle n'avait jamais rien vu ni imaginé de tel. Des centaines de personnes étaient entassées comme des animaux, certaines pleuraient ou hurlaient, pressées contre les murs ou les unes contre les autres. D'autres avaient perdu connaissance, mais il n'y avait nulle part où les emmener, alors on les laissait là où elles étaient. Les soldats la poussèrent dans la foule ; elle portait toujours les vieilles bottes de cheval de Véronique et les vêtements qu'elle avait enfilés le matin. Elle se demanda si elle vivait la même chose que sa mère et Daphné quand elles avaient été arrêtées et s'étaient retrouvées à la gare de triage, avant d'être embarquées dans le train pour Ravensbrück. Debout, elle se mit à prier, se demandant où on allait l'emmener. Personne ne lui avait dit quoi que ce soit. En entrant dans l'entrepôt, elle était devenue un corps parmi d'autres, une Juive de plus qu'il fallait déporter.

Ils restèrent là deux jours, dans le froid glacial et la puanteur. L'endroit sentait le vomi, l'urine, la sueur et les excréments. Elle ne pouvait rien faire d'autre que prier. Finalement, on les fit monter dans un train, sans leur dire où ils allaient. Mais quelle importance, puisqu'ils n'étaient plus que des corps. Tandis que les soldats les poussaient à l'intérieur, les gens les assaillaient de questions. Amadea, elle, se taisait et priait. Elle aida une femme qui tenait un petit bébé dans les bras et un homme malade qui semblait mourant. C'est alors qu'elle comprit, en les regardant, pourquoi elle était là. Quel que fût le destin que lui réservait le Seigneur, elle avait été envoyée là pour partager celui de ces gens, et peut-être pour les aider, ne fût-ce qu'en priant pour eux.

Elle se rappela les paroles de la mère supérieure le jour de son arrivée au couvent : lorsqu'elle prononcerait ses vœux perpétuels, elle deviendrait l'épouse du Christ. Si elle était là à présent, c'était pour partager Sa crucifixion en même temps que la leur. Quand le train quitta enfin la gare, au bout de deux jours, elle mourait de faim et d'épuisement, mais dans sa tête résonnait l'écho des « Je t'aime » de sa mère et de la mère supérieure.

L'homme à ses côtés mourut le troisième jour, suivi de près par le bébé de la femme. Le train était rempli d'enfants, de vieillards, d'hommes et de femmes, de morts au milieu des vivants. Régulièrement, il faisait halte, les portes s'ouvraient, et des gens étaient poussés à l'intérieur. Puis le train reprenait sa lente traversée de l'Allemagne en direction de l'est. Amadea ignorait où ils allaient et s'en moquait. Personne ne connaissait leur destination et cela n'avait plus d'importance. On les avait dépossédés de leur humanité, les hommes et les femmes qu'ils avaient été n'existaient plus. Ils étaient dans le train pour l'enfer.

17

Le 3 janvier 1942, cinq jours après leur départ de Cologne, le train s'arrêta à une soixantaine de kilomètres de Prague, en Tchécoslovaquie. Amadea n'avait aucune idée du nombre de personnes qui s'y trouvaient, mais lorsque les portes s'ouvrirent, les gens tombèrent littéralement, incapables de tenir sur leurs jambes. Elle avait réussi à trouver un petit espace où elle pouvait parfois rester accroupie, mais en descendant du wagon elle eut du mal à plier les genoux. Elle se retourna et vit les corps inertes de vieillards et d'enfants restés dans le train. Elle se souvint qu'une femme à côté d'elle avait gardé son bébé mort dans ses bras pendant deux jours. Certains des plus âgés s'attardaient près du train, et les gardes leur crièrent d'avancer. Amadea remarqua que les panneaux plantés à proximité étaient en tchèque, unique indice de l'endroit où ils se trouvaient. Le voyage avait été interminable. Certains s'agrippaient encore à leurs valises, pendant que les soldats leur ordonnaient de se mettre en rangs, et quand ils ne s'exécutaient pas assez vite, ils les poussaient durement avec leurs armes. En voyant les rangs s'étirer derrière elle sur ce qui semblait des kilomètres,

Amadea se rendit compte qu'ils avaient été plusieurs milliers dans le train.

Elle se retrouva à côté de deux femmes et d'un jeune homme. Ils se regardèrent sans rien dire, et lorsqu'ils commencèrent à avancer, elle se mit à prier, pensant à sa mère et à sa sœur qui avaient vécu cela. Si elles avaient pu le supporter, elle aussi le pourrait. Elle pensa au Christ sur la Croix et à ses sœurs du couvent, s'interdisant d'imaginer ce qui allait lui arriver, ainsi qu'à ceux qui l'entouraient. Pour l'heure, ils étaient encore en vie. Leur destin, quel qu'il fût, ne serait scellé que lorsqu'ils atteindraient leur destination finale. Elle pria, comme elle le faisait depuis des jours, pour Gérard et Véronique, espérant qu'il n'y avait pas eu de représailles à leur encontre. Rien ne pouvait prouver qu'ils l'avaient cachée, et elle espérait que tout allait bien pour eux. Mais tout cela lui semblait appartenir à une autre vie à présent.

— Donne-moi ça ! cria un jeune soldat derrière elle.

Il venait d'arracher à un homme une montre en or, qui avait échappé aux fouilles à Cologne. Amadea et l'homme à ses côtés échangèrent un regard, puis détournèrent les yeux.

Ils marchèrent pendant une heure. Amadea portait toujours les bottes de Véronique et était heureuse d'être bien chaussée. Quelques femmes avaient perdu leurs chaussures dans le train et étaient forcées de marcher sur le sol gelé, les pieds écorchés et à vif, pleurant de douleur.

À une vieille femme qui ne pouvait plus marcher au bout de dix minutes, un soldat lança avec mépris :

— Estime-toi heureuse ! Tu vas dans une ville modèle ! C'est plus que tu ne mérites !

Comme elle trébuchait, les deux hommes qui l'entouraient la retinrent et la prirent chacun par le bras. Amadea pria pour elle durant les deux kilomètres suivants, mais aussi pour eux tous, y compris pour elle-même.

Ils arrivèrent une heure plus tard à une ancienne forteresse construite par les Autrichiens deux cents ans auparavant. Un panneau délavé indiquait *Terezin* en tchèque, mais un autre au-dessous disait en allemand *Theresienstadt*. Ils franchirent les portes de la ville fortifiée et reçurent l'ordre de se mettre en rang pour la « sélection ». Les gens autour d'eux semblaient se déplacer librement dans les ruelles pavées de la ville, qui ressemblait plus à un ghetto qu'à une prison. Il y avait des files interminables de personnes faisant la queue avec des timbales en fer et des ustensiles de cuisine dans les mains. Derrière elles, se trouvait un bâtiment avec la pancarte *Café*, ce qui sembla particulièrement singulier à la jeune femme. Il y avait partout des édifices en construction, des hommes en train de marteler, de scier et de bâtir. Amadea remarqua très vite que les gens ne portaient pas d'uniforme de prisonniers, mais leurs propres vêtements. Theresienstadt était une sorte de camp de prisonniers modèle, où on laissait les Juifs vivre et se débrouiller. Il y avait deux cents maisons à un étage et quatorze immenses baraques en pierre, construites à l'origine pour accueillir trois mille personnes. Mais c'étaient plus de soixante-dix mille Juifs qui vivaient là, pour la plupart affamés, épuisés et sans vêtements suffisamment chauds pour les protéger du froid. Et pour ceux qui causaient des problèmes, il y avait une autre petite forteresse, à moins d'un kilomètre, qui était considérée comme une prison.

Amadea attendit sept heures avant d'être « sélectionnée », et durant tout ce temps ils n'eurent droit qu'à un gobelet de gruau. Elle n'avait pas mangé depuis cinq jours. On leur avait distribué de l'eau et du pain dans le train, mais elle avait donné le sien aux enfants, et, comme l'eau rendait tout le monde malade, elle avait préféré ne pas y toucher. Malgré tout, elle souffrait de dysenterie.

Les gens qu'elle voyait marcher dans les rues de Theresienstadt formaient un mélange curieux. Nombre d'entre eux, comme elle l'apprit plus tard, étaient des personnes âgées à qui l'on avait présenté Theresienstadt comme un village pour retraités juifs et montré des brochures attrayantes pour qu'ils se portent volontaires. Mais il y avait aussi des jeunes aux yeux hagards, qui faisaient partie des équipes qui construisaient les maisons. Sans compter un nombre considérable d'enfants. Theresienstadt ressemblait plus à un ghetto qu'à un camp de travail, et son aspect confiné de ville fortifiée lui conférait l'atmosphère d'un village. Pourtant, à l'exception des soldats et des gardes, ses habitants semblaient éreintés. Et tous avaient le regard vide et les traits usés d'hommes et de femmes brutalisés depuis leur arrivée, et même avant.

Quand son tour vint enfin, Amadea fut envoyée dans l'une des baraques avec une dizaine d'autres femmes. Des numéros étaient inscrits au-dessus des portes, et il y avait des hommes et des femmes à l'intérieur. La baraque, construite à l'origine pour recevoir une cinquantaine de soldats, abritait à présent cinq cents personnes. Il n'y avait aucune intimité possible, pas d'espace, pas de chauffage, pas de nourriture et pas de vêtements chauds. Les prisonniers avaient eux-mêmes aménagé des lits à trois étages, suffisamment proches pour qu'il n'y eût qu'à tendre le bras pour toucher son voisin. Les couples qui avaient eu la chance de ne pas être séparés partageaient la même couchette. Les enfants se trouvaient dans un bâtiment séparé, sous le contrôle des gardes et d'autres prisonniers. Les malades étaient au dernier étage, où la plupart des fenêtres n'avaient plus de vitres ; une vieille femme souffla à

Amadea qu'il en mourait tous les jours de maladie et de froid. Les vieillards et les malades faisaient la queue comme tout le monde durant six heures, pour obtenir leur ration journalière, composée de soupe claire et de pommes de terre pourries. Quant aux toilettes, il y avait un cabinet pour mille personnes.

Amadea n'avait rien dit quand on lui avait montré sa couchette. Jeune et robuste, elle avait hérité de la plus haute, celles du bas étant dévolues aux personnes âgées et aux plus faibles. On lui avait pris ses bottes et elle portait désormais des sabots en bois qu'on lui avait donnés en même temps que ses papiers d'identité, lors de la « sélection ». On lui avait également demandé d'ôter sa veste molletonnée en lui disant qu'elle n'en avait pas besoin, malgré le froid glacial. L'accueil qui leur avait été réservé n'avait été que terreur, privation et humiliation. Amadea se dit une fois de plus qu'elle était l'épouse du Christ et qu'Il avait forcément une raison pour l'avoir amenée ici. En revanche, elle concevait difficilement que sa mère et Daphné aient pu endurer une telle existence, et surtout y survivre. Elle se forçait à ne pas trop y penser en regardant les gens autour d'elle. C'était le soir, et la plupart étaient rentrés du labeur, même si beaucoup attendaient encore leur ration du soir dehors, dans la queue. Les cuisines fonctionnaient à plein régime, pourtant il semblait ne jamais y avoir assez pour nourrir tout le monde.

— Tu viens d'arriver par le train de Cologne ? lui demanda une femme amaigrie.

Elle avait une mauvaise toux, ses cheveux et son visage étaient sales, et Amadea vit qu'elle avait un numéro tatoué sur le bras. Ses ongles cassés étaient crasseux. Elle ne portait qu'une pauvre robe en coton et des sabots, et elle était bleue de froid – les baraques étaient glaciales.

— Oui, répondit Amadea qui s'efforçait de penser à la carmélite, et non à la simple femme, qu'elle était.

Se raccrocher à cette idée était la seule façon de tenir et de se protéger.

La femme l'interrogea sur diverses personnes qui auraient pu se trouver dans le train avec elle, mais Amadea ne connaissait aucun nom et ne put les reconnaître malgré les descriptions qu'elle lui fit – les gens devenaient méconnaissables en de pareilles circonstances. Quelqu'un qui entrait demanda à la femme si elle avait vu un médecin. Nombre des dentistes et des médecins à qui l'on avait interdit d'exercer s'étaient retrouvés ici et faisaient leur possible pour aider leurs codétenus, même sans médicaments ni matériel. Deux mois seulement après l'ouverture du camp, la typhoïde sévissait déjà, et on conseilla à Amadea de ne boire que la soupe, pas l'eau. Avec le surpeuplement, il n'y avait plus assez d'installations sanitaires, et même dans le froid glacial, la puanteur de la pièce était insoutenable.

Amadea aida une vieille femme à se mettre au lit et s'aperçut qu'il y avait trois autres femmes dans les lits à côté d'elle. On ne trouvait que des femmes et des enfants de moins de douze ans dans son baraquement. Les garçons de plus de douze ans étaient ailleurs avec les hommes, de même que les plus jeunes enfants, notamment ceux dont les mères avaient été envoyées dans un autre camp ou tuées. Il n'y avait aucune intimité, pas de chauffage et aucun confort. Pourtant, il y avait toujours quelqu'un pour lancer une plaisanterie ; et dans le lointain, Amadea entendait de la musique. Les gardes passaient de temps à temps, donnant de violents coups de bottes aux uns, bousculant les autres, leurs armes toujours en évidence. Ils étaient constamment à la recherche d'objets de contrebande ou volés. Quelqu'un avait dit à Amadea que dérober une pomme de terre était passible de mort, et que quiconque désobéissait au règlement était sévèrement battu. Il était essentiel de ne pas provoquer la colère des gardes, afin d'éviter les représailles qu'elle entraînait.

— Tu as mangé aujourd'hui ? demanda la femme en toussant.

Amadea acquiesça de la tête.

— Et toi ?

Elle était reconnaissante au Carmel d'avoir érigé le jeûne comme règle de vie. Toutefois, le jeûne du couvent incluait une nourriture saine, avec des légumes et des fruits du jardin, alors qu'ici les gens mouraient de faim. Amadea remarqua que certains n'avaient pas de numéro tatoué sur le bras et se demanda quelle était la différence entre ceux qui en avaient et ceux qui n'en avaient pas. Mais elle hésitait à le leur demander : ils souffraient déjà beaucoup et elle ne voulait pas les accabler davantage avec ses questions.

— Il m'a fallu quatre heures pour avoir mon dîner, répondit la femme en précisant que la distribution des rations commençait dès le matin. Et quand mon tour est arrivé, ils n'avaient plus de pommes de terre, seulement de la soupe, si on peut appeler ça comme ça. Mais peu importe, j'ai la dysenterie de toute façon. La nourriture d'ici te rendra vite malade. Si tu ne l'es pas déjà. Tu as vu l'état épouvantable des latrines. Je m'appelle Rosa. Et toi ?

— Thérèse, répondit spontanément Amadea.

C'était ce prénom qui lui correspondait le mieux. Même après des mois passés à se faire appeler Amadea par les Daubigny, son ancien prénom lui était toujours étranger.

— Tu es très jolie, dit Rosa en l'observant. Quel âge as-tu ?

— Vingt-quatre ans.

Elle fêterait ses vingt-cinq ans en avril.

— Comme moi, fit Rosa tandis qu'Amadea essayait d'éviter son regard, car la jeune femme en paraissait quarante. Mon mari a été tué pendant la Nuit de cristal. J'étais dans un autre camp avant. C'est mieux ici.

Amadea n'osa pas lui demander si elle avait des enfants. C'était souvent un sujet douloureux, en particulier si les enfants avaient été envoyés dans un autre camp ou, pis, s'ils avaient été tués avant ou après avoir été emmenés. Les nazis ne voulaient que les enfants en mesure de travailler, les plus jeunes leur étaient inutiles.

— Tu es mariée ? s'enquit Rosa en étirant ses jambes maigres sur sa paillasse.

Elle avait un vieux morceau de tissu qui lui servait de couverture, et beaucoup n'avaient rien.

— Non, répondit Amadea en souriant. Je suis carmélite.

— Religieuse ? fit Rosa, d'abord impressionnée, puis choquée et révoltée. Ils sont venus te chercher au couvent ?

— Non, j'ai quitté le couvent en avril. J'étais chez des amis jusqu'à maintenant.

— Tu es juive ?

C'était à n'y rien comprendre.

— Ma mère l'était. Elle s'était convertie. Je n'en savais rien.

Rosa hocha la tête.

— Ils l'ont emmenée ? demanda-t-elle avec douceur.

Amadea hocha la tête, mais ne put répondre tout de suite. Elle savait maintenant ce que sa mère et Daphné avaient vécu. Elle aurait fait n'importe quoi pour leur épargner cela, même souffrir davantage à leur place. Elle savait à présent qu'elle avait été envoyée là pour aider son prochain, et peu lui importait de mourir ici. Elle espérait que sa mère et sa sœur étaient encore en vie quelque part, ensemble, et qu'elle pourrait les revoir un jour. Cependant, Gérard avait reconnu, avant qu'elle ne parte, que le silence de sa mère et de Daphné depuis avril n'était pas bon signe. Ils n'avaient reçu ni information ni message d'aucune sorte.

— Je suis désolée pour ta mère, murmura Rosa. T'a-t-on dit où tu allais travailler ?

— Je dois me présenter demain pour l'attribution des tâches.

Amadea se demandait si c'était à ce moment-là qu'on la tatouerait. Elle rassembla son courage et posa finalement la question à Rosa, alors qu'elles étaient allongées côte à côte sur leurs couchettes, assez près pour se parler à voix basse et s'entendre. Le bruit dans la pièce était énorme.

— On m'a tatouée à la gare de triage. Ils sont censés nous le faire à notre arrivée, mais nous sommes si nombreux et le camp est si récent qu'ils disent aux gens qu'ils le feront quand ils auront plus de personnel. On te tatouera ton numéro probablement demain, en même temps qu'on t'attribuera ton travail.

Amadea n'aimait guère l'idée d'être tatouée, mais c'était un petit sacrifice de plus qu'elle devait faire pour Dieu.

Après ça, elles se turent. La plupart des gens étaient trop faibles, trop fatigués ou trop malades pour parler, mais beaucoup des plus jeunes étaient encore relativement en forme, malgré leur rude journée de travail et la privation de nourriture.

Plus tard dans la nuit, après que la plupart des prisonniers furent allés se coucher, le son d'un harmonica se fit entendre. Le musicien improvisait des airs viennois et de vieilles chansons allemandes qui firent monter les larmes aux yeux à ceux qui écoutaient. Amadea avait entendu dire qu'il y avait un orchestre dans le camp et que plusieurs musiciens jouaient au café, car de nombreux détenus étaient musiciens, chanteurs ou acteurs avant d'être déportés. En dépit de l'adversité, tous essayaient de se remonter le moral, car leur plus grande terreur était d'être envoyés ailleurs ; les autres camps étaient bien pires, disait-on, et davantage de gens y mouraient. Theresienstadt était, pour les nazis, un camp modèle servant de vitrine pour prouver au monde que, malgré leur volonté d'exclure les Juifs de la société et de les isoler, ils les traitaient humainement. Mais les plaies ouvertes, les engelures, la dysenterie, les visages blafards, les coups distribués au hasard et les gens qui mouraient de ces conditions de vie disaient tout autre chose. Une pancarte à l'entrée du camp portait l'inscription : « Le travail rend libre ». Mais ici c'était la mort qui rendait la liberté.

Allongée sur sa couchette, Amadea pria au son de l'harmonica et, comme au couvent, on les réveilla à cinq heures du matin. Il y avait déjà la queue pour l'eau chaude et le gruau, mais l'attente était si longue que la plupart des prisonniers partaient travailler le ventre vide. Amadea retourna au centre de sélection de la veille pour qu'on lui assigne un travail, et là aussi elle dut faire la queue pendant plusieurs heures. Un garde la prévint qu'elle serait punie si elle partait et il pointa son arme sur son cou pour bien expliciter sa menace. Il resta ainsi un long moment à la regarder, avant de passer au détenu suivant. Peu de temps après, elle vit trois gardes en train de rosser un jeune homme à coups de gourdin.

— Il fumait, murmura en secouant la tête un vieil homme qui se trouvait derrière elle dans la file.

Fumer était un crime sévèrement puni et, pourtant, trouver un mégot était considéré par les détenus comme un trésor qu'il fallait soigneusement dissimuler, comme la nourriture volée.

Quand Amadea arriva enfin devant l'officier chargé de la répartition des tâches, celui-ci lui sembla avoir eu une longue journée. Il leva les yeux, l'étudia du regard puis hocha la tête avant de saisir une pile de papiers. À ses côtés, plusieurs officiers étaient installés à des bureaux, occupés à apposer des tampons et des cachets officiels. Amadea tendit à l'officier les papiers d'identification qu'on lui avait remis la veille, s'efforçant de paraître plus calme qu'elle ne l'était en réalité. Même si elle était prête à tous les sacrifices pour servir son Dieu, se retrouver devant un officier nazi dans un camp de travail n'en restait pas moins une épreuve effrayante.

— Que sais-tu faire ? dit l'homme d'un ton brusque.

Il avait pour tâche d'isoler les médecins, les infirmières, les dentistes et les personnes s'y connaissant en bâtiment et charpenterie, car ils leur seraient utiles. Ils avaient également besoin d'ingénieurs, de maçons, de cuisiniers et de techniciens de laboratoire, ainsi que de milliers d'esclaves.

— Je sais cultiver un jardin, cuisiner et coudre. Je peux aussi donner des soins, mais je n'ai pas eu de formation. Le jardin est peut-être mon point fort, précisa-t-elle.

Elle avait fréquemment aidé les vieilles religieuses au couvent. Sa mère lui avait enseigné la couture, mais les sœurs avec qui elle avait travaillé au jardin disaient qu'elle pouvait faire pousser n'importe quoi.

— Tu ferais une très bonne épouse, plaisanta l'officier en levant à nouveau les yeux vers elle. Si seulement tu n'étais pas juive.

Il trouvait Amadea plus jolie que la plupart des prisonnières qu'il avait vues. Elle semblait forte et robuste, et était grande et mince.

— Je suis religieuse, déclara Amadea calmement.

L'officier la dévisagea, puis jeta à nouveau un coup d'œil à ses papiers, qui indiquaient que sa mère avait été juive. Il vit alors qu'elle portait un nom français.

— À quel ordre appartiens-tu ? s'enquit-il d'un air circonspect en se demandant s'il y avait d'autres religieuses dans le camp.

— Je suis carmélite.

Elle sourit, et il vit briller dans ses yeux la lumière intérieure que d'autres avaient remarquée. Rosa aussi l'avait vue, la nuit précédente.

— Il n'y a pas de temps pour ces sottises ici, affirma-t-il, décontenancé, tandis qu'il inscrivait quelque chose sur son dossier. Bien. Tu peux travailler au jardin. Mais si tu voles quoi que ce soit, tu seras fusillée, ajouta-t-il sèchement en levant vers elle un regard menaçant. Sois là-bas à quatre heures, demain matin. Tu travailleras jusqu'à sept heures du soir.

Cela faisait une journée de quinze heures, mais Amadea s'en moquait. Les gens autour d'elle étaient envoyés dans d'autres lieux, d'autres bâtiments ou d'autres baraquements, et elle se demanda si on allait les tatouer, ce que l'officier semblait avoir oublié dans son cas. Elle avait la nette impression que son statut de religieuse l'avait troublé ; peut-être les nazis avaient-ils eux aussi une conscience, même si tout ce qu'elle avait vu jusque-là rendait l'hypothèse improbable.

Dans l'après-midi, elle fit la queue pour manger et reçut une pomme de terre à moitié pourrie et un croûton de pain. Il n'y avait plus de soupe depuis longtemps et la femme avant elle avait eu une carotte, mais Amadea fut reconnaissante de ce qu'elle reçut. Elle mangea sa pomme de terre en évitant la partie pourrie et avala facilement son pain, mais, en regagnant sa baraque, elle se reprocha sa gloutonnerie et sa voracité. Comme tous, elle mourait de faim.

Quand elle entra dans la baraque, Rosa était déjà là, allongée sur sa couchette. Sa toux avait empiré ; il faisait très froid, ce jour-là.

— Alors, comment c'était ? Ils t'ont donné un numéro ?

Amadea secoua la tête.

— Je crois qu'ils ont oublié. Je pense avoir rendu l'officier nerveux quand je lui ai dit que j'étais religieuse.

Elle sourit d'un air espiègle et son visage redevint celui d'une petite fille. Tous les gens autour d'elle semblaient si graves et si vieux.

— Tu devrais voir un des médecins pour cette toux, ajouta-t-elle, inquiète.

Amadea glissa ses pieds gelés sous le matelas. Elle n'avait que des sabots en bois pour les protéger, et ses jambes étaient nues sous le pantalon qui semblait aussi mince que du papier dans l'air glacial. Cela faisait plus d'une semaine qu'elle portait ce pantalon crasseux. Elle avait eu l'intention d'aller à la blanchisserie dans l'après-midi pour tenter d'échanger ses vêtements, mais n'en avait pas eu le temps.

— Les médecins ne peuvent rien pour moi, répondit Rosa. Ils n'ont pas de médicaments.

Elle haussa les épaules, puis regarda autour d'elle avant de fixer Amadea d'un air conspirateur.

— Regarde, murmura-t-elle en sortant quelque chose de sa poche.

C'était un petit morceau de pomme qui semblait avoir été piétiné par des milliers de personnes – ce qui était probablement le cas.

— Où as-tu trouvé ça ? chuchota Amadea, qui hésitait à accepter le morceau que Rosa lui tendait, bien qu'il la fît saliver.

Il n'y en avait que pour deux bouchées tout au plus, voire une seule.

— Un garde me l'a donné, dit Rosa en le coupant en deux et en en glissant une moitié dans la main d'Amadea, qui savait que le vol de nourriture était passible de mort.

Toutes les deux enfournèrent le morceau dans leur bouche et fermèrent les yeux, telles deux enfants en train de savourer un bonbon.

Elles se turent pendant plusieurs minutes, puis des détenues entrèrent, l'air épuisé, et leur jetèrent un rapide coup d'œil. Mais personne ne dit rien.

Depuis son arrivée au camp, aucun des hommes des équipes de construction n'avait importuné Amadea. Mais, dans les longues files d'attente des après-midi, elle avait entendu des femmes dire qu'elles avaient été violées. Les nazis avaient beau considérer les Juifs comme les derniers des derniers, comme les déchets de la race humaine, ils n'en violaient pas moins leurs femmes, chaque fois que l'envie les prenait. Les autres femmes lui avaient recommandé d'être prudente. Elle était très belle, on la remarquait ; qui plus est, elle était blonde aux yeux bleus, comme eux. Toutes lui conseillèrent de rester sale, de sentir aussi mauvais que possible et de se tenir à distance des soldats. C'était leur seul moyen de défense, même s'il ne fonctionnait pas toujours, notamment le soir, lorsque les gardes étaient ivres, ce qui arrivait fréquemment. Ils étaient jeunes et voulaient des femmes. Même les vieux gardes n'étaient pas dignes de confiance.

Ce soir-là, Amadea se coucha tôt pour être en forme le lendemain. Mais trouver le sommeil était difficile avec tant de gens autour. Parfois, cela l'empêchait même de prier. Elle essayait de garder ses habitudes du couvent, tout comme elle l'avait fait au château des

Daubigny, mais c'était plus simple là-bas. Quand elle se leva à trois heures et demie, tout était calme. Elle avait dormi tout habillée et, pour une fois, seule une trentaine de personnes attendait devant les toilettes, et elle put y aller avant de partir travailler.

Elle se dirigea ensuite vers les jardins. Quand elle y arriva, il y avait déjà une centaine de détenus, des jeunes filles pour la plupart, mais aussi des garçons et quelques femmes plus âgées. L'air de la nuit était glacial et le sol gelé. Tous se demandaient ce qu'ils pourraient faire, quand les gardes leur tendirent des pelles. Ils devaient planter des pommes de terre. Des milliers de pommes de terre. Un travail éreintant. Ils travaillèrent huit heures d'affilée jusqu'à midi, les mains gelées et pleines d'ampoules à force de bêcher dans la terre durcie, tandis que les gardes circulaient parmi eux en leur enfonçant dans les flancs la pointe de leurs armes. On leur accorda alors une demi-heure de pause pour manger. Comme d'habitude, la soupe était claire et le pain rassis, mais les portions un peu plus copieuses qu'à l'accoutumée. Ensuite, ils retournèrent travailler pendant sept heures. Avant de partir, on les fouilla. Voler dans les jardins était puni de coups ou de mort, selon l'humeur des gardes et la résistance du voleur. Un garde fouilla les vêtements d'Amadea, lui fit ouvrir la bouche et profita du fait qu'il tâtait son corps pour lui palper la poitrine. La jeune femme ne broncha pas et regarda droit devant elle. Le soir, elle n'en parla pas à Rosa, persuadée que cette dernière avait connu bien pire.

La semaine suivante, Rosa fut transférée dans un autre baraquement. Un garde les avait vues discuter et rire ensemble à plusieurs reprises et les avait dénoncées en disant qu'elles étaient des agitatrices et qu'il fallait les séparer. Amadea ne vit plus Rosa pendant plusieurs mois. Lorsqu'elle la croisa à nouveau, Rosa n'avait plus de dents. Elle avait été surprise en train de voler, et un garde lui avait cassé les dents et le nez. La vie semblait l'avoir abandonnée. Elle mourut au printemps, d'une pneumonie.

Amadea travaillait dur au jardin, faisant ce qu'elle pouvait, mais il était difficile d'obtenir des résultats dans de telles conditions ; même elle ne pouvait pas faire de miracles avec un sol gelé et des outils en mauvais état. Pourtant, chaque jour, elle plantait des rangées de pommes de terre. Et quand vint le printemps, elle planta des carottes et des navets. Elle aurait voulu cultiver, comme au couvent, des tomates, de la laitue et d'autres légumes, mais c'étaient des aliments trop fins pour les besoins du camp. Plus d'une fois, lorsqu'elle ne recevait qu'un navet pour tout repas, l'idée de voler une pomme de terre lui traversa l'esprit, mais, au lieu de le faire, elle pria. Dans l'ensemble, elle ne rencontrait pas de difficultés particulières, et les gardes la laissaient tranquille. Elle se montrait toujours respectueuse à leur égard, restait discrète, faisait son travail et aidait les autres détenus. Elle s'était mise à rendre visite aux malades et aux personnes âgées le soir, et quand il pleuvait trop pour travailler au jardin, elle s'occupait des enfants, ce qui ne manquait jamais de lui remonter le moral, même si beaucoup étaient malades. Ils étaient si tendres et si courageux qu'être avec eux la faisait se sentir utile. Toutefois, eux non plus n'étaient pas épargnés par les tragédies. En février, un train entier d'enfants était parti pour Chelmno. Les mères s'étaient attroupées près des camions qui emmenaient leurs petits à la gare, et celles qui s'étaient agrippées trop longtemps à leur enfant ou avaient tenté de s'interposer avaient été abattues. Chaque jour amenait son lot d'atrocités.

En avril, Amadea eut vingt-cinq ans. Le temps était meilleur et on la transféra dans un nouveau baraquement, à proximité des jardins. Avec les jours qui allongeaient, les journées de travail étaient plus longues et parfois elle ne rentrait pas se coucher avant vingt et une heures. Malgré les rations insuffisantes et la dysenterie perpétuelle, Amadea restait vigoureuse, grâce à son travail au jardin. Comme quelques autres au camp, elle avait eu la chance de ne pas être tatouée. Les soldats demandaient constamment à voir ses papiers mais jamais son numéro, et elle s'arrangeait toujours pour porter des chemises à manches longues. Ses cheveux, encore plus blonds sous l'effet du soleil, étaient longs à présent, et elle les portait attachés dans le dos en une natte. Tous ceux qui la connaissaient savaient qu'elle était religieuse, et les détenus la traitaient avec gentillesse et respect, ce qui n'était pas toujours le cas entre eux. Les gens dans le camp étaient malades et malheureux et voyaient constamment des drames se produire sous leurs yeux ; les gardes les terrorisaient en permanence, les brutalisaient et parfois même les obligeaient à se battre entre eux pour une carotte, un panais ou un bout de pain rassis. Mais, la plupart du temps, tous faisaient preuve d'une grande compassion les uns envers les autres, et de temps en temps, même les gardes se montraient corrects avec eux.

En mai, un jeune soldat fut affecté à la surveillance du jardin. Amadea le subjuguait. Un après-midi, il s'arrêta près d'elle et lui confia être originaire de Munich et détester Theresienstadt, qu'il trouvait sale et déprimante. Il attendait un transfert pour Berlin, qu'il demandait depuis son arrivée au camp.

— Pourquoi as-tu l'air si heureuse, lorsque tu travailles ? lui demanda-t-il en allumant une cigarette.

Quelques femmes regardèrent la cigarette avec envie, mais il ne leur en offrit pas, sauf à Amadea, à qui il proposa une bouffée, qu'elle refusa. Son commandant était parti plus tôt pour se rendre à une réunion, et lui et les autres en profitaient pour se détendre un peu. Cela faisait des semaines qu'il attendait une occasion d'aborder la jeune femme.

— J'ai l'air heureuse, vraiment ? répondit Amadea d'une voix aimable, tout en continuant à travailler.

Ils avaient reçu l'ordre de planter davantage de carottes, car celles déjà plantées poussaient bien.

— Oui. Tu donnes toujours l'impression d'avoir un secret. Tu as un fiancé ? questionna-t-il brutalement.

Certains jeunes détenus se fréquentaient. C'était un rayon de soleil dans ce lieu sinistre. Une ultime trace d'espoir.

— Non, je n'en ai pas, dit Amadea avant de se détourner.

Elle se rappelait les mises en garde des autres femmes et ne voulait pas l'encourager. C'était un jeune homme grand et séduisant, avec des traits fins et des yeux bleus, et ses cheveux bruns lui rappelaient ceux de sa mère. Le jeune soldat la trouvait magnifique avec ses grands yeux bleus et ses cheveux blonds et se disait qu'après une bonne toilette, elle devait être très belle. Même ici, en dépit de leurs vêtements crasseux et de leurs cheveux sales, beaucoup de femmes restaient jolies, notamment les plus jeunes, et Amadea en faisait partie.

— Avais-tu un fiancé, chez toi ? s'enquit-il en allumant une deuxième cigarette.

Sa mère les lui expédiait de Munich, et tout son baraquement les lui enviait. Il les troquait souvent contre des services.

— Non, répondit Amadea en se fermant.

Elle n'aimait guère la tournure que prenait la conversation.

— Pourquoi ?

Elle se mit devant lui et le fixa sans crainte, droit dans les yeux.

— Je suis religieuse, dit-elle simplement, comme pour lui signifier qu'elle n'était pas une femme et qu'il n'était donc pas nécessaire de faire attention à elle.

Pour la plupart des gens, c'était un statut sacré, et le regard d'Amadea montrait qu'elle attendait de lui qu'il le respectât, même au camp.

— Ce n'est pas possible ! répondit-il, stupéfait.

Jamais il n'avait vu de religieuse aussi jolie. En règle générale, elles étaient plutôt ordinaires.

— Pourtant, si. Je suis sœur Thérèse du Carmel, confirma-t-elle fièrement tandis qu'il secouait la tête.

— Quel gâchis ! N'as-tu jamais eu de regrets ?… Je veux dire, avant d'être ici ?

Il imaginait, à juste titre, que quelqu'un de sa famille devait être juif, pour qu'elle se retrouve ici, car elle ne ressemblait ni à une gitane, ni à une communiste, ni à une criminelle. Elle devait forcément avoir du sang juif.

— Non. C'est une vie extraordinaire. Un jour, je retournerai au couvent.

— Tu devrais te trouver un mari et fonder une famille, rétorqua-t-il avec fermeté, comme si Amadea était une petite sœur qu'il réprimandait pour sa sottise.

Cette fois-ci, elle éclata de rire.

— J'ai un mari. Dieu est mon mari. Et tous ces gens sont mes enfants, et les siens, fit-elle en balayant le jardin du bras.

L'espace d'un instant, le jeune homme se demanda si elle était folle, puis il comprit qu'Amadea parlait sérieusement. Sa foi était inébranlable.

— C'est une vie stupide, grommela-t-il avant de partir surveiller les autres détenus.

Elle le revit à la fin de la journée et pria pour qu'il ne fût pas celui qui la fouillerait. Elle n'aimait pas la façon dont il la regardait.

Il revint le lendemain et, sans rien dire, il passa près d'elle en feignant l'ignorer, tout en glissant un morceau de chocolat dans sa poche. C'était une faveur incroyable, mais également très mauvais signe, et cela pouvait se révéler dangereux. Elle ne savait que faire. Elle serait exécutée si les gardes découvraient le chocolat sur elle, mais elle trouvait terriblement injuste de le manger alors que les autres mouraient de faim. Elle attendit que le soldat passe à nouveau près d'elle pour lui dire qu'elle appréciait son geste, mais qu'il devait plutôt l'offrir à un des enfants. Discrètement, elle le lui rendit.

— Pourquoi fais-tu ça ? demanda-t-il d'un air blessé.

— Parce que ce n'est pas bien. Il n'y a pas de raison que je sois mieux traitée que les autres. Quelqu'un d'autre en a plus besoin que moi. Un enfant ou une personne âgée, ou un malade.

— Donne-le-leur, alors, répliqua-t-il d'un ton cassant en lui redonnant le chocolat avant de s'éloigner.

Ils savaient tous les deux que le morceau allait fondre dans sa poche et qu'elle aurait des ennuis lors de la fouille. Alors, ne sachant que faire d'autre, elle le mangea et se sentit coupable tout le reste de l'après-midi, implorant Dieu de lui pardonner d'avoir été gourmande et malhonnête. Mais le goût délicieux du chocolat la hanta toute la journée, et elle ne put penser à rien d'autre jusqu'au soir. Au moment du départ, le soldat lui sourit, et malgré elle Amadea lui rendit son sourire ; on aurait dit un gamin espiègle, bien qu'il eût son âge. L'après-midi suivant, il revint et lui annonça qu'elle allait être nommée chef de groupe, en raison de la qualité de son travail. Mais elle eut l'impression qu'il faisait cela pour obtenir ses faveurs. Il était facile de deviner ce qu'il attendait d'elle, et, pendant les semaines qui suivirent, elle fit tout son possible pour l'éviter. Les beaux jours arrivaient lorsqu'il s'arrêta à nouveau devant elle. Elle venait de terminer sa soupe et son pain et s'apprêtait à retourner travailler.

— Tu as peur de me parler, n'est-ce pas ? demanda-t-il avec douceur en la suivant jusqu'à l'endroit où elle avait laissé sa pelle.

Elle se retourna pour lui faire face.

— Je suis une prisonnière et vous êtes un garde. C'est une situation difficile, répondit-elle avec franchise en choisissant ses mots avec soin pour ne pas l'offenser.

— Peut-être pas aussi difficile que tu le penses. Je pourrais te rendre la vie plus facile, si tu me laissais faire. Nous pourrions devenir amis.

— Pas ici, fit-elle remarquer d'une voix triste.

Elle voulait croire qu'il était quelqu'un de bien, mais elle ne pouvait en être sûre. La veille, un autre train de détenus était parti. Amadea connaissait l'une des personnes qui rédigeaient les listes ; son nom à elle n'était encore jamais apparu, mais cela pouvait se produire à n'importe quel moment. Theresienstadt semblait n'être qu'un centre de transit vers d'autres camps, pires pour la plupart. Auschwitz, Bergen-Belsen ou Chelmno. Des noms qui glaçaient d'horreur.

— Je veux devenir ton ami, insista le jeune soldat.

Il lui avait donné du chocolat à deux autres occasions, mais elle savait que les faveurs étaient dangereuses. Toutefois, elle ne voulait pas non plus le rejeter, car cela pouvait se révéler tout aussi dangereux. Après avoir vécu en recluse au couvent depuis son adolescence, elle n'avait aucune expérience des hommes. À vingt-cinq ans, elle était plus innocente qu'une jeune fille de quinze ans.

— J'ai une sœur de ton âge. Quelquefois, je pense à elle en te regardant. Elle est mariée avec trois enfants. Toi aussi tu pourrais avoir des enfants, un jour.

— Les religieuses n'ont pas d'enfants, répondit-elle en lui souriant.

Il y avait de la tristesse dans les yeux du soldat, et elle supposa qu'il devait avoir le mal du pays, comme la plupart des autres militaires. Tous s'enivraient le soir pour ne pas y penser, et peut-être pour oublier les horreurs qu'ils voyaient chaque jour ; certains devaient forcément y être sensibles. Celui-ci, en tout cas, lui paraissait gentil.

— Quand la guerre sera terminée, je retournerai au couvent prononcer mes vœux perpétuels.

— Ah ! fit-il, le regard plein d'espoir. Donc, tu n'es pas encore religieuse !

— Si. Je suis au couvent depuis six ans.

Cela faisait presque un an qu'elle en était partie. Si tout s'était passé normalement et si elle n'avait pas été forcée de le quitter, elle aurait été à un an de ses vœux perpétuels.

— À quel degré es-tu juive ?

Elle avait l'impression qu'il l'interrogeait comme si elle était sa fiancée, et cette seule pensée la rendait malade.

— A moitié.

— Tu n'as pas l'air juive.

Elle ressemblait plus à une aryenne que la plupart des femmes de son entourage, y compris sa mère, qui avait les cheveux noirs. Son père était grand, élancé et blond comme Amadea, de même que sa sœur. Lui avait hérité les cheveux noirs de sa mère et les yeux clairs de son père. Amadea ne lui faisait pas penser à une Juive, et personne ne se douterait qu'elle l'était une fois les choses redevenues comme avant. Il éprouvait l'envie folle de la protéger et de la maintenir en vie.

Elle retourna à son travail et ne lui adressa plus la parole. Mais, chaque jour, il s'arrêtait pour discuter avec elle, et chaque jour il lui glissait quelque chose dans la poche : un chocolat, un mouchoir, un petit morceau de viande séchée, un bonbon, n'importe quoi pour lui prouver ses bonnes intentions. Il voulait qu'elle lui fasse confiance, qu'elle sache qu'il n'était pas comme les autres. Il n'allait pas l'entraîner dans une allée sombre ou derrière un buisson pour la violer. Il voulait qu'elle le désire. Il n'y avait rien d'étrange à cela, se disait-il. Elle était belle, manifestement intelligente et totalement pure après avoir vécu si longtemps au couvent. Il la désirait plus qu'il n'avait jamais désiré aucune femme. Il avait vingt-six ans et, s'il avait pu, il l'aurait enlevée sur-le-champ. Mais ils devaient se montrer prudents. Il risquait autant d'ennuis qu'elle en devenant son ami. Personne ne désapprouverait qu'il la viole, au contraire, il savait que les hommes trouveraient la chose amusante ; la majorité d'entre eux étaient déjà passés à l'acte. Mais tomber amoureux était une autre histoire ; il risquait le peloton d'exécution. La situation était dangereuse, le jeune soldat en avait conscience, de même qu'Amadea, et elle avait d'ailleurs plus à perdre que lui. Elle y pensait tous les jours, à chaque fois qu'il passait près d'elle et lui glissait ses petits cadeaux dans la poche. Si quelqu'un les surprenait, elle serait abattue.

— Wilhelm, vous devez arrêter, le gronda-t-elle un après-midi.

Il lui avait donné plusieurs bonbons ce jour-là, et, bien qu'elle détestât l'admettre, ils lui donnaient de l'énergie. Elle aurait voulu les donner aux enfants qu'elle passait voir, mais n'osait pas, de peur d'être punie pour vol et que les petits le soient aussi ; ils seraient si excités par les bonbons qu'ils finiraient par en parler, et ils seraient alors tous en danger. Elle les mangeait donc, sans rien dire à personne.

— J'aimerais pouvoir te donner plus, dit-il d'un air sérieux. Une veste bien chaude et de bonnes chaussures… et un lit chaud.

— Je suis bien comme je suis, répondit-elle, sincère.

Elle s'habituait aux rigueurs du camp, comme elle s'était habituée à celles du couvent, se disant simplement qu'elles étaient son sacrifice pour le Christ ; c'était plus facile à supporter de cette façon. Cependant, elle ne s'habituait pas à voir les gens mourir. Cela lui était toujours aussi insupportable. Il y en avait tellement qui mouraient, de maladie aussi bien que de violences. Theresienstadt était le camp le moins violent, disait-on, contrairement à Auschwitz que tout le monde redoutait ; c'était une cour de récréation en comparaison, et l'on disait que moins de gens y mouraient. Les nazis envisageaient d'ailleurs d'y faire venir les autorités pour leur montrer ce camp modèle et leur prouver que les Juifs étaient bien traités. Après tout, il y avait un café et un orchestre. De quoi d'autre les Juifs avaient-ils besoin ? De médicaments et de nourriture, pensait Amadea, et Wilhelm le savait aussi bien qu'elle.

— Tu ne devrais pas être ici, déclara le jeune homme avec tristesse.

Amadea était d'accord avec lui, mais ni lui ni elle ne pouvaient y faire quoi que ce soit.

— As-tu de la famille quelque part ? De la famille chrétienne ?

Elle secoua la tête.

— Mon père est mort quand j'avais dix ans. Il était français. Mais je n'ai jamais connu sa famille, répondit-elle.

Wilhelm baissa alors la voix et se mit à lui parler de manière à peine audible.

— Il y a des partisans tchèques dans les collines. On nous en parle tout le temps. Ils pourraient t'aider à t'échapper.

Amadea le dévisagea, se demandant s'il lui tendait un piège. Essayait-il de la faire s'évader pour qu'elle se fasse tuer dans sa tentative d'évasion ? Était-ce un test ? Ou bien était-il fou ? Comment pouvait-il croire qu'elle réussirait à s'enfuir ?

— C'est impossible, murmura-t-elle, attirée par sa proposition mais néanmoins méfiante.

— Pas du tout. Souvent, tard le soir, il n'y a pas de sentinelle à l'entrée sud. Ils verrouillent simplement les portes. Si jamais tu trouves les clés, tu n'auras qu'à franchir les portes et t'enfuir.

— Et me faire tuer, rétorqua-t-elle avec gravité.

— Pas nécessairement. Je pourrais te rejoindre. Je déteste cet endroit.

Amadea le regarda d'un air hébété, incapable de savoir quoi répondre. Que ferait-elle si elle parvenait à s'échapper ? Où irait-elle ? Elle ne connaissait personne en Tchécoslovaquie, et retourner en Allemagne était impossible ; toute l'Europe était occupée. C'était sans espoir, elle le savait, même si l'idée était tentante.

— Je pourrais partir avec toi, ajouta-t-il.

— Partir où ?

Tous les deux risquaient de se faire fusiller si quelqu'un entendait leurs propos.

— Je dois y réfléchir, murmura-t-il.

À ce moment-là, son commandant parut et l'appela. Amadea eut peur qu'il ne se fût attiré des ennuis en lui parlant, mais son chef lui montra des papiers et se mit à rire aux éclats tandis que Wilhelm souriait. Visiblement, tout allait pour le mieux. Cependant, Amadea ne pouvait s'empêcher de penser à leur discussion. Elle avait entendu parler d'hommes qui s'étaient évadés, mais jamais de femmes. Quelque temps auparavant, un groupe s'était fait passer pour une équipe d'ouvriers envoyée à la prison de la forteresse voisine sur un chantier. Pensant qu'ils avaient reçu l'autorisation de travailler à l'extérieur, les sentinelles n'avaient pas fait attention, et le groupe était tranquillement sorti du camp. La plupart avaient été rattrapés et fusillés, mais quelques-uns, au dire de Wilhelm, avaient réussi à s'enfuir dans les collines. Amadea trouvait l'idée formidable, mais elle impliquait de partir avec Wilhelm, ce qui lui posait un autre problème. Elle ne comptait nullement devenir sa maîtresse, encore moins sa femme, quand bien même il l'aiderait à s'enfuir. Et, s'il venait à la dénoncer, elle risquait d'être déportée à Auschwitz ou tuée sur-le-champ. Elle ne pouvait faire confiance à personne, pas même à lui, bien qu'il parût être un homme bon, et manifestement amoureux d'elle. Jamais auparavant elle n'avait imaginé qu'elle pût exercer un pouvoir sur les hommes par son seul physique.

Mais Wilhelm voyait bien plus que cela en Amadea. Il la trouvait non seulement belle, mais intelligente, et d'une grande bonté. Elle était le genre de femme qu'il avait cherché toute sa vie et c'était à Theresienstadt qu'il l'avait trouvée : une demi-Juive, détenue dans un camp de concentration et, pour couronner le tout, religieuse.

Cette nuit-là, allongée sur sa couchette, Amadea ne pensait qu'à son évasion. Mais que ferait-elle, une fois passé les portes ? C'était un plan voué à l'échec. Wilhelm avait parlé de partisans tchèques dans les collines, mais comment étaient-ils censés les trouver ? En agitant un drapeau blanc dans la nuit ? C'était insensé. Pourtant, les jours qui suivirent, elle ne put penser à rien d'autre. Chaque jour, Wilhelm se montrait plus prévenant et passait plus de temps avec elle. Il lui faisait la cour, mais ce n'était ni le lieu ni l'endroit, et elle n'était pas la bonne personne pour ça. Mais elle avait cessé de le lui répéter ; peut-être, après tout, pourraient-ils s'évader ensemble, en tant qu'amis. C'était une perspective extraordinaire, même si elle avait conscience que ni lui ni elle ne seraient jamais en sécurité nulle part. Elle était juive, et il deviendrait un déserteur. Ensemble, ils couraient deux fois plus de risques.

À la fin du mois de mai, il y eut des rumeurs dans tout le camp. Les prisonniers ignoraient de quoi il s'agissait, mais des bruits couraient parmi les gardes. Le 27 mai, deux résistants tchèques, entraînés par les forces britanniques et parachutés dans la campagne aux abords de Prague, avaient tenté d'assassiner le Gruppenführer Reinhard Heydrich, chef du protectorat de Bohême-Moravie. Grièvement blessé, Heydrich était mort le 4 juin. Les représailles nazies avaient été terribles : en quelques jours, 3 188 Tchèques avaient été arrêtés, 1 357 exécutés et 657 étaient morts pendant leur interrogatoire. Jour après jour, dans les camps, on attendait ce qui allait se passer.

L'après-midi du 9 juin, Wilhelm vint au jardin, marcha près d'Amadea, sans la regarder et prononça deux mots :

— Ce soir.

Elle se retourna et le fixa. Il ne pouvait pas avoir dit cela sérieusement. Était-ce une avance ? Mais, lorsqu'elle fut sur le point de terminer son travail, il s'arrêta près d'elle en faisant mine d'inspecter ce qu'elle avait fait et murmura :

— Ils vont s'emparer du village de Lidice ce soir. C'est à une trentaine de kilomètres d'ici, et ils vont avoir besoin de nos hommes. Ils ont l'intention de déporter les femmes et de tuer tous les hommes, puis d'incendier le village entier, pour donner l'exemple. Deux tiers de nos hommes vont partir à huit heures, neuf heures au plus tard, avec les voitures et les camions. Retrouve-moi à l'entrée sud à minuit. Je me charge de la clé.

— Si quelqu'un me voit partir, je vais être abattue.

— Il ne restera plus personne pour te tuer. Longe les baraquements et personne ne te verra. Si on t'arrête, dis que tu vas voir les malades.

Wilhelm lui jeta un regard de connivence, puis il hocha la tête comme pour approuver son travail et partit. Ce qu'il venait de dire était de la folie, un plan insensé, mais s'il y avait jamais eu une occasion, elle savait que c'était ce soir-là. Mais que feraient-ils ensuite ? Qu'allait-elle faire, elle ? Peu importait, elle devait tenter sa chance.

En rentrant au baraquement, Amadea pensa au sort qui attendait les habitants de Lidice. C'était affreux. Mais ça l'était tout autant pour elle de rester à Theresienstadt jusqu'à la fin de la guerre ou d'être transférée dans un autre camp. Cela faisait cinq mois qu'elle était là, et elle avait eu beaucoup de chance. Elle n'était pas aussi malade que la plupart et n'avait jamais été tatouée ; avec l'arrivée continuelle de nouveaux détenus et tous les chantiers en cours, les nazis avaient trop à faire, et elle était passée à travers les mailles du filet. Et voilà qu'elle était sur le point de passer à travers celles des portes de la ville. S'ils se faisaient prendre, elle serait tuée ou déportée à Auschwitz, et lui serait vraisemblablement fusillé. Elle avait beaucoup à perdre, mais peut-être davantage encore en restant ici, où elle risquait d'être déportée à Auschwitz de toute façon. Elle savait qu'elle devait tenter sa chance, même si elle y laissait la vie. Elle ne pouvait pas rester à Theresienstadt, et ils ne retrouveraient jamais une occasion comme celle-ci.

Ce soir-là, Amadea entendit les camions et les voitures quitter le camp. Très peu de gardes patrouillaient autour des baraquements. Il n'y avait quasiment plus de soldats dans le camp, mais, après tout, Theresienstadt était un camp tranquille, peuplé de « bons » Juifs, obéissants et travailleurs, qui construisaient ce qu'on leur demandait et faisaient leur travail. Des Juifs qui jouaient de la musique et obéissaient aux gardes. La nuit était calme et, à minuit, Amadea se leva de sa couchette, tout habillée – ceux qui enlevaient leurs vêtements étaient sûrs de ne pas les retrouver. Elle expliqua au garde qu'elle allait aux toilettes et ensuite voir une amie malade. L'homme esquissa un sourire et s'écarta pour la laisser passer. La jeune femme n'avait jamais causé de problèmes, et il savait qu'elle n'allait pas commencer ; il savait aussi qu'elle était religieuse et qu'elle était toujours en train de soigner quelqu'un parmi les vieillards, les enfants ou les malades du camp qui étaient légion – tous les détenus souffraient de quelque chose.

— Bonne nuit, fit-il en poursuivant sa ronde vers le baraquement suivant.

La nuit allait être calme. Tout était paisible ici, il n'y avait que des Juifs tranquilles, pensait le soldat. Avec l'arrivée des beaux jours, gardes et détenus étaient de meilleure humeur ; l'hiver avait été rigoureux, mais l'été s'annonçait doux et chaud. Amadea entendait un harmonica jouer. Elle fit d'abord halte aux toilettes, puis sortit du baraquement. Il n'y avait personne dehors, et elle n'avait qu'une courte distance à parcourir pour gagner l'entrée sud. C'était incroyable, il n'y avait absolument aucun soldat en vue, et même la place était déserte. Wilhelm était là, qui l'attendait. Il avait la clé dans la main et la lui montra en souriant. D'un geste rapide, il introduisit l'énorme clé dans la serrure, celle-là même que la ville utilisait depuis deux cents ans, et la porte s'entrouvrit dans un grincement, suffisamment pour les laisser passer tous les deux. Wilhelm la referma en la verrouillant et jeta la clé. Si jamais quelqu'un la retrouvait, les nazis penseraient qu'une sentinelle l'avait fait tomber par inadvertance et seraient soulagés que personne ne l'ait trouvée et n'ait ouvert la porte. Wilhelm et Amadea se mirent alors à courir comme des fous. Elle ignorait qu'elle pouvait courir si vite. À chaque instant, chaque seconde, elle s'attendait à entendre des coups de feu, à sentir la lame d'un couteau dans son dos. Mais tout ce qu'elle entendait, c'était sa respiration et celle de Wilhelm. Ils coururent jusqu'à la forêt proche de Theresienstadt et s'y réfugièrent comme deux enfants perdus et à bout de souffle. Ils avaient réussi ! Ils étaient à l'abri ! Elle était libre !

— Oh, mon Dieu ! Je n'arrive pas à le croire ! murmura-t-elle à la clarté de la lune. Wilhelm, nous avons réussi !

Elle rayonnait de joie en le regardant, et Wilhelm lui sourit. Elle n'avait jamais vu autant d'amour dans les yeux d'un homme.

— Mon amour, je t'aime, chuchota-t-il en l'attirant dans ses bras.

Elle se demanda soudain s'il n'avait fait cela que pour la violer. Mais c'était impossible. Il avait pris autant de risques qu'elle ! Pourtant, il pourrait la ramener après l'avoir violée, en disant qu'elle s'était échappée et qu'il l'avait rattrapée. Amadea n'avait plus confiance en personne à présent, et elle lui jeta un regard méfiant. Wilhelm l'embrassa de force.

— Wilhelm, non… Je vous en prie… fit-elle en le repoussant, encore essoufflée par sa course.

— Ne sois pas bête, rétorqua-t-il, agacé. Je n'ai pas risqué ma vie pour toi pour te voir jouer les bonnes sœurs. Je t'épouserai dès notre retour en Allemagne. Ou même avant. Je t'aime.

Elle savait que ce n'était pas le moment de lui faire perdre ses illusions ou de lui parler de ses vœux.

— Je vous aime aussi, pour m'avoir aidée, mais pas comme vous le pensez, répondit-elle avec franchise tandis qu'il la serrait contre lui, lui caressant la poitrine. Wilhelm, arrêtez !

Elle voulut s'éloigner, mais il la retint avec force et tenta de l'obliger à s'allonger. Tandis qu'elle le repoussait avec toute son énergie, il perdit l'équilibre en butant sur une racine d'arbre et tomba en arrière. Il poussa alors un cri aigu, l'air surpris, alors que sa tête heurtait le sol avec un bruit sourd et bizarre.

Amadea s'agenouilla près de lui, choquée et horrifiée : il y avait du sang partout. Elle n'avait pas voulu le blesser, juste le repousser, terrifiée par son ardeur. À présent, ses yeux étaient grands ouverts et vides, et son cœur ne battait plus. Il était mort. Amadea baissa la tête, accablée par ce qu'elle venait de faire. Elle avait tué un homme. L'homme qui l'avait aidée à s'échapper. Désormais, elle aurait sa mort sur la conscience. Elle le regarda un moment, lui ferma les paupières et se signa. Ensuite, elle s'empara avec précaution de son arme, ainsi que du petit bidon d'eau qu'il avait emporté avec lui. Elle trouva également sur lui de l'argent – presque rien –, des bonbons et des munitions dont elle ne savait que faire ; elle supposait que l'arme était chargée, mais ignorait comment s'en servir. Finalement, la jeune femme se redressa.

— Merci, articula-t-elle doucement avant de s'enfoncer dans la forêt.

Elle ne savait pas vers où elle se dirigeait ni ce qu'elle allait trouver. Tout ce qu'elle pouvait faire, c'était continuer de marcher dans la forêt et prier pour que les partisans finissent par la trouver. Mais elle savait qu'ils auraient beaucoup à faire pendant la nuit. Lidice brûlait déjà au moment où elle s'éloignait en abandonnant le corps du soldat mort sous les arbres. Elle ne saurait jamais s'il avait réellement eu l'intention de la violer, ni s'il l'aimait vraiment, ni s'il était bon ou mauvais. Tout ce qu'elle savait, c'était qu'elle avait tué un homme et que, pour l'heure, elle était libre.

18

Amadea resta seule dans la forêt durant deux jours, marchant pendant la journée et dormant quelques heures la nuit. L'air était frais, mais, à un moment, il lui sembla sentir de la fumée. Lidice. La forêt était sombre et, même en plein jour, très ombragée. Elle ne savait pas où elle allait ni si on la trouverait avant qu'elle meure de faim, d'épuisement et de soif. Il n'y avait plus d'eau dans la gourde de Wilhelm. Heureusement, le second jour, elle trouva un ruisseau, et bien qu'elle ne sût pas si l'eau était potable, elle s'y abreuva, certaine qu'elle ne pouvait pas être pire que celle de Theresienstadt, sale et croupissante. Au moins l'eau du ruisseau avait bon goût. La forêt était tranquille ; elle n'entendait que le bruit de ses pas et celui des oiseaux dans les arbres. Elle aperçut un lapin, puis un écureuil. On aurait dit une forêt enchantée, et l'enchantement était qu'elle était libre. Mais elle avait tué un homme pour en arriver là, et elle savait que jamais elle ne pourrait se le pardonner. Cela avait été un accident, mais elle devrait en répondre devant Dieu. Elle aurait voulu se confier à la mère supérieure, être à nouveau au couvent avec ses sœurs. Elle avait jeté ses papiers dans un trou qu'elle avait recouvert de terre et n'avait plus d'identité à présent. Elle n'était qu'une âme errante, perdue dans la forêt. Et comme elle n'avait pas de numéro tatoué sur le bras, elle pourrait dire ce qu'elle voudrait si on la trouvait. Mais on devinerait rapidement d'où elle venait, car elle était comme tous ceux des camps : maigre, sous-alimentée et sale, les chaussures usées jusqu'à la corde. Le soir du deuxième jour, elle s'allongea, et songea à manger des feuilles, se demandant si elles étaient comestibles. Elle avait cueilli des baies sauvages, qui lui avaient donné de terribles crampes et avaient aggravé sa dysenterie. Elle se sentait faible, épuisée et malade, et tandis que la lumière déclinait dans la forêt, elle s'étendit pour dormir. Si les nazis la trouvaient, ils la tueraient probablement et elle trouvait que c'était un bel endroit pour mourir. Elle n'avait vu personne depuis deux jours et se demandait s'ils la recherchaient, s'ils avaient remarqué sa disparition. Elle n'était qu'une Juive en fuite. Quant aux partisans, il était évident qu'ils n'étaient pas dans les environs.

Elle était seule dans la forêt et, avant de s'endormir, elle pria pour l'âme de Wilhelm. Elle pensa à la tristesse de sa mère et de sa sœur lorsqu'elles apprendraient sa mort, puis pensa à sa propre mère et à Daphné. Elle se demandait où elles se trouvaient et si elles étaient encore en vie ; peut-être avaient-elles pu s'enfuir, elles aussi ? Elle sourit à cette pensée, puis s'endormit.

Un groupe d'hommes la découvrit le lendemain matin, dans la lumière qui filtrait faiblement à travers les feuillages. Après s'être approchés à pas de loup en se faisant des signes, l'un d'eux la maintint à terre, tandis qu'un autre lui mettait la main sur la bouche pour l'empêcher de crier. Elle se réveilla en sursaut, terrifiée devant les six hommes armés qui l'encerclaient. L'arme de Wilhelm était par terre à côté d'elle, mais il lui était impossible de l'atteindre, et de toute façon elle n'aurait pas su s'en servir. L'un des hommes lui fit signe de ne pas hurler, et elle fit un léger hochement de tête. Elle n'avait aucun moyen de savoir qui ils étaient. Ils la regardèrent un moment puis la relâchèrent, tandis que cinq d'entre eux pointaient leurs armes sur elle et qu'un autre fouillait ses poches. Ils ne trouvèrent rien que le dernier bonbon qui lui restait. C'était une sucrerie allemande et ils la fixèrent avec méfiance. Les hommes se parlaient à voix basse en tchèque, qu'Amadea reconnut pour l'avoir entendu parler au camp par des détenus. Elle ne savait pas s'ils étaient de son côté ou non, ni s'ils étaient les partisans qu'elle cherchait ; et même s'ils l'étaient, ils pouvaient parfaitement la violer. Elle ignorait à quoi s'attendre de leur part. Ils l'obligèrent à se lever et lui firent signe de les suivre. Ils la serraient de près, et l'un d'eux avait pris l'arme de Wilhelm. Le groupe avançait rapidement. Fatiguée et faible, Amadea trébuchait fréquemment, et lorsqu'elle tombait, ils la laissaient se relever toute seule, au cas où ç'aurait été une ruse de sa part.

Ils marchèrent plusieurs heures et ne parlèrent pratiquement pas. Enfin, Amadea aperçut un camp dans la forêt. Il y avait une vingtaine d'hommes. Deux d'entre eux la poussèrent sans ménagement jusqu'à un bosquet, où un groupe d'hommes armés était assis. Tous levèrent la tête à son arrivée. Ceux qui l'avaient amenée s'en allèrent, et il y eut un long silence. Finalement, l'un des hommes prit la parole et s'adressa à Amadea en tchèque. Elle secoua la tête en signe d'incompréhension, et il s'exprima en allemand.

— D'où viens-tu ? demanda-t-il dans un allemand correct mais avec un fort accent, tout en la détaillant.

Amadea était sale et maigre, elle était pleine de coupures et d'égratignures, ses chaussures étaient en lambeaux et elle avait les pieds en sang.

— De Theresienstadt, répondit-elle doucement en le regardant droit dans les yeux.

S'ils étaient des partisans, elle devait leur dire la vérité, sinon ils ne pourraient pas l'aider – ce qu'ils ne feraient peut-être pas d'ailleurs.

— Tu étais détenue ? Tu t'es évadée ?

Amadea acquiesça d'un signe de tête.

— Oui.

— Pourtant, tu ne portes pas de numéro, fit observer l'homme d'un air soupçonneux.

Avec son physique élancé et ses cheveux blonds, elle ressemblait plutôt à un agent allemand. Malgré la saleté et l'épuisement, elle était belle, et manifestement effrayée. Mais elle était courageuse et il l'admirait pour cela.

— Ils ont oublié de me tatouer, répondit-elle en esquissant un sourire.

Mais l'homme ne lui rendit pas son sourire. L'affaire était grave, il y avait beaucoup en jeu. Et pas seulement pour elle, mais pour eux tous.

— Tu es juive ?

— A moitié. Ma mère était une Juive allemande. Mon père, lui, était français et catholique. Ma mère s'est convertie.

— Où est-elle ? À Theresienstadt, elle aussi ?

L'espace d'un instant, le regard d'Amadea se troubla.

— Elle a été envoyée à Ravensbrück, il y a un an.

— Combien de temps es-tu restée à Terezin ? demanda l'homme, qui appelait la ville par son nom tchèque.

— Depuis janvier.

L'homme hocha la tête.

— Parles-tu français ?

Amadea acquiesça.

— Comment ?

— Couramment.

— Le parles-tu avec un accent ? Peux-tu passer aussi bien pour une Allemande que pour une Française ?

Elle se sentit faiblir en comprenant qu'ils allaient l'aider, ou du moins essayer. Les questions étaient brèves et concises, et l'homme qui les posait, malgré son allure de fermier, était en réalité le chef des partisans de cette zone. C'était lui qui allait décider s'ils lui apporteraient leur aide ou non.

— Oui, répondit Amadea.

Mais, avec son physique d'aryenne, elle ressemblait à une Allemande, et elle comme lui savaient que c'était un atout. Elle le regarda et osa lui demander :

— Qu'allez-vous faire de moi ? Où vais-je aller ?

— Je n'en sais rien, répondit-il en secouant la tête. Si tu es juive, tu ne peux pas retourner en Allemagne, en tout cas pas y rester. Nous pourrions te faire passer la frontière avec de faux papiers, mais ce serait risqué. Et tu ne peux pas rester ici non plus. Toutes les femmes d'officiers en visite sont déjà reparties. Nous verrons.

Il s'adressa à l'un de ses hommes et, quelques minutes plus tard, celui-ci revint avec de la nourriture. Mais Amadea avait si faim qu'elle se sentait malade et y toucha à peine ; cela faisait six mois qu'elle n'avait pas pris de vrai repas.

— Tu vas devoir rester ici quelque temps. Il y a trop d'agitation en ce moment.

— Que s'est-il passé à Lidice ? demanda-t-elle doucement.

— Tous les hommes ont été tués. Les femmes ont été déportées. Le village a été rasé, répondit-il, le regard haineux.

— Je suis navrée.

L'homme détourna les yeux, sans lui révéler que son frère et sa famille vivaient là-bas.

— Nous ne pourrons pas te faire partir d'ici avant des semaines, voire des mois. Il faut du temps pour obtenir les papiers.

— Merci.

Elle se moquait de savoir combien de temps ils la retiendraient ; c'était toujours mieux que là d'où elle venait. En temps normal, elle aurait été emmenée en lieu sûr à Prague mais, étant donné les circonstances, c'était impossible.

Elle vécut avec eux dans la forêt jusqu'au début du mois d'août, passant le plus clair de son temps à prier ou à se promener autour du camp. Tout avait repris son calme. Des hommes allaient et venaient régulièrement, et une fois elle vit une femme. Personne au camp ne lui parlait, si bien qu'elle profitait de ses moments de solitude pour prier. La forêt était si paisible qu'elle avait parfois peine à croire que la guerre faisait rage. Un soir, quelques semaines après son arrivée, comme ils savaient qu'elle venait de Cologne, ils lui avaient appris que la ville avait été bombardée par les Anglais et complètement détruite. Ils n'en avaient rien su à Theresienstadt. Ce qu'ils lui dirent était impressionnant ; les nazis avaient subi un gros revers. Elle espérait qu'il n'était rien arrivé aux Daubigny, mais leur château, heureusement, était assez éloigné de la ville pour ne pas avoir été bombardé.

Deux mois après l'arrivée d'Amadea au camp, le chef des partisans vint s'asseoir près d'elle pour lui expliquer ce qu'il comptait faire. Il n'avait eu aucun écho de son évasion et présumait que, pour les nazis, une Juive de plus ou de moins n'avait pas d'importance. Bien sûr, il ne pouvait pas savoir si les autorités du camp avaient fait le lien entre sa disparition et celle de Wilhelm le même soir, ou même s'ils s'en préoccupaient. Il fallait espérer que non. Amadea se demandait si les nazis avaient retrouvé le corps du jeune soldat ; les partisans, eux, n'avaient pas voulu aller le chercher. Il était trop près du camp.

Les partisans lui avaient fait faire des papiers à Prague et elle fut étonnée de leur qualité. Elle s'appelait désormais Frieda Oberhoff. Elle était une jeune femme de vingt-cinq ans, originaire de Munich, qui venait rendre visite à son mari en garnison à Prague. Celui-ci était commandant d'une petite circonscription de la ville et repartait avec elle à Munich pour une permission. De là, ils gagneraient directement Paris pour de courtes vacances avant qu'elle ne retourne à Munich et lui à Prague. Leurs billets de train semblaient authentiques. Une jeune femme lui apporta des vêtements et une valise, puis l'aida à s'habiller et on prit une photo d'elle pour son passeport. Tout était en ordre.

Elle voyagerait en compagnie d'un jeune Allemand, qui avait déjà travaillé avec eux et avait traversé à de nombreuses reprises les frontières tchèque et polonaise. Ce serait la seconde mission du genre qu'il effectuerait en France. Elle devait le rejoindre, le lendemain, dans une cache à Prague.

Au moment de partir, Amadea ne sut comment remercier le chef du groupe et se contenta de le regarder en lui disant qu'elle prierait pour lui ; lui et ses hommes lui avaient non seulement sauvé la vie, mais lui en offraient une nouvelle. Il était prévu qu'elle rejoigne une cellule de résistants près de Paris, mais elle devait d'abord traverser l'Allemagne en se faisant passer pour l'épouse du commandant SS. Vêtue d'une robe d'été bleu clair et coiffée d'un chapeau blanc, elle donnait parfaitement le change – elle portait même des hauts talons et des gants blancs. Elle les regarda une dernière fois avant de monter dans la voiture qui allait la conduire en ville. Ceux qui l'accompagnaient étaient des Tchèques travaillant pour les Allemands et au-dessus de tout soupçon. Personne ne les arrêta ni ne demanda à voir leurs papiers, et, moins d'une heure après son départ du camp, Amadea était cachée dans une cave à Prague. À minuit, l'homme qui devait voyager avec elle arriva. Grand, blond et séduisant, il portait un uniforme SS et ressemblait en tout point à un officier du Reich. Il était tchèque, avait grandi en Allemagne et parlait un allemand parfait.

Leur train partait à neuf heures du matin. Ils savaient qu'il serait bondé et que les soldats dans la gare seraient occupés par la foule. Ces derniers vérifieraient les papiers superficiellement, et jamais il ne leur viendrait à l'esprit de soupçonner un séduisant officier SS et sa jeune et belle épouse. Une fois qu'un des partisans les eut déposés à la gare, Amadea et le jeune Tchèque remontèrent le quai en feignant de discuter avec naturel, en même temps qu'il lui glissait à voix basse de sourire. Elle trouvait étrange de porter à nouveau des vêtements féminins à la mode – ce qu'elle n'avait pas fait depuis ses dix-huit ans – ainsi que de voyager en compagnie d'un homme. Elle était terrifiée à l'idée que quelqu'un s'aperçoive que ses papiers étaient faux, mais ni le contrôleur ni le soldat qui regardaient les gens monter ne les questionnèrent, se contentant de leur montrer le chemin sans même les regarder. Son compagnon de voyage et elle incarnaient le rêve hitlérien de la race supérieure : grands, beaux et blonds aux yeux bleus. Ils prirent place dans un wagon de première classe, tandis qu'Amadea regardait son prétendu mari avec de grands yeux.

— Nous avons réussi, murmura-t-elle.

Wolff – c'était du moins le nom qu'il utilisait – hocha la tête, avant de porter un doigt à ses lèvres ; on ne pouvait jamais savoir qui écoutait. Jouer son rôle avec rigueur était la clé de la réussite. Ils se mirent à parler en allemand, discutant de leurs projets de vacances et de ce qu'Amadea désirait voir à Paris. Il lui décrivit l'hôtel où ils descendraient et lui parla de sa mère qui vivait à Munich. Lorsque le train quitta la gare, Amadea regarda Prague s'éloigner lentement, obsédée par le souvenir du jour de son arrivée en wagon à bestiaux, la souffrance et le supplice qu'ils avaient endurés, les seaux remplis d'excréments, les gens pleurant et mourant autour d'elle. Elle était restée debout des jours durant, et voilà qu'à présent elle se retrouvait assise dans un wagon de première classe, portant un chapeau et des gants blancs, en compagnie d'un partisan en uniforme SS. Tout ce qu'elle put en conclure fut que, pour une raison ou une autre, le Dieu qu'elle aimait si profondément avait voulu qu'elle survive.

Le voyage pour Munich ne prit que cinq heures et se passa sans incidents. Elle dormit une partie du trajet mais se réveilla en sursaut en voyant un soldat allemand passer près d'eux. Wolff éclata de rire et sourit au soldat, tout en glissant à Amadea, les dents serrées, de sourire elle aussi. Après cela, la jeune femme se rendormit, somnolant la tête appuyée sur l'épaule du jeune homme, qui la réveilla à leur arrivée à la gare centrale de Munich.

Ils avaient deux heures à attendre avant leur correspondance, et Wolff proposa à Amadea de dîner dans un restaurant de la gare, puisqu'ils n'avaient malheureusement pas le temps d'aller en ville. Les deux époux se dirent impatients d'arriver en France. Avec l'Occupation, Paris était devenu une destination recherchée par les Allemands qui voulaient tous s'y rendre. À table, malgré l'enthousiasme qu'affichait Wolff en parlant de leurs vacances, Amadea remarqua qu'il restait vigilant. Tout en discutant avec elle de façon décontractée, il gardait un œil sur tout et tous.

Amadea ne put se détendre avant d'être dans le train pour Paris, à nouveau dans un wagon de première classe. Elle était tellement angoissée à l'idée que quelque chose de terrible se produise et qu'on les arrête qu'elle avait à peine touché à son dîner.

— Vous finirez par vous y habituer, lui glissa Wolff à voix basse tandis qu'ils montaient dans le train.

Mais, avec un peu de chance, se disait Amadea, ce ne serait pas nécessaire. Elle n'avait aucune idée de la manière dont les résistants s'y prendraient pour la cacher, mais voyager au milieu des officiers allemands en faisant semblant d'être la femme de l'un d'eux la rendait folle de peur. C'était presque aussi terrifiant que la nuit où elle s'était évadée de Theresienstadt. Il lui avait alors fallu du courage, la situation présente requérait du sang-froid. Elle resta crispée jusqu'au départ du train. Cette fois-ci, ils voyageaient de nuit.

Un employé vint ouvrir leurs couchettes. Lorsqu'il fut parti, le jeune homme suggéra à Amadea de passer sa chemise de nuit, et celle-ci le regarda d'un air choqué.

— Je suis votre mari ! dit-il en riant. Vous pourriez au moins retirer vos gants et votre chapeau !

Cela la fit rire, elle aussi.

Elle lui tourna le dos et enfila sa tenue de nuit en faisant glisser sa robe par-dessous. Quand elle se retourna, Wolff était en pyjama. C'était un homme extrêmement séduisant.

— Je n'ai jamais fait ça auparavant, observa Amadea avec embarras tandis que Wolff lui souriait.

Elle espérait qu'il ne pousserait pas la plaisanterie trop loin, mais ça ne semblait pas son genre.

— J'en déduis que vous n'êtes pas mariée ? fit-il doucement, rassuré par le bruit du train qui couvrait leur conversation.

— Non, en effet. Je suis carmélite, répondit Amadea en souriant.

Pendant une minute, Wolff fut paralysé de surprise.

— Eh bien, je n'avais encore jamais passé la nuit avec une religieuse. J'imagine qu'il y a une première fois à tout.

Il aida Amadea à monter dans sa couchette puis s'assit sur l'étroite banquette d'en face et l'observa : religieuse ou pas, elle était très belle.

— Comment vous êtes-vous retrouvée à Prague ?

Amadea hésita un instant avant de répondre. Plus rien n'était simple à expliquer, tout était devenu compliqué.

— Theresienstadt, fit-elle.

Ce seul mot résumait tout à ses yeux.

— Êtes-vous marié ? demanda-t-elle avec curiosité.

Wolff hocha la tête, mais elle vit de la douleur dans son regard.

— Je l'ai été. Ma femme et mes deux fils ont été tués en Hollande pendant les représailles. Mon épouse était juive. Ils n'ont pas été déportés. On les a abattus sur place. Après ça, je suis revenu à Prague.

Cela faisait deux ans qu'il était de retour en Tchécoslovaquie, faisant tout pour mettre des bâtons dans les roues des nazis.

— Que ferez-vous une fois à Paris ?

Ils y arriveraient dans la matinée.

— Je n'en ai aucune idée.

C'était la première fois qu'elle venait en France, et elle espérait pouvoir se rendre en Dordogne, dans le pays de son père, et peut-être même apercevoir le château familial. Mais elle savait qu'elle ne serait pas libre de ses mouvements. Les partisans tchèques lui avaient assuré qu'elle serait cachée par la Résistance française, là où celle-ci estimerait que ce serait le plus sûr pour elle, probablement en dehors de Paris. Elle en saurait plus lorsqu'ils arriveraient.

— J'espère que nous aurons l'occasion de voyager à nouveau ensemble, fit remarquer Wolff en bâillant.

Étant donné les dangers de la situation, elle le trouvait d'un calme remarquable, mais il accomplissait ce genre de mission depuis deux ans et avait l'habitude.

— Je pense rester en France.

Elle ne concevait pas de repartir en Allemagne tant qu'il y aurait la guerre. Dans sa situation, vivre en France serait difficile, mais impossible en Allemagne. Elle préférait mourir plutôt que d'être déportée à nouveau, dans un endroit certainement pire que la première fois. Theresienstadt lui avait suffi. Elle ne pouvait s'empêcher de penser à ceux qui y étaient encore et à ce qui risquait de leur arriver. S'être évadée et se trouver maintenant dans ce train étaient tout bonnement des miracles.

— Retournerez-vous au couvent, après la guerre ? s'enquit Wolff avec intérêt.

Le visage d'Amadea s'éclaira d'un sourire.

— Bien sûr.

— N'avez-vous jamais douté de votre décision ?

— Pas une seule fois. Dès le premier jour, j'ai su que c'était ma destinée.

— Et maintenant ? Après tout ce que vous avez vu ? Pensez-vous toujours que votre place est de rester à l'écart du monde ? Vous pourriez faire tellement plus pour les gens, ici.

— Oh, non ! fit Amadea avec force. Nous prions pour beaucoup de gens et il y a tant à faire !

Wolff sourit en l'écoutant. Il n'avait aucune intention de discuter avec elle, mais ne pouvait s'empêcher de se demander si elle retournerait vraiment au couvent un jour. Elle était très belle et avait encore beaucoup à découvrir et à apprendre. Il ressentait une sensation étrange à voyager avec une religieuse. Elle semblait au contraire très humaine et désirable, bien qu'elle ne parût pas en avoir conscience, ce qui faisait précisément partie de son charme. Elle était très attirante, dans un genre tout à fait particulier.

Il passa la nuit allongé sur sa couchette, aux aguets ; le train pouvait être arrêté et fouillé à n'importe quel moment, et il voulait être éveillé si cela arrivait. Il se leva une ou deux fois et constata qu'Amadea dormait profondément.

Le matin, il la réveilla pour qu'elle ait le temps de s'habiller avant l'entrée en gare. Lui-même se prépara et attendit à l'extérieur du compartiment qu'elle se soit nettoyé le visage et changée. Quelques minutes plus tard, il l'accompagna jusqu'aux toilettes et l'attendit, là encore. Amadea semblait très calme en regagnant le compartiment, où elle mit son chapeau et ses gants. Son passeport et ses billets étaient dans son sac.

Tandis que le train entrait dans la gare de l'Est, elle observa, fascinée, l'activité sur le quai.

— N'ayez pas l'air effrayée, lui souffla Wolff avant de quitter le compartiment. Prenez l'air d'une touriste ravie et enchantée d'être là avec son mari, pour passer des vacances romantiques.

— Je ne suis pas sûre de savoir à quoi ressemble une telle personne, rétorqua-t-elle en souriant.

— Faites comme si vous n'étiez pas religieuse.

— Ça, c'est impossible, fit-elle en continuant de sourire.

Ils descendirent du train en ayant l'air d'un jeune couple heureux, chacun portant sa valise et Amadea tenant le bras de Wolff. Personne ne les arrêta ni ne les interrogea. Ils étaient deux beaux Allemands venus passer des vacances à Paris. Une fois sortis de la gare, Wolff héla un taxi.

Il indiqua au chauffeur un café de la rive gauche où ils devaient retrouver des amis avant de gagner leur hôtel. Mais l'homme était maussade et ne semblait pas comprendre l'allemand. Amadea s'adressa à lui en français, et bien qu'elle ressemblât à une Allemande, il fut surpris de voir qu'elle parlait comme une Française.

Wolff laissa au taxi un pourboire plus que généreux et celui-ci le remercia poliment. Il savait que se montrer grossier envers les Allemands était la dernière chose à faire, en particulier avec des officiers SS ; six mois plus tôt, un de ses amis s'était fait fusiller par l'un d'eux, pour l'avoir appelé « sale Boche ».

Wolff et Amadea commandèrent des cafés – du moins ce qui passait pour du café en ces temps troublés –, et le serveur leur apporta en même temps des croissants. Dix minutes plus tard, un ami de Wolff les rejoignit et lui donna une tape sur l'épaule, manifestement ravi de le revoir. Les deux hommes dirent s'être connus durant leurs études, mais en fait, c'était la première fois qu'ils se voyaient ; ils jouaient très bien leur rôle, et Amadea les observa avec un sourire timide. Wolff la présenta comme sa femme, et tous trois bavardèrent quelques instants avant que Pierre – c'était ainsi que se nommait leur contact – offrît de les conduire à leur hôtel. Ils montèrent avec leurs valises dans sa voiture, sans que quiconque prête attention à eux. Une fois en périphérie de la capitale, Wolff se déshabilla pour mettre les vêtements que lui avait apportés Pierre, et l'uniforme de SS disparut dans une valise à double fond. En même temps qu'il se changeait, Wolff discutait avec Pierre en langage codé. Il déclara qu'il repartirait le soir même.

La voiture s'arrêta enfin devant une petite maison de l'Est parisien. C'était le genre de maison habitée par une grand-mère ou une vieille tante. Un couple âgé à l'air gentil était assis dans la cuisine, en train de prendre son petit déjeuner et de lire le journal.

Pierre leur jeta un rapide coup d'œil en lançant « Bonjour mamie, bonjour papi », puis se dirigea directement vers un placard derrière eux, ouvrit une porte secrète qui se trouvait au fond et descendit un escalier sombre, suivi de Wolff et Amadea. Il les emmena dans la cave à vin et resta là un moment, dans l'obscurité, avant d'ouvrir une porte dissimulée qui révéla une pièce en pleine activité. Une douzaine d'hommes et deux femmes étaient assis autour d'une table de fortune, et un treizième homme devant un poste de radio. La pièce était petite et il y avait des papiers et des boîtes partout, un appareil photo et des valises. On aurait dit qu'ils étaient là depuis plusieurs jours.

— Salut ! fit Pierre à l'un des hommes.

— Salut, Pierre ! répondirent-ils.

Quelqu'un lui demanda s'il avait apporté le paquet. Pierre acquiesça en direction d'Amadea : c'était elle le paquet qu'ils attendaient. L'une des femmes lui tendit la main en souriant.

— Bienvenue à Paris. Avez-vous fait bon voyage ?

Elle s'était adressée à elle en allemand, mais Amadea, à leur grande surprise, lui répondit dans un français parfait.

— Nous ignorions que vous parliez le français.

Ils ne savaient pas encore grand-chose à son sujet, si ce n'est qu'elle était une rescapée des camps et qu'elle avait reçu l'aide de partisans tchèques près de Prague. Ces derniers leur avaient dit qu'elle avait besoin de trouver refuge en France et qu'elle pourrait leur être utile, sans expliquer de quelle façon. À présent, la raison leur paraissait évidente : la jeune femme avait un physique d'Allemande et maîtrisait aussi bien l'allemand que le français.

Wolff s'assit dans un coin avec deux hommes et leur fit son rapport sur les derniers événements à Prague et sur les mouvements nazis là-bas. Ils parlaient à voix basse, si bien qu'Amadea ne put rien entendre.

L'homme qui semblait être à la tête du groupe étudiait Amadea avec attention. Jamais il n'avait vu de jeune femme à l'allure typiquement aryenne qui fût aussi à l'aise en allemand qu'en français.

— Nous avions prévu de vous envoyer dans une ferme dans le Sud. Vous avez tout à fait le physique d'une pure Aryenne. Êtes-vous juive ?

— Ma mère l'était.

L'homme, qui savait qu'elle venait d'un camp, regarda son bras.

— Et votre numéro ?

Amadea secoua la tête. C'était la perle rare ! Il ne pouvait la laisser partir, ils avaient besoin d'elle à Paris.

— Avez-vous les nerfs solides ? demanda-t-il en grimaçant un sourire tout en la regardant d'un air pensif.

— Elle a été parfaite dans le train, intervint Wolff.

Puis, avec un regard affectueux vers sa compagne de voyage, il ajouta :

— Elle est religieuse. Carmélite.

— C'est intéressant… répliqua le chef de la cellule en observant Amadea. Ne faut-il pas faire preuve d'un jugement pondéré pour devenir carmélite ? Ainsi que d'un bon équilibre nerveux ?

— Comment savez-vous cela ? répondit Amadea en riant. Il faut les deux, oui, et aussi une bonne santé.

— Ma sœur est entrée dans une communauté religieuse en Touraine. Les religieuses étaient ravies qu'elle les rejoigne. Pourtant, elle a un jugement affligeant et ne sait pas se maîtriser. Elle y est restée deux ans, avant de partir et de se marier. Je suis sûr qu'elles ont été soulagées de la voir s'en aller. Elle a six enfants aujourd'hui.

L'homme lui sourit, et Amadea se sentit proche de lui. Il ne lui avait pas été présenté, mais elle avait entendu les autres l'appeler Serge.

— J'ai un frère qui est prêtre.

Il ne précisa pas à Amadea que ce dernier était également le chef d'une cellule de résistants à Marseille, où il faisait la même chose que le père Jacques, qui cachait des enfants juifs dans son collège d'Avon. Hormis son frère, il connaissait de nombreux prêtres partout en France, qui faisaient de même, agissant souvent de leur propre chef. Mais il n'avait pas l'intention d'utiliser cette jeune Allemande en tant que religieuse. Elle pouvait leur être bien plus utile autrement. Elle pourrait travailler pour eux en se faisant aisément passer pour une Allemande, mais il devait d'abord savoir si elle était suffisamment solide pour ça.

— Nous allons vous garder ici quelques semaines. Vous vous cacherez en bas jusqu'à ce que vos papiers soient en ordre, et ensuite vous pourrez rester avec mes grands-parents, à l'étage. Vous serez ma cousine de Chartres.

À l'évocation des grands-parents, Amadea comprit que Pierre et Serge étaient frères. Il régnait une grande activité dans la cave. On y imprimait des tracts dans le but de faire sortir les Français de leur torpeur et de les informer afin de réveiller leur conscience.

L'une des femmes prit Amadea en photo pour l'établissement de papiers d'identité français et, un peu plus tard, l'autre monta chercher à manger pour Wolff et elle. Après ce qu'elle avait connu à Theresienstadt, Amadea avait l'impression que la nourriture abondait.

Et tandis que Serge continuait de l'interroger, elle s'aperçut avec surprise qu'elle était affamée. Quelques heures plus tard, Wolff partit. Il retournait à Prague.

Avant de s'en aller, il lui dit gentiment au revoir.

— Bonne chance, ma sœur. Peut-être nous reverrons-nous un jour.

— Merci, répondit-elle, triste de le voir partir, le considérant comme un ami. Que Dieu vous bénisse et vous protège.

— Je suis sûr qu'Il le fera, affirma Wolff avec confiance.

Il échangea encore quelques mots avec Serge, puis partit en compagnie de Pierre. Il remettrait son uniforme SS dans la voiture, durant le trajet pour la gare. Amadea les trouvait tous extraordinairement courageux et éprouvait un grand respect pour eux. Car, bien que la France se soit rendue aux Allemands en trois semaines, il y avait de nombreuses poches de résistance comme celle-ci, qui se battaient pour libérer les Français, sauver les Juifs et restaurer l'honneur du pays. Ils faisaient tout pour aider les Alliés, en collaborant étroitement avec les Anglais, et, surtout, ils sauvaient de nombreuses vies.

Cette nuit-là, Amadea dormit dans la cave sur un étroit lit de camp, tandis que les hommes discutaient jusqu'à l'aube. Ses papiers d'identité furent prêts le lendemain, et elle les trouva encore mieux faits que ses papiers allemands. Serge les lui garderait. Il ne voulait pas qu'elle les ait sur elle lorsqu'elle partirait en mission. Il avait longuement discuté d'elle avec le groupe pendant toute la nuit et avait finalement pris la décision de l'envoyer à Melun. La ville se trouvait à une cinquantaine de kilomètres à l'est de Paris, et elle y serait plus en sécurité. De plus, ils avaient besoin d'elle là-bas. Les Anglais parachutaient des approvisionnements et des hommes. La mission serait délicate.

Cette fois-ci, sur ses papiers, elle était célibataire et originaire d'une ville des environs de Melun. Elle s'appelait Amélie Dumas. Sa date de naissance était la sienne, mais elle était née à Lyon. Si on lui posait la question, elle dirait qu'elle avait étudié la littérature et l'art à la Sorbonne, avant la guerre. Serge lui demanda quel nom de code elle voulait et, sans hésiter, elle répondit : « Thérèse. » Elle savait que ce nom lui donnerait du courage. Elle n'avait aucune idée de ce qu'on attendait d'elle mais, quoi que ce fût, elle était prête à le faire. Elle leur devait la vie.

Cette nuit-là, Amadea et deux résistantes prirent la route pour Melun. Elles étaient juste trois femmes venues passer quelques jours dans la capitale et qui retournaient dans leurs fermes. Elles ne furent arrêtées qu'une seule fois. Les soldats allemands vérifièrent leurs papiers, puis plaisantèrent quelques minutes avec elles dans un mauvais français, en leur faisant des clins d'œil et en les tentant avec des barres de chocolat et des cigarettes, avant de les laisser repartir. Ils n'étaient pas agressifs, pour une fois, et voulaient simplement flirter avec de jolies Françaises.

Elles atteignirent la ferme à la nuit tombée. Le fermier et sa femme semblèrent surpris de voir Amadea, mais les deux autres femmes la leur présentèrent, et la fermière la conduisit à une petite chambre derrière la cuisine. Elle devrait aider aux travaux de la ferme et aux tâches ménagères, car la femme avait beaucoup d'arthrite et ne pouvait plus seconder son mari. Amadea devrait faire tout ce qu'ils lui demanderaient, et le soir elle travaillerait pour la Résistance locale. Il était d'ailleurs prévu qu'elle rencontre un résistant le lendemain. Le fermier et sa femme étaient entrés dans la Résistance dès le début de l'Occupation et, malgré leur apparence de vieux couple inoffensif, étaient en relation avec tout le réseau de la région et faisaient preuve d'un courage extraordinaire. Les vêtements que la femme prêta à Amadea lui donnèrent l'allure d'une fille de ferme. En dépit de sa maigreur, la jeune femme était robuste et respirait la santé et la jeunesse, si bien qu'avec sa robe usée et son tablier, elle collait tout à fait au personnage.

Elle passa une nouvelle nuit dans un lit étranger, mais rendit grâce au ciel d'en avoir un. Le lendemain matin, les deux résistantes de la cellule parisienne repartirent en lui souhaitant bonne chance, et Amadea se demanda, comme elle le faisait pour tous ceux qu'elle rencontrait, si elle les reverrait un jour. Tout dans sa vie ne semblait plus être que transitoire et imprévisible ; les gens entraient dans son existence pour en disparaître aussitôt, et chaque au revoir était susceptible de devenir un adieu – ce qui était souvent le cas. Mais tous ces gens faisaient un travail dangereux, et Amadea était impatiente d'apporter sa contribution. Elle leur devait énormément et voulait rembourser sa dette.

Ce matin-là, elle alla traire les quelques vaches qui restaient. Elle ramassa également du bois, travailla au jardin, aida à préparer le déjeuner et fit la vaisselle. Elle travaillait avec autant de sérieux qu'au couvent, ce dont la vieille fermière lui était reconnaissante, elle qui n'avait pas eu autant d'aide depuis des années. Ce soir-là, après dîner, Jean-Yves, leur neveu, vint leur rendre visite. C'était un grand garçon dégingandé aux yeux et aux cheveux noirs, qui n'avait que deux ans de plus qu'Amadea. Il émanait de lui une indéfinissable tristesse et il semblait porter le poids du monde sur ses épaules. Son oncle lui servit un verre de vin et en proposa un à Amadea, qu'elle refusa, préférant prendre un verre de lait, du lait qu'elle avait trait le matin. Elle vint s'asseoir tranquillement à la table où les deux hommes discutaient, et peu après Jean-Yves lui proposa de sortir faire un tour avec lui. Elle comprit qu'il était le résistant avec lequel elle devrait collaborer. Ils sortirent donc se promener dans l'air tiède du soir, comme deux jeunes gens désireux de se connaître.

— J'ai cru comprendre que vous aviez fait un long voyage, dit-il en la regardant avec méfiance.

Amadea acquiesça d'un hochement de tête. Elle avait encore du mal à réaliser où elle était. Elle n'avait quitté Prague que quelques jours plus tôt, et le camp dans la forêt peu de temps auparavant, sans compter le stress du voyage à travers l'Europe avec un partisan portant l'uniforme SS et de faux papiers. Mais à présent elle était Amélie Dumas. Jean-Yves, lui, était breton et pêcheur avant de venir à Melun. Mais le couple de fermiers était vraiment de sa famille. Amadea avait l'esprit embrouillé par tant d'informations à absorber en même temps : fausses identités, vrais métiers…

— J'ai de la chance d'être là, répondit-elle simplement.

Elle était reconnaissante de ce que tous faisaient pour elle et espérait pouvoir les aider en retour. Cela avait plus de sens et était plus utile que se cacher dans un tunnel et prier pour que les nazis ne l'y trouvent pas.

— Votre présence ici va nous aider. Nous recevons une cargaison demain.

— D'Angleterre ? demanda-t-elle à voix basse bien qu'il n'y eût personne pour les entendre.

Jean-Yves répondit en hochant la tête.

— Où se poseront-ils ?

— Dans les champs, à la nuit tombée. Ils nous préviennent d'abord par radio, et nous allons à leur rencontre avec des lampes torches. Quand ils atterrissent, ils ne peuvent rester au sol que quatre minutes. Parfois ils parachutent juste les colis sans se poser, ça dépend de la cargaison.

C'était un travail dangereux, mais ils étaient impatients de l'accomplir. Jean-Yves était un des chefs du réseau – il n'y avait qu'une seule personne au-dessus de lui –, il était l'un des meilleurs, et le plus téméraire. Il avait été une vraie tête brûlée dans sa jeunesse. Tandis qu'ils marchaient dans le verger, elle se demandait d'où lui venait cet air triste et mélancolique.

— Savez-vous vous servir d'une radio ?

Amadea secoua la tête.

— Je vous apprendrai, c'est assez simple. Et d'une arme ?

La jeune femme secoua la tête à nouveau et il se mit à rire.

— Vous étiez quoi avant ? Mannequin, actrice, ou bien juste une petite fille gâtée ?

Elle était si jolie qu'il était sûr de ce qu'il avançait, mais cette fois ce fut Amadea qui se moqua de lui.

— Carmélite. Mais si je dois prendre ce que vous dites pour un compliment, alors merci beaucoup.

Elle n'était pas certaine que se faire traiter d'actrice fût un compliment – sa mère en tout cas aurait certainement pensé que non. Il parut stupéfait de sa réponse.

— Avez-vous quitté le couvent avant la guerre ?

— Non, seulement quand ma mère et ma sœur ont été déportées. Je suis partie pour ne pas mettre la congrégation en danger. C'était la seule chose à faire.

Amadea l'ignorait encore, mais sœur Thérèse Bénédicte de la Croix – Edith Stein – et sa sœur Rosa avaient été déportées à Auschwitz quelques jours plus tôt. Tandis qu'elle se promenait avec Jean-Yves dans le verger, Edith Stein était morte gazée.

— Et retournerez-vous au couvent, après la guerre ?

— Oui, répondit Amadea avec assurance.

C'était la seule chose qui la faisait avancer.

— Quel gâchis ! fit-il en la regardant.

— Pas du tout. C'est une vie extraordinaire.

— Comment pouvez-vous dire une chose pareille ? répondit-il avec force. Vivre en recluse de cette manière… En plus, vous ne ressemblez pas à une religieuse.

— Si, assura-t-elle calmement. Et c'est une vie extrêmement active. Nous travaillons très dur, et nous prions pour vous tous.

— Vous priez encore aujourd'hui ?

— Évidemment. Les raisons de prier ne manquent pas ces temps-ci.

Surtout pour l'homme dont elle avait causé la mort en s'évadant. Elle revoyait toujours le visage de Wilhelm et sa tête couverte de sang. Elle savait qu'elle en porterait le poids et devrait s'en repentir toute sa vie.

— Prierez-vous pour mes frères ? demanda soudain Jean-Yves en s'arrêtant.

Il semblait beaucoup plus jeune qu'elle, bien que ce fût le contraire. Mais elle se sentait vieille après ce qu'elle avait vécu.

— Oui. Où sont-ils ? demanda-t-elle, touchée par sa demande et décidée à prier pour eux le soir même.

— Ils ont été tués par les nazis, il y a deux semaines, à Lyon, en voulant protéger Jean Moulin. Ils étaient avec lui.

Serge lui avait parlé de ce héros de la Résistance.

— Je suis désolée. Avez-vous d'autres frères et sœurs ? s'enquit-elle d'une voix douce en espérant qu'il répondrait oui.

Mais il secoua la tête.

— Mes parents sont morts. Mon père s'est tué dans un accident de pêche quand j'étais petit et ma mère est décédée l'année dernière. Elle a eu une pneumonie, et nous n'avions pas de médicaments pour la soigner.

La mort récente de ses frères expliquait sa tristesse. Comme elle, il avait perdu toute sa famille, à l'exception de son oncle et de sa tante de Melun.

— Ma famille aussi a disparu. C'est probable, en tout cas, car je n'ai jamais reçu la moindre nouvelle d'eux. Ma mère et ma sœur ont été déportées en juin l'année dernière. Toute la famille de ma mère a été déportée après la Nuit de cristal. Ils étaient juifs. Mon père est mort quand j'avais dix ans. Sa famille l'a renié quand il a épousé ma mère, car elle était juive et allemande, alors qu'eux étaient des catholiques français. C'était la guerre. Les gens sont si bêtes parfois. Aucune des deux familles n'a jamais pardonné à mes parents.

— Ont-ils été heureux ensemble ? demanda Jean-Yves.

Amadea fut touchée de son intérêt. Ils étaient en train de devenir amis, dans un verger, en pleine guerre.

— Oui, très. Ils s'aimaient profondément.

— Croyez-vous qu'ils aient regretté leur choix ?

— Non, je ne le pense pas. Mais ma mère a beaucoup souffert à la mort de mon père. Elle n'a plus jamais été la même. Ma sœur n'avait que deux ans, et c'est moi qui m'en suis occupée.

À ces mots, les larmes lui montèrent aux yeux. Cela faisait tellement longtemps qu'elle n'avait pas parlé de Daphné, et elle comprit soudain combien sa mère et elle lui manquaient.

— Je crois qu'il y a beaucoup de gens comme nous à présent, des gens qui n'ont plus de famille.

— Mes frères étaient jumeaux, précisa Jean-Yves de but en blanc.

C'était une précision importante pour lui.

— Je prierai pour eux, ce soir. Et pour vous aussi.

— Merci, répondit-il tandis qu'ils reprenaient lentement le chemin de la ferme.

Il appréciait la jeune femme, qu'il trouvait très mûre ; elle aussi avait beaucoup souffert. Mais il avait encore du mal à croire qu'elle pût être religieuse et ne comprenait pas ses motivations. Pourtant, cela lui donnait quelque chose de profond et de serein qu'il appréciait chez elle. Sa présence le réconfortait, et il se sentait en sécurité à ses côtés.

— Je viendrai vous chercher demain soir. Mettez des vêtements sombres. Nous nous noircirons le visage une fois là-bas. Je vous apporterai du cirage.

— Merci, répondit Amadea avec un sourire.

— J'ai apprécié notre conversation, Amélie. Vous êtes quelqu'un de bien.

— Vous aussi, Jean-Yves.

Il la raccompagna jusqu'à la ferme, puis reprit sa voiture pour rentrer chez lui, heureux de savoir qu'elle prierait pour lui. Quelque chose en elle lui donnait l'impression qu'elle était écoutée de Dieu.

19

Jean-Yves vint la chercher à dix heures, le lendemain soir. Il conduisait une vieille camionnette, dont les phares étaient éteints, et était accompagné d'un autre homme, un garçon de ferme robuste aux cheveux roux, qu'il présenta à Amélie comme s'appelant Georges.

Amadea avait travaillé dur à la ferme toute la journée. Lorsque le trio quitta la maison, l'oncle et la tante de Jean-Yves étaient déjà couchés et n'avaient posé aucune question. Le vieux couple n'avait fait aucune allusion à ce qu'Amadea ferait cette nuit-là. Ils étaient simplement montés après lui avoir souhaité bonne nuit. Quelques minutes plus tard, Amadea partit avec Jean-Yves, vêtue d'habits sombres comme il le lui avait demandé. Ils prirent la direction des champs, cahotant sur le chemin, sans rien dire.

Quand ils arrivèrent, il y avait déjà deux autres camionnettes, garées dans un bosquet. Ils étaient huit hommes au total, plus Amadea, mais aucun ne prononça un seul mot. Jean-Yves tendit à la jeune femme un pot de cirage, et elle s'en barbouilla le visage ; en cas d'arrestation, leurs visages noircis les trahiraient, mais c'était une précaution nécessaire. Un ronflement de moteur se fit entendre dans le ciel, et les hommes commencèrent à se disperser en courant. Quelques minutes plus tard, ils allumèrent leurs lampes torches pour envoyer des signaux à l'avion, et Amadea vit un parachute entamer une lente descente vers le sol, auquel n'était pas attaché un homme mais un gros paquet. Les hommes éteignirent alors leurs lampes et l'avion s'éloigna. C'était fini. Lorsque le parachute atterrit, tous se précipitèrent pour le détacher du paquet, et l'un d'entre eux l'enterra dans le champ aussi vite qu'il put, tandis que les autres s'occupaient de la cargaison. Le colis était rempli d'armes et de munitions qu'ils chargèrent dans les camionnettes. Au bout de vingt minutes, tous se séparèrent, et Amadea et ses deux compagnons reprirent le chemin de la ferme, le visage déjà débarbouillé.

— Voilà comment ça se passe, fit Jean-Yves.

Il lui avait tendu un chiffon pour qu'elle se nettoie. Amadea était impressionnée par l'efficacité de l'opération. Tout s'était déroulé avec une extrême précision, et à les voir, on eût dit que c'était facile. Mais elle savait que ce n'était pas toujours le cas et que parfois des accidents se produisaient. En outre, s'ils se faisaient prendre, les Allemands les fusilleraient pour l'exemple. Ce genre de choses se produisait partout en France, et c'était d'ailleurs ce qui s'était passé pour les frères de Jean-Yves, pour qui elle avait prié la veille, comme promis.

— Est-ce qu'ils se posent, d'habitude, ou se contentent-ils de larguer la livraison ? demanda calmement Amadea, qui voulait en apprendre plus sur leur travail et sur ce qu'ils attendaient d'elle.

— Ça dépend. Parfois ils parachutent des hommes. Mais en cas d'atterrissage, ils doivent redécoller dans les cinq minutes, et c'est beaucoup plus risqué.

Elle l'imaginait sans difficulté.

— Que faites-vous des hommes parachutés ?

— Là encore, ça dépend. Parfois nous les cachons, mais en général, ils partent directement en mission pour les Anglais. Mais il arrive qu'il y ait des blessés.

Après ça, Jean-Yves se tut jusqu'à la ferme. Georges, lui, observait ses deux compagnons en silence. Quand Amadea fut descendue de voiture, il taquina son ami à son propos. Les deux jeunes gens se connaissaient depuis longtemps et avaient traversé beaucoup d'épreuves ensemble ; ils se faisaient entièrement confiance.

— Tu l'aimes bien, avoue, fit Georges avec un sourire en coin.

— Ne sois pas bête, c'est une bonne sœur, répondit Jean-Yves d'un ton bourru.

— Vraiment ? fit Georges, l'air surpris. Pourtant, elle n'en a pas l'air.

— C'est parce qu'elle ne porte pas la robe, sinon elle doit certainement en avoir l'air.

Georges acquiesça, impressionné.

— Elle retournera au couvent ?

Si c'était le cas, il trouvait ça bien dommage. Et Jean-Yves aussi.

— Elle dit que oui, fit celui-ci en se garant à la ferme voisine, où ils habitaient et travaillaient tous les deux comme aides.

— Tu pourrais peut-être la faire changer d'avis, dit Georges en souriant tandis qu'ils descendaient de voiture.

Jean-Yves ne répondit rien. Il s'était dit la même chose.

Au même moment, l'objet de leur discussion était agenouillé, rendant grâce à Dieu que la mission se fût bien passée. L'espace d'un instant, Amadea se demanda s'il était bien convenable de remercier Dieu de les avoir aidés à réceptionner des armes destinées à tuer, mais dans la mesure où il semblait ne pas y avoir d'autre choix, elle espérait qu'Il comprendrait. Elle resta ainsi un long moment à faire son examen de conscience, comme au couvent, puis se coucha.

Le lendemain matin, elle était debout avant six heures pour aller traire les vaches, et, quand ses hôtes se levèrent, le petit déjeuner était déjà prêt. Celui-ci se composait simplement de fruits, de céréales et de faux café, mais pour Amadea c'était un festin comparé à ce qu'elle avait eu l'habitude de manger en début d'année. Elle remerciait Dieu, matin et soir, de lui avoir permis de gagner la France saine et sauve. Assise à table ce matin-là, la jeune femme songeait d'un air pensif à la mission de la veille.

Les semaines qui suivirent, il y eut deux autres missions du même type, et trois en septembre avec des hommes. Dans un cas seulement, l'avion atterrit ; dans les deux autres, on les parachuta. L'un d'entre eux se fit une entorse à la cheville en touchant le sol, et ils durent le cacher à la ferme, où Amadea le soigna jusqu'à ce qu'il fût suffisamment rétabli pour partir.

En octobre, des soldats allemands passèrent. Ils venaient contrôler les fermes, ainsi que les papiers. Lorsqu'ils examinèrent ceux d'Amadea, le cœur de la jeune fille s'arrêta presque de battre, mais ils les lui rendirent sans faire de commentaire et s'en allèrent en emportant des fruits. Ils avaient bien vu que la tante de Jean-Yves était percluse de rhumatismes et qu'elle et son mari avaient besoin d'une aide à la ferme. Il n'y avait là rien d'anormal à leurs yeux.

Cette nuit-là, Amadea en parla à Jean-Yves. Ils étaient en route pour une nouvelle mission. Ils allaient récupérer des armes et des munitions, ainsi que des postes de radio.

— J'ai eu une peur bleue aujourd'hui, reconnut-elle.

— Ça m'arrive aussi, parfois, répondit Jean-Yves avec franchise. Personne n'a envie de se faire descendre.

— Je préférerais pourtant me faire tuer plutôt que repartir là d'où je viens, avoua Amadea.

— Tu es très courageuse, fit le jeune homme en la regardant dans la lumière du clair de lune.

Jean-Yves aimait travailler avec Amadea, et surtout discuter avec elle. Il venait parfois le soir à la ferme, simplement pour parler, car il se sentait seul depuis la disparition de ses frères. Elle était d'une compagnie agréable et avait bon cœur. Il aimait tout chez elle, mais se gardait bien de le lui dire. Il ne voulait ni l'offenser ni l'affoler. La jeune femme parlait beaucoup du couvent ; c'était la seule vie qu'elle eût connue et elle lui manquait. Il aimait son innocence et sa force. Jamais elle ne renâclait à la tâche ni ne négligeait ses responsabilités, et elle n'avait pas peur de prendre des risques. Elle était aussi courageuse que n'importe lequel de ses hommes. Tous s'en étaient rendu compte et la respectaient.

Amadea participa à toutes les missions jusqu'en hiver.

Jean-Yves lui apprit comment se servir d'une radio et charger une arme. Il l'entraîna également au tir dans le champ de son oncle et fut surpris de constater qu'elle était douée. Elle ne tremblait pas, était vive et possédait de bons réflexes. Et, surtout, elle avait un cœur d'or.

Deux jours avant Noël, elle l'aida à emmener quatre petits garçons juifs à Lyon. Le père Jacques avait promis de les accueillir, mais ne put finalement tenir parole, car il craignait de mettre en péril la vie des autres enfants. Amadea et Jean-Yves se débrouillèrent alors seuls pour les amener à Jean Moulin, puis reprirent la route pour Melun.

— Tu es extraordinaire, Amélie, fit Jean-Yves en repensant à l'un des petits garçons qui avait été malade à l'aller et qu'Amadea avait gardé dans ses bras et soigné durant tout le trajet.

Un peu plus tard, ils furent arrêtés par des soldats pour un contrôle d'identité, et l'un d'eux regarda fixement Amadea.

— C'est ma petite amie, fit Jean-Yves d'un air désinvolte.

Le soldat hocha la tête.

— Veinard ! dit-il en souriant avant de leur faire signe de partir. Joyeux Noël.

— Sale Boche, lança Jean-Yves tandis qu'ils s'éloignaient.

Puis il regarda Amadea et ajouta :

— J'aurais bien aimé que ce soit vrai.

Mais la jeune femme n'écoutait pas. Elle pensait au petit garçon malade et espérait qu'il se rétablirait rapidement. L'enfant avait passé trois mois caché dans un souterrain et il avait attrapé une bronchite ; il avait de la chance d'être encore en vie.

— Quoi ?

— J'ai dit que j'aurais bien aimé que tu sois réellement ma petite amie.

— Mais non, fit Amadea, troublée. Ne sois pas ridicule, voyons.

Elle avait pris le même ton qu'une mère avec son enfant, et tandis qu'il souriait, Jean-Yves ressemblait davantage à un petit garçon qu'à un homme qui risquait en permanence sa vie pour sauver son pays.

— Si, c'est vrai. Et c'est loin d'être ridicule. Ce qui l'est en revanche, c'est que tu partes t'enfermer dans un couvent jusqu'à la fin de tes jours. Ça, c'est idiot.

— Non, c'est la vie que je désire.

— Mais pourquoi ? De quoi as-tu peur ? Que cherches-tu à fuir ? Qu'y a-t-il de si terrible dehors ?

Il avait presque crié en parlant, mais cela faisait des mois qu'il était amoureux d'elle, et la situation le frustrait. On aurait dit deux enfants en train de se disputer.

— Je ne fuis rien du tout. Au contraire, je crois à ce que je fais. J'aime le couvent et la vie là-bas.

Amadea avait presque l'air de bouder en croisant les bras, comme si elle les glissait dans son habit. Sa robe lui manquait ; sans elle, elle se sentait nue.

— Je t'ai observée avec les enfants ce soir, notamment avec le petit qui était malade. Il faut que tu aies des enfants. Les femmes sont faites pour ça. Tu n'as pas le droit de t'en priver.

— Bien sûr que si. J'ai d'autres choses à la place.

— Comme quoi ? Tu n'as rien en étant religieuse, hormis le sacrifice, la solitude et la prière.

— Je ne me suis jamais sentie seule au couvent, Jean-Yves, répliqua Amadea d'un ton posé avant de pousser un soupir. Parfois, je me sens bien plus seule ici.

Et c'était vrai. La vie du couvent lui manquait, ainsi que ses sœurs et la mère supérieure. Mais aussi sa mère et Daphné. En réalité, beaucoup de choses lui manquaient, même si elle était reconnaissante à Dieu d'être à Melun.

— Moi aussi, je me sens seul, fit Jean-Yves d'une voix triste en se tournant vers elle.

Il vit alors les larmes sur ses joues et s'arrêta sur le bas-côté.

— Ma pauvre petite. Pardon, je ne voulais pas te blesser.

— Ça va.

Mais elle s'effondra en larmes, et Jean-Yves la prit dans ses bras. Elle ne pouvait plus s'arrêter de pleurer. Les choses lui semblaient plus dures à l'approche de Noël. Cela avait déjà été le cas l'année précédente.

— Elles me manquent tellement… Je ne peux pas croire qu'elles soient parties pour toujours… Ma sœur était si belle… Et ma pauvre mère était prête à tout pour nous… Jamais elle ne pensait à elle… Je pense tout le temps à ce qui a dû leur arriver… Je sais que je ne les reverrai plus jamais… Oh, Jean-Yves…

Elle sanglota un long moment dans ses bras. C'était la première fois qu'elle se laissait aller de la sorte. D'ordinaire elle s'interdisait de penser à ce qui avait pu leur arriver. Des histoires atroces circulaient sur Ravensbrück. Qu'elles aient disparu pour toujours était inconcevable, mais au fond de son cœur, elle savait que c'était la réalité.

— Je sais… je sais… Je pense à toutes ces choses, moi aussi… Mes frères me manquent… Nous avons tous perdu des êtres chers. Il n'y a plus personne qui n'ait perdu quelqu'un de proche.

Alors, sans réfléchir, il l'embrassa. Cela faisait des mois qu'il se retenait, des mois qu'il s'efforçait de respecter ses vœux et son choix de vie, ainsi que son désir de retourner au couvent. Mais il ne voulait pas qu'elle s'en aille. Il voulait passer sa vie avec elle, prendre soin d'elle et avoir des enfants avec elle. Tous les êtres qu'ils aimaient avaient disparu. Il n'y avait plus personne, hormis eux. Tels deux survivants d'un bateau en perdition sur une mer démontée, ils se raccrochaient l'un à l'autre.

Sans comprendre ce qui lui arrivait, Amadea lui rendit son baiser, submergée par une vague de désespoir et de passion si violente et incontrôlable qu'elle ne pouvait s'arrêter de l'embrasser et de s'accrocher à lui. Et avant même qu'aucun d'eux ne le réalise, Jean-Yves lui fit l'amour, et c'était tout ce qu'elle voulait. C'était comme si elle était devenue quelqu'un d'autre, complètement différente de celle qu'elle avait été durant toutes ces années. La guerre pouvait avoir des effets étranges sur les gens et les transformer, et c'était son cas. Ni ses vœux, ni les sœurs, ni le couvent, ni même son amour pour Dieu n'avaient plus d'importance. Seul Jean-Yves comptait à cet instant précis, il était son seul désir, son unique besoin, et il en était de même pour lui. Ils avaient traversé trop d'épreuves, avaient vécu trop de pertes, avaient vu trop d'horreurs. Cette nuit-là, ils laissèrent tomber leurs défenses. Jean-Yves tint Amadea serrée dans ses bras, pleurant dans ses cheveux, et tout ce que la jeune femme voulait, c'était le réconforter. Il était l'enfant qu'elle n'aurait jamais et le seul homme qu'elle eût jamais désiré ou aimé. Elle s'était reproché de nombreuses fois cette pensée en priant dans sa chambre, mais à présent elle n'aspirait plus qu'à une chose, être à lui. Après l'amour, ils se regardèrent comme deux enfants perdus, et il la fixa avec angoisse.

— Est-ce que tu me détestes ?

Il ne l'avait pas prise de force. Tous deux avaient eu envie l'un de l'autre, et Amadea s'était offerte à lui et l'avait désiré. Ils avaient besoin l'un de l'autre, beaucoup plus qu'ils ne l'auraient imaginé. Ils avaient trop souffert et, même s'ils n'en étaient pas conscients, les événements les avaient beaucoup affectés.

— Non, je ne pourrai jamais te détester. Je t'aime, Jean-Yves, dit Amadea doucement.

Une petite part d'elle-même comprenait ce qu'ils avaient traversé et leur pardonnait à tous les deux.

— Moi aussi, je t'aime. Oh, mon Dieu, si tu savais comme je t'aime ! Qu'allons-nous faire maintenant ?

Il savait à quel point elle était sûre de sa vocation, mais il était persuadé qu'elle se trompait. Elle était trop belle et trop aimante pour se cacher dans un couvent jusqu'à la fin de ses jours. Néanmoins, c'était la vie qu'elle lui avait dit vouloir, dès leur rencontre.

— Faut-il vraiment que nous en discutions tout de suite ? J'ignore si je viens de commettre un terrible péché ou si c'est ce qui devait arriver. Peut-être est-ce ce que Dieu a voulu pour moi ? Attendons un peu, et prions, répondit-elle avec bon sens tandis que Jean-Yves la serrait contre lui.

Elle ignorait où Dieu voulait la conduire, mais elle avait le sentiment qu'elle devait explorer cette nouvelle voie. Elle sentait qu'il le fallait.

— Si jamais quelque chose devait t'arriver, Amélie, j'en mourrais.

— Ne dis pas de sottises. Je t'attendrai au paradis, et nous vivrons de merveilleux moments lorsque tu m'y rejoindras.

Elle avait des larmes dans les yeux, mais elle était heureuse avec lui. Jamais elle n'avait connu un tel bonheur. Son amour pour Jean-Yves était différent de celui qu'elle ressentait pour le couvent et lui faisait éprouver un sentiment de joie qu'elle aimait. Pour la première fois de son existence, elle se sentait jeune et légère ; la vie ne semblait plus aussi sombre et les tragédies autour d'eux aussi horribles. C'était tout ce dont ils avaient besoin pour oublier la réalité, du moins pour l'instant.

— Comme je t'aime ! fit Jean-Yves avec un large sourire, tandis qu'ils arrangeaient leurs vêtements en riant comme des adolescents.

Il aurait voulu lui demander de l'épouser, mais la jeune femme venait déjà de faire un grand pas, et il ne voulait pas la brusquer. Peut-être avait-elle raison, d'ailleurs. Il fallait laisser les choses arriver. Tout viendrait à son heure. Il était inutile de chercher à tout décider dans l'instant. Il ne souhaitait qu'une chose, qu'Amadea devienne sa femme et la mère de ses enfants, et il espérait que Dieu serait d'accord et qu'elle abandonnerait son idée de retourner au couvent. Mais, pour le moment, il était trop tôt, tous deux étaient encore sous le choc de ce qui venait de se passer.

Ils discutèrent tranquillement, sur le chemin du retour. Une fois arrivés à la ferme, il prit Amadea dans ses bras et l'embrassa, avant qu'elle descende de voiture.

— Je t'aime, ne l'oublie pas. Ce soir, c'était juste le début. Ce n'était pas une erreur, fit-il sérieux, ni un péché. Et je te promets d'aller plus souvent à la messe, ajouta-t-il en souriant.

Il n'y était plus retourné depuis la mort de ses frères. Il était trop fâché contre Dieu.

— C'est peut-être pour ça qu'Il m'a envoyée à ta rencontre, pour te ramener à l'église.

Mais, quelle qu'en soit la raison, elle était aussi heureuse que lui. À sa grande surprise, elle ne se sentait pas en faute mais au contraire comblée et amoureuse. Elle savait qu'il leur faudrait du temps pour trouver une solution. C'était une des conséquences de la guerre.

Cette nuit-là, allongée dans son lit, Amadea fut étonnée de constater qu'elle n'avait aucune crise de conscience ni même de regrets. Bizarrement, les choses lui paraissaient aller de soi, et elle se demanda si ce n'était pas ce que Dieu avait véritablement voulu pour elle, après tout. Plongée dans ces pensées, elle glissa dans le sommeil sans s'en rendre compte. Le lendemain matin, elle trouva un petit bouquet de fleurs que Jean-Yves avait cueillies pour elle avant d'aller au travail, et qu'il avait déposées près de la grange, avec un petit mot qui disait : « Je t'aime, J.-Y. » Elle le glissa en souriant dans sa poche et partit traire les vaches, qui l'attendaient. Pour la première fois de sa vie, elle se sentait femme – une sensation qui lui était étrangère à tous les points de vue. Elle découvrait subitement tout ce qu'elle avait toujours rejeté et prévu de rejeter jusqu'à la fin de ses jours. Sa vie venait de connaître un bouleversement total, et il lui était impossible de savoir quelle voie était la bonne : celle avec Jean-Yves, la plus séduisante, ou celle qui avait tout représenté à ses yeux depuis tant d'années ? Elle espérait simplement qu'avec le temps les réponses viendraient, et que le voile se lèverait.

20

Durant tout l'hiver, Amadea poursuivit ses missions avec Jean-Yves. Approvisionnements et soldats continuaient d'être régulièrement parachutés par les Anglais. Une nuit, ils récupérèrent un officier, dont ils enterrèrent le parachute et qui partit rapidement pour une mission secrète. L'homme s'appelait lord Rupert Montgomery, et Jean-Yves demanda à Amadea si elle avait entendu parler de lui. Il faisait partie de ceux qui avaient organisé les trains grâce auxquels dix mille enfants avaient pu quitter l'Europe, avant la guerre.

— J'avais demandé à ma mère de faire partir ma sœur avec eux, répondit tristement Amadea tandis qu'ils rentraient. Mais elle était persuadée que nous n'aurions pas de problèmes et elle avait peur de ce qui arriverait à Daphné une fois en Grande-Bretagne. Ma sœur avait treize ans à l'époque. Elle a été déportée à seize ans. Ce que cet homme a fait pour tous ces enfants est admirable.

— C'est vrai. J'ai eu la chance de le rencontrer l'année dernière, observa Jean-Yves en lui souriant.

Leur liaison durait depuis Noël. Jean-Yves lui avait déjà demandé sa main, mais Amadea n'était toujours pas sûre de savoir si Dieu voulait qu'elle retourne ou non au couvent. Néanmoins, cette perspective lui semblait de plus en plus improbable. Elle avait tué un homme, même si cela avait été un accident, et était à présent éperdument amoureuse d'un autre. Ils faisaient l'amour dès qu'ils en avaient l'occasion. Jean-Yves ne pouvait rester longtemps loin d'elle. Il s'était d'ailleurs fait le serment de ne jamais la laisser repartir au couvent après la guerre, persuadé que ce ne pouvait être la volonté de Dieu. Pour lui, c'était une vie contre nature – sans compter qu'il était fou amoureux d'Amadea.

Au printemps 1943, Serge vint les voir et devina aussitôt la nature de leur relation ; en rentrant à Paris, il fit remarquer en plaisantant à son frère Pierre que le Carmel venait certainement de perdre une très jolie religieuse. Mais, au-delà de ça, il avait été très impressionné par le travail d'Amadea avec Jean-Yves. Depuis son arrivée, toutes leurs missions avaient été couronnées de succès. Au dire de Jean-Yves, elle était audacieuse mais toujours attentive à ne pas faire courir de risques inutiles aux membres du réseau.

Dans les prochaines semaines, Jean-Yves et lui envisageaient de faire sauter, aux environs de Melun, un dépôt de munitions allemand. Mais Jean-Yves ne voulait pas qu'Amadea fasse partie de la mission. Serge estimait que la décision revenait à la jeune femme, même s'il comprenait les motivations de Jean-Yves, très amoureux d'elle. En fait, ils avaient besoin d'Amadea, elle était rapide et efficace. Et Serge lui faisait presque plus confiance qu'aux autres membres de la cellule de Melun, à l'exception de Jean-Yves.

Ils en débattaient encore alors que Serge était parti. Amadea voulait y participer. La guerre avait pris un nouveau tournant depuis la reddition des Allemands à Stalingrad, en février – la première défaite de l'armée hitlérienne –, et eux, les résistants, devaient tout faire pour que la même chose se produise en France. L'explosion de cet arsenal serait, à n'en pas douter, un coup dur pour les Allemands.

Ils passèrent les semaines qui suivirent à planifier soigneusement l'opération. Amadea finit par convaincre Jean-Yves, qui accepta qu'elle les accompagne, malgré son désir de la protéger. En tant que chef de cellule, la décision finale lui revenait ; en outre, il manquait d'hommes – deux parmi les meilleurs étaient malades.

Une nuit, tard, Jean-Yves, Amadea, deux femmes, Georges et un autre homme se mirent en route pour le dépôt de munitions. Ils voyageaient à deux camionnettes – Amadea était avec Jean-Yves –, avec des tonnes d'explosifs cachées à l'arrière de chaque véhicule. Une fois arrivés, Georges et l'autre homme tuèrent les sentinelles en les égorgeant. C'était la mission la plus dangereuse qu'ils aient jamais accomplie. Ils placèrent avec précaution les explosifs autour du dépôt puis, comme prévu, regagnèrent en courant les véhicules, à l'exception de Georges et de Jean-Yves. Les deux hommes n'avaient que quelques minutes pour allumer les mèches avant de déguerpir – les explosifs qu'ils utilisaient étaient rudimentaires, mais ils n'avaient rien trouvé de mieux. Georges et Jean-Yves n'avaient pas encore réapparu lorsque Amadea entendit une énorme explosion et vit un gigantesque feu d'artifice illuminer le ciel. Tous se regardèrent : pas le moindre signe de Georges et de Jean-Yves.

— Démarre ! Démarre ! cria l'homme à Amadea.

Elle était au volant d'une des camionnettes mais refusait d'abandonner Georges et Jean-Yves. Toutes les forces militaires des environs allaient arriver d'une minute à l'autre et, si elles les trouvaient, ils seraient fusillés sur-le-champ. Les deux autres femmes attendaient Georges dans la seconde camionnette.

— Je ne partirai pas, rétorqua Amadea, la mâchoire serrée.

Mais, en regardant par la vitre arrière, elle aperçut une énorme boule de feu et vit l'autre camionnette démarrer.

— On ne peut pas attendre, la supplia l'homme assis à sa droite.

Ils allaient se faire prendre, Amadea en avait conscience.

— Il le faut, répondit-elle.

Mais au même moment il y eut une série d'explosions derrière eux, et la camionette vibra. L'incendie se propageait dans le hurlement des sirènes, et sans plus attendre Amadea quitta les lieux elle aussi. Les deux véhicules retraversèrent les champs avant de se garer dans la grange. Amadea tremblait de tous ses membres. Leur échappée relevait du miracle, elle savait qu'elle avait trop attendu et mis en danger la vie du groupe, pour sauver l'homme qu'elle aimait. Les quatre rescapés restèrent assis, en silence, dans la grange, écoutant les explosions et pleurant doucement. Il ne leur restait plus qu'à prier pour que leurs deux compagnons s'en soient sortis, mais Amadea ne voyait pas comment. Les explosifs étaient partis beaucoup plus tôt que prévu, et il était plus que probable que les deux hommes avaient été grièvement blessés ou tués sur le coup.

— Pardon, dit-elle aux autres, d'une voix tremblante. Nous aurions dû nous en aller plus tôt.

Ils opinèrent de la tête, car ils savaient que c'était vrai, mais eux non plus n'avaient pas voulu abandonner leurs compagnons. Sa décision avait failli leur coûter la vie, mais ils étaient sains et saufs.

Amadea regagna la ferme en écoutant les explosions et en regardant le ciel éclairé. Allongée dans son lit, elle pria durant des heures pour Jean-Yves. Le lendemain matin, toute la région parlait de l'attentat, et l'armée avait envahi la campagne à la recherche d'indices. Mais il n'y en avait pas. Les fermiers vaquaient à leurs occupations comme à l'ordinaire. Les Allemands avaient découvert les corps carbonisés de deux hommes impossibles à identifier ; même leurs papiers avaient été réduits en cendres. Faute de coupables, ils avaient pris quatre garçons du voisinage et les avaient fusillés en guise de représailles. Malade de chagrin et sous le choc, Amadea resta enfermée dans sa chambre toute la journée. Non seulement Jean-Yves était mort, mais quatre jeunes avaient été exécutés par leur faute. C'était un prix bien lourd à payer pour la liberté, même si la destruction de leurs armes empêcherait les nazis de tuer de nombreux autres innocents. Mais l'homme qu'elle aimait avait péri et elle était responsable de la mort de huit personnes : Georges et Jean-Yves, les quatre garçons, et même les deux sentinelles dont ils avaient coupé la gorge. Elle avait beaucoup de choses sur la conscience pour une femme qui avait souhaité devenir l'épouse de Dieu. Et tandis qu'elle pleurait le seul homme qu'elle eût jamais aimé, elle sut qu'après la guerre, elle retournerait au couvent. Il lui faudrait toute une vie de prières pour expier ses péchés.

21

Serge attendit trois semaines avant de venir à Melun. Il avait entendu la nouvelle de l'attentat à Paris et était très satisfait du résultat de la mission ; les dommages causés par l'explosion avaient beaucoup nui aux Allemands. Mais la nouvelle de la mort de Jean-Yves l'avait anéanti. C'était l'un de ses meilleurs hommes, et c'était la raison pour laquelle il souhaitait s'entretenir avec Amadea, le plus tôt possible.

Il la trouva dans sa chambre, silencieuse et effondrée de douleur. Les Anglais continuaient de parachuter des hommes et des approvisionnements, mais elle n'avait plus participé à une seule mission depuis l'attentat.

Serge s'assit et lui parla. Il lui dit qu'ils manquaient trop d'effectifs désormais pour pouvoir assurer la sécurité des missions. Amadea leva vers lui des yeux pleins d'angoisse et secoua la tête.

— Je ne peux pas.

— Si, tu peux. Jean-Yves aurait continué si c'est toi qui avais été dans le dépôt. Tu dois le faire pour lui. Pour la France.

— Je m'en moque. J'ai trop de sang sur les mains.

— Il n'est pas sur tes mains, mais sur les leurs. Et si tu ne poursuis pas ton travail, ce sera bientôt notre sang.

— Ils ont tué quatre jeunes garçons ! s'écria-t-elle, le visage révulsé.

Leur mort la torturait autant que celle de Jean-Yves la brisait.

— Ils en tueront beaucoup d'autres si nous ne les arrêtons pas. C'est notre seul moyen d'action, et les Anglais comptent sur nous. Une mission importante est prévue bientôt, et nous n'avons pas le temps de former d'autres hommes. Et puis j'ai besoin de toi pour quelque chose d'urgent.

— Pour quoi ? demanda-t-elle.

Serge la regarda et elle blêmit. Il savait qu'il devait mettre la pression sur elle pour la forcer à retourner se battre. Elle faisait un trop bon travail pour qu'il la laisse tout abandonner ; en outre, elle était tellement ravagée par la douleur qu'il craignait qu'elle ne finisse par s'effondrer totalement.

— J'ai besoin que tu emmènes un petit garçon juif et sa sœur en Dordogne. Une planque les attend là-bas.

— Quel âge ont-ils ? demanda-t-elle avec indifférence.

— Quatre et six ans.

— Comment se fait-il qu'ils soient encore ici ? fit-elle remarquer avec étonnement.

La plupart des enfants juifs avaient été déportés l'année précédente. Ceux qui restaient vivaient cachés.

— Leur grand-mère les cachait, mais elle est morte la semaine dernière. On doit les faire passer en zone libre, ils seront plus en sécurité en Dordogne.

— Et comment suis-je censée les emmener là-bas ? questionna-t-elle, l'air désespéré et à bout de forces.

— Nous avons des papiers pour eux. Ils te ressemblent, ils sont tous les deux blonds aux yeux bleus. Seule leur mère était juive. Elle a été déportée, et le père tué.

Comme beaucoup d'autres désormais, ils se retrouvaient sans famille.

Elle allait lui répondre qu'elle s'en sentait incapable, quand elle le regarda, se rappela ses vœux et pensa à sa mère, à Daphné, et à Jean-Yves. Et soudain, elle sentit qu'elle leur devait cela, peut-être en réparation des vies perdues par sa faute. Elle avait l'impression d'être redevenue religieuse. Jean-Yves avait emporté avec lui la femme qu'elle avait été à ses côtés, et qu'elle ne serait plus jamais. Sœur Thérèse du Carmel, en revanche, ne pouvait refuser cette mission. Lentement, Amadea hocha la tête en signe de consentement. Elle n'avait pas d'autre solution.

— J'accepte.

Serge était ravi. Il s'était engagé sur cette mission très particulière aussi bien pour les enfants que pour elle, car son état l'inquiétait – tout comme il aurait inquiété Jean-Yves.

— Nous les amènerons ici demain soir, avec leurs papiers et les tiens. Il faudra que tu dissimules ceux d'Amélie dans la doublure de ta valise. Tes nouveaux papiers stipuleront que tu es leur mère et que tu descends voir de la famille à Besse.

C'était au cœur de la Dordogne, la région natale de son père, où elle avait toujours rêvé d'aller. Elle se demanda si elle verrait le château, bien qu'elle eût conscience d'avoir des choses plus importantes à faire.

— Tu prendras la voiture de la ferme, précisa Serge, qui savait que cela ne poserait pas de problème au vieux couple.

Après avoir achevé ses corvées, Amadea passa le reste de la journée à prier dans sa chambre. Elle avait maigri les semaines passées, et cela se voyait. Elle cacha ses papiers au nom d'Amélie Dumas dans le double fond de sa valise. Elle savait qu'on lui en donnerait d'autres le soir même.

Les enfants arrivèrent après le dîner, accompagnés par une femme de la cellule parisienne. Ils étaient adorables, mais paraissaient terrorisés. Rien d'étonnant, pensa Amadea, après avoir passé deux ans cachés dans une cave et perdu la seule parente qu'ils aient eue au monde. Serge avait raison : ils lui ressemblaient. En les voyant, elle se demanda comment auraient été ses propres enfants, si Jean-Yves et elle en avaient eu. Mais ce n'était pas le moment d'y penser. Elle s'assit pour parler un peu avec eux. Ils les firent ensuite manger, et Amadea monta les border dans son lit. Elle dormirait par terre à côté d'eux. Le petit garçon tint la main de sa sœur toute la nuit. Ils avaient bien compris ce qu'ils devaient faire. Ils devaient dire qu'elle était leur mère et l'appeler « maman », même si de vilains soldats leur posaient des questions. Amadea leur promit que rien de mal ne leur arriverait, et cette nuit-là, elle pria longtemps.

Le lendemain matin, ils partirent tout de suite après le petit déjeuner, dans la voiture que l'oncle de Jean-Yves leur prêtait. Amadea savait qu'elle ferait le voyage en six ou sept heures. Elle avait pris des provisions pour ne pas avoir à s'arrêter en route. Elle ne dut présenter ses papiers qu'à un seul barrage. Les soldats la regardèrent, jetèrent un coup d'œil aux enfants, puis lui rendirent les papiers en lui faisant signe de continuer. C'était la mission la plus facile qu'elle ait eue, et avec les enfants qui dormaient, elle pouvait réfléchir tranquillement. Elle ne s'était pas sentie aussi bien depuis longtemps et était heureuse d'avoir accepté. Les enfants étaient adorables, et elle avait de la peine pour eux. Elle devait les amener à un membre de la Résistance en Dordogne, qui les conduirait dans une cachette. L'homme en question avait fait savoir qu'Amadea pourrait passer la nuit sur place, pour se reposer de ce long voyage.

Il était seize heures lorsqu'ils arrivèrent en Dordogne. La campagne était verte et luxuriante, et ne semblait pas connaître la guerre. Elle trouva facilement l'adresse qu'on lui avait indiquée. Un jeune homme l'attendait. Il était blond avec les yeux bleus comme elle et les enfants. Il aurait pu être leur père aussi bien qu'elle leur mère.

— Souhaitez-vous nous accompagner ou bien rester ici ? demanda-t-il à Amadea après l'avoir remerciée de les avoir amenés.

Les deux enfants semblèrent paniqués à l'idée de la quitter ; même s'ils la connaissaient depuis peu de temps, elle était la seule à qui se raccrocher, et elle s'était montrée gentille avec eux. Amadea tenta de les rassurer, mais les deux petits se mirent à pleurer.

— Je viens avec vous, répondit-elle.

L'homme, qui s'appelait Armand, monta dans la voiture avec eux et lui indiqua le chemin. Au bout de cinq minutes, ils passèrent devant un imposant château, et Armand lui demanda d'entrer dans la cour.

— Ici ? demanda Amadea, surprise. C'est ça, votre cachette ?

C'était une splendide vieille bâtisse, entourée de dépendances, d'écuries et possédant une cour immense.

— À qui appartient cette demeure ? s'enquit-elle, soudain curieuse.

Elle savait que la maison d'enfance de son père se trouvait dans les environs, bien qu'elle ne sût pas où exactement.

— À moi, répondit Armand.

Et, comme elle le fixait, il se mit à rire.

— Un jour, du moins, ajouta-t-il. En attendant, c'est celle de mon père.

Elle sourit, pleine d'admiration, en regardant autour d'elle. Ils descendirent de voiture, et les enfants jetèrent des regards émerveillés au château ; après deux ans dans une cave de la banlieue parisienne, ils avaient l'impression d'être au paradis. Elle savait qu'on leur avait établi des papiers attestant leurs origines aristocratiques ; ils étaient censés être des parents éloignés du châtelain.

Tandis qu'une gouvernante les emmenait pour les faire dîner, un vieux monsieur à l'allure distinguée apparut en haut des marches. Amadea devina qu'il s'agissait du père d'Armand. Le vieil homme lui serra la main avec beaucoup d'amabilité, pendant que son fils faisait les présentations. Tout ce qu'Armand connaissait d'elle était le nom indiqué sur ses derniers papiers, Philippine de Villiers. Et c'est sous cette identité qu'il la présenta à son père.

— Philippine, puis-je me permettre de vous présenter mon père, fit Armand avec courtoisie, le comte Nicolas de Vallerand.

Amadea l'observa et vit immédiatement la ressemblance, bien que le comte fût plus âgé que son père à sa mort. Il avait quarante-quatre ans, et en aurait eu soixante à présent. Quoique sous le choc, elle se tut. Armand remarqua toutefois que quelque chose avait gravement troublé la jeune femme. Le comte invita Amadea à passer dans la salle à manger, où un repas l'attendait. Elle contempla la pièce sans rien dire, et le comte remarqua sa tristesse.

— C'est une propriété magnifique datant à l'origine du seizième siècle et reconstruite deux siècles plus tard, expliqua-t-il. Elle aurait cruellement besoin d'une remise en état. Seulement, personne ne viendra avant la fin de la guerre. Le toit est une véritable passoire, ajouta-t-il avec un sourire.

Il la regardait comme si son visage lui était familier, et elle devinait pourquoi : elle était le portrait de son père. Elle se demanda quelle serait sa réaction si elle lui disait la vérité. Les choses avaient dû changer, s'il cachait des enfants juifs. La situation lui paraissait le comble de l'ironie, son père ayant été banni et n'ayant plus jamais revu les siens parce que sa femme était juive.

Quand ils eurent fini de dîner, le comte l'invita à se promener dans les jardins qui, lui expliqua-t-il, avaient été conçus par le même architecte que celui qui avait dessiné ceux de Versailles. Amadea éprouvait une sensation étrange à traverser les couloirs et les pièces qui avaient vu grandir son père, et tandis qu'elle sortait, les larmes lui montèrent aux yeux. Toutes ces pièces avaient jadis résonné du son de sa voix et de ses rires d'enfant et d'adolescent. Elles étaient remplies des échos du passé, et elle les partageait en cet instant avec ces deux hommes, même s'ils l'ignoraient.

— Tout va bien ? demanda Armand qui voyait qu'elle était profondément bouleversée.

Son père les attendait déjà dans les jardins. Amadea hocha la tête, et ils le rejoignirent.

— Vous êtes très courageuse d'avoir amené ces enfants ici toute seule. Si j'avais une fille, je ne suis pas sûr que je l'aurais laissée faire. En fait, je suis sûr que non.

Il regarda Armand, puis baissa la voix en fronçant les sourcils.

— Je m'inquiète aussi pour mon fils. Mais quel autre choix avons-nous, par les temps qui courent ?

En réalité, il y avait d'autres choix, des choix différents des leurs et que d'autres avaient faits. Mais Amadea était fière des siens et des leurs.

Durant leur promenade dans ces jardins à la splendeur passée, le comte ne lui posa aucune question personnelle. Ils vivaient une époque où tout le monde se méfiait de tout le monde, où mieux valait en savoir et en dire le moins possible. Pourtant, lorsque Amadea s'assit sur l'un des vieux bancs en marbre, usés par le temps et les éléments, et qu'elle leva vers lui des yeux remplis de tristesse, le comte ne put se retenir.

— J'ignore pourquoi, fit-il avec douceur, mais j'ai la sensation de vous connaître ou de vous avoir déjà vue quelque part. Ai-je tort ?

Il n'y avait personne avec eux, à part Armand. Certes, il était âgé mais n'était pas sénile. Pourtant il semblait en pleine confusion, comme si sa tête résonnait des voix d'un autre temps et qu'il n'était pas sûr de ce qu'il entendait ou voyait.

— Nous sommes-nous déjà rencontrés ? insista-t-il.

Il ne le pensait pas, mais pouvait avoir oublié. En outre, assise là devant lui, elle ressemblait de façon frappante à Armand.

— Vous connaissiez mon père, répondit doucement Amadea sans le quitter des yeux.

— Vraiment ? Comment s'appelait-il ?

— Antoine de Vallerand.

Il y eut un très long silence, puis, sans un mot, le comte la prit dans ses bras, tandis que les larmes jaillissaient de ses yeux.

— Oh, ma petite… ma petite… fit-il, incapable de dire quoi que ce soit d'autre.

Tant de souvenirs affluaient dans sa tête ; il était son oncle, et Armand son cousin !

— Le savais-tu avant de venir ? interrogea-t-il.

Il se demandait si c'était la raison pour laquelle elle avait accepté cette mission.

— Non, je ne l'ai su qu'en arrivant, quand Armand a prononcé votre nom. Ça a été un choc, comme vous pouvez l'imaginer, avoua-t-elle, riant et pleurant à la fois. J'ai voulu vous en parler durant le dîner, mais j'ai craint que vous ne me demandiez de partir. J'avais envie de savourer ce moment. Mon père parlait si souvent de cet endroit et de son enfance dans cette maison.

— Je n'ai jamais pardonné à notre père son attitude. Je l'ai haï pour ça, et je me suis haï moi-même de ne pas avoir eu le courage de m'opposer à lui. Mon frère et moi sommes devenus des étrangers après ça. Quand notre père est mort, j'ai voulu demander à Antoine de venir et de nous pardonner. Mais il est mort deux semaines plus tard. Puis j'ai perdu ma femme, l'année suivante. Je voulais écrire à ta mère pour qu'elle connaisse mes sentiments mais je ne la connaissais pas et j'étais convaincu qu'elle nous détestait.

À la place, il avait écrit une simple lettre de condoléances.

— Maman ne vous détestait pas, le rassura Amadea. Sa propre famille a fait bien pis avec elle. Ils ont inscrit son nom dans le livre des morts et ne l'ont pas laissée voir sa mère avant sa mort ni assister à ses funérailles. Ma grand-mère avait repris contact avec elle deux ans plus tôt, ainsi nous avons pu apprendre à la connaître. Mais je n'ai jamais rencontré les autres membres de la famille.

— Où sont-ils aujourd'hui ? demanda le comte avec inquiétude.

Amadea respira profondément avant de répondre, les yeux pleins de souffrance.

— La famille entière a été déportée après la Nuit de cristal. Certains pensent qu'ils ont été envoyés à Dachau, mais rien n'est sûr. Ma mère et ma sœur ont été déportées à Ravensbrück, il y a deux ans, et je n'ai plus de nouvelles d'elles depuis.

Le comte semblait horrifié par ses paroles.

— Et tu es venue jusqu'ici ? fit-il d'un air perdu.

Armand observait attentivement cette cousine qu'il trouvait extraordinaire. Fils unique, il n'avait jamais eu de sœur, mais aurait aimé en avoir une comme elle. Il ne lui restait que son père, et c'était ensemble qu'ils avaient décidé de s'engager dans la Résistance. Ils n'avaient plus rien, à part ce château qui tombait en ruine.

— J'ai passé cinq mois à Theresienstadt. Des amis m'avaient cachée, après la déportation de ma mère. Avant cela, j'ai vécu six ans au Carmel.

— Tu étais religieuse ? fit Armand, sidéré.

— Je le suis toujours. Enfin, je crois.

Elle avait eu une période de doute, mais depuis la mort de Jean-Yves elle avait retrouvé sa vocation – si tant est qu'elle l'eût jamais perdue. Face à des circonstances extraordinaires, elle avait simplement fait un léger détour.

— Je suis sœur Thérèse du Carmel. Après la guerre, je retournerai au couvent. J'ai dû partir pour ne pas mettre en danger la vie de la congrégation.

— Tu es extraordinaire ! s'exclama son oncle en passant un bras autour de ses épaules. Ton père serait fier de toi, s'il était encore en vie. Moi je le suis, même si je te connais à peine. Pourrais-tu rester un peu avec nous ? ajouta-t-il avec mélancolie.

Ils avaient tant d'années à rattraper, et il voulait qu'Amadea lui parle de toutes celles qu'il n'avait pas vécues avec son frère. Il y avait mille choses qu'il désirait savoir.

— Je ne pense pas que ce serait raisonnable, répondit Amadea. Mais, avec votre permission, je souhaiterais revenir vous voir, ajouta-t-elle.

Il ne faisait aucun doute pour le comte que sa nièce avait de l'éducation.

— Le contraire me briserait le cœur, répondit-il.

Tous les trois rentrèrent au château et passèrent la nuit à discuter sans aller se coucher. Néanmoins, avant de partir, Amadea s'allongea un peu.

Au moment du départ, elle embrassa les enfants, qui se mirent à pleurer. Et, bientôt, Nicolas, Armand et elle firent de même. La jeune femme avait promis de revenir, et son oncle l'avait suppliée d'être prudente et de faire attention à elle. Tandis qu'elle s'éloignait, elle les regarda une dernière fois dans le rétroviseur, lui faisant au revoir dans la cour. Elle avait passé une des plus belles nuits de sa vie et aurait voulu que Jean-Yves et son père aient été avec eux. Curieusement, sur la route qui la ramenait à Melun, elle les sentit tout près d'elle, avec sa mère et Daphné. Ils faisaient tous partie d'une chaîne inaltérable, reliant le passé, le présent et l'avenir.

22

Le trajet de retour vers Melun se déroula sans encombre. Comme à l'aller, Amadea ne fut contrôlée qu'une seule fois, et les soldats la laissèrent rapidement repartir. Son charme avait opéré et ils avaient à peine regardé ses papiers. D'ailleurs, tandis qu'elle s'éloignait, l'un d'eux lui fit même un signe de la main, en souriant.

Elle arriva à la ferme en fin d'après-midi, et, la semaine qui suivit, elle reprit ses activités clandestines avec les autres, en récupérant les cargaisons qui continuaient d'être parachutées par les Anglais. Ils reçurent ainsi deux nouveaux postes de radio, qu'ils cachèrent dans des fermes des environs.

À la fin du mois de septembre, Serge leur rendit à nouveau visite. Il aimait voir les hommes et les femmes qui travaillaient pour lui le plus souvent possible, pour mieux les connaître et s'assurer qu'ils ne faisaient pas courir de risques inutiles aux autres. Cette fois, il voulait également discuter avec Amadea. On lui avait dit que la jeune femme était dépressive depuis la mort de Jean-Yves et qu'elle se reprochait non seulement sa mort et celle de Georges, mais aussi celle des quatre jeunes garçons. Et, pis, qu'elle pensait que Jean-Yves était mort en punition de ses péchés à elle. Au fil des missions qu'il lui avait confiées, Serge s'était pris d'affection pour elle et éprouvait un profond respect pour la sûreté de son jugement, son courage et son sang-froid. Il venait s'assurer qu'elle allait bien, et aussi lui proposer une mission spéciale. Comme toujours quand le sujet était délicat, il souhaitait lui parler directement et lui avait donc envoyé un message pour qu'ils se retrouvent dans une ferme des environs.

Dès qu'il la vit, il remarqua ses traits tirés et fatigués, ainsi que son air abattu. Elle semblait hantée par les morts dont elle s'estimait responsable et ne cessait de répéter qu'elle avait hâte de retrouver le couvent après la guerre. Ils dînèrent ensemble et, pendant le repas, elle lui fit part des dernières cargaisons reçues et lui parla des nouvelles recrues. Ils sortirent ensuite pour se promener.

— Il y a quelque chose dont je souhaiterais te parler, fit Serge après quelques minutes. J'ai besoin d'un agent à Paris, pour une mission spéciale. Je ne sais pas si tu accepteras, mais je pense que tu serais parfaite.

Il avait été contacté par les services secrets britanniques pour trouver quelqu'un remplissant des critères bien spécifiques, et elle correspondait tout à fait à ce qu'ils recherchaient : quelqu'un parlant parfaitement l'allemand et pouvant facilement passer pour une jeune aristocrate allemande, racée et distinguée. Non seulement Amadea en avait le physique, mais elle l'était réellement. On pouvait la prendre indifféremment pour une Allemande ou une Française. Ils voulaient qu'elle joue le rôle de l'épouse ou de la petite amie d'un officier SS de haut rang en visite à Paris. L'officier en question serait un agent des services secrets britanniques, lui-même à moitié allemand et parlant un français irréprochable. Ils avaient besoin d'un couple parfait, et Amadea était celle qu'il leur fallait, à condition qu'elle accepte, bien sûr. Comme toujours, c'était à elle de décider.

Tout en marchant dans l'obscurité, la jeune femme écoutait Serge lui expliquer la mission, sans rien dire. Elle mit un long moment avant de répondre, mais Serge ne la pressa pas.

— Quand puis-je te donner ma réponse ?

Elle voulait réfléchir et prier. Travailler pour la Résistance à la campagne lui convenait très bien. Mais aller à Paris et parader sous le nez des SS était bien plus dangereux. Être tuée par les Allemands en poste à Melun durant une mission de nuit ne lui faisait pas peur. La seule chose qu'elle ne voulait pas et qui la terrorisait était d'être à nouveau déportée dans un camp. C'était au-dessus de ses forces. Elle était incapable de prendre le risque de se retrouver là-bas. Elle savait qu'elle n'aurait pas une deuxième fois la chance de s'évader, comme à Theresienstadt ; à sa connaissance, personne ne s'était échappé d'Auschwitz ni de la plupart des autres camps. Elle avait eu une chance extraordinaire, la nuit des représailles à Lidice, de pouvoir s'évader du « camp modèle » des nazis – qui, à cette époque, s'apprêtaient à faire visiter leur « Ville pour les Juifs » à la Croix-Rouge. La déportation, dans n'importe quel camp, et même dans celui-ci, était désormais synonyme d'une mort assurée, après des tortures inimaginables. La proposition de Serge de venir à Paris en tant que femme d'un officier SS lui semblait risquée. Trop risquée.

— Nous n'avons pas beaucoup de temps. Et tu es notre seule chance, répondit Serge avec franchise. L'agent qui dirigera la mission arrive à la fin de la semaine. Je comptais t'en parler de toute façon. Il aura trois hommes avec lui.

Amadea avait souvent assisté à ces atterrissages nocturnes avec Jean-Yves et Georges ; un petit Lysander se posait quelques minutes dans un champ, les hommes sortaient de l'appareil et se dispersaient rapidement, tandis que l'avion redécollait. C'étaient les mêmes avions qui leur parachutaient vivres et munitions, mais les atterrissages étaient beaucoup plus délicats pour eux. Les appareils volaient tous feux éteints, s'appuyant uniquement sur les résistants au sol pour les guider avec leurs lampes torches et assurer leur protection. Depuis son arrivée, Amadea n'avait jamais vu d'accident se produire, même s'ils avaient failli perdre des hommes à de nombreuses reprises.

— Ce doit être quelqu'un d'important, observa-t-elle d'un air pensif en se demandant qui était l'agent et si elle avait entendu parler de lui.

Elle connaissait désormais les noms de la plupart de leurs collaborateurs anglais. Elle entendait leurs noms de code à la radio, lorsqu'on l'y affectait, ce qui arrivait de temps en temps, car elle était devenue très compétente. Jean-Yves avait été un bon professeur.

— Oui, de très important, admit Serge. Il se chargera seul de la mission s'il n'a pas le choix, mais une « épouse » permettrait de créer une diversion. Tu es la seule qui puisse le faire, ajouta-t-il avec franchise.

Aucun de leurs agents féminins ne parlait allemand aussi bien qu'elle ni ne pouvait passer pour une Allemande, car même si certaines maîtrisaient parfaitement la langue, elles ressemblaient trop à des Françaises. Amadea avait un physique germanique. Il en était de même pour l'officier britannique qui, comme elle, était à moitié allemand – mais pas juif. Sa mère était une princesse prussienne célèbre pour sa grande beauté dans sa jeunesse.

— Comment s'appelle cet homme ? s'enquit Amadea, piquée dans sa curiosité et intriguée par la mission.

— Son nom de code est Apollo. C'est un lord.

Elle savait qu'elle avait déjà entendu ce nom, et pensait même l'avoir rencontré, mais elle ne parvenait pas à mettre un visage dessus. Tout à coup, elle se souvint. Il s'était fait parachuter une fois et elle l'avait vu avec Jean-Yves. C'était Rupert Montgomery, l'un de ceux qui avaient organisé les trains d'enfants.

— Oui, je l'ai rencontré.

Serge hocha la tête. Il était au courant.

— Lui aussi s'en souvient. C'est lui qui a pensé à toi. Tu as le physique idéal pour cette mission.

Et le tempérament idéal aussi, pensa-t-il. En période de crise, bien qu'elle n'en eût pas conscience, elle avait des nerfs d'acier et savait comment réagir. Tous ceux qui avaient travaillé avec elle le disaient. Ils reprirent le chemin de la ferme en silence. Le fond de l'air s'était rafraîchi, l'hiver était en avance. Quand ils atteignirent le portail, Amadea le regarda en soupirant. Elle leur devait cette mission. Peut-être était-ce l'unique raison pour laquelle elle avait été si souvent épargnée, pour servir le Seigneur sans crainte du danger.

— C'est d'accord, répondit-elle calmement. Quand doit-il arriver ?

— Je t'enverrai un message.

On était lundi, et il avait dit que ce ne serait pas avant la fin de la semaine. Amadea le regarda d'un air tourmenté. Il savait qu'il lui demandait beaucoup, peut-être trop. Mais elle était prête. La victoire et la liberté n'avaient pas de prix.

— J'attendrai, répondit-elle.

Serge acquiesça. Elle avait fait bonne impression au colonel Montgomery qui avait retenu son nom de code : Thérèse. C'était celui qu'elle utilisait dans les messages et sur ondes courtes. Elle devrait donc guetter un message à son intention.

— Merci, conclut Serge. C'est un homme prudent. Il sait ce qu'il fait.

Elle avait accepté à cause de ce que Montgomery avait fait pour les enfants juifs. Elle souhaitait lui apporter son aide.

Serge la serra contre lui, puis regagna la grange où il logeait, tandis qu'Amadea rentrait seule. La campagne autour de Melun ne lui faisait pas peur. En dépit du danger que leur faisaient courir leurs activités, elle s'y sentait en sécurité. Les Allemands étaient relativement complaisants dans la région, sauf en cas de représailles.

Deux jours plus tard, elle entendit le message qui lui était destiné : « Thérèse. Samedi », ce qui signifiait en réalité « vendredi », car leurs opérations se déroulaient toujours la veille de la date indiquée. Ils commenceraient à guetter l'arrivée du petit avion à partir de minuit et, comme toujours, devraient agir vite.

Le vendredi soir, Amadea et sept autres résistants attendaient dans un champ. Ils s'étaient divisés en deux groupes de quatre et portaient des lampes torches. Quand ils entendirent enfin le ronronnement étouffé du petit Lysander, ils se déployèrent et allumèrent leurs lampes. Après une descente rapide, l'avion se posa durement au sol, puis roula sur quelques mètres. Quatre hommes sortirent de l'appareil, vêtus d'habits de ferme grossiers et coiffés de casquettes. Moins de trois minutes plus tard, l'avion était à nouveau dans les airs. Tout avait été parfait. Aussitôt les résistants s'étaient dispersés et étaient repartis chez eux, accompagnés des trois hommes arrivés avec le colonel Montgomery. Ceux-ci étaient chargés d'autres missions et devaient partir pour le sud de la France la nuit même ; ils ne reverraient pas Montgomery avant leur retour en Grande-Bretagne. Le colonel travaillait seul le plus souvent, sauf sur cette mission où il aurait Amadea avec lui. Sans dire un mot, elle le conduisit à la ferme, vers une vieille stalle située au fond de la grange. Là, elle lui montra une trappe pour se cacher si jamais il entendait du bruit ; il y trouverait des couvertures et un broc d'eau. Ils devaient partir le lendemain en banlieue parisienne pour rencontrer Serge.

Amadea garda le silence face à celui qui se faisait appeler Apollo, se contentant de le regarder et de hocher la tête tandis qu'il l'observait. Quand elle fut sur le point de partir, il murmura : « Merci. » C'était non seulement pour l'hébergement et les couvertures chaudes, mais aussi pour avoir accepté la mission, car il connaissait son histoire et avait conscience du risque que cela représentait pour elle. Il savait également qu'elle avait été religieuse – ce qui l'avait intrigué – et qu'elle avait quitté le couvent pour sauver la congrégation. La seule chose qu'il ignorait concernait Jean-Yves, mais cela n'avait rien à voir avec la mission.

Amadea se contenta de hocher la tête puis regagna sa chambre à l'arrière de la cuisine. Le lendemain matin, elle lui apporta son petit déjeuner. Il portait les mêmes vêtements grossiers que la veille mais s'était lavé et rasé de près, et le résultat impressionna Amadea. Il était aussi grand que son père et semblait avoir été blond comme elle, bien qu'à présent le blond fût mêlé de gris. Il paraissait avoir une quarantaine d'années, plus ou moins le même âge que son père au moment de sa mort, et il y avait d'ailleurs une vague ressemblance entre eux. Elle comprenait à présent qu'il pût aisément se faire passer pour un Allemand, il était un parfait exemple de la « race supérieure ». Il lui aurait été impossible de passer inaperçu ailleurs qu'au milieu d'Allemands. Il n'avait rien d'un Français. Lorsqu'elle lui apporta son petit déjeuner, il s'adressa à elle en allemand, qu'il parlait aussi naturellement que l'anglais et avec la même fluidité qu'elle le français. Elle lui répondit en allemand – elle était moins à l'aise en anglais – et lui demanda s'il avait bien dormi.

— Oui, merci, fit-il en plongeant son regard dans le sien comme s'il cherchait quelque chose.

Il avait besoin d'étudier sa manière de réagir. S'ils devaient se faire passer pour mari et femme, il lui fallait la connaître véritablement et la comprendre intuitivement, par-delà les mots.

— Nous partons cet après-midi à quatre heures, annonça-t-elle, en évitant son regard inquisiteur.

— Non, ne faites pas ça, la corrigea-t-il. Vous me connaissez. Vous m'aimez. Vous n'avez pas peur de moi. Vous me regardez droit dans les yeux. Vous vous sentez bien avec moi. Nous sommes mariés depuis cinq ans. Nous avons eu des enfants ensemble.

Il voulait qu'elle apprenne son rôle, qu'elle le vive, afin qu'il devienne une part intégrante d'elle-même.

— Combien d'enfants ? demanda-t-elle en le regardant à nouveau, conformément à sa requête.

Ce qu'il venait de dire était plein de bon sens, elle comprenait ce qu'il voulait. Cela n'avait rien à voir avec elle, c'était juste un rôle qu'ils devaient jouer. Et avec conviction, s'ils voulaient rester en vie. La moindre erreur de sa part ou de la sienne pouvait leur coûter la vie. Tout cela était bien plus difficile et périlleux que de prendre livraison de munitions parachutées par un avion dans un champ à minuit.

— Deux garçons. De trois et deux ans. C'est la première fois que vous les laissez depuis leur naissance. C'est notre anniversaire de mariage. J'avais à faire à Paris, pour le Reich, et vous avez décidé de m'accompagner. Nous vivons à Berlin. Connaissez-vous cette ville ? demanda-t-il d'un air anxieux.

Si ce n'était pas le cas, il devrait tout lui apprendre : restaurants, magasins, musées, rues, parcs, habitants, cinémas, avec photographies et carte de la ville à l'appui.

— Assez bien. J'y suis allée quand j'étais enfant.

Montgomery parut soulagé. C'était un bon début. Il savait qu'elle était originaire de Cologne et connaissait le nom de jeune fille de sa mère, ainsi que le prénom de sa sœur, et même la date de leur déportation. Il savait aussi quelle école elle avait fréquentée avant d'entrer au couvent. Il y avait très peu de choses qu'il ignorait sur Amadea, à l'inverse de cette dernière, qui ne connaissait de lui que son nom et son rôle dans l'organisation des trains d'enfants. Mais elle n'y fit pas allusion. Ils n'étaient pas là pour devenir amis, mais seulement pour jouer un rôle.

Ils partirent pour Paris dans une voiture qu'on leur avait prêtée et, durant tout le trajet, discutèrent de ce qu'Amadea devait savoir. Les papiers de Montgomery étaient parfaits, indiquant qu'il venait d'Arles et qu'il était enseignant. Quant à Amadea, elle était sa petite amie. Le seul soldat allemand qui les arrêta leur fit rapidement signe de continuer leur route, tant ils avaient l'air d'un couple respectable. À moins d'un kilomètre de chez Serge, ils abandonnèrent la voiture et parcoururent le reste du chemin à pied, tout en poursuivant leur conversation. Amadea avait trois jours pour apprendre son rôle et se mettre dans la peau du personnage, mais Montgomery n'était pas inquiet. Elle correspondait en tous points à ce qu'on lui demandait. La seule chose pour laquelle elle ne semblait pas faite à ses yeux, c'était le couvent.

— Pour quelle raison êtes-vous entrée dans les ordres ? demanda-t-il à mi-chemin. Aviez-vous eu un chagrin d'amour ?

Amadea sourit en entendant la question. Les gens se faisaient de drôles d'idées sur les raisons qui poussaient quelqu'un à entrer au couvent. C'était bien moins tragique qu'on ne le pensait, surtout pour elle qui y était allée si jeune. Elle avait vingt-six ans à présent. Lui en avait quarante-deux.

— Pas du tout. Je l'ai fait par amour de Dieu. J'avais la vocation.

Il savait qu'il n'avait aucune raison de poser cette question, mais elle avait éveillé sa curiosité. Il la trouvait très intéressante.

— Êtes-vous marié ? demanda-t-elle tandis qu'ils marchaient et qu'elle lui tenait le bras de manière naturelle, comme il lui avait demandé de le faire, geste auquel elle devait s'habituer.

Il l'intimidait un peu, mais comme il l'avait dit, elle devait apprendre à se sentir à l'aise avec lui. Toutefois, la tâche n'était pas aisée car, malgré ses vêtements de campagnard, il émanait de lui un grand charisme, et elle savait qui il était réellement, en tout cas plus ou moins.

— Je l'ai été, répondit-il alors qu'ils approchaient de chez Serge.

Leurs pas étaient parfaitement accordés, et il trouvait cela plaisant. Les femmes qui avançaient à petits pas l'avaient toujours agacé. D'un naturel impatient, il avait l'habitude d'agir vite et bien et trouvait que le reste du monde n'était pas assez rapide pour lui. Amadea, si.

— Ma femme a été tuée lors d'un raid aérien, avec mes deux fils. C'était au début de la guerre.

Amadea le sentit se raidir.

— Je suis désolée.

Ils avaient tous vu disparaître des êtres chers. Comme elle, il n'avait plus rien à perdre Était-ce pour cette raison qu'il n'hésitait pas à mettre sa vie en danger ? Lui le faisait pour son pays, elle pour toutes les vies qu'elle pourrait peut-être sauver, ainsi que pour le Christ dont elle deviendrait un jour l'épouse. Sans la guerre, elle aurait dû prononcer ses vœux perpétuels cet été. Cela faisait deux ans et demi qu'elle avait quitté le couvent et, à la même époque chaque année, elle renouvelait en esprit ses vœux.

Ils atteignirent enfin la maison de la grand-mère de Serge, où, quatorze mois plus tôt, elle était arrivée de Prague avec Wolff. Cela lui semblait une éternité. Et maintenant, elle allait remettre à nouveau sa vie en danger, avec cet homme.

Ils s'arrêtèrent d'abord pour saluer les grands-parents de Serge, puis descendirent l'escalier dissimulé au fond du placard. Quelques secondes plus tard, ils se retrouvèrent dans la pièce bouillonnante d'activité qu'avait découverte Amadea un an auparavant et qui lui paraissait à présent accueillante et familière. Elle reconnut certains visages, mais il y en avait beaucoup de nouveaux. Un homme était à la radio, une femme imprimait des tracts et d'autres étaient assis autour de la table, occupés à discuter. Serge leva la tête à leur entrée.

— Pas de problèmes en chemin ? demanda-t-il, heureux de les voir.

Amadea et Montgomery secouèrent la tête en même temps et éclatèrent de rire. Ils n'avaient pas eu beaucoup l'occasion de plaisanter ensemble jusque-là, ni de bavarder, à part lorsqu'il l'avait questionnée sur le couvent et elle sur son épouse. Tout ce qu'ils s'étaient dit était en rapport avec leur mission.

Peu de temps après leur arrivée, on leur apporta du civet de lapin, une grosse tranche de pain et une tasse de ce café amer que tout le monde buvait. En plus d'être nourrissant, le repas les réchauffa, car le temps s'était beaucoup rafraîchi. Montgomery semblait affamé, et même Amadea mangea de bon cœur le délicieux civet.

On les prit ensuite en photo. Cela compléterait le travail remarquable qui était effectué sur leurs passeports et sur les papiers les autorisant à voyager. Les résistants semblaient capables de réaliser n'importe quels documents. Le colonel Montgomery et Serge conversèrent longuement dans un coin de la pièce, pendant qu'on prenait les mesures d'Amadea pour sa future garde-robe. Elle ignorait comment, mais les résistants parvenaient toujours à se procurer des robes et des vêtements de campagne, aussi bien que des tenues plus élégantes. Les gens avaient tous des parents qui avaient jadis porté de beaux habits, et beaucoup possédaient encore des malles remplies de trésors. Ils disposaient même de bijoux et de fourrures.

Deux jours plus tard, une élégante valise en cuir arriva avec tout ce qu'il fallait à l'intérieur, en même temps que leurs passeports et leurs papiers, ainsi que l'équipement complet d'officier SS pour Apollo. Ce dernier avait belle allure dans cet uniforme qu'il avait déjà souvent porté. Ils firent les derniers essayages ; tout leur allait parfaitement. Ils formaient un couple impressionnant. Amadea portait une élégante robe en laine grise qui lui rappelait une tenue de sa mère, agrémentée d'un beau collier de perles. La robe, qui venait de chez Mainbocher, était comme neuve, de même que le manteau de fourrure et le chapeau noir très chic. On avait même réussi à lui trouver des chaussures allemandes. Son sac était un modèle Hermès noir en crocodile, et ses gants en daim noir étaient parfaitement à sa taille. Ainsi vêtue, elle était l'image parfaite de l'épouse distinguée et racée d'un homme influent, que l'officier incarné par Montgomery était supposé être. Le véritable officier dont il avait pris le nom était mort deux ans plus tôt dans un accident de bateau, lors d'une permission. C'était un homme plutôt effacé et qui n'était jamais allé à Paris ; il ne devrait y avoir personne qui l'ait connu, mais, dans le cas contraire, le faux couple pourrait certainement donner le change pendant deux jours.

Le colonel Montgomery devait glaner des informations lors des rassemblements du Reich et des réceptions. Amadea l'aiderait dans sa tâche et collecterait de son côté des renseignements en parlant avec les épouses des officiers et en dansant avec les haut gradés lors des soirées. Puisque c'était censé être leur anniversaire de mariage, le colonel avait réservé une chambre au Crillon et commandé du champagne et des roses. En outre, pour fêter cet anniversaire, il lui offrait une très jolie montre Cartier en or et diamants qu'elle se ferait un plaisir de porter. Ils avaient pensé au moindre détail.

— Vous êtes très généreux, dit Amadea en admirant la montre.

— Vous trouvez ? répondit-il avec un flegme tout britannique malgré son uniforme SS. Il me semble, pour ma part, que c'est là un bien piètre cadeau. Je pense sincèrement que vous mériteriez plutôt une broche en diamant ou un collier en saphir pour m'avoir supporté pendant cinq ans. Vous êtes très facile à contenter.

— C'est qu'on ne voit pas souvent ce genre de choses au couvent, remarqua-t-elle en souriant.

Elle suspendit avec précaution sur un cintre sa robe en laine grise qui lui faisait penser à sa mère et sa fourrure. Sa mère n'avait jamais eu de fourrures avant la mort de son père ; avant son héritage, qui était arrivé un peu tard, il n'avait pas eu les moyens de lui en offrir. Ensuite, elle ne s'était acheté qu'une seule fourrure, et une veste pour ses filles quand elles avaient été en âge d'en porter. Amadea n'avait pas vu de fourrure depuis des années.

— Peut-être aurais-je dû vous offrir un rosaire à la place ? continua le colonel pour la taquiner.

Cette fois, Amadea éclata de rire.

— J'en serais ravie.

Elle pensa soudain à quelque chose qu'elle voulait faire à tout prix, s'ils en avaient le temps.

— Pourrons-nous aller à Notre-Dame ? lui demanda-t-elle.

On aurait dit qu'ils étaient véritablement mariés, ce qui plut au colonel.

— Je crois que nous pourrons arranger ça.

Il désirait l'emmener faire les magasins, ou du moins en avoir l'air. Le réseau allait lui donner une grosse somme d'argent allemand, leur permettant de vivre pendant deux jours sur un pied digne d'un homme de sa position et de sa jeune et jolie femme.

— Savez-vous danser ? demanda-t-il soudain, se rendant compte qu'il avait complètement oublié de l'interroger sur ce point.

Elle était entrée si jeune au couvent qu'elle pouvait ne jamais avoir appris.

— Je savais, avant, répondit-elle avec un sourire timide.

— Dans ce cas, nous ne danserons pas plus que nécessaire. Ma femme m'a toujours dit que j'étais un danseur épouvantable. Je suis sûr que je vous écraserais les pieds et que j'abîmerais vos belles chaussures.

Des chaussures qu'elle devrait rendre à celle qui les lui avait prêtées.

Durant les trois jours qui suivirent, ils affinèrent encore leurs personnages, et Serge et le colonel eurent de longs entretiens. Montgomery avait pour mission d'obtenir des renseignements sur les nouvelles bombes qu'étaient en train de mettre au point les nazis. Il devait essayer de connaître les plans de l'usine où elles seraient fabriquées, le nombre d'effectifs, le lieu où elles seraient stockées et qui serait responsable du projet. Ils en étaient encore à la première étape, mais les Anglais savaient déjà que cela aurait un impact décisif sur le cours de la guerre. Tout ce que Montgomery avait à faire durant les deux jours à venir, c'était prendre des contacts. La mission était risquée. Si quelqu'un le reconnaissait, cela mettrait en péril leurs missions futures. Mais il était le seul qu'ils avaient trouvé pour faire cela.

Un taxi vint les chercher et ils partirent pour l'hôtel Crillon avec leurs deux élégantes valises remplies de tout ce dont ils avaient besoin. Leurs papiers étaient parfaitement en règle. Amadea était superbement maquillée et coiffée ; ses longs cheveux blonds étaient ramenés en un chignon impeccable, et elle avait beaucoup d'allure dans ses vêtements à la mode. Ce fut un couple sublime qui pénétra dans l'hôtel. En entrant dans leur chambre quelques minutes plus tard, Amadea ouvrit de grands yeux, avant de battre des mains en s'exclamant de plaisir et en embrassant son mari, comme si tout était naturel. Mais des larmes perlaient au coin de ses yeux lorsque le groom partit. Elle n'avait rien vu de tel depuis son entrée au couvent huit ans et demi plus tôt, et tout cela lui rappelait sa mère.

— Pas de ça, lui dit Montgomery en allemand.

Ils allèrent à Notre-Dame, puis chez Cartier, dont les affaires étaient très florissantes avec tous ces officiers allemands et leurs maîtresses. Il l'emmena ensuite déjeuner chez Maxim's et le soir ils se rendirent à une réception au quartier général allemand. Amadea ne passa pas inaperçue dans sa robe du soir en satin blanc, ses longs gants blancs, ses escarpins en strass et son fin collier de diamants. Son mari semblait très fier d'elle, tandis qu'elle évoluait sur la piste de danse avec la plupart des jeunes officiers, et que lui-même discutait des nouveaux projets d'armement et de l'obligation de respecter les délais. Il obtint toutes les informations qu'il voulait. Le second soir, ils furent invités à dîner en petit comité chez le commandant. Légèrement ivre, l'épouse de celui-ci, qui s'était prise d'affection pour Amadea, devint très indiscrète et lui raconta tout des activités de son mari – du moins ce qu'elle en savait –, en faisant promettre à la jeune femme de revenir la voir à Paris. À la fin du repas, le couple était devenu la vedette de la soirée. Tandis qu'ils rentraient au Crillon pour leur dernière nuit, Amadea proposa de repartir chez Serge, mais Montgomery lui répondit qu'ils devaient jouer le jeu jusqu'au bout et attendre le lendemain matin.

Comme la nuit précédente, ils dormirent dans le même lit, Amadea dans une nuisette en satin pêche ornée de dentelle couleur crème, et le colonel dans un pyjama en soie trop juste pour lui – mais Amadea était la seule à le savoir. Allongés l'un à côté de l'autre, ils discutèrent à voix basse de ce qu'ils avaient appris durant la soirée, et elle lui fit son rapport. Elle avait glané de précieuses informations, qui le satisfirent pleinement. Ils étaient au lit mais ils auraient aussi bien pu être dans un bureau, la nuisette et le pyjama ne représentaient rien pour eux. Ils étaient deux agents en mission faisant leur travail, rien de plus. Ils dormirent très peu cette nuit-là, surtout Amadea, qui avait hâte de quitter Paris. Elle n'avait pas cessé d'avoir peur des risques qu'ils prenaient et, si luxueuse que fût leur chambre, elle n'avait qu'une envie : être à nouveau à Melun.

— Ne montrez pas tant d'impatience, la gronda-t-il en allemand. C'est notre anniversaire de mariage. Nous sommes à Paris. Vous n'avez pas envie de partir. Vous adorez être ici avec moi, loin des enfants. Vous êtes une mère extraordinaire, mais une épouse meilleure encore.

Et surtout, se dit-il à lui-même, un excellent agent. Sa collaboration avait été inestimable durant ces deux jours, et il espérait avoir l'occasion de retravailler avec elle. Elle était douée, bien plus qu'elle ne l'imaginait.

— Au fait, vous m'avez menti, fit-il observer au petit déjeuner.

Ils étaient dans leur chambre, déjà habillés, et leurs bagages étaient prêts. Un peu plus tôt, il avait rigoureusement chiffonné les draps devant Amadea qui se demandait ce qu'il faisait. « Nous avons eu une folle nuit de passion », lui avait-il expliqué avec un sourire en coin. Amadea et lui avaient dormi sans bouger, chacun de son côté, si bien que les draps étaient à peine froissés. Quand il avait eu terminé, le lit était devenu un vrai champ de bataille, et Amadea avait éclaté de rire.

— À quel propos vous ai-je menti ? répondit-elle, déconcertée.

Elle aimait bien parler allemand avec lui. Cela faisait deux ans qu'elle ne l'avait plus parlé, et c'était un peu comme si elle se retrouvait à la maison.

— Vous êtes une merveilleuse danseuse. Je vous ai vue virevolter sur la piste en flirtant avec vos partenaires. J'étais extrêmement jaloux, ajouta-t-il sur un ton moqueur.

— J'ai flirté ? fit-elle, horrifiée.

Sa seule intention avait été de se montrer charmante et agréable, et elle espérait à présent ne pas s'être mal conduite.

— Oui, mais juste ce qu'il fallait. Sinon, j'aurais été obligé de faire une scène, ce que, heureusement, vous m'avez épargné. Donc, je vous pardonne. Et pour le mensonge aussi.

Il l'avait observée sur la piste à une ou deux reprises et avait remarqué combien elle se déplaçait avec grâce et légèreté. Surtout pour une carmélite.

Ils quittèrent l'hôtel et se rendirent en taxi à la gare. Là, ils prirent un autre taxi qui les conduisit chez Serge, et, moins d'une heure après leur départ du Crillon, ils étaient dans la cave de la maison. À peine eurent-ils pénétré dans la pièce du fond qu'Amadea retira son chapeau et s'assit en poussant un profond soupir. La tension des deux jours passés l'avait épuisée. Elle n'en avait rien laissé paraître, mais elle avait vécu chaque seconde avec la peur au ventre, à l'exception de quelques moments de détente, comme à Notre-Dame.

Le colonel Montgomery déclara à Serge que c'était la mission la plus réussie qu'il eût jamais accomplie et qu'elle était un immense succès. Il affirma qu'Amadea avait joué son rôle de femme d'officier SS à la perfection et qu'elle avait en plus rassemblé une masse considérable d'informations. Tout comme le colonel, Serge était enchanté.

— Quand repartons-nous ? demanda Amadea avec un sourire fatigué.

Après avoir troqué les beaux vêtements contre sa tenue habituelle, elle se sentait un peu comme Cendrillon à la fin du bal. Elle avait aimé les robes élégantes et l'hôtel de luxe, mais elle avait toujours eu à l'esprit le risque d'être déportée. Sa vie à Melun comportait également des risques, mais ce qu'elle venait de vivre avait été très dangereux.

Le temps qu'elle se change, le colonel s'était lui aussi débarrassé de son uniforme SS. Ils rendirent leurs papiers à Serge. Ceux-ci pourraient à nouveau servir, avec d'autres photos et quelques retouches. Serge leur remit les leurs au nom d'Amélie Dumas et du professeur d'Arles. Tous trois savaient qu'ils jouaient un jeu dangereux, mais ils y excellaient.

— Vous avez faim ? demanda le colonel à voix basse.

Amadea sourit. Ils s'étaient parlé comme mari et femme pendant deux jours, et c'était devenu une habitude.

— Non, ça va. Je mangerai quand nous arriverons. Quand partons-nous ?

— Dans deux heures.

Il voulait d'abord envoyer des renseignements codés en Angleterre.

Ils quittèrent discrètement la maison de Serge et reprirent en sens inverse la route de Melun, dans la même voiture prêtée, à la seule différence qu'ils se sentaient maintenant parfaitement à l'aise l'un avec l'autre, comme un vrai couple. Ils avaient dormi dans le même lit deux nuits de suite, en tout bien tout honneur, et tout comme lui la revoyait encore dans sa nuisette en satin pêche, elle se souvenait de son allure ridicule dans son pyjama trop court – il était grand et avait du mal à trouver des pantalons à sa taille.

— Vous avez fait du bon travail, lui dit-il dans la voiture. Du très bon travail.

— Merci, colonel, répondit Amadea, plus du tout intimidée.

— Vous pouvez m'appeler Rupert.

Ils avaient recommencé à se parler en français dès leur retour, afin de ne pas commettre l'erreur de parler allemand s'ils se faisaient contrôler.

— Savez-vous que vous parliez allemand dans votre sommeil ? fit-il en lui souriant. C'est le signe que vous êtes un très bon agent. Même dans votre sommeil, vous parlez dans la langue de votre mission !

— J'ai beaucoup aimé parler allemand avec vous, avoua Amadea, encore un peu déstabilisée par le passage au français. Je sais que c'est horrible à dire, vu les circonstances, mais cette langue me rappelle mon enfance. Ça faisait longtemps que je ne l'avais pas parlée.

— Votre français est remarquable. Tout comme votre anglais, observa-t-il admiratif.

— Le vôtre aussi.

Leurs mères étaient toutes les deux allemandes, si bien qu'il n'y avait rien d'étonnant à ce que l'allemand fût leur langue natale. En revanche, il avait grandi en

Angleterre avec un père anglais, et elle en Allemagne avec un père français.

— Je serais ravi de faire à nouveau équipe avec vous, déclara-t-il en toute simplicité.

— Je ne suis pas sûre d'avoir les nerfs assez solides pour ce genre de travail. Pas à un tel niveau, en tout cas. Je m'attendais à chaque instant à ce que la Gestapo frappe à la porte et me fasse déporter.

— Cela aurait été fâcheux, remarqua-t-il d'un air sévère. Je suis heureux que rien de tel ne se soit produit.

— Moi aussi. Vous savez, je voulais vous dire combien j'admire ce que vous avez fait pour les trains d'enfants. C'était magnifique.

— Oui, c'était fantastique. Je suis heureux que nous ayons pu faire sortir autant d'enfants. J'en ai moi-même douze à la maison.

Il annonça cela comme s'il n'y avait rien d'extraordinaire à offrir un foyer à douze petits immigrés. Tous avaient leurs parents, ou du moins les avaient au moment de leur départ d'Allemagne, si bien que ceux dont les parents seraient encore en vie après la guerre partiraient un jour les retrouver. Le colonel l'informa qu'il avait prévu d'adopter ceux qui n'auraient plus de famille. C'était un homme exceptionnel. Elle s'en était aperçue à Paris où, en dépit de la tension extrême qu'il subissait lui aussi, il était toujours resté poli, aimable, prévenant et plein d'égards. Tout comme elle, il avait risqué de se faire démasquer et arrêter, et aurait probablement été fusillé s'il avait été découvert.

— Quelle aventure ce doit être d'avoir douze enfants à la maison !

— C'est assez divertissant, reconnut-il en souriant.

Et cela atténuait la perte de sa femme et de ses fils. Même si ce n'était pas pareil, la présence des enfants lui réchauffait le cœur.

— Ce sont des enfants merveilleux. Avec eux aussi, je parle allemand. J'ai huit garçons et quatre filles, de cinq à quinze ans. La plus jeune n'avait que six mois lorsqu'on l'a mise dans le train ; sa sœur était avec elle. Deux des grands garçons sont des jumeaux. Certaines familles d'accueil n'acceptaient de prendre qu'un ou deux enfants d'une même fratrie, et nous avons fait de notre mieux pour éviter que les frères et sœurs ne soient séparés. Certains enfants ont dû être replacés, mais la plupart des placements ont été des réussites. Mes pauvres petits ont parfois le mal du pays, sauf la plus jeune, bien sûr, qui ne se souvient pas de sa famille, et pour qui les autres enfants et moi sommes la seule qu'elle ait connue. Elle a les cheveux roux et des taches de rousseur ; on dirait un petit renard, ajouta-t-il en souriant.

Amadea voyait dans ses yeux tout l'amour qu'il portait à ces enfants. Il devait avoir été un très bon père pour ses fils.

Ils arrivèrent à Melun juste après la tombée de la nuit. La tante de Jean-Yves leur prépara leur dîner sans poser de questions, et eux-mêmes ne firent aucune allusion à leur séjour à Paris. Mais il était évident que pour elle cet étranger était un agent, et un agent important. Ils dînèrent tranquillement en parlant de la ferme et du temps, puis allèrent discuter dans la grange jusqu'à l'heure du départ du colonel.

— C'est étrange à dire, mais j'ai passé un bon moment avec vous. Le couvent vous manque-t-il ? demanda-t-il, toujours curieux à son sujet et intrigué par sa personnalité.

Elle était tant de choses à la fois : innocente, belle, humble, courageuse, timide, intelligente et dénuée de toute prétention. D'une certaine façon, il comprenait pourquoi elle ferait une bonne religieuse, tout en pensant que ce serait un terrible gâchis. Il la revoyait encore, éblouissante dans sa robe du soir blanche, puis dans sa nuisette en dentelle. Mais il n'avait jamais de liaisons avec d'autres agents. Cela aurait tout compliqué. Il était là pour travailler, pas pour s'amuser. Des vies étaient en jeu.

— Oui, admit Amadea d'un air sérieux. Tout le temps. J'y retournerai une fois que tout sera fini.

Il y avait une telle certitude dans sa voix qu'il ne put que la croire.

— Réservez-moi une danse avant, plaisanta-t-il. Vous pourriez m'apprendre un pas ou deux.

Vers vingt-trois heures trente, ils partirent rejoindre les autres dans le champ. L'avion arriva à l'heure convenue, un peu après minuit. Le colonel repartait seul, les trois hommes qui l'accompagnaient à son arrivée étant toujours en mission. Le Lysander venait d'atterrir quand il se retourna vers Amadea pour la remercier une dernière fois.

— Que Dieu vous bénisse, hurla-t-elle au-dessus du ronflement du moteur. Soyez prudent.

— Vous aussi, répondit-il en lui touchant le bras.

Puis il la salua et sauta dans l'appareil, au moment où celui-ci touchait le sol. Ils redécollèrent moins de trois minutes plus tard et Amadea resta un moment à regarder le petit avion s'éloigner dans le ciel – il lui sembla voir le colonel lui faire au revoir de la main –, puis elle tourna les talons et rentra à la ferme.

23

Amadea eut des nouvelles de Serge deux semaines avant Noël, quand il vint lui rendre visite. Depuis son retour de Paris, elle avait repris ses missions habituelles. Deux fois, elle avait dû secourir des hommes – des Anglais – qui s'étaient blessés au cours de leur parachutage. L'un d'eux était resté coincé dans un arbre, et Amadea était montée le décrocher ; elle l'avait ensuite soigné durant plusieurs semaines. Son héroïsme et son abnégation n'étaient plus un secret pour personne à Melun. Celui qu'elle avait libéré de l'arbre avait juré de revenir la voir après la guerre, convaincu d'avoir affaire à un ange miséricordieux qui lui avait sauvé la vie.

Les souvenirs du Noël précédent passé au côté de Jean-Yves la remplissaient de tristesse. Mais, à présent, elle sentait que sa vocation religieuse était plus forte que jamais, et elle se demandait si Jean-Yves avait été envoyé dans sa vie dans ce but. Elle savait qu'avec le temps les réponses viendraient.

Serge venait pour lui proposer une nouvelle mission, à la requête du colonel Montgomery en personne. Bien sûr, elle était libre ou non d'accepter. Pour la première fois, Serge hésitait.

L'usine qui devait produire des bombes en Allemagne avait avancé rapidement, plus rapidement que les Anglais ne l'avaient cru. Montgomery avait besoin de renseignements techniques qu'il n'avait pas obtenus à Paris et souhaitait qu'Amadea joue à nouveau le rôle de son épouse. Quant à lui, il serait un autre officier. Cette fois-ci, le danger principal de la mission était qu'elle se déroulerait en Allemagne. Il leur faudrait entrer et sortir du pays sains et saufs, ce qui ne serait pas une mince affaire. Tous les deux pouvaient facilement se faire tuer, et sûrement déporter dans le cas d'Amadea.

— Pour être honnête avec toi, je ne crois pas que tu devrais accepter, fit Serge pour la décourager.

Il aurait voulu ne pas lui parler de cette mission, mais il devait transmettre le message. Amadea avait deux jours pour prendre sa décision.

La jeune femme n'avait aucune envie d'accepter mais, les deux jours qui suivirent, elle ne put fermer l'œil. Les visages des gens qu'elle avait connus à Theresienstadt la hantaient. Elle se demandait combien d'entre eux étaient encore en vie. Sa mère et Daphné à Ravensbrück. La famille de sa mère à Dachau. Si personne n'acceptait ces missions, jamais ils ne reviendraient, et tous les Juifs d'Allemagne et des autres pays occupés finiraient par mourir. Elle se rappelait quelque chose qu'un des anciens détenus de Theresienstadt lui avait dit, un vieillard qui était mort un mois avant son évasion : « Celui qui sauve une vie sauve l'humanité entière. » C'était une phrase tirée du Talmud, et elle ne l'avait jamais oubliée. Comment pouvait-elle tourner le dos à tous ces gens, quand l'occasion lui était donnée de changer les choses ? Elle ne le pouvait pas, même si elle risquait d'être à nouveau déportée. On lui donnait une chance de se battre pour eux. Quel autre choix avait-elle ? Quel choix avait eu le Christ devant la Croix ?

Ce soir-là, Amadea envoya un message radio à Serge, disant simplement : « Oui. Thérèse. » Elle savait qu'il comprendrait et transmettrait l'information au colonel. Elle reçut ses instructions le lendemain. Il allait être parachuté dans les environs de Nancy et elle devait le rejoindre à la cellule locale. Les papiers et les vêtements nécessaires lui seraient fournis sur place. Cette fois-ci, pas de week-end anniversaire au Crillon ni de tenues chic, juste des vêtements ordinaires. On était en hiver. Il était prévu qu'ils passent cinq jours en Allemagne.

Amadea partit en pleine nuit et arriva à Nancy dans la matinée. Le colonel Montgomery avait été parachuté dans la nuit. Lorsqu'il la vit, il lui adressa un grand sourire.

— Alors, ma sœur, comment allez-vous ?

— Bien, je vous remercie, colonel. Ravie de vous revoir.

Ils s'étaient salués sur un ton amical et respectueux à la fois, comme deux vieux amis.

Il avait été impressionné qu'elle ait accepté la mission, surtout en sachant le danger que cela représentait pour elle. Il avait eu quelques scrupules à requérir sa collaboration, mais il avait besoin d'elle, et l'Angleterre aussi. Il se réjouissait de sa présence à ses côtés.

On leur donna leurs nouveaux papiers, puis, toute la nuit, Montgomery lui expliqua la mission. Les choses étaient plus compliquées, cette fois. Elle devait recueillir des informations et prendre des photos. Pour ce faire, il lui remit un petit appareil qu'elle cacha dans une poche de son sac à main. Il avait revêtu son uniforme SS, et ils devaient prendre un train pour l'Allemagne dans la matinée. Comme la fois précédente, il s'adressa à elle en allemand pour éviter tout faux pas au cours de la mission ; ils ne devaient parler que cette langue, comme ils l'avaient fait à Paris. Amadea retrouva le même plaisir à converser avec lui, mais ils avaient conscience que cette mission s'annonçait bien plus délicate que la précédente.

Quand ils montèrent dans le train, ils avaient l'air pâles et fatigués, mais c'était le cas de beaucoup de gens, cet hiver-là. Ils discutèrent néanmoins avec bonne humeur tandis que le train quittait la gare, puis Amadea s'endormit, exténuée, la tête sur l'épaule du colonel. Ce dernier lut pendant qu'elle dormait et, quand elle se réveilla, elle semblait mieux. Ils descendirent en Thuringe et s'installèrent dans un hôtel où se trouvaient d'autres officiers et leurs femmes. Rien à voir avec le Crillon, mais leur chambre était agréable. L'employé de l'accueil s'excusa car ils auraient deux lits jumeaux au lieu d'un grand lit, mais l'hôtel était plein, les épouses étant venues retrouver leurs maris pour Noël. Rupert lui répondit qu'il n'y avait pas de problème, car ce n'était pas leur lune de miel, ce qui les fit rire tous les trois. Mais Amadea ne fut vraiment soulagée que lorsqu'ils se retrouvèrent seuls dans leur chambre. Pour cette mission, elle avait une chemise de nuit en flanelle bien chaude ; contrairement à la fois précédente, ils étaient en hiver, la mission était beaucoup moins romantique, et infiniment plus dangereuse. Cette fois-ci, Rupert était un officier SS qui n'avait jamais existé, leurs noms et papiers étaient entièrement fictifs. Ils étaient néanmoins d'accord pour qu'elle dise qu'elle venait de Cologne, puisque la plupart des archives avaient été détruites lors du bombardement de 1942. Amadea réduisait ainsi les possibilités de faire une erreur, et sa conversation n'en serait que plus facile et naturelle.

Ils assistèrent à deux dîners officiels de la Gestapo. Le reste du temps, Rupert travaillait. Amadea l'accompagna une seule fois, pour visiter l'usine qui fabriquait des bombes. Les nazis en étaient très fiers. Amadea mémorisa chaque détail et le soir mit tout par écrit.

La tension était constante, mais, le quatrième jour, Rupert annonça à Amadea, en allant se coucher, que leur travail était terminé ; ils partiraient dans la matinée, tout s'était bien passé. Pourtant, la jeune femme resta éveillée toute la nuit, angoissée sans savoir pourquoi. Et ce sentiment ne l'avait toujours pas quittée lorsqu'ils montèrent dans le train, le lendemain. Elle resta silencieuse durant tout le voyage à travers l'Allemagne. C'était comme un mauvais pressentiment, mais elle n'osait pas en parler à Rupert ; il n'y avait pas de raison de l'inquiéter. Ce qu'ils avaient fait était incroyablement audacieux et courageux, et ils en étaient conscients.

Jusqu'à la frontière, les contrôles furent fréquents, et, à la dernière gare, Amadea trouva que les deux jeunes soldats mettaient un temps fou à contrôler les papiers. La frontière était proche et elle était sûre que quelque chose allait se produire. Mais, une fois encore, on leur rendit leurs passeports, et le train s'ébranla. Rupert lui sourit tandis qu'ils s'éloignaient.

Au matin, ils étaient de retour en France. Ils allaient d'abord à Paris – les papiers de Rupert indiquaient qu'il était en poste au quartier général parisien. Ils s'arrêteraient chez Serge d'où Rupert enverrait des informations par radio en Angleterre. Ils partiraient ensuite pour Melun, et Montgomery regagnerait son pays. On était à une semaine de Noël.

Ils se hâtaient de sortir de la gare, à Paris, quand un officier SS attrapa le bras de Rupert en l'interpellant par le nom qu'il portait trois mois plus tôt et non celui qui était le sien maintenant. À l'idée des conséquences que cela pouvait entraîner, Amadea trembla de terreur. Mais les deux hommes se contentèrent de se souhaiter de bonnes fêtes de fin d'année, et Rupert et elle gagnèrent calmement la sortie. Ils hélèrent un taxi, qui les déposa devant un petit café d'où ils rejoindraient à pied le domicile de Serge. En s'asseyant et en commandant un café, Amadea était livide.

— Tout va bien, fit Rupert en plongeant son regard dans le sien pour la calmer.

C'était miraculeux qu'ils soient sortis sains et saufs de cette mission.

— Je ne suis vraiment pas faite pour ce genre de chose, observa-t-elle à voix basse comme pour s'excuser.

Elle avait eu la nausée toute la journée, et Rupert lui-même semblait épuisé. Le voyage avait mis leurs nerfs à rude épreuve, mais la mission était pleinement réussie.

— Vous êtes bien plus douée pour ce travail que vous ne le pensez. Peut-être même trop.

Elle était si convaincante dans son rôle d'épouse d'officier SS qu'il commençait à craindre qu'elle ne voulût en faire plus, et il ne fallait pas. On ne pouvait pas risquer sa vie indéfiniment. Amadea était trop jeune pour mourir. À quarante-deux ans, il avait l'impression que sa vie était derrière lui. Sans sa femme et ses fils, il n'y aurait personne pour le regretter s'il venait à disparaître, sauf ses *kinder*. S'il faisait tout cela, c'était pour faire payer aux Allemands la mort de sa famille, et pour servir son roi.

Après le café, ils marchèrent jusque chez Serge, firent leur rapport et changèrent de papiers. Rupert utilisa la radio pendant plusieurs heures, en prenant soin de changer de fréquence toutes les quinze minutes pour empêcher les Allemands de les localiser et d'écouter leurs communications. Avant de partir, ils s'assurèrent que tout était correct, et Amadea s'avoua que son mauvais pressentiment était absurde. La mission n'aurait pas pu mieux se dérouler.

Ils rentrèrent à Melun ce soir-là, sans arriver trop tard à la ferme. Comme la fois précédente, ils discutèrent dans la grange jusqu'à minuit, puis se dirigèrent vers le champ. Quelques flocons tombaient du ciel, et il faisait si froid que le sol était verglacé. Amadea se tenait au bras de Rupert pour éviter de glisser, et il dut la rattraper à plusieurs reprises ; il y avait une certaine intimité dans leurs gestes, comme s'ils étaient réellement mari et femme, ou du moins de la même famille. Tandis qu'ils attendaient l'avion dans un bosquet, Amadea avait peine à croire qu'ils étaient en Allemagne la veille encore. Elle se moquait bien à présent que ce fût Noël. Ils étaient en vie, c'était l'essentiel.

Le Lysander arriva plus tard qu'à l'accoutumée, vers une heure du matin. L'attente avait été longue dans le froid glacial, et elle ne sentait plus ses mains lorsqu'elle serra celles de Rupert en lui souhaitant un bon voyage et un joyeux Noël. Pour la première fois, celui-ci se baissa et l'embrassa sur la joue.

— Vous avez été extraordinaire, comme d'habitude… J'espère que vous passerez un bon Noël.

— Sûrement. Nous sommes en vie, et je ne suis pas à Auschwitz, répondit-elle en souriant. Profitez bien des fêtes avec vos enfants.

Il lui tapota doucement l'épaule, tandis qu'elle regardait les hommes guider l'avion. Ils n'avaient pas besoin d'elle ce soir-là, elle était simplement venue accompagner Rupert, comme une bonne épouse accompagne son mari à l'aéroport. À l'abri sous les arbres, elle le regardait courir vers le Lysander, quand soudain un coup de feu rententit. Il se voûta un instant, puis elle le vit reprendre sa course en se tenant l'épaule. Il y eut d'autres coups de feu, et deux hommes s'écroulèrent avec leurs torches, le faisceau de lumière pointé vers le ciel. Amadea s'enfonça profondément dans les buissons. Elle ne pouvait rien faire pour eux. Elle n'était même pas armée. Mais elle avait eu le temps de voir que Rupert était touché. En quelques secondes, il fut tiré dans l'avion et la porte se referma derrière lui, tandis que l'appareil décollait. Les autres membres du réseau s'étaient enfuis dans les champs, en traînant derrière eux les corps de leurs deux compagnons, qui étaient des amis de Jean-Yves. En quelques instants, des soldats allemands apparurent de tous côtés, et Amadea comprit que toutes les fermes des environs allaient être fouillées. Il y aurait peut-être des représailles, mais ce n'était pas sûr puisque aucun Allemand n'avait été tué ou blessé.

Les soldats se lancèrent à la poursuite des résistants, et Amadea courut aussi vite qu'elle le put jusqu'à la ferme. Là, elle se précipita dans sa chambre, retira ses vêtements à toute vitesse et sauta dans son lit en chemise de nuit, en se frottant les mains pour tenter de les réchauffer – sa chambre était glaciale.

À sa grande surprise, les soldats ne vinrent jamais. Elle pensa à la chance qu'ils avaient eue, Rupert et elle, de pouvoir accomplir leur mission et ressortir d'Allemagne. Elle se souvint aussi de la prémonition qu'elle avait eue la dernière nuit en Allemagne et décida de faire dorénavant davantage confiance à son instinct.

Le jour suivant, Serge reçut par radio un message codé des Anglais : Apollo avait atterri avec une égratignure à l'aile, mais rien de grave, et transmettait tous ses remerciements à Thérèse. À leur grand soulagement, tous passèrent un Noël paisible.

24

Durant l'hiver 1943, l'extermination systématique des Juifs se poursuivit dans toute l'Europe. À Auschwitz, près de cinq mille personnes étaient gazées chaque jour. En août, huit cent cinquante mille avaient été tuées à Treblinka, et en octobre, deux cent cinquante mille à Sobibor. En novembre, quarante-deux mille Juifs polonais avaient été exécutés, et en décembre les Juifs de Vienne avaient été déportés à Auschwitz. Il y avait désormais des transferts massifs de Theresienstadt vers Auschwitz, et tous les ghettos d'Europe avaient été rasés.

En mars 1944, les nazis avaient pris sept cent vingt-cinq mille Juifs hongrois. Le mois suivant, ils faisaient des rafles en France, à la recherche d'enfants juifs. L'année précédente, Jean Moulin, l'un des chefs de la Résistance, avait été arrêté à Lyon.

Au printemps 1944, tous ceux qui étaient dans la Résistance étaient au courant de l'arrivée prochaine des Alliés, mais personne ne savait quand elle aurait lieu. Les Allemands traquaient les résistants sans répit, et la consigne de ces derniers était de les paralyser au maximum, pour les empêcher de contrer les Alliés.

Amadea était convaincue que Rupert serait parmi eux. Elle n'avait pas eu de nouvelles de lui depuis leur mission en Allemagne en décembre, quatre mois plus tôt. Elle pensait à lui de temps à autre, ainsi qu'à ses enfants, et espérait que tous étaient sains et saufs.

En mars, elle prit part à davantage de missions. Avec l'arrivée des beaux jours, il était plus facile de manœuvrer qu'en hiver. Elle avait été nommée chef de son groupe, et beaucoup des décisions de sa cellule lui revenaient.

Dans le but d'entraver les mouvements nazis, elle et plusieurs autres avaient décidé de saboter un train. Leurs précédentes tentatives avaient souvent eu des conséquences désastreuses et abouti à de sanglantes représailles, mais les instructions de Paris étaient claires : il fallait tout mettre en œuvre pour ralentir les convois allemands. Faire sauter les voies ferrées à l'est d'Orléans leur parut judicieux, bien que dangereux pour tous.

Par pure coïncidence, l'opération devait avoir lieu la nuit des vingt-sept ans d'Amadea. Personne autour d'elle n'était au courant, et elle-même n'y attachait aucune importance. Au point où en étaient les choses, les anniversaires et les vacances ne signifiaient plus rien, sans compter qu'ils la rendaient toujours un peu triste. Elle était bien plus heureuse en se rendant utile, surtout si c'était pour faire échec aux Allemands.

Vingt personnes devaient participer à l'opération, douze hommes et huit femmes. Certains étaient des résistants locaux, d'autres venaient de cellules plus éloignées. Un des hommes avait travaillé au côté de Jean Moulin et quitté Lyon quand celui-ci avait été arrêté. Ce n'était pas étonnant qu'Amadea le trouve parfaitement entraîné.

Ce soir-là, allongée par terre pour guetter le passage des sentinelles, elle avait du mal à croire qu'elle avait été religieuse, elle qui passait son temps à préparer des armes, assembler des explosifs, saboter des bâtiments et faire tout son possible pour désorganiser, voire détruire, l'occupant. Elle avait toujours l'intention de retourner au couvent, mais elle se demandait parfois si ses sœurs et le Dieu qu'elle aimait pourraient lui pardonner tout ce qu'elle avait fait. Malgré tout, elle était plus déterminée que jamais à poursuivre son travail. Jusqu'à ce que la guerre soit finie, elle savait qu'elle n'avait pas le choix.

Cette nuit-là, Amadea mit elle-même en place les explosifs près des voies. Ce n'était pas la première fois qu'elle en manipulait et elle savait quelle quantité utiliser. Comme toujours dans ces moments-là, elle pensait à Jean-Yves et s'efforçait d'être prudente. Après avoir allumé la mèche, elle s'apprêtait à partir en courant quand une sentinelle allemande apparut devant elle. Elle savait que le soldat serait réduit en poussière dans quelques secondes, mais que, si elle ne bougeait pas, le même sort l'attendait. Dans l'impossibilité d'avancer pour aller se cacher avec les autres, elle n'eut pas d'autre possibilité que de reculer pour partir dans l'autre sens. Elle venait de se mettre à courir lorsqu'une première explosion retentit. La sentinelle fut tuée sur le coup et Amadea soufflée avec une telle force qu'elle fut soulevée du sol avant d'aller s'écraser sur le dos, pas très loin des voies. À son propre étonnement, elle était toujours consciente, mais incapable de bouger. Le choc qu'elle avait reçu à la colonne vertébrale avait été terrible.

Un des hommes de l'équipe, qui avait assisté à la scène, se précipita vers l'endroit où elle gisait, la chargea sur ses épaules et s'élança vers les autres, juste au moment où la deuxième bombe explosait. Cette seconde déflagration fut encore plus violente que la première et l'aurait tuée à coup sûr.

Tout ce dont Amadea se souvint ensuite fut d'avoir été portée par quelqu'un pendant un long moment, et de n'avoir rien senti. Elle se rappela avoir été amenée dans un camion, avec les bruits des détonations dans le lointain, et le feu partout autour d'elle. Après cela, elle avait perdu connaissance et s'était réveillée deux jours plus tard dans une grange, au milieu de gens qu'elle ne connaissait pas. On l'avait emmenée dans un village voisin et cachée.

Durant toute la semaine qui suivit, elle oscilla entre conscience et inconscience. Deux hommes de sa cellule vinrent la voir, s'inquiétant pour elle car les Allemands la recherchaient. Ils étaient passés à la ferme, mais l'oncle et la tante de Jean-Yves avaient dit ignorer où elle se trouvait et, par miracle, ils avaient été épargnés. Mais elle ne pouvait plus retourner là-bas. Par radio depuis Paris, Serge leur avait demandé de l'emmener. Malheureusement, en plus des Allemands à ses trousses, Amadea avait un autre gros problème. Elle ne pouvait plus bouger ni même s'asseoir. Elle s'était brisé la colonne vertébrale en tombant. Elle ne sentait plus ses jambes et il lui était impossible de partir. Elle savait qu'elle était désormais devenue un handicap pour eux.

— Serge veut qu'on te sorte de là, lui dit gentiment un des hommes avec qui elle travaillait depuis un an et demi.

Elle semblait si mal en point qu'on aurait dit qu'elle allait mourir, mais ils s'abstinrent de le lui montrer. Les deux derniers jours, elle avait déliré et eu des hallucinations. Son dos avait non seulement été brisé mais grièvement brûlé. Pourtant, elle ne sentait rien, pas même la douleur.

— Pour m'emmener où ? répondit-elle en essayant de se concentrer.

Elle était tellement fatiguée qu'elle avait du mal à garder les yeux ouverts et il y avait des moments où, tout en leur parlant, elle perdait connaissance. Ils profitèrent d'un de ses brefs instants de lucidité pour lui expliquer ce qui était prévu.

— Un avion va venir te chercher, ce soir.

— Non, ne me renvoyez pas au camp… supplia-t-elle. Je ferai ce que vous me direz, c'est promis. Je vais me lever.

Mais tous savaient que c'était impossible. Le médecin qui était venu avait dit qu'elle resterait paralysée. Si les Allemands la trouvaient, ils ne l'enverraient pas dans un camp mais la tueraient ; elle n'avait plus aucune valeur, même comme esclave.

En plus, ils ne pouvaient plus la garder. C'était devenu trop dangereux.

Un jeune garçon avait parlé et les Allemands étaient au courant qu'Amadea dirigeait une cellule, ou du moins qu'elle travaillait pour la Résistance. Tous savaient que Serge avait raison, elle n'avait pas d'autre choix que de partir. Encore fallait-il qu'elle soit toujours vivante, ce qui n'était pas certain, lorsque l'avion viendrait et qu'ils réussissent à la faire monter dedans. Quand ils l'emmenèrent le soir, elle était inconsciente. Une des femmes l'avait enveloppée dans une couverture en lui cachant le visage. La jeune femme gémit souvent pendant que les hommes la transportaient mais elle ne reprit pas conscience.

Quand l'avion apparut dans le ciel, un jeune garçon qui la connaissait depuis son arrivée en France vint en courant dans le champ pour lui dire au revoir, tandis que les autres allumaient leurs torches. Pour tous, l'opération ressemblait plus à un enterrement qu'à une mission de sauvetage. L'un des hommes avait même craqué en disant qu'elle serait morte avant d'arriver à destination. Et les autres craignaient qu'il n'eût raison.

La porte du Lysander s'ouvrit à la seconde où il toucha terre, et Amadea fut littéralement lancée dans l'appareil, toujours enveloppée dans la couverture. Il y avait deux hommes dans l'avion et l'un d'eux la tira à l'intérieur avant de refermer la porte. Le pilote redécolla immédiatement en évitant de justesse les arbres, puis amorça un virage vers l'ouest en direction de l'Angleterre. Pendant ce temps, l'autre dégagea doucement la couverture du visage d'Amadea, mais ni lui ni le pilote ne connaissaient son nom. Ils savaient qu'ils étaient venus pour évacuer un membre de la Résistance française, mais on ne leur en avait pas dit plus. Serge avait donné les informations nécessaires aux Anglais, mais tout ce que les pilotes avaient besoin de savoir, c'était qu'ils devaient récupérer quelqu'un. Rien d'autre.

— Je crois qu'on l'a peut-être un peu trop secouée, fit observer l'homme assis par terre en découvrant le visage d'Amadea. Je ne pense pas qu'elle tiendra.

Elle respirait à peine et n'avait presque pas de pouls. Le pilote ne répondit rien et maintint le cap jusqu'à destination.

À l'arrivée, les deux hommes furent surpris de constater qu'Amadea était encore en vie. Une ambulance était stationnée sur le tarmac pour la conduire à l'hôpital où un lit l'attendait, mais quand les ambulanciers la virent, ils comprirent qu'elle avait besoin de bien plus qu'un simple lit. En plus de sa colonne vertébrale brisée, elle avait le dos brûlé au troisième degré. Il était peu probable, écrivit le chirurgien dans son rapport après qu'ils eurent fait tout leur possible, que la jeune femme pût remarcher un jour.

Amadea avait été hospitalisée sous le nom indiqué sur ses papiers français, Amélie Dumas. Mais, peu de temps après, un employé des services secrets britanniques avait contacté l'hôpital et identifié Amadea sous son nom de code, Thérèse.

— Tu crois que c'est un agent britannique ? demanda une infirmière à sa collègue en consultant son dossier.

Le personnel savait qu'elle avait été évacuée de France, mais ignorait pourquoi et par qui.

— Ça se pourrait, répondit l'autre. Elle n'a pas prononcé un mot, depuis qu'elle est là. Je ne sais même pas quelle langue elle parle.

Elle examina attentivement le dossier d'Amadea. Ce genre de chose était difficile à savoir par les temps qui couraient. À l'évidence, la jeune femme ne faisait pas partie de l'armée britannique, et elle était très mal en point.

— Elle pourrait être une des nôtres.

— Qui qu'elle soit, conclut l'autre infirmière, elle en a bavé.

Amadea ne reprit conscience que trois jours plus tard, et pour un bref instant. Elle leva des yeux vides vers l'infirmière près d'elle et, l'air égaré, prononça en français une seule et unique phrase : « Je suis l'épouse du Christ ». Puis elle sombra à nouveau dans l'inconscience.

25

Le 6 juin, les Alliés débarquèrent en Normandie, et en apprenant la nouvelle, Amadea ne put retenir ses larmes ; plus que n'importe qui d'autre à l'hôpital, elle avait prié et s'était battue pour que ce jour arrive. Il lui fallut attendre la mi-juin avant de pouvoir sortir en fauteuil roulant dans les jardins de l'hôpital.

Les médecins lui avaient dit qu'il était peu probable qu'elle remarche un jour, bien que ce ne fût pas une certitude absolue. « Hautement improbable » était la formule qu'ils avaient employée. Elle pensait que la perte de ses jambes était sa contribution, un sacrifice minime finalement, pour gagner la guerre et sauver des vies humaines ; ils étaient des millions à ne même pas avoir la chance de vivre leur vie dans un fauteuil roulant. Et tandis qu'elle était assise au soleil, une couverture sur les genoux, elle se rendit compte qu'elle deviendrait une de ces vieilles religieuses impotentes, dont les plus jeunes prenaient soin. Car, dès que les médecins la laisseraient sortir, elle comptait retourner au couvent, dût-elle se traîner jusque-là. Il y avait un Carmel à Londres, à Notting Hill, où elle avait l'intention d'aller dès sa sortie. Mais, d'après son médecin, ce n'était pas encore à l'ordre du jour, ses brûlures n'avaient pas totalement cicatrisé et elle devait suivre une rééducation du dos et des jambes ; elle ne voulait pas être un fardeau pour les autres religieuses.

Elle était assise dans le jardin, les yeux fermés et le visage au soleil, lorsqu'elle entendit à côté d'elle une voix familière. Elle avait du mal à la remettre, mais des échos de cette voix, venus du passé, résonnèrent dans sa tête.

— Eh bien, ma sœur, vous avez fait un sacré travail cette fois !

Elle ouvrit les yeux et vit Rupert, debout près d'elle, en uniforme d'officier britannique. C'était étrange de ne pas le voir en tenue de SS. Elle comprit soudain que le son différent de sa voix était dû au fait qu'il parlait anglais, et non allemand ou français comme elle avait eu l'habitude de l'entendre. Elle leva les yeux vers lui et sourit.

— J'ai cru comprendre que vous avez essayé de détruire l'ensemble du système ferroviaire français et la moitié de l'armée allemande à vous seule. Du grand travail, à ce qu'on m'a dit.

— Merci, colonel.

Ses yeux s'étaient éclairés en le voyant. Il était le seul ami qu'elle voyait depuis son hospitalisation. Par ailleurs, elle faisait de terribles cauchemars sur Theresienstadt depuis quelque temps.

— Alors, que devenez-vous ? Comment va votre épaule ?

Cela faisait six mois qu'ils ne s'étaient pas vus, depuis leur dernière mission en Allemagne, quand il avait été blessé en quittant la France.

— Elle me fait un peu mal par mauvais temps, mais ça finira par passer.

La balle avait fait des dégâts, mais les médecins l'avaient bien soigné. Il s'en sortait mieux qu'elle, en tout cas. Le chirurgien avec lequel il s'était entretenu avant de venir lui avait affirmé qu'elle n'avait aucun espoir de remarcher un jour, mais il voulait éviter de le lui annoncer aussi brutalement ; pour le moment, elle semblait résignée à son sort. Il estimait que c'était un miracle qu'elle ait survécu.

— J'ai bien reçu le message que vous m'avez envoyé à votre retour ici. Merci. Je m'inquiétais pour vous, fit Amadea, sincère, tandis qu'il s'asseyait sur le banc en face d'elle.

— Pas autant que moi à votre sujet, répondit-il, le visage grave. Vous avez reçu une sacrée volée, dites-moi.

— Je n'ai jamais été très douée avec les explosifs, fit-elle remarquer du même ton que si elle parlait d'une tarte ou d'un soufflé ratés.

— Dans ce cas, il faudrait peut-être ne pas insister, suggéra Rupert avec pragmatisme, une lueur malicieuse dans les yeux.

— Êtes-vous venu me demander de retourner en Allemagne pour jouer le rôle de votre épouse ? demanda-t-elle d'un air espiègle.

Aussi angoissant que cela avait été, elle avait aimé travailler avec lui. Autant que lui avec elle.

— Je pourrais peut-être me faire passer pour votre grand-mère, maintenant que je suis en fauteuil roulant, ajouta-t-elle avec un léger embarras.

— Sottise ! Vous serez sur pied en un rien de temps. On m'a dit que vous sortiez le mois prochain.

Comme il l'avait promis à Serge, il s'était tenu au courant de sa santé, mais il avait attendu que son état s'améliore pour lui rendre visite. Elle avait été très mal en point les deux premiers mois.

— J'ai l'intention d'aller au couvent de Notting Hill quand je sortirai. Je ne veux pas être un fardeau, je sais que je peux encore être utile. Je vais devoir améliorer ma couture, fit Amadea avec humilité, ressemblant à une religieuse l'espace d'un instant.

Mais Rupert connaissait sa nature profonde.

— Il vaut mieux, car je ne pense pas qu'elles apprécieraient beaucoup que vous fassiez sauter leur jardin. Je crois que ça les perturberait, plaisanta-t-il en lui souriant.

Il était ravi de la voir. Malgré ce qu'elle venait de vivre, elle avait bonne mine et était toujours aussi belle. Ses longs cheveux blonds étaient lâchés et brillaient au soleil.

— En fait, j'ai une proposition à vous faire. Pas aussi excitante qu'une mission en Allemagne, je l'admets, mais qui risque tout autant de mettre vos nerfs à l'épreuve.

Ses paroles la surprirent. Elle avait du mal à croire que, dans son état, les services secrets britanniques puissent vouloir l'envoyer en mission avec lui. Sa vie de combattante dans la Résistance était finie. Comme la guerre le serait aussi très vite, il fallait l'espérer. Elle s'était battue de toutes ses forces, longtemps – plus longtemps que la plupart.

— Pour vous dire la vérité, j'ai besoin que vous m'aidiez à m'occuper de mes *kinder*. Ils grandissent. Voilà cinq ans qu'ils vivent avec moi. Les petits ne sont plus aussi petits et ne cessent de faire des bêtises. Quant aux grands, ce sont presque des adultes à présent, et ils chahutent en permanence. La plupart du temps, je suis à Londres, et pour être franc, j'aurais vraiment besoin de quelqu'un pour garder un œil sur eux, jusqu'à ce que tout redevienne normal. Et à ce moment-là, j'aurai aussi besoin d'aide pour retrouver leurs parents, s'ils sont encore en vie. Ce n'est pas simple pour un homme seul d'avoir douze enfants, conclut-il d'une voix plaintive qui fit rire Amadea. J'imagine que vous n'envisageriez pas de repousser votre retour au couvent pour venir en aide à un vieil ami ? Nous avons pourtant été mariés quelques jours à une époque, une semaine, me semble-t-il. Vous me devez bien ça, au moins. Vous ne pouvez pas partir et me laisser ainsi, tout seul avec douze enfants sur les bras.

Amadea riait en l'écoutant, soupçonnant qu'il voulait simplement se montrer charitable envers elle. Sa gentillesse ne l'étonnait pas.

— Vous ne parlez pas sérieusement ? répondit-elle avec une drôle d'expression sur le visage.

Elle sentit sa vieille amitié pour lui se réveiller. Ils avaient risqué leur vie ensemble et s'étaient protégés mutuellement. Un lien puissant les unissait, même s'ils ne se connaissaient pas bien. Elle était fière du travail qu'ils avaient accompli.

— J'avoue que si. J'adore mes *kinder*, Amadea, mais, pour être honnête avec vous, ils rendent ma gouvernante complètement folle. La pauvre a soixante-seize ans. Elle s'est occupée de moi quand j'étais petit et ensuite de mes fils. Ces enfants ont besoin de quelqu'un d'un peu plus jeune pour les distraire et les tenir.

— Je crains de ne pouvoir faire ni l'un ni l'autre en ce moment, répondit-elle en jetant un coup d'œil sur son fauteuil avant de le regarder à nouveau. Ils pourraient me pousser du haut d'une falaise, si jamais ils n'appréciaient pas ce que je leur dis.

— Ce sont vraiment des enfants adorables, observa Rupert avec sérieux, cette fois-ci.

Amadea voyait qu'il était sincère. Il avait raison : une gouvernante de soixante-seize ans ne faisait pas le poids face à douze enfants livrés à eux-mêmes. Il était trop souvent absent, en mission ou à Londres, et ne revenait dans le Sussex que le week-end. Mais, en même temps, la jeune femme avait hâte de retourner au couvent. Son séjour à l'extérieur avait été suffisamment long, et sa tâche était accomplie. Il était temps pour elle de rentrer, c'est ce qu'elle tenta de lui expliquer gentiment.

— Ne pensez-vous pas que les sœurs pourraient se passer de vous encore quelques mois ? insista-t-il, plein d'espoir. Après tout, cela aussi fait partie de l'effort de guerre. Ces enfants sont des victimes des nazis, comme vous-même. Cela risque d'être dur pour eux après la guerre, quand ils découvriront ce qui est arrivé à leurs parents.

Le cœur d'Amadea se serra, et elle le regarda d'un air hésitant ; le sort semblait s'acharner à la tenir éloignée du couvent. Elle aurait voulu interroger Dieu et lui demander ce qu'Il attendait d'elle, mais lorsqu'elle vit l'expression dans les yeux de Rupert, elle comprit. Elle devait s'occuper de ces enfants. Peut-être Rupert lui avait-il été envoyé par Dieu dans ce but ? Son exil n'en finissait pas. Mais, après trois ans passés loin du couvent, elle pouvait attendre encore un peu. Elle commençait à penser qu'elle aurait quatre-vingt-dix ans lorsqu'elle prononcerait enfin ses vœux perpétuels. Mais elle savait que ce jour finirait par arriver. Elle en était sûre.

— Je n'ai pas encore écrit à la mère supérieure, répondit-elle en regardant Rupert. Je comptais le faire cette semaine. Êtes-vous sûr que je pourrai vous aider ? Je me sens inutile dans cet engin.

Parfois, en dépit de ses efforts, elle ne pouvait s'empêcher de se plaindre. Mais, si c'était la volonté de Dieu, elle l'accepterait. La vie l'avait déjà épargnée de nombreuses fois et comblée de bien des façons.

— Je suis heureux d'apprendre que vous n'avez pas encore fait les démarches. J'avais peur d'arriver trop tard. Et vous êtes très utile comme vous êtes, ne craignez rien. Tout ce que vous aurez à faire sera de leur crier dessus, et je vous donnerai un gros bâton dont vous pourrez vous servir si nécessaire.

Il la taquinait, et elle se mit à rire.

— Quand voulez-vous que je vienne ? demanda-t-elle, déjà enthousiaste et pleine d'espoir.

Elle était impatiente de rencontrer les enfants. S'occuper d'eux donnerait un nouveau sens à sa vie, surtout si Rupert s'absentait souvent. Tandis qu'ils discutaient des enfants, elle ressentit la même impression d'être mariée avec lui que lorsqu'elle était à Paris et en Allemagne. Leur relation était singulière ; ils étaient par certains côtés des étrangers l'un pour l'autre et, par d'autres, des amis très proches. Elle se faisait une joie de l'aider. Le couvent n'aurait pas longtemps à attendre. La guerre serait bientôt finie, et une fois que les enfants auraient retrouvé leurs parents et seraient partis… Son esprit fonctionnait à toute vitesse tandis qu'elle parlait avec lui. Soudain, elle se redressa. Elle voulait qu'il écrive leurs noms à tous sur une feuille de papier avant de repartir, et Rupert promit qu'il le ferait.

Il savait qu'il était parvenu à lui remonter le moral, et il resta assis avec elle tout l'après-midi, à discuter des enfants, de sa propriété, des deux jours qu'ils avaient passés à Paris et des cinq autres en Allemagne. Ils semblaient avoir beaucoup de choses à se dire, et quand il la raccompagna à sa chambre, elle riait, paraissant à nouveau pleine de vie et heureuse. Ils étaient convenus qu'elle descendrait dans le Sussex quatre semaines plus tard, quand les médecins la laisseraient sortir, mais d'ici là, il aurait l'occasion de venir la voir plusieurs fois. Il voulait s'assurer qu'elle allait bien, et surtout il appréciait sa compagnie.

Au moment de partir, il déposa un baiser sur sa joue. Une fois seule, la jeune femme pria pour ses enfants, et pour lui.

26

Le voyage de l'hôpital à la propriété de Rupert fut éprouvant pour Amadea. Elle éprouvait encore un léger picotement dans le bas de la colonne vertébrale et dans les jambes, suffisant pour la faire souffrir lorsqu'elle restait trop longtemps dans la même position. Mais elle ne contrôlait plus ses membres inférieurs. En sortant de la voiture, lorsque le chauffeur l'installa dans son fauteuil roulant, elle se sentait paralysée de la taille aux pieds. Rupert l'attendait. Il était arrivé la veille, pour parler aux enfants et leur demander d'être gentils et obéissants avec elle. Il leur avait expliqué combien elle avait été courageuse et qu'elle avait passé cinq mois dans un camp de concentration, deux ans plus tôt.

— Est-ce qu'elle a vu ma maman, là-bas ? avait demandé avec intérêt une fillette qui avait des taches de rousseur et à qui il manquait les dents de devant.

— Je ne pense pas, avait-il répondu avec douceur, tandis que les jumeaux se lançaient des morceaux de pain à la figure. Vous deux, il va falloir vous conduire mieux que ça quand elle sera là, avait-il grondé en essayant de prendre un air menaçant.

Mais les deux garçons le connaissaient et n'avaient pas paru impressionnés. Quand il était là, les enfants étaient en permanence dans ses jambes, tels de petits chiots. Rebekka, la petite rousse, voulait sans arrêt qu'il la prenne sur ses genoux et lui lise une histoire. Elle n'avait que six mois lorsqu'elle était arrivée – elle avait six ans à présent – et ne parlait qu'anglais ; elle ne connaissait pas un mot d'allemand. En revanche, les plus âgés parlaient encore allemand. Rupert avait demandé à Amadea de leur parler de temps en temps dans leur langue natale afin qu'ils puissent communiquer avec leurs parents lorsque ceux-ci viendraient les chercher – si jamais ils revenaient. Il pensait que c'était une bonne chose de continuer à leur faire pratiquer l'allemand. Il avait essayé, mais il ne faisait pas assez attention et, très vite, il se remettait à parler anglais, alors que son allemand était aussi bon que celui d'Amadea.

— Elle est très gentille et très belle, avait-il ajouté avec fierté. Vous allez l'adorer.

— Tu vas te marier avec elle, papa Rupert ? avait demandé Marta, une petite fille blonde de douze ans, mince et dégingandée.

— Non, avait-il répondu. En fait, avant la guerre, elle était religieuse et elle retournera au couvent dès que le conflit sera terminé.

Il savait qu'il ne la retiendrait que temporairement avec ses *kinder*. Il avait réellement besoin de son aide, mais il n'imaginait rien de plus agréable que de rentrer le week-end en les sachant à la maison, elle et les enfants.

— Elle était religieuse ? avait répliqué Friedrich, un garçon de dix ans, en le regardant d'un air inquiet. Est-ce qu'elle va porter une grande robe avec un chapeau bizarre ?

— Non, parce qu'elle ne l'est plus aujourd'hui. Elle l'était avant la guerre et le redeviendra après.

Rupert continuait de penser que c'était du gâchis, mais il respectait le choix d'Amadea et attendait des enfants qu'ils fassent de même.

— Tu peux me redire comment elle s'est cassé le dos ? avait demandé Rebekka en fronçant les sourcils. J'ai oublié.

— Elle a fait exploser un train.

Il avait dit ça comme s'il s'était agi de quelque chose de très banal, que l'on faisait tous les jours, comme sortir la poubelle ou promener le chien.

— Elle doit être très courageuse, avait murmuré Hermann.

C'était le plus âgé. Il venait d'avoir seize ans et devenait un jeune homme.

— Oui, c'est vrai. Elle s'est battue dans la Résistance française durant ces deux dernières années.

Tous savaient ce que cela signifiait, et ils avaient acquiescé d'un signe de tête.

— Est-ce qu'elle aura une arme ? s'était enquis Ernst avec intérêt.

C'était un petit garçon de huit ans, à l'air studieux, qui était fasciné par les armes à feu.

Rupert l'avait emmené plusieurs fois à la chasse.

— J'espère bien que non ! s'était exclamé ce dernier en riant à cette pensée.

Quelques minutes plus tard, Amadea arriva. Rupert vint à sa rencontre et l'accueillit avec chaleur, lui effleurant la joue d'un léger baiser. Amadea regarda autour d'elle, impressionnée. La maison et le domaine lui rappelaient le château de la famille de son père en Dordogne. C'était moins imposant qu'elle ne l'avait craint, mais tout de même grandiose.

Rupert l'emmena au salon, où les enfants l'attendaient dans leurs plus beaux vêtements. Mrs Hascombs avait dressé une grande table dans la bibliothèque pour servir le thé en bonne et due forme. Amadea n'avait rien vu de plus charmant depuis l'avant-guerre. Quant aux enfants, ils étaient tous très beaux. Et légèrement apeurés. Certains regardaient son fauteuil roulant avec inquiétude.

— Alors, voyons voir… fit-elle en leur souriant comme si elle était encore religieuse.

C'était parfois le seul moyen pour elle de se sentir à l'aise. Elle s'imaginait toujours porter l'habit et le voile, et ne se sentait plus si vulnérable ni exposée aux regards. Les enfants étaient en train de l'examiner et de la jauger, mais jusque-là ils aimaient ce qu'ils voyaient. Papa Rupert avait raison, elle était très belle. Et pas vieille du tout. Ils la trouvaient même plutôt jeune. Ils avaient de la peine pour ses jambes.

— Donc toi, tu dois être Rebekka… fit Amadea en la pointant du doigt. Toi, Marta… Friedrich… Ernst… Hermann… Josef… Gretchen… Berta… Johann… Hans… Maximilian… et Claus.

Elle ne s'était pas trompée dans les prénoms et n'avait commis qu'une seule erreur – très compréhensible à leurs yeux – en confondant Johann et Josef, les jumeaux ; mais elle n'était pas la seule, tout le monde se trompait, même Rupert. Ils étaient impressionnés qu'elle connaisse déjà leurs prénoms.

— Moi aussi, parfois, je les confonds, affirma Rebekka.

Et, sans prévenir, elle sauta sur les genoux d'Amadea. Rupert eut un moment de panique à l'idée qu'elle pût lui faire mal, mais la jeune femme n'avait quasiment rien senti.

— Nous sommes si heureux de vous avoir parmi nous ! fit Mrs Hascombs d'un ton chaleureux en avançant la main.

En fait, la vieille gouvernante était immensément soulagée. Elle ne faisait pas le poids face à douze enfants pleins de vie. Ils le savaient et en profitaient largement. Amadea n'était pas sûre d'y arriver, mais elle allait essayer. Elle les trouvait adorables et était tombée sous le charme.

— Parlez-nous du train que vous avez fait exploser, demanda Rebekka avec enthousiasme tandis qu'ils mangeaient des scones et buvaient du thé.

Rupert parut légèrement déconcerté, mais Amadea sourit. Il leur avait manifestement parlé d'elle et leur avait sans doute appris qu'elle était religieuse, ce qui était très bien.

— Eh bien, ce n'est pas quelque chose à faire en temps normal, répondit-elle avec sérieux, mais c'était un train ennemi, alors c'était autorisé. Mais ce ne le sera plus après la guerre. On n'a le droit de faire ce genre de chose qu'en temps de guerre.

Rupert approuva d'un hochement de tête.

— Les Allemands nous bombardent tout le temps, donc il n'y a rien de mal à les tuer, rétorqua brutalement Maximilian.

Il avait treize ans et avait appris la mort de ses parents par des membres de sa famille. Amadea savait par Rupert qu'il faisait des cauchemars. Le colonel avait voulu qu'elle soit au courant de tout. La franchise était sacrée à ses yeux, mais il voulait aussi lui éviter de mauvaises surprises. Les enfants lui donnaient parfois envie de s'arracher les cheveux. Douze enfants, c'était beaucoup, aussi gentils et bien élevés fussent-ils.

— Est-ce que vos jambes vous font mal ? demanda gentiment Marta.

Elle semblait la plus douce de tous. Gretchen était la plus jolie, et Berta la plus timide. Les garçons étaient pleins d'énergie et ne restaient pas en place, pressés de quitter la table pour aller jouer dehors. Mais Rupert voulait qu'ils patientent jusqu'à ce que tout le monde ait terminé.

— Non, elles ne me font pas mal, répondit Amadea. En général, je ne les sens pas, et à d'autres moments, juste un petit peu.

Son dos, par contre, la faisait parfois atrocement souffrir, mais elle n'en parla pas, tout comme de ses brûlures, dont les cicatrices étaient affreuses.

— Vous pensez que vous remarcherez un jour ? osa lui demander Berta.

— Je ne sais pas, répondit Amadea en souriant.

Elle avait répondu avec un tel détachement que Rupert sentit son cœur se serrer. Il espérait pour elle qu'elle recouvrerait l'usage de ses jambes.

— On verra, ajouta-t-elle avec optimisme en prenant la chose avec philosophie.

Elle proposa qu'ils aillent se promener dans le parc avant qu'il ne fasse nuit. Aussitôt les garçons se précipitèrent dehors pour jouer au ballon.

— Vous êtes prodigieuse avec eux, lui dit Rupert, admiratif. Mais j'en étais sûr. Vous êtes exactement celle qu'il leur faut. Ils n'ont plus de mère depuis cinq ans et risquent de ne plus jamais en avoir. Mrs Hascombs est davantage une grand-mère pour eux.

Amadea était, en fait, bien trop jeune pour être leur mère. Elle jouerait plutôt le rôle d'une grande sœur, mais c'était aussi ce qu'il leur fallait. Tout cela lui rappelait Daphné et combien elle avait aimé être sa grande sœur. À elle aussi, cela ferait du bien.

Au dîner, les enfants ne lui parlèrent pas seulement de la guerre, mais aussi de leurs amis, de l'école et de ce qu'ils aimaient faire. La petite Rebekka l'appela « Mamadea », et tout le monde trouva le nom parfait, y compris elle-même. Rupert et elle étaient officiellement devenus « papa Rupert » et « Mamadea ».

Après cela, les journées passèrent très vite. Rupert partait à Londres le lundi matin et rentrait le vendredi après-midi. Chaque fois qu'il revenait, il était impressionné par les résultats qu'elle obtenait avec eux. Il avait été touché par ce qu'elle avait fait, le premier vendredi qui avait suivi son arrivée chez lui. Elle avait préparé le shabbat pour eux, avec du pain challah. Après avoir allumé les bougies, elle avait récité la prière. Cela avait été un moment profondément émouvant, le premier shabbat qu'ils célébraient depuis cinq ans. Rupert en avait eu les larmes aux yeux, tandis que les enfants paraissaient absorbés dans des souvenirs de temps heureux.

— Je n'y avais jamais pensé. Comment saviez-vous ce qu'il fallait faire ?

— Je l'ai lu dans un livre, répondit Amadea en lui souriant.

La cérémonie l'avait émue, elle aussi. Quelque part dans sa propre histoire, avant sa naissance, il y avait eu des shabbats comme celui-ci.

— Oui, j'imagine que ce n'est pas vraiment dans les habitudes du couvent, observa Rupert.

Elle se mit à rire. Elle aimait sa compagnie, et ils se sentaient bien ensemble. Elle s'en était déjà rendu compte à Paris, quand ils y étaient. Ils abordèrent le sujet un jour, et Rupert évoqua avec nostalgie sa nuisette en satin, avant de se mettre à la taquiner.

— Si vous aviez continué de vous éloigner de moi dans le lit, vous auriez fini par flotter dans l'air !

— Moi, ce qui m'avait fait rire, c'est quand vous vous êtes mis à froisser les draps et à défaire le lit pour ne pas éveiller les soupçons, fit Amadea en riant.

— Il fallait que je préserve ma réputation, répliqua Rupert d'un air pompeux.

L'été s'écoula paisiblement, sans qu'Amadea pensât une seule fois au couvent ; elle était bien trop occupée à coudre, lire des histoires, jouer, crier et sécher des larmes pour cela. Elle parlait allemand aux enfants qui le souhaitaient et qui s'en souvenaient, et l'apprenait aux autres. Elle leur enseignait le français aussi, leur disant que cela leur serait toujours utile. Grâce à elle, les enfants s'épanouissaient, et Rupert était heureux de rentrer chez lui le week-end.

— C'est dommage qu'Amadea soit religieuse, déclara Marta à Rupert d'un air mélancolique, un matin qu'ils prenaient leur petit déjeuner.

C'était un dimanche, et Amadea était partie à la pêche avec les garçons, sur le lac de la propriété, que les enfants appelaient le « lac Papa ».

— Je trouve aussi, répondit Rupert avec franchise.

Mais il savait à quel point elle désirait retourner au couvent. Même s'ils en parlaient rarement, elle restait fidèle à sa vocation.

— Je l'oublie parfois, reconnut la fillette.

— Moi aussi.

— Tu crois que tu pourrais la faire changer d'avis ? demanda-t-elle pleine d'espoir.

Les enfants en discutaient souvent entre eux. Ils auraient voulu qu'elle reste le plus longtemps possible.

— J'en doute. C'est une chose très sérieuse. Elle a été religieuse pendant six ans. Ce n'est pas à moi d'essayer de la dissuader.

Marta avait l'impression qu'il se parlait plus à lui-même qu'à elle.

— Je crois que tu devrais essayer.

Rupert sourit mais ne répondit pas. C'était ce qu'il se disait lui aussi, parfois. Mais il n'osait pas, car il avait peur qu'Amadea se fâche et s'en aille. Certains sujets étaient sacrés. Il la respectait beaucoup, même s'il n'approuvait pas la voie qu'elle avait choisie. Mais c'était son droit, que cela lui plaise ou non. D'autre part, il ne savait pas comment aborder le sujet avec elle. Il connaissait l'entêtement dont elle pouvait faire preuve, notamment quand il s'agissait de ses convictions intimes. C'était une femme de caractère, qui parfois lui rappelait sa propre femme, même si elles étaient très différentes.

Voir Amadea avec les enfants et l'étrange famille qu'ils formaient lui faisait parfois regretter la présence d'une épouse à ses côtés. Mais, d'une certaine façon, sa vie avec Amadea était ce qui s'en rapprochait le plus. Ils avaient passé un été formidable ensemble. Avant la rentrée scolaire, ils décidèrent de faire une excursion à Brighton. Rupert poussait Amadea sur la promenade, tandis que les enfants couraient sur la plage, jouaient et faisaient du manège. Elle regardait la plage avec envie, mais Rupert ne pouvait pas emmener le fauteuil roulant sur le sable.

— Parfois, je regrette de ne pas pouvoir marcher, dit-elle avec mélancolie.

Le cœur de Rupert se serra. Pourtant, elle se déplaçait très vite et avec beaucoup d'adresse dans son fauteuil et rivalisait sans problème avec les enfants.

— Peut-être devrions-nous retourner à l'hôpital voir le médecin, un de ces jours.

Elle n'avait pas revu le chirurgien depuis trois mois. À sa sortie de l'hôpital, celui-ci avait déclaré ne rien pouvoir faire de plus pour elle. Elle sentirait peut-être à nouveau ses jambes, mais ce n'était pas sûr et, jusqu'à présent, il n'y avait eu aucun changement ni amélioration. Elle n'abordait le sujet que rarement, et c'était la première fois que Rupert l'entendait se plaindre.

— Je ne crois pas que le médecin puisse faire quoi que ce soit pour moi. Et puis je n'y pense pratiquement jamais. Les enfants ne m'en laissent pas le temps.

Elle se retourna et lui adressa ce regard plein de douceur qui lui faisait toujours regretter que les choses ne soient pas différentes entre eux.

— Merci de m'avoir demandé de m'occuper de vos *kinder*, Rupert.

Jamais elle n'avait été aussi heureuse, excepté dans les premières années de sa vie au couvent. Elle adorait être « Mamadea », presque autant qu'elle avait aimé être sœur Thérèse. Mais elle savait que cela ne durerait pas éternellement, car la plupart des enfants finiraient par retrouver leur vrai foyer, ce qui était le mieux pour eux. Ils avaient besoin de leurs parents, Rupert et elle ne faisaient que les remplacer, même s'ils s'acquittaient parfaitement de cette tâche. Elle le trouvait d'ailleurs fantastique avec eux et imaginait souvent combien ses fils devaient lui manquer. Il y avait de nombreuses photos d'eux dans la maison. Ils s'appelaient Ian et James, et sa femme, Gwyneth. Elle était écossaise.

— Je ne sais pas ce que nous ferions sans vous, répondit Rupert avec sincérité tandis qu'il s'asseyait sur un banc d'où ils pouvaient surveiller les enfants.

Amadea approcha son fauteuil de lui. Elle semblait heureuse et détendue, et ses longs cheveux blonds dansaient dans la brise. Elle les portait souvent détachés, comme l'une des petites filles dont elle aimait brosser la chevelure, exactement comme sa mère avait eu l'habitude de le faire avec elle et Daphné. C'était étrange comme l'histoire se répétait constamment, génération après génération.

— Je n'arrive même pas à me rappeler comment nous faisions avant votre arrivée. Je pars en mission jeudi prochain, lança-t-il soudain, comme s'il se jetait à l'eau.

La nouvelle la prit totalement au dépourvu.

— Oh non, s'insurgea-t-elle.

— Si.

Il ne semblait pas plus heureux qu'elle. Il aimait passer les week-ends à la maison avec elle et les enfants. Mais il y avait toujours la guerre à gagner.

— En Allemagne ? demanda-t-elle dans un souffle, saisie de terreur.

Elle ne connaissait que trop bien le danger que cela représentait et ne pouvait imaginer la vie sans lui.

— Quelque chose comme ça, oui.

Elle savait qu'il ne pouvait lui dire où il partait. C'était classé top secret. Elle se demanda si on l'envoyait en Allemagne, en France, ou pis encore, à l'Est. C'est alors qu'elle prit conscience de la chance qu'elle avait eue durant son séjour en France ; tant de gens avaient été tués, mais pas elle, même si elle avait frôlé la mort à plusieurs reprises.

— J'aurais aimé venir avec vous, dit-elle en oubliant presque le fauteuil.

Mais il n'en était plus question, désormais. Elle ne serait qu'un fardeau.

— Pas moi, répondit-il brutalement.

Il ne voulait plus qu'elle risque sa vie. Elle en avait fait assez. Et c'est par miracle qu'elle s'en était sortie et vivait encore, même si c'était en fauteuil roulant.

— Je vais me faire du souci, dit-elle, semblant profondément inquiète. Combien de temps serez-vous absent ?

— Quelque temps.

La réponse était vague, mais il ne pouvait en dire plus. Elle avait pourtant l'impression qu'il partait pour longtemps. Elle resta silencieuse un long moment, puis leva les yeux vers lui. Ils avaient beaucoup de choses à se dire, mais c'était difficile, pour l'un comme pour l'autre.

Sur le trajet du retour, les enfants remarquèrent le silence d'Amadea, et Berta lui demanda si elle était malade.

— Non, ma chérie, je suis simplement fatiguée à cause de tout ce bon air.

Mais Rupert et elle savaient que la vraie cause était autre.

Cette nuit-là, allongée dans son lit, Amadea pensa longuement à la mission et à Rupert. À l'autre bout du couloir, dans sa chambre, Rupert fit de même. À son arrivée, Amadea s'était extasiée devant la maison. Rupert l'avait installée dans la plus belle des chambres réservées aux invités, et bien qu'elle lui eût demandé une chambre de bonne, il n'avait rien voulu entendre. Elle méritait cette chambre, point final.

Comme à l'accoutumée, il repartit pour Londres, le lendemain matin. Les enfants, contrairement à Amadea, ne savaient rien de son départ prochain en mission, ni de l'éventualité qu'il n'en revînt peut-être jamais. Il avait demandé une permission pour rentrer dans le Sussex le mercredi, la veille de son départ. Dans l'intervalle, Amadea se montra extrêmement nerveuse, préoccupée et de mauvaise humeur, au point qu'elle rabroua sévèrement un des garçons quand il brisa une vitre avec sa balle de cricket – une attitude qui ne lui ressemblait guère. Elle s'en excusa, mais le garçonnet lui assura que ce n'était pas grave et que sa vraie maman criait bien plus fort qu'elle, ce qui la fit rire.

Elle fut infiniment soulagée de voir Rupert rentrer le mercredi et se précipita pour l'embrasser en l'étreignant chaleureusement. Elle savait qu'elle n'avait pas le droit de lui poser de question et que tout ce qu'elle pourrait faire serait de prier pour lui et d'espérer qu'il reviendrait. Lui-même ne pouvait rien faire d'autre que la rassurer. Ils s'efforcèrent donc de ne pas aborder le sujet et profitèrent de leur dîner avec les enfants dans la salle à manger, réservée en général aux grandes occasions. Les enfants devinèrent tout de suite que quelque chose se passait.

— Papa Rupert part en voyage, annonça Amadea avec enthousiasme.

Mais les enfants virent dans ses yeux qu'elle avait peur.

— Pour aller tuer des Allemands ? demanda Hermann d'un air ravi.

— Bien sûr que non, répondit-elle.

— Quand reviendras-tu ? demanda la petite Berta d'une voix inquiète.

— Je ne sais pas. Vous devrez prendre bien soin les uns des autres, et aussi de Mamadea. Je serai bientôt de retour.

Tous l'embrassèrent avant d'aller se coucher, car il leur avait dit qu'il serait déjà parti lorsqu'ils se lèveraient.

Amadea et Rupert discutèrent de tout et de rien jusque tard dans la nuit, se réconfortant mutuellement. Il faisait presque jour lorsque Rupert monta enfin Amadea à l'étage et la déposa dans son fauteuil roulant, dans le couloir. En son absence, c'était les grands qui le faisaient.

— Je serai parti quand vous vous réveillerez, observa-t-il, essayant de cacher sa tristesse, car l'idée de la laisser lui était insupportable.

— Pas du tout, répondit-elle en souriant. Je serai là pour vous dire au revoir.

— Vous n'y êtes pas obligée.

— Je sais, mais j'en ai envie.

Il la connaissait assez pour savoir qu'il ne servait à rien d'insister. Il l'embrassa, et elle regagna sa chambre sans se retourner. Les deux heures qui suivirent, il resta allongé dans son lit, n'ayant qu'un seul désir : avoir le courage et le cran d'aller la voir dans sa chambre et de la prendre dans ses bras. Mais il avait trop peur qu'en agissant ainsi, elle soit partie quand il reviendrait. Il y avait entre eux des frontières qu'il devait respecter.

Fidèle à sa promesse, elle l'attendait dans le couloir quand il sortit de sa chambre, un peu après le lever du jour. Elle était dans son fauteuil avec une robe de chambre par-dessus sa chemise de nuit rose. Avec ses longs cheveux et le rose de sa tenue, on aurait dit une enfant. Rupert avait l'air grave et solennel dans son uniforme, mais il sourit quand Amadea lui fit le salut militaire.

— Vous voulez bien me descendre ? demanda-t-elle sans aucun embarras.

Rupert eut un moment d'hésitation.

— Mais vous ne pourrez pas remonter. Aucun des enfants n'est debout.

— J'ai des choses à faire en bas de toute façon, prétexta-t-elle.

Elle voulait profiter de sa présence le plus longtemps possible.

Il la prit dans ses bras et descendit prudemment l'escalier, puis alla chercher le fauteuil et l'assit dedans.

Elle lui prépara du thé et lui réchauffa un scone. Puis, quand il eut fini, ils surent qu'il n'y avait plus rien à ajouter. Le moment du départ était arrivé. Amadea le suivit jusqu'aux marches du perron, dans l'air frais de septembre.

— Faites attention à vous, Mamadea, dit Rupert en l'embrassant sur les deux joues.

— Je prierai pour vous, fit-elle en plongeant ses yeux dans les siens.

— Merci.

Ses prières lui seraient utiles. Il allait être parachuté en Allemagne, et la mission risquait de durer au moins trois semaines.

Ils échangèrent un long regard, puis Rupert descendit les marches d'un pas décidé, sans se retourner. Il était sur le point de monter dans sa voiture quand Amadea l'appela. Il fit volte-face et la vit, le visage angoissé, qui tendait la main en avant comme pour l'arrêter.

— Rupert ! Je vous aime !

Elle ne pouvait plus retenir ces mots davantage, ni les sentiments qu'elle éprouvait pour lui.

Rupert se figea et la regarda comme s'il venait de recevoir une douche froide, avant de revenir sur ses pas.

— Vous êtes sérieuse ?

— Je crois… Non, j'en suis sûre.

Elle le regarda comme si le monde venait de s'écrouler. Il savait ce que ces mots signifiaient pour elle, et un sourire éclaira son visage.

— Allons, ne soyez pas si triste. Moi aussi, je vous aime. Nous en discuterons à mon retour… mais ne changez pas d'avis entre-temps.

Il l'embrassa sur la bouche, puis la regarda un long moment. Mais c'était l'heure, il devait partir. Ce qui venait de se produire était difficile à croire, pour elle comme pour lui. Cela faisait tant de temps. À présent, il était heureux.

Il avait le sourire aux lèvres en lui faisant au revoir de la main. Elle lui envoya un dernier baiser, puis la voiture franchit la grille et disparut dans le virage, tandis qu'elle était assise dans son fauteuil sous le soleil du matin, priant pour qu'il revienne. Mais la décision ne lui appartenait pas.

27

L'absence de Rupert semblait interminable à Amadea. Au début, elle avait été inquiète. Ensuite elle s'était dit que tout irait bien. Mais au bout de deux, puis trois, puis quatre semaines, elle commença à paniquer. Elle n'avait aucune idée de la durée prévue de la mission, mais à la fin du mois d'octobre, elle devina que quelque chose n'allait pas et, incapable de se retenir plus longtemps, contacta les services secrets. On prit son nom et ses coordonnées, et une semaine plus tard – on était déjà en novembre – un officier lui téléphona. Il ne lui révéla pas l'endroit où Rupert avait été envoyé mais admit qu'ils n'avaient pas eu de ses nouvelles depuis « un bon moment », laissant entendre qu'ils le considéraient comme porté disparu. À ces mots, Amadea faillit s'évanouir, mais elle prit sur elle pour les enfants ; ils avaient déjà perdu leurs parents, elle ne voulait pas qu'ils croient avoir aussi perdu Rupert – du moins, pas avant d'en avoir confirmation. Jamais Amadea n'avait prié avec autant de ferveur. Elle était doublement heureuse de lui avoir dit qu'elle l'aimait. Au moins il l'avait su avant de partir, et elle savait à présent que lui aussi l'aimait. Ce qu'ils décideraient par la suite, s'il revenait, restait à voir. Les services secrets avaient promis de la recontacter s'ils recevaient des nouvelles, mais ils ne le firent pas.

Pour éviter de perdre totalement pied, elle décida de distraire les enfants. Elle leur dit que ce serait une bonne idée de monter un orchestre. Ça ferait une surprise à papa Rupert quand il rentrerait. Elle leur acheta des instruments et les fit répéter, en les accompagnant au piano. Les enfants étaient loin d'être des professionnels mais tous, y compris elle-même, s'amusaient beaucoup ; cela leur donnait aussi un but et, au bout d'un mois de répétitions, le résultat était plutôt bon.

Un soir qu'ils répétaient, Rebekka s'était assise sur les genoux d'Amadea pour sucer son pouce. Elle avait un rhume, était fatiguée et ne voulait pas chanter avec les autres. C'est alors qu'elle se retourna vers Amadea, contrariée.

— Mamadea, arrête de taper du pied. Tu me secoues.

Amadea la dévisagea, et l'un après l'autre les enfants s'arrêtèrent de jouer. Seuls ceux du premier rang avaient entendu la réflexion de Rebekka, mais les autres voulaient savoir ce qui se passait et pourquoi Mamadea affichait ce drôle d'air.

— Essaie à nouveau, mamadea, demanda Berta avec douceur, en même temps qu'ils regardaient tous son pied.

Amadea parvint alors à remuer le pied très doucement et à bouger un peu la jambe. Elle avait été tellement occupée par les enfants et si inquiète pour Rupert qu'elle n'avait pas remarqué cette amélioration.

— Tu peux te lever ? demanda un des jumeaux.

— Je n'en sais rien, répondit-elle, prudente, tandis que les enfants la regardaient, assemblés autour d'elle.

— Essaie, dit Josef en lui tendant la main. Si tu peux faire exploser un train, tu peux aussi marcher.

Il avait marqué un point, se dit-elle. Elle se redressa très lentement en prenant appui sur les bras de son fauteuil et fit un pas vers lui, avant de tomber. Josef la rattrapa. Mais elle avait fait un pas ! Elle n'en revenait pas. Les enfants la fixaient, tout excités. Elle fit un autre pas, puis encore un autre. Quatre pas en tout, avant de déclarer qu'elle avait besoin de s'asseoir ; elle se sentait faible et tremblait de tous ses membres. Mais elle avait marché ! Des larmes coulèrent sur ses joues tandis que les enfants explosaient de joie et applaudissaient.

— Mamadea remarche ! s'écria Marta au comble du bonheur.

Dès lors, ils l'obligèrent à s'exercer tous les jours. Et tandis qu'ils jouaient de la musique, elle marchait.

Au début du mois de décembre, elle pouvait traverser une pièce en s'appuyant sur un des garçons. Ses pas étaient encore mal assurés, mais elle progressait régulièrement. Le point noir était qu'elle n'avait toujours aucune nouvelle de Rupert. Les services secrets ne l'avaient pas déclaré mort mais ne semblaient pas savoir ce qu'il était devenu. Et, comme elle n'était pas sa femme, ils n'auraient rien pu lui dire de toute façon. Cela faisait deux mois qu'il était parti, et elle était certaine que la mission n'aurait jamais dû durer aussi longtemps. Toutes les nuits, elle imaginait qu'il était blessé, ou qu'il était quelque part dans un camp. Ou encore que les Allemands avaient découvert qu'il était un agent ennemi, et l'avaient probablement abattu. Elle pensait à tout ce qui pouvait lui être arrivé et craignait le pire.

Deux autres semaines passèrent. Ne sachant plus que faire pour distraire les enfants et elle-même, elle leur proposa de célébrer Hanoukka. Depuis leur arrivée en Angleterre, ils avaient toujours fêté Noël mais, cette année, elle leur annonça qu'ils fêteraient les deux. Ils fabriquèrent des toupies de Hanoukka en papier et montrèrent à Amadea comment les faire tourner. Ils lui apprirent aussi des chants traditionnels. Elle fut particulièrement heureuse de savoir que les lettres en hébreu marquées sur les toupies signifiaient : « Un grand miracle s'est produit ici. » Leur petit groupe de musique faisait de gros progrès, et elle commençait à marcher avec plus d'assurance, quoique encore lentement.

Le deuxième soir de Hanoukka – qui en comptait huit –, tous les enfants se tenaient, silencieux, autour d'elle pour allumer les bougies du chandelier. Il régnait dans la pièce une atmosphère de fête et, pour beaucoup d'entre eux, voir Amadea allumer les bougies leur rappelait des souvenirs doux-amers de leur vie passée. Soudain, Rebekka leva la tête et demanda, surprise :

— Fêtons-nous Noël en avance cette année ?

— Non, Hanoukka, répondit Amadea avant de se figer elle aussi.

C'était Rupert. Tous les enfants se mirent à crier et s'élancèrent vers lui, et Amadea en fit autant en avançant lentement.

— Vous marchez ? fit-il en la regardant avec stupéfaction, ébloui et incrédule à la fois.

Hormis un bras qu'il portait en écharpe, il paraissait en bonne santé, quoique très amaigri. Il avait passé les deux derniers mois à traverser la moitié de l'Allemagne à pied, pour finalement atteindre un petit village près de Strasbourg, où il avait réussi à entrer en contact avec la Résistance alsacienne. Les trois mois passés avaient été éprouvants, pour tous les deux. Il la serra enfin dans ses bras.

— Je n'aurais jamais cru que vous remarcheriez un jour, admit-il.

— Moi non plus, répondit-elle en se blottissant contre lui pour conjurer la peur qu'elle avait eue de ne jamais plus le revoir. J'étais si inquiète pour vous.

Il savait qu'elle l'avait été mais n'avait rien pu faire. Cela avait été difficile et angoissant, même pour lui, mais la mission était réussie.

— Après ce que vous m'avez dit, je devais revenir.

Il n'avait pas oublié ses paroles, et elle non plus. Ils allaient devoir prendre des décisions, surtout Amadea.

— Papa ! Nous avons créé un orchestre ! cria Rebekka tandis que les autres essayaient de la faire taire.

Mais la surprise était gâchée, alors ils jouèrent deux morceaux, que Rupert applaudit. Ils veillèrent jusqu'à minuit et lui racontèrent qu'Amadea avait préparé Hanoukka pour eux.

— On dirait que tu plonges dans ta propre histoire, la taquina Rupert quand les enfants furent partis se coucher.

Ils étaient assis, main dans la main devant la cheminée, Amadea avait l'impression de rêver.

— J'ai pensé que c'était important de préserver un morceau de leur histoire.

Cela pouvait paraître étrange, mais elle sentait qu'il en était de même pour elle. Elle imaginait sa mère petite fille, en train de fêter Hanoukka. Et puis tant de gens étaient morts pour avoir été juifs, c'était aussi une façon de leur rendre hommage. En lisant les prières, elle avait eu la sensation que leurs voix accompagnaient la sienne.

— Amadea, dit soudain Rupert d'un air grave, je ne veux pas te perdre à nouveau. J'ai traversé la moitié de l'Allemagne pour venir te retrouver. Tu n'as pas le droit de m'abandonner maintenant.

Elle l'écouta sans le quitter des yeux.

— Tu as raison, je ne peux pas. Je le sais maintenant. Mais je le savais déjà avant que tu partes, c'est pour ça que je t'ai dit que je t'aimais…

Elle savait désormais que sa place était là, avec lui et leurs *kinder*, que ceux-ci restent ou non avec eux. Mais, l'espace d'un instant, son visage s'assombrit.

— J'ai toujours cru que je retournerais au couvent, dit-elle avec tristesse.

Mais trop de choses s'étaient passées. Toutes ces vies, tous ces gens qu'elle avait contribué à tuer, même si c'était pour en sauver d'autres... À présent, elle voulait être auprès de lui, et elle n'y voyait plus rien de mal. Au contraire. C'était le seul choix possible pour elle. Jamais plus elle ne pourrait quitter Rupert, même si le couvent et tout ce qui y était rattaché resterait pour toujours dans son cœur. La décision n'avait pas été facile à prendre, mais elle était satisfaite de son choix, et soulagée aussi. Depuis qu'il était parti, elle savait à quel point elle l'aimait.

— J'avais si peur que tu retournes au couvent, mais je ne voulais pas interférer dans ta décision.

— Merci d'avoir respecté ça, murmura-t-elle en le regardant avec des yeux remplis d'amour.

Elle avait été si sûre que sa vie appartenait au couvent et voilà que c'était à lui qu'elle appartenait désormais, de toutes les façons imaginables.

— Je t'aurais laissée partir, si cela avait vraiment été ton désir et si c'était cela qui te rendait heureuse... mais c'était avant. Aujourd'hui, je ne pourrais pas le supporter, fit Rupert en l'attirant dans ses bras pour la serrer fort contre lui.

Durant ces trois mois, il avait eu si souvent peur de ne jamais la revoir ! Et elle aussi. Mais à présent, après tout ce qu'ils avaient traversé, ils savaient qu'ils faisaient le bon choix. Ils avaient beaucoup souffert pour en arriver là, perdu les êtres qu'ils aimaient, regardé la mort en face trop souvent. Ils avaient bien gagné leur bonheur.

Après avoir éteint les lumières du salon, Rupert la porta à l'étage – elle ne pouvait toujours pas gravir les marches, mais avec le temps, cela viendrait. En arrivant dans le couloir, ils eurent un bref moment d'hésitation, mais Rupert l'embrassa finalement sur la joue, et elle lui souhaita bonne nuit avec un sourire timide, ce qui le fit rire. Comme Paris et la nuisette en satin étaient loin ! C'était maintenant la vraie vie, et ils savaient tous les deux que ce qui devait se passer arriverait quand le moment serait venu. Ils avaient la vie devant eux.

28

Ils furent mariés par un prêtre, mais un rabbin les bénit, avec tous les enfants autour d'eux. Ils avaient été leurs premiers enfants, et tous deux savaient à présent que beaucoup d'entre eux ne repartiraient pas. Peut-être, avec de la chance, auraient-ils un jour des enfants à eux, même si les deux fils de Rupert resteraient à jamais dans son cœur. Amadea avait enfin prononcé ses vœux perpétuels, ceux que le destin avait prévus pour elle, pas ceux auxquels elle s'était préparée. La vie, avec ses tours et ses détours, avec ses drames, ses souffrances et ses joies, les avait guidés l'un vers l'autre. Ils s'étaient enfin trouvés et, autour d'eux, résonnaient les échos de tous les êtres chers qu'ils avaient jadis aimés et dont ils avaient été aimés en retour.

Photocomposition Nord Compo
59650 Villeneuve-d'Ascq

Impression réalisée sur Presse Offset par

CPI
Brodard & Taupin

43136 – La Flèche (Sarthe), le 13-09-2007
Dépôt légal : janvier 2007
Suite du premier tirage : septembre 2007

POCKET – 12, avenue d'Italie - 75627 Paris cedex 13

Imprimé en France